# Re: 우리 지금 사랑일까

The original Swedish title of the work : Sandor slash Ida

Sandor / Ida

re:

# 우리 지금 사랑일까

미래인

Re: 우리 지금 사랑일까

1판 1쇄 발행 2008년 10월 25일
1판 2쇄 발행 2011년  7월 15일

지은이 사라 카데포스 | 옮긴이 안장혁 | 펴낸이 박혜숙 | 펴낸곳 미래M&B
책임편집 황인석 | 책임디자인 박세정 | 디자인 한아름
영업관리 장동환, 이도영, 김대성, 김하연 | 제작 남상원
등록 1993년 1월 8일(제10-772호) | 주소 서울시 마포구 서교동 368-22 서문빌딩 4층
전화 (02) 562-1800(대표) | 팩스 (02) 562-1885(대표)
전자우편 mirae@miraemnb.com | 홈페이지 www.miraeinbooks.com

ISBN 978-89-8394-489-4  03890

값 9,800원

너도······ 가끔 내 생각 했니?

*Sandor*

버스정류장에 다다를 때면 그는 늘 어떤 불쾌감에 사로잡히
곤 했다. 한 나이 든 여자가 미어지도록 물건을 가득 채운 종이
쇼핑백 두 개를 들고 슈퍼마켓에서 나와 발을 질질 끌다시피 하
며 주차장 쪽으로 향했다. 그 외에 주위는 쥐 죽은 듯 조용했다.
매점과 도서관 앞 거리에도 사람이라곤 그림자조차 구경하기 힘
들었다.

주자창에서는 버스가 공회전을 하며 그렇지 않아도 탁한 11월
의 대기 속으로 열심히 배기가스를 토해내고 있었다. 그는 좀 더
속도를 내서 걸었다. 운전기사가 정해진 출발시간을 지키지 않
아 코앞에서 버스를 놓친 적이 한두 번이 아니었다. 그때마다 그

는 '빌어먹을 운전기사!' 하고 생각했다. 그렇다. 말 그대로 머릿속으로 그렇게 생각만 했을 뿐, 큰 소리로 욕하거나 가운뎃손가락을 들어 올리거나 하는 것은 산도르 파카스의 방식이나 기질이 아니다. 말하자면 그는 거칠게 버스 문을 두드리거나 험한 욕설을 해대며 밖으로 드러내는 타입이 아니라 그저 속으로만 울분을 토하는 타입인 것이다. 그래서 그럴 때면 고개를 숙인 채 집으로 돌아와 40분 뒤에나 다시 올 버스를 기다리곤 했다.

하지만 오늘만큼은 평소보다 서둘러 집을 나섰기 때문에 그런 불상사를 피할 수 있었다. 버스에 오를 때 산도르는 운전사의 퉁명스러운, 아니 거의 비난에 가까운 눈초리와 마주쳤다. 마치 제 시간에 온 것이 잘못이라도 되는 것처럼. 한마디 내뱉고 싶은 심정이었지만 그는 그냥 조용히 '지정석'에 앉았다. 그의 자리에. 사실 그는 지금껏 항상 같은 자리에 앉았다. 앞에서 다섯 번째 줄 오른쪽 좌석. 그 외의 다른 자리에는 앉아볼 생각조차 하지 않았다. 융통성이라고는 찾아볼 수 없는 인간, 행여 누군가 자기의 고정석을 차지한 날에는 세상이 무너지기라도 하듯 당혹감을 느끼는 고지식한 노인처럼 말이다. 아닌 게 아니라 실제로 산도르에게도 그 같은 일이 종종 일어나곤 하는데, 그때의 심정은 아무에게도 설명할 수 없을 정도다.

그는 이제부터 자신만의 안락한 시간을 보내려 했다. 몸을 뒤로 기댄 채 눈을 감고 조용히 묵상이라도 할 요량이었다. 차 문이 닫히는 소리가 들렸다. 버스 기사가 시동을 걸고 서서히 운행을 시작할 참이었다. 그때 정적을 깨뜨리는 난데없는 고함소리가 밖에서 들려왔다. "헤이!"

산도르는 눈을 떴다. 젠장! 바박과 발래가 버스 뒤를 쫓아 뛰어오고 있었다. "망할……." 바박이 소리쳤다. 이어서 발래도 소리쳤다. "빌어먹을!"

바박은 주먹으로 차체를 힘차게 두드리면서 기어코 버스를 놓치지 않겠다는 기세였다. 산도르는 그 순간 마음속으로 버스 기사에게 일종의 텔레파시를 보냈다. 부디 페달을 더 힘껏 밟아서 두 녀석에게 배기가스 샤워나 흠뻑 시켜주었으면 하고 말이다. 두 주먹을 불끈 쥔 채 운전기사에게 최면을 걸기 시작했다. 바로 지금이야! 페달을 더 밟아야 해!

하지만 최면이 실패한 것일까? 짜증을 내면서 그냥 출발해버릴 줄 알았던 운전기사는 서서히 브레이크 쪽으로 발을 옮겼다. 버스 문이 열렸다. 바박과 발래가 가쁜 숨을 몰아쉬며 새빨갛게 상기된 얼굴로 버스에 올랐다.

"멍청이!" 바박은 가방에서 정기승차권을 찾으면서 한마디 내뱉었다. 발래는 옆에서 히죽거리고 있었다. 산도르는 마치 납치된 버스의 인질이 된 기분이었다. 적어도 앞으로 30분 정도는 말이다. 예테보리 시내 중심까지 이어지는 도로에서의 시간은 아마 영원과도 같을 것이다. 그 시간은 무슨 일이라도 충분히 일어날 수 있는 시간이다.

*Ida*

"나는 네 엉덩이가 탐나. 내 엉덩이도 너 정도만 됐으면!"

이다는 그 말을 못 들은 체하고 계속 화장을 했다. 음악을 크게 틀어놓고 콧노래를 흥얼거리고 있었지만, 곧 다시 소리를 낮추었다. 음악소리에 엄마가 깰까 봐 걱정되었기 때문이다. 수잔나와 테레제는 이다의 엄마가 어떤 상태인지 아직 모르고 있었고, 이다는 굳이 알리고 싶지 않았다. 수잔나는 침대 위에 다리를 옹크리고 앉아 이다를 주의 깊게 바라보다가 한숨을 내쉬었다. "난 그런 슬립은 너무 살이 쪄서 걸쳐볼 수도 없어. 언제 그런 걸 한번 입어볼 수 있을까?"

이다는 그녀에게 "너는 전혀 군살이 없어"라는 말을 매번 똑같이 반복해서 해주려니 숨이 막힐 지경이었다.

테레제는 립스틱을 바르는 데 정신이 팔려 잠자코 있었다. 볼을 너무 진하게 칠하는 바람에 늙은 노파처럼 보였고, 눈꺼풀에는 짙은 보라색을 칠했는데, 그 색이 낯설지 않게 느껴졌다. 혹시 내 아이섀도를? 아니면 테레제도 똑같은 것을 산 걸까? 수많은 것들 중에 왜 하필이면 같은 색을 골랐을까? 지금 테레제는 이다의 립스틱을 들고는 아무런 거리낌 없이 입술에 짙게 떡칠을 하고 있었다. 그러는 동안 수잔나는 황소 눈처럼 크고 촉촉한 눈으로 이다를 쳐다보았다. "무조건 살을 빼야겠어. 미치겠어, 정말. 도대체 너는 어쩜 그렇게 몸매가 좋은 거니?"

테레제가 입을 삐쭉거리는 걸 보니 분명 이다를 치켜세우는 수잔나의 아첨이 거슬리는 눈치였다. 심기가 불편해진 이다는 아이펜슬을 화장품 통에 던져 넣으면서 말했다.

"그렇게 계속 사람 비행기 태울 거야?"

"무슨 말을 그렇게 해. 우린 너랑 같이 다니는 게 얼마나 자랑스러운데. 그리고 할 수 있을 때 최대한 가꾸고 뽐내야지. 어쨌든 넌 정말 예쁘다니까!"

마치 예뻐 보이는 것이 이다의 잘못이라는 듯한 말투였다. 아니면 어딘가 얼굴을 고친 건 아니냐고 비아냥대는 것일까?

이다를 쳐다보는 수잔나의 큰 눈에는 참기 어려운 집요함이 서려 있었다. 테레제는 짐짓 무관심한 척하면서 그녀를 주시하고 있었다. 이다는 식은땀이 날 지경이었다. 이런 상황을 끔찍이도 싫어하는 그녀가 아니던가.

"정말 이렇게 자꾸 사람 신경 건드릴 거야! 그래, 좋아. 어쩌다 보니 내가 너보다 예쁘게 생겨먹었다고 하자. 그럼 그 자체를 그냥 인정하면 되잖아. 허물없는 친구 사이라면 말이야."

이다는 고개를 숙여서 머리칼을 얼굴 앞쪽으로 늘어뜨렸다. 그러고는 친구들의 부러워하는 듯한 시선을 즐기면서 다시 고개를 휘저어 뒤쪽으로 넘겼다. 어깨 위로 흘러내린 윤기 흐르는 숱 많은 머릿결은 샘이 날 만큼 매력적이었다.

이다는 브랜디를 한 모금 들이킨 후 맥주로 입을 헹구어냈다. 이제 지긋지긋한 외모 얘기는 그만두고 화제를 다른 곳으로 돌렸으면 했다. 이다는 싸구려 브랜디를 한 모금 더 마셨다. 역한 맛이 느껴졌지만, 그러면서도 온몸에 기분 좋을 만큼의 온기가 퍼졌다. 이다는 수잔나의 어깨를 감싸 안으면서 한마디 했다.

"내 말 잘 들어, 이 말괄량이 사춘기 식욕부진 괴물아. 너는 돼지가 아니라니까!"

### 🐦 Sandor

그는 머리를 살짝 수그리고 유리창에 기대어 잠든 듯한 시늉을 했다. 하지만 겉보기에도 연극을 하고 있다는 느낌이 들 정도로 인위적인 자세였다. 누가 이렇게 떠들썩한 곳에서 그렇게 불편한 자세로 잠들 수 있단 말인가? 하지만 이 방법 외에는 다른 뾰족한 수가 없었으므로, 그렇게 앉아서 그들이 그냥 지나쳐 가기를 바랐다. '존경해 마지않는 신이시여, 만일 당신이 존재한다면 녀석들이 결코 나를 알아보지 못하도록 은혜를 베풀어주시옵소서……' 하고 속으로 간절히 바랐다. 그리고 그의 기도는 (믿을 수 없게도) 효과가 있었다. 퀴퀴한 담배 냄새가 그의 콧구멍을 스치는 듯하더니 이내 멀어져가는 것이 아닌가. 그는 1분 가까이 숨을 죽이고 앉아 있다가, 버스가 고속도로로 접어들자 속으로 쾌재를 불렀다. 이제 편안한 자세로 고쳐 앉고 평소처럼 자신이 좋아하는 상상의 세계로 빠져들 참이었다. 그때 갑자기 목덜미 쪽에 미풍이 느껴지는 듯하더니 이내 그들의 얼굴이 흐릿하게 비치고, 그들이 코앞에 바짝 다가서는 듯한 느낌이 들었다. 찌든 담배 냄새가 점점 강하게 풍겨왔다. 산도르는 마지못해 천천히 그들 쪽으로 고개를 돌렸다. 그들은 그를 보며 씨익 쪼개고 있었다. 바박은 머리를 비스듬히 기울이고는 "우리가 널 깨웠다면 미안한걸" 하고 말했다.

"오늘도 무슨 좋은 꿈을 꾸고 있었나, 친구?"

발래가 낄낄대며 한마디 거들었다.

"뭐 그럴 수도 있겠지."

산도르는 더 이상 대화할 뜻이 없다는 걸 보이기 위해 시선을 다시 앞쪽으로 돌렸다. 그리고 다소 경직된 채 그들이 제풀에 겨워 그만두기를 간절히 바랐다.

"그럼 대체 무슨 꿈을 그렇게 맛있게 꾸고 계셨나, 친구?"

산도르는 대답하지 않았다. 더 이상 그들의 말꼬리 잡기에 빌미를 주고 싶지 않았기 때문이다. 온몸에 극도의 불쾌감이 몰려왔다. 늘 그렇듯 그들과의 대화가 산도르를 패닉 상태로 몰아갔다. 그때마다 산도르는 속으로 자기 최면을 걸곤 했다. 그들은 힘없고 겁 많은 애송이에 불과할 뿐이며, 내 적수가 되지 못한다. 양아치들도 사실 알고 보면 겁쟁이라고들 하지 않는가? 가련한 얼간이들, 자기들이 남의 꿈에 대해 뭘 안다고 야단들이야? 머릿속에는 기껏해야 담배나 축구, 여자 생각으로 가득 차 있는 불쌍한 녀석들 아닌가?

그들은 산도르의 앞자리에 앉아서 의자 등받이에 고개를 걸치고는 그를 뚫어져라 쳐다보았다.

"그래, 섹스하는 꿈이라도 꾸고 있었나 보지?"

발래가 옆에서 숨을 헉헉거리는 시늉을 하며 박자를 맞추었다. 탁한 소리를 내는 그의 코웃음은 듣기가 영 거북했다. 산도르는 갑작스레 밀려오는 피로감을 느꼈다. 수도 없이 겪은 이런 상황은 이젠 정말 신물이 날 정도였다. 그들과의 마주침은 반복되는 불쾌한 일상이 되어 있었다. 만일 그가 평소와 다른 반응을 보인다면? 이를테면 그저 시선을 딴 곳으로 돌리고 아무도 알아들을 수 없는 혼잣말로 구시렁거리는 대신, 강하게 반박이라도 하면 어떻게 될까?

"누구 엉덩이라도 핥는 꿈을 꾼 건가?"

발래가 다시 낄낄거렸다. 발래의 신경과민 덕인지, 아니면 그가 믿지도 않는 신의 은총 때문인지 몰라도 산도르는 바박을 도전적인 눈빛으로 쳐다보며 한숨 섞인 투로 말했다.

"넌 그런 꿈을 자주 꾸나 보지?"

순간 모두에게 침묵이 흘렀다. 바박과 발래도 산도르만큼이나 당황하는 눈치였다. 바박의 입이 열렸다. 바박의 얼굴에서 백치미가 묻어났다.

"하, 이것 봐라."

산도르는 침착함을 잃지 않으려 했다.

"관두자."

바박은 마음을 차분히 가라앉히려고 애를 썼다.

"지금 한번 해보자는 거야?"

지금이 아니면 이런 기회는 다시 오지 않을 것이다. 산도르는 바박의 위협적인 눈빛을 견뎌내고 있었다. 그사이에 다른 승객들은 모두 사라지고 없었다. 그는 계속 바박의 눈을 노려보았다. 몇 초가 흘렀을까. 서서히 현기증이 일었다. 지금 무슨 상황이 벌어지고 있으며 왜 이러고 있는 건지? 무슨 말이 오갔고 뭐가 문제인지?

"한번 해보자는 거냐고! 내 말이 말 같지 않아?"

아무도 없는 버스 안에서의 2대 1 상황이라. 난처한 상황이 아닐 수 없다. 만일 동화 속이라면 이 자리에 튼튼한 곰 한 마리가 나타나서는 잔뜩 겁에 질린 작은 병아리 편을 들어주면서 "힘없는 약자를 괴롭히면 못쓰는 법이야"라고 말하겠지. 하지만 지금 이 자리에 그런 곰은 없다. 그가 뻗대어서 얻을 게 무엇인가? 관심이나 존경심 같은 것? 어림없는 소리다. 지금 같은 상황에서 그런 영웅심리가 효과가 있을 리 없다. 산도르는 이내 쏘아보던 눈빛을 거두었다.

"아니야. 미안해. 그만 하자."

"진작에 그렇게 말할 것이지."

하. 하. 하.

🐦 Joda

이런 곳에서는 팔짱 낀 채 두 눈을 질끈 감고 큰 소리로 노래를 부르는 것이 제격이다. 바로 지금처럼 아무 눈치도 보지 않고 말이다. 그들은 전철 안에 모여 서서 목청껏 노래를 불러댔다.

이다는 다른 승객들의 따가운 시선을 느꼈지만 아랑곳하지 않고 오히려 그걸 즐겼다. 전철 안에 멍하니 앉아 있는 저 사람들은 도대체 무슨 재미로 살아갈까? 정상적인 일상의 굴레에서 벗어나 사회적 허용치를 위반해보는 데서 오는 짜릿한 일탈감을 저들은 알 턱이 없을 것이다. 말쑥하게 차려입은 양반들이 보내는 힐난의 눈초리가 이다, 테레제, 수잔나에게 꽂혀왔다.

그때 갑자기 전철이 급정거하는 바람에 이다는 균형을 잃고 다른 친구들과 함께 바닥에 내동댕이쳐졌다. 그들은 웃음을 터뜨렸다. 창피하고 부끄러웠다. 이보다 더 쪽팔리는 일은 없으리라. 하지만 나이 든 얼간이들이 어떻게 생각하든 무슨 상관이람.

전철은 다시 어둠 속으로 질주하고 있었다. 그건 그렇고 테레제와 수잔나는 대체 왜 이다의 신경을 거슬리는 언행을 일삼는 것일까? 가장 절친한 친구들이 아닌가? 매일같이 전화를 주고받으며 때로는 이다의 자존감과 존재 가치를 일깨워주는 둘도 없는 친구들이 아닌가 말이다. 그녀를 위해서라면 뭐든 해줄 수 있는 친구들이라는 걸 이다 역시 잘 알고 있었다. 지각이나 결석이라도 하는 날이면 서슴없이 거짓 변명을 해주고, 나쁜 소문이라도 돌라치면 자기 일같이 나서서 변호해주는 등 온갖 희로애락을 함께해온 친구들이라는 걸.

전철이 또 한 번 급정거했다. 이번에는 수잔나가 중심을 잃고 다른 친구들을 덮쳤다. 전철 문이 열리고 거의 기다시피 승강장에 내려선 그들은 또 한바탕 폭소를 터뜨렸다.

이다 일행은 서로 팔짱을 끼고 큰 소리로 노래를 부르며 거리를 활보했다. 그러다 디스코클럽 근처에 이르자 클럽 안으로 성공적으로 입장하기 위해 잠시 머물러 서서 손거울을 쳐다보며 화장을 고쳤다. 서로를 보며 성인 티가 나도록 표정 연습을 몇 번 반복한 후, 술 취한 기색이 전혀 안 나도록 각별히 신경 썼다. 이제 만반의 준비가 끝난 셈이다. 테레제는 다시 한 번 18세인 언니의 학생증을 확인한 후 지갑에 넣었다.

이렇게 그들은 모든 시나리오에 대한 점검을 마치고, 디스코클럽까지 남은 한 블록을 흐트러짐 없는 자세로 걸어갔다. 입구엔 이미 많은 사람들이 길게 줄을 서서 북적이고 있어서, 줄 맨 끝에 가서 서는 수밖에 없었다. 이다는 줄을 선 많은 사람들이 '아직 머리에 피도 안 마른 것들이 이런 곳엘 오다니' 하면서 냉소적으로 쳐다보고 있다는 느낌을 받았다. 하지만 무슨 상관이람. 이미 이전에도 여러 번 성공했었다. 이다는 스스로 조금만 신경 쓰면 18세쯤으로 보이는 건 식은 죽 먹기라는 것을 잘 알고 있었다. 그리고 테레제는 언니의 신분증을 가지고 있지 않은가. 두 사람이 꼬투리 잡힐 게 없는 한 수잔나 역시 문제될 게 없다. 입구의 직원만 잘 구슬리면 되는 것이다.

입구에는 집채만 한 덩치의 사내 둘이 지키고 서 있었다. 얼핏 보기에도 그리 호락호락해 보이지 않는 인상들이다. 무표정하면서 얼음처럼 차가운 눈빛, 틀에 박힌 듯 기계적인 말투와 행동거지.

일행으로 보이는 사람들 네 명이 입구에 들어서고 있었다. 문지기의 표정이 밝아지면서 출입문이 활짝 열렸다. 이다는 그 두 사람에게 일말의 연민을 느끼는 자신이 바보처럼 여겨졌다. 테레제와 수잔나는 그저 멀뚱멀뚱 앞쪽을 쳐다보고 있었다. 앞의 줄이 점점 짧아지면서 많은 사람들이 문지기의 미소를 뒷돈 챙기듯 챙기면서 유유히 입장했다. 영원에서 2퍼센트 부족한 시간만큼이나 오래 기다린 끝에 드디어 그들의 차례가 왔다. 이다는 재킷의 단추를 풀어헤치고 첫 번째 문지기를 향해 보란 듯 앞가슴을 들이밀어 보였다. 문지기의 눈빛이 황망하게 반응했지만 표정은 여전히 흐트러짐이 없었다. 테레제와 수잔나는 자기들의 역할을 알고 있었다. 이다 뒤에 바짝 붙어 서서 무표정한 시선을 유지하는 것이다. 이다는 머릿결을 흔들면서 또 다른 문지기에게 뇌쇄적인 미소를 흘렸다. 그러고 나서 다시 자기 모습을 면밀히 살피고 있는 처음의 문지기를 쳐다보며 한마디 던졌다.

"무슨 문제 있어요?"

"아닙니다. 들어가세요." 그는 미소로 대답했다.

됐다! 이다를 위한 문이 열렸다. 하지만 테레제와 수잔나에 대해서는 일행이라고 말했는데도 미심쩍게 여기는 눈치였다. 테레제가 내민 언니의 신분증을 한참 살펴본 후에도 못 믿겠다는 듯 쳐다보았다. 수잔나는 두려운 듯 떨고, 테레제의 입은 못마땅한 듯 굳게 다물어져 있었다. 이다가 끼어들 차례였다. 이다는 이럴 때를 대비해 평소에 익혀둔 눈빛으로 문지기의 손을 살며시 잡으며 말했다.

"제가 얘들을 책임질게요. 약속할게요."

그러고는 미소를 지어 보였다. 그는 더 완강히 거절하기도 쉽지 않은 듯 미소로 화답하며 마침내 고개를 끄덕였다. 그녀의 승리였다.

"오케이! 이번 한 번뿐입니다."

이다는 야릇한 미소를 지으며 감사의 인사를 했다.

"오빠 최고! 진짜 고마워요."


*Sandor*

산도르는 내리기 몇 분 전부터 일찌감치 하차 문 앞에 서 있었다. 가시방석 같은 곳에 앉아 있는 것보다 차라리 서 있는 것이 더 속이 편할 것 같았다. 오늘은 바박과 발래의 행동이 예전처럼 못 참을 정도는 아니었지만 그래도 산도르는 긴장을 늦출 수 없었다. 그동안의 경험으로 비추어보면 바박은 공포영화에 나오는 미치광이처럼 금세 돌변하는 인간이기 때문이다.

버스가 멈추고 차 문이 열렸다. 순간 낯설지 않은 도시의 소음이 차 안으로 빨려 들어왔다. 그는 재빨리 차에서 뛰어내렸지만 곧 바박과 발래에게 추월당하고 말았다.

"이봐, 너무 무리하지 마!"

"그래, 너무 무리하면 건강에 해로워. 알지, 친구?"

"아드레날린은 아껴뒀다가 다른 곳에 쓰라구!"

그들은 심술궂게 웃어대며 시내 쪽으로 사라져갔다. 드디어!

산도르는 전철로 갈아탔다. 자신이 수많은 사람들 중 고독한 익명의 한 존재, 아무도 관심을 두지 않는 존재라는 생각이 들었다. 전철에서 내려 주택가를 몇 블록 걸어서 발레 스튜디오에 도착했다. 문을 열자 퀴퀴한 땀 냄새가 알지 못할 다른 냄새들과 섞여 진동했다. 아무도 없는 듯했다. 산도르로서는 조금이라도 더 자기만을 위한 시간을 가지고 싶었기 때문에 오히려 바라던 바였다. 서둘러 옷을 갈아입고 곧장 카세트테이프 하나를 골라 플레이 버튼을 눌렀다. 음악이 공간을 가득 채웠다.

### Ida

무대 위는 거의 텅 비다시피 했지만 이다에겐 아무 문제가 되지 않았다. 도리어 더 좋았다. 누군가 게슴츠레한 눈으로 음험한 웃음을 지으면서 추태를 부리거나 치근덕대는 것에 진절머리가 나 있었기 때문이다. 누군가에게 미소를 지으며 시선을 맞추어야 하는 게 거북해서라도 파트너가 필요한 춤은 추기를 꺼리는 편이었다. 이다는 눈을 감고 음악에서 샘솟는 자기 내면으로부터의 영상만을 떠올렸다. 말하자면 자기만을 위한 춤을 추고 싶었던 것이다. 그러자 팔, 다리, 엉덩이, 머리에 활력이 솟는 듯했다. 머리카락이 공중에 원을 그리듯 감기며 부딪혀 화장한 얼굴에 달라붙었다. 그러나 그녀는 개의치 않았다. 이렇게 살아 있음을 느끼는데 무슨 대수겠는가.

*Sandor*

그는 혼자 춤을 추었다. 이틀 만이다. 그런데도 그 기간이 마치 영원처럼 길게 느껴졌다. 혼자만의 춤을 위한 공간을 갖기 위해, 진정으로 살아 있는 자신을 느낄 수 있는 시간을 갖기 위해 얼마나 오래 기다려왔던가? 그는 춤을 추면서 바박과 발래를 잊을 수 있었고, 버스 안에서 강요당했던 긴장을 춤과 더불어 누그러뜨릴 수 있었다. 처음에는 물 흐르듯 유연한 동작으로 천천히, 우수 어린 현악 풍으로 시작해서 차츰 강렬하고 격정적으로 쾅쾅 울리는 드럼 풍으로 바꾸어갔다. 망할 놈의 얼간이들! 난 정말 너희들이 증오스럽다! 내가 너희를 이렇게 무시하는 한 너희도 나를 어떻게 할 수 없을걸!

그렇게 한바탕 화를 내자 마침내 그 얼간이들을 잊을 수 있었다. 이제 남은 것은 자기 자신과 육체뿐이다. 이것도 행복이라 할 수 있을까?

그 순간 문이 열리고 비판적 관객이 되어줄 헤닝이 들어왔다. 산도르는 계속 춤을 추면서 불청객이 지켜보고 있다는 사실을 애써 외면하려 했지만, 그를 의식하지 않을 수가 없었다. 음악이 멈추었다. 헤닝의 진지하던 얼굴에 미소가 번졌다.

"훌륭해!" 그러고는 다소 걱정스런 탄식을 쏟아냈다. "인정한다, 너의 그랑 주테(grand jete. 공중으로 도약하면서 양다리를 일자로 벌리는 발레 동작—옮긴이)는 나보다 한 수 위야. 너를 따라잡으려면 더 연습을 해야겠어."

## Ida

한참 춤에 몰두하던 이다는 컨디션이 안 좋아지는 것을 느꼈다. 애써 불쾌감을 억제하려고 노력했지만 속이 점점 더 거북해지는 것은 어쩔 수가 없었다. 결국 넘어질 듯 무대를 내려와서 필사적으로 화장실 문을 열었다. 긴급 상황이었다. 하지만 화장실 문 앞마다 수많은 대기자들이 서 있었다. 그녀는 급히 주위를 살펴보았다. 어디에든 거북한 속을 드러내야 했기 때문이다.

"죄송합니다, 제가 좀……."

말하는 도중 손을 입에 가져갔다. 더 이상 주저할 수 없는 상황이 된 것이다. 다른 여자들이 곧 무슨 일이 벌어질지 눈치 채고 소리를 지르며 뒤로 물러섰다.

"에그, 토한다!"

거북한 속이 바닥에 흔적을 남겼다.


## Sandor

그는 적당한 안전거리를 유지한 채 집 쪽을 건너다보았다. 여기쯤이면 아무에게도 들킬 염려가 없으리라. 키 큰 나무들이 길고 어두운 그림자를 거리 쪽으로 드리우고 있었다. 그는 관목 숲을 지나 거리 반대편으로 건너갔다. 토베의 방에서 불빛이 새어나오고 있었다. 지금 그는 무얼 하고 있을까? 레고로 거대한 우주 정거장을 만들고 있을까? 염산에 레몬즙을 섞고 있지는 않을까? 아니면 바이킹 시대에 관한 두꺼운 책에 코를 파묻고 있을까?

22

산도르는 입구에 다다랐다. 입구의 편지함 위에는 '파카스'라는 이름이 선명히 새겨져 있었다. 이번에는 정원 문을 통해 들어가는 일상적인 코스 대신에 나지막한 가시덤불을 기어 올라가기로 했다. 살그머니 정원을 가로질러 가다 부엌 창문 곁을 지나칠 때는 머리를 살짝 수그렸다. 그러고 나서 현관문으로 통하는 계단을 올라갔다. 그곳에서 심호흡을 세 번 한 후 현관문 손잡이를 조심스레 아래로 눌러 재빨리, 그리고 조용히 문을 열었다. 이번에는 성공이겠지!

하지만 현관 문턱에서 멈춰서야 했다. 거기에는 엄마가 기대에 찬 듯한 미소를 입가에 띠며 서 있었다. 알 수 없는 일이었다. 그가 외출한 동안 내내 그 자리에 꼼짝 않고 서 있었던 것처럼 여겨질 정도였다. 대체 어떻게 된 것일까? 돌아버리겠군. 투시력이라도 생긴 걸까? 엄마의 눈이 반짝 빛났다.

"어서 오너라, 내 사랑! 그래, 어떻게 됐니? 잘 해냈니? 카브리올르(cabriole. 한 다리를 공중으로 뻗고 다른 다리로 아랫부분을 한 번 부딪치는 동작―옮긴이)를 터득했어?"

"아직 연습 중이에요."

그의 대답은 엄마의 성에 차지 않았다.

"엄마가 권하고 싶은 방법은, 수평봉을 잡고 시손을 먼저 하고 아라베스크를 한 후 마지막에 그랑드 포즈 드방을 하는 거야. 그런 다음 체중이 실려 있는 다리로 탕 르베를 하고 나서 동작을 하는 다리로 도약하고 장딴지를 한데 모아서⋯⋯."

23

그녀는 손바닥에 그려가며 설명했다.

"드미 플리에로 자세를 기울이고……."

산도르는 문을 닫고 구두끈을 풀었다.

"……그런 다음 동작하는 다리를 들어 올려 아쌍블레나 혹은 파 드 부레로 연결하는 거야. 어때, 내 말이 맞는 것 같아?"

"예."

그녀는 그를 탐문하듯 쳐다보았다.

"너한테 더 많은 연습이 필요하다는 걸 파울리나 선생님도 알아주면 좋을 텐데. 물론 네가 너희 그룹에서 최고이긴……."

"전 최고가 아니에요."

그는 재킷을 걸치고 부엌으로 갔다. 그녀도 그의 뒤를 따라왔다. 염려하는 눈치가 역력했다.

"내가 항상 제자들에게 강조하는 게 있단다. 결코 현 상태에 만족하지 말라는 거야. '남들보다 한 발짝 앞서려면 늘 더 높은 곳을 향해 노력해야 한다.' 부다페스트에 살 때 엄마의 스승님이 귀에 딱지가 앉도록 해주셨던 말씀이란다."

그는 냉장고 문을 열고 잠시 곁눈으로 엄마를 힐끗 쳐다본 후 우유를 집어 들었다. 그녀는 문가에 선 채 진지한 표정으로 쳐다보고 있었다. 엄마로서는 걱정이 될 만도 한 것이다.

"누구나 자기 분야에서 최고가 되려면, 자기 일에 150퍼센트의 열정을 쏟아야 해."

그 순간 현관문이 열렸다. 구세주다. 눈 깜짝할 사이, 엄마는 현관 복도로 나갔다. 엄마가 씩씩거리면서 노라와 실랑이하고 있는 사이, 산도르는 우유 한 컵을 단숨에 마시고 그 곁을 스쳐 지나갔다.

"10시 반까지는 집에 들어와야 한다고 했잖아."

"맞잖아요, 지금 10시 35분인데."

"35분이잖아. 5분 늦은 거야."

"왜 그렇게 흥분하세요?"

"내가 지금 흥분 안 하게 생겼어? 엄마로서 의무……."

산도르는 문틈으로 아버지의 작업실을 들여다보았다. 컴퓨터 화면의 불빛이 작업에 몰두해 있는 아버지의 얼굴을 비추고 있었다. 아버지는 안경을 코끝에 걸친 채 부지런히 손가락을 움직이고 있었다. 산도르는 이내 계단 위 자기 방으로 스며들어갔다.


*Ida*

스톡홀름 시내 중심가임에도 거리는 쥐죽은 듯 조용했다. 길에 개를 데리고 산책 나온 몇몇 외로워 보이는 사람들과 마주쳤을 뿐이다. 이다는 그들이 데리고 다니는 애완견이 한낱 위장용일지도 모른다는 생각을 종종 해왔다. 애완견을 데리고 산책 나온 사람을 누가 성폭행범으로 의심하겠는가?

앞에서 남자 혼자 걸어올 때면 그녀는 늘 초긴장상태가 되곤 했다. 그러나 오늘은 두려움에 연연하기엔 너무 지쳤고 술도 많이 마셨다. 이다는 엘리베이터를 타고 5층으로 올라갔다. 그런데 현관문이 잠겨 있지 않았다. 이다는 한숨을 쉬며 손잡이를 누르고 어두운 복도로 들어섰다. 약간 열려 있는 엄마의 침실 문 앞에 멈추어 섰다. 엄마는 평소의 모습 그대로 침대에 누워 있었다. 문단속조차 하지 않은 채.

"엄마?"

반응이 없다.

"나 왔어요."

엄마는 잠깐 몸을 뒤척이는 듯하더니 이내 다시 잠잠해졌다. 이다의 눈길이 잠시 엄마에게 머물렀다. 가엾은, 빌어먹을 엄마. 이다는 자기 방으로 갔다. 아직도 속이 거북했다. 환기를 위해 창문을 열고 침대에 벌러덩 누웠다. 거북함이 조금 가라앉은 느낌이 들었다. 정말 엿 같은 밤이야.

테레제와 수잔나는 아직 디스코 클럽에 남아 있었다. 이다가 집에 가야겠다고 했을 때 그들은 적극적으로 만류하진 않았다. "뭐라고? 속이 안 좋니?" 하고 묻는 테레제의 얼굴엔 오히려 '고소하다'는 기색이 드러나지 않았던가? '집까지 바래다줄까?' 하는 의례적인 물음만 던졌을 뿐이다. 하지만 이다는 잘생긴 사내아이들 곁에 있어서 그들이 얼마나 들떴는지 금세 눈치 챌 수 있었다. 더구나 그들은 아직 술도 취하지 않은 상태였다. 그래서 결국 이다는 혼자 먼저 나왔다. 비길 데 없는 이 적막감. 이 고독감. 숨 막힐 듯한 정적. 끔찍스런 외로움.

그녀는 라디오를 켜고 컴퓨터로 가서 빠른 속도로 써내려갔다.

하이, 아빠! 한동안 소식이 없었는데. 별 일 없죠? 세실리아는 이제 걸음마를 시작했나요? 패니는 여전히 버릇없이 구나요? 그리고 아빠는 요즘 어떠세요? 요즈음도 그곳에서 여전히 바쁜 생활의 연속인가요? 정확히 언제 한번 오실 건지? 그리고 얼마 동안이나 머물다 가실 건지? 전화비 비싼 줄은 알지만 아빠 목소리를 듣고 싶네요. 뽀뽀와 포옹을 보냅니다. 이다가.

이다는 메일을 보내고 나서 잠시 멍하니 책상 앞에 앉아 있었다. 지금 상태로 봐서는 잠이 올 것 같지 않았다. 그렇다고 이 시간에 전화할 상대도 없었다.

*Sandor*

그는 티셔츠와 바지를 입고 계단을 내려왔다. 부모님은 잠자리에 드신 듯했다. 노라와 아론은 자기들 방에서 음악을 듣고 있을 뿐, 아무도 산도르에게 관심을 두지 않았다. 그는 아버지의 작업실 문을 살짝 열었다. 어둠 속에 정적만이 감돌았다. 컴퓨터를 켜고 채팅방에 로그인을 했다. 쓸데없는 잡소리들만 가득했다. 산도르는 자판 위에 손가락을 올려놓았다.

*Ida*

이다는 아직 직접 쓸 엄두는 안 났지만 다른 사람들의 글을 읽는 재미도 그런대로 쏠쏠했다. 사람들이 얼토당토않은 화제로 열을 올릴 수 있다는 사실이 흥미로웠다. 새로 시작된 저녁드라마에서 누가 가장 매력적이며 누가 가장 추한 모습인지를 놓고 한바탕 설전이 벌어지고 있었다. 그녀가 막 퇴실하려는 참에 눈에 띄는 글이 올라왔다.

---

산도르 : 통 잠이 오질 않네요. 여러 번 시도했지만 허사예요. 누군가 이성적인 사람과 대화를 나누고 싶군요. 쿨한 분이 아니어도 좋습니다. 제겐 전화조차 할 사람이 없습니다. 그래서 여기 들어온 거고요. 고독이라는 거 물론 좋죠. 하지만 항상 그런 건 아니죠. 혹시 저와 비슷한 처지인 사람 없나요? ⬆

---

이다는 그 말을 두 번 반복해서 읽었다. 산도르. 그는 지금 정확히 그녀와 같은 처지인 것이다.

산도르의 글에 대한 첫 번째 반응이 화면에 올라왔다.

---

말 같지도 않은 수다 나부랭이로 귀찮게 하지 마세요!

간단한 처방 : 최대한 빨리 친구를 사귈 것! ⬆

---

이다는 한숨을 쉬면서 컴퓨터를 껐다.

28

*Sandor*

간단한 처방 : 최대한 빨리 친구를 사귈 것! ▸

산도르는 컴퓨터를 껐다.

*Ida*

정상적인 가정이라면 식사시간에 온 가족이 함께 모여 식사하는 것이 당연하다. 그건 최소한의 공동체 의식이 아닐까? 물론 이다도 TV나 가깝게는 수잔나의 가족을 통해 제대로 된 아침식사의 풍경을 알고 있었다. 엄마는 다른 식구들이 식탁에 앉아 있는 동안 냉장고와 가스레인지와 식탁 사이를 분주히 오며, 아빠는 누군가가 말을 붙여오더라도 신문을 읽으며 몇 마디 퉁명스레 읊조리면 그만이다. 그리고 아이들은 마지막 남은 콘플레이크를 차지하기 위해 큰 소리로 싸움질을 해대는 것이다.

하지만 이다를 위해서는 누가 그런 장면을 연출해줄 수 있을까? 누가 그런 구석기시대에나 있을 법한 엄마의 역할을 대신해 줄까? 누가 음식을 놓고 다투는 아이들의 역할을 맡아줄까? 누구나 다 하는 그런 일상적인 역할을 말이다.

이다는 MTV 채널을 틀고, 옷장 앞으로 가서 춤을 추며 오늘 학교에 입고 갈 옷에 대해 고민했다. 검은색 패드 안으로 젖가슴을 밀어 넣어 커 보이게 하고, 너무 요란스럽지 않은 티셔츠와 롱

부츠에 잘 어울릴 만한 스커트를 골랐다. 마지막으로 채널을 이리저리 돌리다가 동물이 나오는 프로그램에 그녀의 눈길이 멈췄다. 말들이 무섭도록 빠른 속도로 황야를 질주하고 있었다. 긴 말갈기를 휘날리며 근육질의 몸이 리드미컬하게 움직였다. 이다는 마치 최면에라도 걸린 것처럼 넋을 잃고 화면을 응시했다.

현관으로 가는 도중에 살짝 열려 있는 엄마의 방에서 곰팡내가 코를 찔러왔다. 갑자기 좋지 않은 예감이 뇌리를 스쳤다. 엄마가 가끔 죽은 사람처럼 보이긴 해도 별 이상은 없다는 것을 이다는 경험상 알고 있었다. 심한 우울증을 앓고 있는 엄마는 종종 죽음에 대해 얘기하곤 했다. 사람은 누구나 받아들이고 따라야 할 최후의 순간을 맞게 된다는 식으로 돌려 말하긴 했지만 말이다.

이다는 살며시 문을 열고 어두컴컴한 방으로 들어섰다.

"엄마?"

아무 움직임이 느껴지지 않았다. 이다는 침대 가까이 다가가 엄마의 크고 무거운 살덩어리 위로 몸을 기울였다. 그러자 며칠 동안 감지 않았을 머리카락이 그녀의 코에 와 닿았다. 머리카락은 기름기가 잔뜩 배어 가닥으로 뭉쳐진 채 베개 위에 흐트러져 있었다. 순간 속이 메슥거려서 잠깐 호흡을 멈추었다.

엄마는 벽 쪽을 향해 누워 있었다. 잠들어 있는 거겠지, 아니면 혹시? 빌어먹을! 엄마 몸에 손을 대볼 용기가 나지 않았다. 행여 차갑게 식어 있지나 않을까 두려웠기 때문이다.

하지만 이다는 용기를 내어 두 손으로 엄마의 얼굴을 감싼 채

자기 쪽으로 돌렸다. 입은 반쯤 벌어져 있고 입가는 축축이 젖어 있었다. 이 얼마나 추한 모습인가? 늙고 병들어 예쁜 구석이라고는 눈곱만큼도 찾아볼 수 없는 모습이었다.

그녀는 엄마의 볼을 가볍게 쓰다듬다가 세게 두드렸다.

"엄마!"

아무 반응이 없었다. 하지만 차갑다는 느낌은 없었다. 그렇다면? 이다는 TV에서 본 것처럼 눈꺼풀을 올려보았다. 하지만 지금과 같은 흰자위 모양이 어떤 상태를 의미하는지는 알 길이 없었다. 순간 심장이 멎는 듯했다.

엄마가 몸을 움찔거리더니 일어나 놀란 눈을 휘둥그레 뜨고 이다를 쳐다보았다. 한 걸음 뒤로 물러선 이다는 살짝 웃으면서 손을 엄마의 어깨 위에 얹었다.

"나는 그냥…… 미안해, 엄마."

엄마는 서서히 정신을 가다듬더니 비로소 이다를 알아보았다.

"무슨 일이야? 너, 지금 여기서 뭘 하고 있는 거야?"

"엄마가 어떻게 된 게 아닌가 싶어서……."

엄마는 다시 자리에 누우면서 고통스럽다는 듯 양손을 관자놀이에 갖다 대었다. 그리고 이다를 쳐다보면서 옅은 미소를 지어보였다.

"우리 공주, 뭘 좀 먹었니? 끼니는 거르면 안 돼. 그런데 벌써 학교에 갈 시간 지난 거 아냐? 수업 빠져도 되는 날이야?"

이다는 목이 메는 느낌이 들었다. 애써 보통 엄마들처럼 대해주려는 엄마의 노력이 눈물 날 정도로 가련해 보였기 때문이다. 이다는 엄마의 뺨을 부드럽게 쓰다듬었다. 마치 자기가 엄마이고 엄마가 자기 딸이기라도 한 것처럼.

"아니, 가야 해. 학교 가기 전에 인사하러 들어온 거야."

이다는 잠시 서서 엄마가 다시 벽 쪽으로 돌아눕는 것을 지켜보았다. 돌아버리겠네!

"뭔가 활동적인 것을 해보지 그래? 밖에 나가서 신선한 바람도 좀 쐬고 말이야."

가슴이 복받쳐 올라 더 이상 눈물을 억제할 수 없었다. 엄마는 별다른 반응을 보이지 않았다. 다만 알아듣지 못할 만큼 작은 소리로 몇 마디를 읊조릴 뿐이었다. 하지만 그 웅얼거림이 "그래, 알았어, 꼭 그렇게 할게"가 아니라는 것쯤은 이다도 잘 알고 있었다. 이다는 눈물이 얼굴을 타고 흘러내리지 않도록 거듭 눈을 깜박거렸다. 이다는 세상에서 가장 재미없게 사는 인간을 남겨두고 황급히 집을 빠져나갔다. 빌어먹을, 엿 같은 세상!

*Sandor*

"이것 좀 봐. 우주인들은 똑바로 선 자세로 잠을 자나 봐!"

토베는 산도르가 자기 말에 귀를 기울여줄 것을 집요하게 요구했다. 산도르의 초조한 마음은 아랑곳없이.

"우주에서는 상하의 구별이 없어. 그래서 이렇게 할 수 있는 거지."

바로 이것이 토베의 교제방식이다. 산도르로서는 전혀 관심이 없어도 있는 척해줄 수밖에 없었다. 사실 남에게 무시당하는 기분이 어떤지를 자기만큼 잘 아는 사람이 또 있겠는가? 산도르는 어쩔 수 없이 토베가 보고 있는 책에 시선을 주었다.

"아아."

토베의 얼굴빛이 금세 환해졌다. 그는 기대에 찬 표정으로 산도르를 바라보았다.

"선 채로 잠을 자는 걸 상상해봐!"

산도르의 인내심이 한계점에 다다랐다. 그는 다소 과장된 몸짓으로 시계를 쳐다보았다. 그러면서 지친 표정을 지어 보이며 이젠 정말 서둘러야 한다는 신호를 보냈다.

"이제 가자!"

"우주선에서 하루 종일 과학 실험만 할 수 있다면 얼마나 좋을까? 그거야말로 진정 내가 바라는 일이지."

"국립발레단에서 춤추는 것은 내가 바라는 일이고!"

산도르는 반응을 지켜보았다. 하지만 토베는 그의 말에는 전혀 개의치 않는 듯 여전히 책만 들여다보고 있었다.

"그런 상황에서 어떤 느낌을 받게 되는지를 우리는 곧 경험하게……."

"토베, 나 먼저 갈게!"

발레 학원으로 향하면서 산도르는 속으로 생각했다. 왜 나는 나 자신을 희생해가면서까지 좋은 친구인 척하려 하는 걸까? 정작 토베에게서 돌아오는 것은 아무것도 없는데도 말이다. 내가 일주일에 네 번 가야 할 곳이 있다는 것을 토베는 알기나 할까? 서로 낮과 밤만큼이나 다른 세계에 살고 있다는 사실을 인식하고 있을까?

*Ida*

이다는 엘리베이터 앞에 초조한 마음으로 서 있었다. 지각 10분 전이다. 이웃집의 현관문이 열렸다. 제발, 안 돼! 하필이면 오늘 반야와 마주치다니! 얼굴의 절반이 말총머리로 뒤덮여 있는 반야. 짜증나는 그 말총머리는 늘 단정하고 깨끗하게 손질되어 있다. 가르마 없는 앞머리, 흐트러짐 없는 머릿결. 마음 같아서는 가위로 그녀의 휘황찬란한 베일을 싹둑 잘라버리고 싶었다. 가위질 한 번으로 반야의 정체성을 엉망으로 만들고 싶은 마음이 굴뚝같았다.

반야가 현관문을 잠갔다. 제발, 반야가 발견하기 전에 엘리베이터가 내려와야 할 텐데. 과연 신은 내 편을 들어줄까? 그러나…… 반야가 돌아서며 이다를 쳐다보았다. 서로 인사와는 담을 쌓고 지낸 지 오래였다. 아무 말 없이, 적당한 거리를 유지한 채 그들은 엘리베이터를 기다렸다. 반야는 이다의 몸 전체를 탐문하듯 훑어보았다. 이다는 짐짓 태연한 척 서 있었다. 그것이 오히려 승기를 잡는 것임을 잘 알고 있었기 때문이다.

드디어! 엘리베이터가 멈춰서기까지 영원의 시간이 흐른 듯했

다. 이다가 엘리베이터 문을 눌러 열자 반야가 먼저 잽싸게 올라
탔다. 빌어먹을!

반야의 시선은 이다의 두 다리에 꽂혀 있었다. 순간 전해오는
경멸의 눈초리가 제법 따갑게 느껴졌다. 이다는 스스로도 놀랄
정도로 불편한 심기를 드러냈다.

"오늘 아침엔 머리 빗질을 백 번쯤 하느라 늦은 모양이지?"

반야는 알아듣지 못한 척했다.

"아니면 가짜 머리를 했든가. 그렇다면 솔질은 아흔여덟 번쯤
했겠구나."

반야는 얼굴을 잔뜩 찡그리며 말총머리를 뒤쪽으로 넘겼다.
저 백치미 풍기는 말총머리!

"싸구려 나일론 부츠는 신을 만한가 보지?"

이다의 다리를 경멸적인 시선으로 쳐다보며 반야가 쏘아붙였
다. 얼음같이 차가운 한랭전선 그리고 쓴웃음. 엘리베이터가 멈춰
섰다. 이번에는 반야가 문을 열고는 고개를 빳빳이 들고 나갔다.

"방광염 안 걸리게 조심해라."


🕊️ *Sandor*

아직 한 시간이 더 남았다. 오늘따라 시간이 굼벵이같이 천천
히 지나가는 것처럼 느껴졌다. 내일이 오지 않을 것만 같았다.
불현듯 그간 학교라는 지옥에 갇혀 지내왔다는 생각이 들었다.
온갖 낙서로 더럽혀진 사물함, 여기저기 널브러져 있는 씹는담

35

배 덩어리, 그리고 폐허 같은 화장실 등등.

어른이 되기 전에 꿈도 한번 펼쳐보지 못하고 죽는 게 아닌가 하는 생각이 들었다. 아론이 영화 한 편을 빌려와서 깔깔거리며 보고 있었지만 산도르에게는 그 영화가 숨 막힐 듯 답답하게만 느껴졌다. 지금 자신의 삶이 그런 모습이리라. 같은 날이 반복되고, 새롭고 신나는 일이라고는 전혀 일어나지 않는 권태로운 삶의 연속.

마지막 수업시간이다. 반 아이들은 떼거지로 일어나서 과장된 몸짓을 섞어가며 큰 소리로 떠들고 있었다. 발그렌 선생님이 등을 꼿꼿이 세우고 교실로 들어와서 아이들에게 짧게 눈인사를 했다. 그녀의 뒤를 따라 금발의 건장한 사내가 들어왔다. 20대 후반에서 30대 초반으로 보였다. 그는 잠시 학생들을 관찰하듯 쳐다보았고, 몇몇 아이들은 그를 호기심 어린 눈초리로 바라보았다. 발그렌 선생님이 헛기침을 하고는 조용히 하라고 말했다.

"자리에 앉으세요, 여러분. 오늘 이 시간엔 ZVSG에서 오신 선생님이 특별강연을 해주실 겁니다."

순간 산도르의 심장이 즉시 반응했다.

"ZVSG가 무얼 하는 곳인지 아나요?"

대부분의 아이들은 의구심 섞인 눈초리로 쳐다보았고 몇몇 아이들은 계속해서 잡담을 하고 있었다.

"아무도 아는 사람이 없나요?"

그녀는 목소리를 약간 높이더니 직접 대답했다.

"성 평등권을 위한 연합단체입니다. 혹시 들어본 적 있어요?"

'성'이라는 말이 채찍을 한 대 얻어맞은 것처럼 아프게 다가왔다. 순간 교실 안엔 무거운 침묵만이 흘렀다.

그 남자가 자기소개를 했다. 이름은 켄트이고 스물여덟 살이라고 했다. 반 아이들은 오늘 강연이 '성'과 관련되어 있다는 설명을 듣고도 구체적으로 무슨 내용이 언급될지에 대해서는 여전히 감이 잡히지 않는 눈치들이었다. 켄트는 가벼운 웃음을 흘리며 자신은 원래 사회사업가인데 가끔 부업으로 고학년 반을 방문해서 학생들과 대화를 나누곤 한다고 했다. 반 아이들이 서서히 관심을 갖기 시작했다. 산도르는 아이들이 지금 무슨 생각들을 하는지 분명히 감지할 수 있었다. '과연 섹스에 관해서 무슨 얘기가 나올까?'

"바로 동성애를 어떻게 볼 것인가에 대해서입니다."

모든 아이들의 시선이 켄트에게로 집중되었다. 동성애가 뭔지는 모두가 알고 있었기 때문이다. 영문도 모른 채 창밖만 쳐다보고 있는 토베를 제외하고 말이다. 산도르는 시선을 내리깔았다. 그는 지금 이 순간 반 아이들이 혐오스런 표정으로 자신을 노려보리라는 것을 잘 알고 있었다. 여기저기서 책걸상 삐걱거리는 소리와 함께 수군대는 소리가 산도르의 귀를 고문했다. 산도르는 지금 교실에서 벌어지고 있는 이 광경을 애써 외면하고 싶었다. 체온이 올라가면서 서서히 목덜미와 얼굴에 붉은 반점이 돋아나는 것이 느껴졌다. 제발, 다른 아이들이 지금 내 모습을 눈치 채지 못하기를!

켄트는 아무것도 눈치 채지 못했거나, 아니면 의도적으로 개의치 않는 듯했다. 그는 본론으로 들어갔다. 동성애란 어떤 것인지, 자기 성정체성에 확신을 가지고 있지 못한 청소년들이 얼마나 많은지……. 그 또한 15~16세 무렵 자신의 '성적 성향'을 알게 되었을 때 충격을 느꼈지만, 동성애가 이성 간의 사랑처럼 아주 자연스러운 것임을 깨닫게 되었다고 했다.

"예나 지금이나 동성애자에 대한 왜곡된 선입견이 존재합니다. 여러분, 한번 보세요. 제가 동성애자처럼 보입니까?"

몇몇 아이들이 합창하듯 "아니오"라고 대답했다.

"바로 그겁니다. 여러분은 지금까지 동성애자에 대해 잘못된 선입관을 가지고 있었던 겁니다. 제 말이 맞죠?"

하지만 계속해서 그 단어를 사용해야만 할까? 동성애자. 산도르는 이 단어를 증오했다. 어감이 천박하게 들리기 때문이다.

"그렇다면 여러분이 생각하는 전형적인 동성애자의 유형은 어떤 건가요?"

산도르는 순간 아이들이 수군대는 소리를 들었다. 산도르 같은…….

발그렌 선생님이 아이들에게 조용히 하라고 주의를 주었지만 켄트는 개의치 않고 말을 이어나갔다.

"여러분은 남성 동성애자들이 대체로 여성적이라고 생각하죠? 액세서리를 좋아하고 화장을 즐기는 등 전형적인 여성 취향

38

을 갖고 있다고 여길 겁니다."

반 아이들의 목소리가 점점 더 커져갔다. 산도르…… 산도르…… 산도르…….

발그렌 선생님이 손가락을 입술에 갖다 대면서 다시 한 번 주의를 환기시켰다.

"하지만 사실은 그렇지 않습니다. 동성애자라고 해서 특별한 삶의 방식을 갖는 것은 아니에요. 우리 인간은 모두가 각기 다른 방식으로, 즉 자기만의 방식으로 살아갑니다. 지금 여기 교실에 앉아 있는 여러분도 모두 마찬가지지요."

산도르에 관해 수군대는 소리는 이제 교실 안의 누구라도 들을 수 있을 만큼 명확해졌다. 분명 켄트 역시 그 소리를 들었을 것이다. 그는 순간 말을 멈추고 주위를 둘러보았다. 그러나 손을 가린 채 나지막이 쑥덕거리는 소리는 여전히 그치지 않고 있었다. 산도르를 찾아낸 켄트의 시선에는 일종의 연민이나 동정심이 묻어났다. 그는 지금 혼란스러웠던 자신의 열다섯 살 때를 떠올리고 있는 걸까? 지옥에나 떨어져라! 산도르는 켄트의 동정심을 원하지 않았다. 그와는 공통점이 전혀 없는 것이다.

아이들의 수군거림이 멈춘 뒤에도 켄트의 시선은 산도르에게 머물렀다. 조금만 더 이 상태가 지속된다면 산도르는 미쳐버릴 것만 같았다. 다행히 켄트가 시선을 다른 아이들에게로 옮겼다. 켄트는 아무 일 없었다는 듯이 미소를 지으며 아이들을 쳐다보았다.

"나는 하키와 씹는담배를 즐깁니다. 그리고 나는 동성애자입니다."

*Ida*

학교 근처 카페는 그녀들만의 아지트였다. 이다와 수잔나, 테레제는 오늘도 학교 수업을 빼먹고 찻집에서 농담 따먹기를 즐기고 있는 중이었다. 하지만 수업에 들어갔어야 했다는 죄책감이 이다의 머리에서 떠나질 않았다. '미' 이상을 받지 못하면 김나지움(인문계 고등학교—옮긴이)은 날 샐 판이다. 어쨌든 이다는 김나지움에 가고 싶었다. 그렇지 않으면 대체 뭘 하고 산단 말인가? 냄새 나는 걸레를 들고 카페 청소를 한다? 생각만 해도 구역질이 날 정도였다.

"너희는 올해 학교 마치면 어떻게 할 거야?"

둘은 이다의 물음을 흘려들은 채 롱다리의 모델들이 나오는 화려한 여성잡지에 빠져 있었다.

"미스 베름란드가 가장 나아 보이는데."

수잔나가 찻잔을 내려놓으면서 혼자 열을 올렸다. 테레제는 좀 더 확대된 사진을 찾아 넘겼다.

"얼굴만 보면 그럴지 모르지. 하지만 다리가 너무 짱이야."

그녀는 미스 베름란드의 무르팍을 손가락으로 톡톡 치며 말했다.

"너희들, 내년부터는 어떻게 할 건데?"

친구들이 짜증 난다는 표정으로 잡지에서 눈을 떼고 말했다.

"지금 꼭 그 얘길 해야 돼?"

"조만간 결정해야 할 문제니까 그렇지."

"나는 될 대로 되라야." 테레제가 말했다.

"아주 사려 깊은 대답이구나." 이다가 빈정거리며 말을 받았다.

수잔나는 다시 잡지 속으로 빠져들었다.

"다리가 쫙이라니? 사진으로 봐서는 전혀 알 수가 없는데."

이다는 창밖을 바라보았다. 바깥세상도 지금 이 안처럼 별다를 바 없이 한산했다. 세월이 흘러 언젠가 37세의 이다가 되어 있을 텐데, 직업훈련이나 제대로 된 교육도 받지 않은 상태로 추하게, 그것도 우울증에 걸려 늙어갈 수도 있겠지. 그 외에 다른 뾰족한 수가 있을까?

"미래가 너무 암울하다는 생각이 들어."

"도대체 무슨 얘길 하는 거야?"

수잔나가 이다를 쏘아보았다.

"아니야, 됐어. 나는 그저 우리가 좀 더 열심히 공부하고 능력을 갖춰서 나쁠 게 없다는 거지."

"그건 누구나 다 바라는 거 아냐?"

수잔나가 비웃듯 말했다. 테레제도 무슨 뚱딴지 같은 소리냐는 듯 쳐다보았다.

"하지만 이제 와서 노력해봤자 달라지는 건 아무것도 없어."

"최소한 우리 머릿속에라도 '능력'에 대한 생각의 끈을 놓지

41

않아야 하지 않을까? 그것만으로도 반은 성공한 셈 아닐까?"

"뭐라고? 이제 꿈 좀 그만 꾸고 현실을 직시해. 우리같이 머리가 안 좋은 애들은 노력하나 마나야."

거기서 대화가 끝났다. 테레제는 다시 잡지에 열중했다.

"내 생각엔 미스 괴틀랜드가 최고인 것 같아. 모든 걸 갖췄어. 아름다운 머릿결, 예쁜 얼굴, 그리고 완벽한 몸매."

"하지만 너무 말랐어. 지나치게 마른 것도 매력 없지. 그리고 약간 변태처럼 보이지 않아? 이다, 넌 어떻게 생각해?"

"다들 거기서 거기처럼 보여."

순간 수잔나가 확신에 찬 얼굴로 이다를 쳐다보며 미소 지었다.

"내년엔 꼭 너의 사진을 보내볼 거야. 너도 완벽한 편이거든."

이다는 비명을 지르고 싶은 심정이었지만 마음을 가다듬고 옅은 미소로 대답했다.

"정말 눈물 나도록 고맙긴 한데, 난 잘 모르겠어……."

"아니야, 넌 정말 완벽해."

"아니야, 난……."

"글쎄 맞다니까."

"……됐어. 거기까지만 해."

테레제가 진지한 표정으로 둘의 대화를 끊고 나섰다. 이다와 수잔나는 놀라서 그녀를 쳐다보았다.

"넌 키가 너무 작아서, 쉽게 말해 자격 미달이야. 최소한 170 이상은 돼야 하거든."

이다는 토를 달지 않았다. 그 말이 사실이기도 했지만 애당초 미스 스웨덴 대회에 나갈 마음이 전혀 없었기 때문이다.

"모델은 그런대로 가능해. 하지만 미스 스웨덴은 아니야."

"너, 지금 시기하는 거야?"

수잔나가 바로 맞받아치자 테레제는 아래턱을 내밀었다.

"뭘 시기한다는 거야? 아직 사진도 보내지 않았으면서!"

"뭐, 그렇긴 해. 근데 네 사진으론 접수도 되기 어려울걸?"

수잔나의 결정타에 테레제의 얼굴이 홍당무가 되었다.

## Sandor

산도르는 유난히 광택이 나면서 꽉 끼는 바지에 씰룩거리는 엉덩이 뒤로 걷고 있었다. 이런 엉덩이를 외면할 수 있는 사람은 드물 것이다. 다른 곳으로 시선을 돌리려 몇 번이고 시도했지만 번번이 시선은 다시 그녀의 엉덩이로 돌아왔다. 스티나의 엉덩이였다. 산도르는 옆에서 걷고 있는 토베를 힐끗 쳐다보았다. 토베는 그녀의 엉덩이에는 관심 없다는 듯 이리저리 사방을 둘러보면서 걷고 있었다.

스티나는 산도르의 엄마라면 건강을 해칠 수 있다는 이유로 절대로 못 신게 할 스타일의 신발을 신고 있었다. 긴 금발은 등허리까지 내려와 찰랑거렸고, 엉덩이는 육감적으로 보이기에 충분했다. 산도르가 너무 넋을 잃고 흥분한 상태여서 그럴까? 아니면 변태 기질이라도 있는 걸까?

"매력적이지 않냐?"

산도르는 토베에게 속삭이듯 말했다. 토베는 놀란 듯한 표정으로 산도르를 쳐다보았다.

"뭐가? 누가 말이야?"

"스티나."

"스티나? 스티나가 어째서?"

산도르는 나지막이 "쉿" 하면서 목소리를 좀 낮추라는 신호를 보냈다. 그러고는 손가락으로 앞쪽을 가리켰다. 토베는 이제야 처음으로 스티나를 발견한 듯이 그녀를 쳐다보았다.

"내가 그 애를 어떻게 생각하는지 알고 싶은 거야?"

"그래. 어때?"

토베는 순간 당황하는 눈치였다. 그쪽 세계와는 담을 쌓고 사는 토베가 아닌가. 토베는 마지못해 스티나를 여기저기 훑어보고 망설이듯 대답했다.

"글쎄…… 난 예쁜지 잘 모르겠는데."

산도르는 그 정도의 대답에 만족하지 않았다.

"그러지 말고 그렇다, 아니다로 대답해주면 좋겠어."

토베는 다시 한 번 스티나를 쳐다보고는 신음하듯 말을 꺼냈다.

"그래, 하지만 지금은 뒷모습밖에 안 보이잖아."

"여러 번 앞에서 봤으면서 왜 그래? 스티나가 네 눈엔 어때 보여?"

산도르는 집요하게 토베의 대답을 채근했다.

"스티나가 그렇게 매력적으로 보이진 않아. 뭐랄까, 좀 가벼워 보여. 물론 스타일이 그렇다는 거야. 쉽게 말해서 내 타입은 아니야."

산도르는 스티나의 엉덩이를 다시 한 번 쳐다보았다. 조금 떨어진 스낵 코너 앞에 바박과 발래가 죽치고 앉아 있는 것이 보였다. 빌어먹을! 다행히 아직 이쪽을 보지 못한 것 같았다. 그들은 스티나를 쳐다보고 휘파람을 불어댔다. 스티나는 아무런 반응을 보이지 않고 지나갔다.

"오, 스티나, 오늘 스타일 캡인데! 이리 와서 같이 얘기 좀 할까?"

자기 말이 독백으로 그치자 바박이 다시 한 번 소리쳤다.

"헤이, 스티나!"

하지만 스티나는 다만 손가락을 들어 보일 뿐이었다.

"바보 같은 년!"

바박이 화가 나서 그녀의 뒤통수에 대고 소리쳤다. 발래도 장단을 맞췄다.

"바보 같은 년이라고?"

스티나가 멈춰 서더니 서서히 바박을 향해 돌아섰다.

"바박, 이 머리에 피도 안 마른 애송이 자식아. 너, 지금 큰 실수 한 거 알지?"

의기양양하던 바박의 얼굴이 순간 굳어지는 듯했다. 그는 심호흡을 한 번 하면서 뭔가 반박하려 했지만 몇 마디 알아듣지 못

45

할 말만 궁시렁거리듯 내뱉을 뿐이었다. 스티나의 승리였다. 몇 초 후에 바박이 산도르와 토베를 발견했다. 그로서는 전화위복의 계기를 잡은 셈이었다.

"그새 동성애 친목회에 새 회원을 가입시켰나 보지? 그래서 아주 깨가 쏟아지나 보군."

산도르는 대답하지 않고 걸음을 옮겼다. 스티나가 돌아서더니 눈짓을 보냈다. 그것은 자기도 바박과 발래를 쓰레기 같은 얼간이들로 여긴다는 연대감의 표시였다. 산도르 역시 눈짓으로 응답했다.

## Ida

이다는 문틈으로 몰래 훔쳐보았다. 가족 전체가 식탁 주위에 몰려 앉아 있었다. 수잔나는 한창 담임선생님인 브리타 선생님의 혀 짧은 소리를 흉내 내고 있었다. "……핵생 여러빈들은 항싱 모던 일에 채선을 다히야……." 그녀 엄마와 남동생들은 그 옆에서 킥킥거리며 웃었다.

식탁 위엔 촛불이 타오르고 냄비에서는 김이 모락모락 올라오고 있었다. 풍겨오는 냄새가 마치 내 집에 온 것처럼 정겹고 낯설지 않은 느낌을 주었다. 수잔나의 아빠는 수잔나에게 끊임없이 공부 얘기를 했다.

"네가 하려고 마음만 먹는다면 충분히 해낼 수 있을 거야. 적어도 시도는 해봐야 하지 않겠니."

수잔나는 탄식하듯 한숨을 내쉬면서 넋두리를 늘어놓았다. 그녀 아빠가 원하는 건 뭐든지 도와주겠다고 약속하는 동안, 엄마는 야채를 많이 먹으라며 남동생들을 채근했다.

"이다는 정말 아무것도 안 먹는대?" 수잔나의 엄마가 다시 물었다. "이다는 배고프지 않대요" 하고 수잔나가 대답하는 순간 이다의 배에서 꼬르륵하는 소리가 났다.

### ✍️ Sandor

동성애자. 그것도 그리 나빠 보이지는 않았다. 습관적으로 술을 마셔대는 부모 밑에서 고생하는 아이들이 있는가 하면, 매를 맞으며 사는 아이들도 있다. 또 어떤 아이들은 더러운 냄새를 풍기는 변태적인 삼촌들에게 성폭행을 당하기도 하지 않는가. 그에 비할 때 산도르는 행복한 편이었다. 바박과 발래가 그에게 폭력을 가한 것도 아니고, 그의 머리를 변기통에 처박은 것도 아니지 않은가? 그렇다고 토할 때까지 술독에 빠뜨리거나 한 것도 아니다. 그리고 그에게는 친한 친구도 한 명 있다. 물론 현실감이 한참 모자란 토베와 말이 잘 통하는 것은 아니지만, 그게 무슨 큰 문제는 아니지 않은가. 주변에 친구가 전혀 없는 사람들도 부지기수니까. 게다가 그에게는 가족도 있다. 그로서는 단지 솔직히 곧이곧대로 말하기만 하면 되는 거다. "모두가 나를 보고 동성애자라고 부른다. 이럴 땐 어떻게 해야 하지?"

만일 그가 거리낌 없이 말한다면 모두들 분명 그의 말에 귀를 기울여줄 것이다. 그는 비누칠한 엉덩이를 말끔히 헹구어내고 차분한 마음으로 손을 씻고는 거울에 비친 자기 얼굴을 찬찬히 음미해보았다. 저 속에 보이는 나는 또 다른 나인가? 자신의 문제점이나 고민에 대해 떳떳하게 말할 수 있는 외향적인 타입의 인간? 그렇다. 틀림없다. 오늘부터 당장 부모님을 대하는 태도가 달라질 것이다. 그간의 얼음장 같았던 분위기를 깨고 진지하게 그들과 대화를 나누어볼 것이다. 엄마는 지금 부엌에서 라디오를 크게 틀어놓고 음식을 준비하고 있었다. 그는 얇은 블라우스 아래로 드러나는 엄마의 등허리를 쳐다보았다. 예전에는 엄마도 날씬하고 탄력이 있었다. 하지만 그건 아주 오래전의 얘기다. 산도르가 태어나기 전, 그녀가 부다페스트에서 프리마 발레리나로 활약할 때의 얘기인 것이다.

"엄마!"

그녀는 돌아보지 않았다.

"그래, 왜 그러니?"

"저랑 얘기 좀 하실래요?"

"이런!"

라디오에서 뭔가 중요한 정보를 듣고 있던 중이었을까? 말똥구리가 그 주인공이었다.

*말똥구리는 무당벌레과에 속한다.*

그는 식탁에 앉았다. 무슨 말을 어떻게 시작해야 할지 몰랐다.

"참!" 갑자기 그녀가 돌아서며 소리쳤다. "오늘 어땠어? 아무리 어려운 상황이 닥쳐오더라도 끝까지 버텨낼 수 있지? 고진감래라는 말이 틀린 말이 아니야. 엄마하고 약속하자."

"예, 그럴게요."

그녀는 미소를 지어 보이고는 다시 냄비 쪽으로 몸을 돌렸다.

*말똥구리는 대체로 말똥 더미 속에서 산다.*

"하지만 엄마, 제가 하고 싶은 말은 그게 아녜요."

이번엔 엄마가 돌아보지 않았다.

*말똥구리는 길게 곁가지로 뻗은 공간들로 말똥 더미를 끌어넣는다.*

산도르는 라디오 소리보다 크게 소리쳤다.

"제가 말씀드리고 싶은 건 따로 있어요."

"음?"

*그 공간 속에서 말똥구리는 알을 낳고 나중에 애벌레들에게 영양분으로 제공할 말똥들을 그리로 운반해 간다.*

산도르는 조금 더 크게, 한 번 더 외쳤다.

"제가 하고 싶은 말은 그게 아니라고요. 몇 번을 말해야 알아들으시겠어요!"

엄마는 이마를 잔뜩 찌푸린 채 돌아보았다.

"소리 지르지 마, 산도르. 도대체 방송을 들을 수가 없잖아. 왜 그러는 건데?"

*스웨덴에는 다섯 종류의 말똥구리가 산다.*

산도르는 부엌을 나와버렸다.

현관문을 열고 들어섰을 때 TV 소리가 들려왔다. 다행히 엄마가 아직 거실에 있다는 뜻이었다. 이다의 엄마는 미국 드라마를 즐겨 보았다. 이다도 그런 편이지만 엄마와 함께 보는 경우는 드물었다. 이다는 재킷을 벗으면서 마음속으로 곧 눈앞에 펼쳐질 일상의 광경을 그려보았다. 엄마는 소파 한쪽을 베고 누워 있을 것이다. 아빠와 함께 살 때부터 덮어온, 때에 찌든 담요를 덮고 있을 것이다. 그러한 이다의 예상에는 한 치의 오차도 없었다.

"어서 와라, 이다."

"안녕, 엄마."

이다는 부엌으로 갔다. 싱크대에는 아침식사 후의 설거짓거리가 고스란히 남아 있었다. 배에서 꼬르륵거리는 소리가 쉴 새 없이 들려왔다. 냉장고에는 얼마 남지 않은 잼, 감자 몇 개와 다이어트용 마가린만 덩그러니 있었다. 마지막 남은 빵은 오늘 아침에 다 먹어버렸다. 울부짖고 싶은 심정이었다. 엄청난 허기가 느껴졌지만 그보다 더 큰 울화가 치밀어 올랐다. 엄마는 오늘도 장을 보러 다녀오지 않은 것이다. 그렇다면 하루 종일 대체 뭘 한 걸까? 하루 종일 소파 위에서 나뒹굴기만 했단 말인가?

이다는 다시 거실로 갔다. 엄마는 창백하고 맥이 없어 보였다. 하지만 그렇다고 늘 동정심만 가질 수는 없는 노릇이었다.

"9시가 다 되어가는지는 알고 있어?"

엄마는 TV 화면으로부터 눈을 떼지 않은 채 말했다.

"뭐라고?"

"곧 가게 문 닫을 시간이란 말이야."

"음……."

"어쨌든 난 더 이상 장 보러 가지 않을 거야!"

엄마는 여전히 텔레비전에 빠져 있었다. 이다의 목소리에 힘이 들어갔다.

"엄마는 내가 뭘 먹고 다니는지 관심 없지?"

그제야 엄마가 화면에서 눈을 떼고 이다를 올려다보았다.

"너, 지금까지 있다 온 곳에서 아무것도 안 먹고 왔어?"

"내가 왜 꼭 밖에서 먹고 와야 하는데?"

엄마의 얼굴에 당황한 기색이 역력했다.

"글쎄…… 난 먹고 온 줄 알았지."

"아, 그러셨어요? 그럼 안 먹고 올 줄 알았다면 뭔가 먹을 걸 준비했을 거란 얘기야?"

이다의 목소리는 단호하면서도 냉소적이었다. 엄마의 얼굴에 두려움이 묻어났다.

"미안해, 난 정말 몰랐어……."

화가 조금 누그러지는 듯했다. 가엾고 힘없는 우울증 환자. 우리 엄마. 이다는 엄마의 곁에 바짝 다가가 앉았다. 그리고 엄마의 이마 쪽을 쓰다듬었다.

"나도 알아, 엄마."

이다는 미소 지으며 말했다.

"엄마는 오늘 뭘 먹었어?"

엄마는 이맛살을 찌푸리면서 대답하기 곤혹스럽다는 표정을 지었다.

"뭘 먹었냐고? 특별히 뭘 먹지는……."

"그럼 하루 종일 아무것도 먹지 않았다는 거야?"

"그냥 버터 바른 식빵을 먹었어."

순간 이다의 몸에 전율 같은 것이 일었다.

"거짓말 마. 집에 남아 있는 빵이라곤 없었을 텐데."

엄마가 일어나 앉았다.

"너, 지금 나를 심문이라도 하는 거야?"

이다는 엄마의 눈을 똑바로 쳐다보고 말했다.

"그게 아니라, 난 그냥 엄마가 뭐라도 먹어야 된다는 걸 말하고 싶었을 뿐이야."

"내가 왜 아무것도 안 먹을 거라고 생각하니?"

엄마가 언성을 높이며 말하더니 이내 TV 화면으로 눈을 돌렸다. 또다시 혹독한 허기가 느껴졌다.

"엄마가 아무것도 안 먹으면 상태가 점점 더 악화돼서 나중엔 영원히 회복할 수 없는 지경에 이르게 될 거야."

"그래그래, 알았다."

순간 이다의 눈가에 눈물이 흘러내렸다.

"뭐든 꼭 챙겨 먹어야 해, 엄마!"

"그래, 알았다고 했잖아. 그러니 이젠 그만 좀 해."

"꼭 먹어야 해!"

"아니야, 어쩌면 먹을 필요도 없지 뭐, 내 처지에."

엄마는 소파에서 힘겹게 일어나 방 쪽으로 가더니 문 앞에서 힐끗 돌아보며 소리쳤다.

"네가 내 엄마라도 되니?"

쾅. 문이 굉음을 냈다. 이다는 온몸을 부르르 떨기 시작했다. 정나미 떨어지는 엄마 같으니!

이다는 자기 방으로 가서 문을 잠근 채 음악을 틀었다. 울부짖고 싶은 심정을 억지로 달랠 수 있는 유일한 방법이었다. 마돈나의 목소리가 방 안을 채웠다. 마돈나는 엄마보다도 몇 살 더 나이가 많지만 훨씬 젊어 보였다. 엄마도 다시 그렇게 될 수 있을까? 마돈나에게도 한때 위기의 시기가 있었다. 하지만 요가를 통해 극복했고, 아이를 낳은 후로는 더욱 행복해졌다고 한다. 엄마에게도 요가가 필요한 것일까? 하지만 어떻게 설득할 수 있을지가 문제였다.

이다는 컴퓨터를 켰다가 메일을 발견하고는 들뜨기 시작했다. 부디 아빠에게서 온 메일이기를! 그녀는 메일박스를 클릭했다.

---

안녕, 사랑하는 딸아! 네 소식을 듣고 몹시 기뻤단다. 세실리아는 이제 막 첫 걸음마를 시작했어. 집 안을 뒤뚱뒤뚱 걸어 다니는 걸 보면 웃음이 절로 난단다. 그리고 패니는 이 방 저 방 옮겨 다니며 여전히

천방지축으로 난리법석을 피우고 있지. 아이 키우기가 정말 쉽지 않다는 걸 새삼 느끼고 있단다. 더군다나 아빠처럼 바쁘게 살아가는 사람들에게는 말이야. 그러면서도 다른 한편으론 더없이 큰 행복을 느끼기도 하지.

늘 그렇지만 네가 정말로 보고 싶구나. 한 가지 유감스런 소식을 전하자면 스웨덴으로의 여행을 취소해야 할 것 같다. 뜻밖의 소식에 상심이 크리라 생각한다. 하지만 이곳 일정에 차질이 생기는 바람에 어쩔 수 없이 그렇게 되었단다. 분명 나중엔 꼭 갈 수 있을 거야. 아니면 다음 방학 때 네가 이쪽으로 오는 것은 어떻겠니? 지난번에 네가 다녀간 지도 벌써 6개월이나 된 것 같은데. 너무 실망하지 않겠다는 표시로라도 내게 메일을 좀 보내줬으면 좋겠다. 그리고 돈은 평소처럼 송금했단다. 사랑한다, 아빠가. ▶

그녀는 한참 동안 멍하니 자리에 앉아 컴퓨터 화면을 응시했다. 순간 자판 위로 액체가 한 방울씩 떨어지는 것을 느꼈다. D와 F와 N과 M 사이로 작은 물방울이 맺히기 시작했다. 그녀는 자리에서 일어나 방 안을 이리저리 왔다 갔다 했다. 얼간이! 세상에서 제일 얄미운 아빠! 사랑한다는 얄량한 말로 내 속을 이렇게 뒤집어놓지 말란 말이야! 갖은 능청과 거짓으로 도배를 한 미국 드라마만도 못한 대사가 아닌가. 아빠가 미국으로 간 것도 다 이유가 있었던 거다. 그곳에서 아빠는 허세와 천박함에 물들어가고 있을 터였다.

하지만 엄마는 결코 이다를 내팽개치지는 않을 것이다. 엄마 만큼은 믿을 수 있었다.

이다는 문을 열고 엄마의 침실로 갔다. 엄마는 벽 쪽을 향해 누운 채 잠들어 있었다.

 Sandor

산도르는 아버지의 눈과 마주친 순간 뭔가 얘기를 해야겠다는 생각을 접었다. 스스로 생각해도 우스운 광경이 될 것 같았다. 그가 지금 하고 싶어 하는 얘기가 아버지에겐 어떻게 비칠 것인 가? 그와 아버지는 같은 피가 흐르고는 있지만 근본적으로 다른 유형의 인간인 것이다.

아버지가 자리에서 일어났다. 오늘 일을 다 마친 듯했다. 산도 르는 조용히 위층으로 올라갔다. 노라의 방에선 힙합 음악이 밖 에까지 쿵쿵 울리고 있었다. 노라는 그 좁은 공간에서 스텝 연습 을 하며 온몸이 땀범벅이 된 채 춤에 푹 빠져 있었다. 지금 그녀 가 뭘 느끼는지 산도르는 잘 알고 있었다. 아니, 어쩌면 관람자 의 입장일 때만 느낄 수 있는 것인지도 모른다. 원래 노라와 산도 르의 삶은 크게 다르지 않았었다. 그녀가 자신의 일에 이토록 푹 빠져 지내지만 않았더라면 그들은 공감대를 좀 더 넓힐 수 있었 을 것이다. 지금과 같은 상황에서 그녀가 방해받기를 원치 않는 다는 것을 산도르는 잘 알고 있었다.

열아홉 살인 아론은 되도록 빨리 독립해야 한다는 것이 아버지의 뜻이었다. 산도르와 아론 간에 진지한 대화를 가져본 적이 있었던가? 형과 동생으로서 말이다. 산도르는 문에 귀를 갖다 대 보았지만 아무 소리도 들을 수 없었다. 열쇠구멍도 들여다보았지만 소용없었다. 문을 열기 전에 작게 노크를 했다. 처음엔 방에 아무도 없는 줄 알았다. 하지만 곧 그는 문을 다시 닫았다. 아론이 여자친구와 침대에 누워 있었다. 그들은 키스만 하고 있었을 뿐이지만, 그럼에도 산도르의 얼굴은 붉어졌다.

그는 자기 방으로 돌아가서 침대에 누웠다가, 다시 일어나 살며시 아버지의 작업실로 들어갔다.

## Ida

그녀는 자기보다 상황이 더 좋지 않은 사람들도 많을 것이라고 긍정적으로 생각했다. 예컨대 굶기를 밥 먹듯이 하는 사람들이나 고아들처럼. 그녀에게는 비록 우울증을 앓고 있긴 하지만 적어도 엄마라는 존재가 있다. 그리고 지금은 미국에서 살면서 자기에게 신경조차 쓸 수 없지만 어쨌든 아빠가 있다. 또 친구들도 있다. 약간 비정상적이어서 짜증나게 하기도 하고 지겹도록 귀찮게 하기도 하지만 말이다.

그녀는 컴퓨터 앞으로 가서 채팅방에 로그인했다. 이미 천박한 수다들로 도배가 되어 있었다. 누구나 자신의 느낌을 쏟아낼수는 있지만 아무에게나 공감을 강요할 수는 없는 법. 지금 나의 기분에 공감해줄 사람은 정말 아무도 없는 것일까? 어제 외로움을 느낀다면서 이성적인 사람과 얘기를 나누고 싶다던 그 사람 이름이 뭐였더라?

 Sandor

이다 : 안녕, 산도르. 어제 등장했던 고독한 자, 지금 여기 있는지? 전화 한 통 할 친구도 없다고 했던 너스레꾼 말이야. 자기처럼 외로움을 느끼고 있는 누군가가 또 있는지 궁금해했지. 내가 바로 딱 그런 기분인 사람이긴 한데. 정말 딱이거든. ↖

그는 화면을 주시하고 있었다. 그것만으로도 동질감을 느끼기에 충분했다. 기분이 들뜨기 시작했다. 누군가가 내 글을 읽은 것이다! 나를 기억하고 있는 것이다!

산도르 : 이다! 그래, 여기 있어. 내가 왜 여기에 들어오게 되었는지는 나도 이해가 안 되지만 말이야. 난 이런 잡소리 늘어놓는 곳과는 담을 쌓고 살아왔거든. ↖

산도르는 기다렸다. 긴장되었다. 그녀가 아직 있을까? 너무 굼뜨게 글을 올린 게 아닐까? 그녀는 그새 컴퓨터를 끄고 잠자리에 든 걸까? 다행히도 답글이 올라왔다.

이다 : 안녕! 나도 그쪽과 같은 부류인 것 같은데. 사실 나도 내가 왜 이런 곳엘 들어오게 되었을까 의아해하고 있던 참이었어. 나 역시 쓸데없는 헛소리는 못 들어주는 성미거든. 그렇지 않아도 우리 삶 전체가 끊임없는 수다들로 넘쳐나는데 말이야. 하지만 한편으론 이런 수다의 향연을 아예 거부하기도 쉽지 않을 거라는 생각이 들어.

산도르 : 요즘 시대엔 나라는 존재에 대해 아무도 관심을 가져주지 않아. 하긴 인생 외줄타기를 하는 사람이 어떻게 다른 사람까지 끌어들일 수 있겠어?

이다 : 나이는 어떻게 되는지?

산도르 : 열다섯 살. 그쪽은? ↖

그들은 개인 채팅방을 열었다.

이다 : 내가 누구인지 모두들 잘 안다고 생각하는데, 나는 그게 정말 불쾌해!

산도르 : 난 항상 본래의 나 자신이 되기 위해 노력했지만 번번이 실패하고 말았어. 그건 아마 본래의 자아와 무언가 어긋나 있다는 의미가 아닐까?

이다 : 난 한 번도 그걸 시험해본 적이 없어. 내 본래의 모습이 무엇

인지도 모르겠고. 어떻게 그걸 알 수 있을까?

산도르 : 나는 그걸 안다고 생각해. 하지만 그런데도 본래의 모습대로 살 수 없는 게 더 큰 문제인 것 같아. 한번 생각해봐. 참된 자아를 발견하지 못하고 생을 마감해야 한다는 사실 말이야.

이다 : 우리가 누구인가를 아는 존재가 있긴 하겠지. 신이라면?

산도르 : 난 신을 믿지 않아. 신이 존재한다 해도 난 관심 없어.

이다 : 난 악마를 믿어. 누군가가 날 끊임없이 괴롭히고 있다는 느낌이 떠나질 않아.

산도르 : 그렇다면 적어도 외롭지는 않겠네?

이다 : 물론이지, 늘 내 곁에 있는걸. 내 어깨에 걸터앉아 있기도 해.

산도르 : 나도 누군가가 있었으면 좋겠어. 악마라도 말이야.

이다 : 하지만 악취를 풍기는 게 흠이지.

산도르 : 그렇군. 그런데 인간은 왜 그토록 이기주의적인 존재로 생겨먹었을까? 살아남으려면 어쩔 수 없는 걸까?

이다 : 우리도 이기주의자일 수 있어. 그걸 알아차리지 못할 뿐이지. 그러니 결국 우리는 우리 자신에 대해 얘기하고 있는 셈이야.

산도르 : 그래, 맞아. 우리 인간들은 자기 자신을 위해서라면 모든 것을 투자하지.

이다 : 하지만 아이를 낳은 사람은 이기주의자가 되어서는 안 된다고 생각해. 부모라면 당연히 아이를 위해 살아야 하는 거 아냐?

산도르 : 멋진 말이군.

이다 : 그래서 세상의 모든 부모들에겐 사전 교육이 필요해.

산도르 : 우리 엄마는 사사건건 내 일에 간섭하려 들면서도 내 의견은 전혀 존중해주질 않아.

이다 : 우리, 이메일 주소라도 교환할까? ▸

*Sandor*

그녀는 이 세상 사람 같지 않았다. 마치 새처럼 움직였다. 아니, 정확히 말하자면 새가 아니라 천사나 요정 같다고나 할까.

가냘픈 몸매에 투명한 피부. 그녀는 이제 갓 태어나서 만지면 금방이라도 부서질 듯한 연약한 존재처럼 여겨졌다. 관자놀이에 핏줄이 드러나 보이고 다리에도 핏줄이 비쳤다. 말하자면 타인에게 보호본능을 자극하기에 충분했다. 그는 그녀를 보호해주고 싶었다. 안아주든지, 아니면 적어도 손이라도 잡아주고 싶었다.

그녀의 몸에 접촉할 기회는 종종 있었다. 그녀의 몸은 단단하면서도 부드러웠고 솜털처럼 가벼웠다. 그는 그녀를 공중으로 들어올리기도 했다. 하지만 눈을 마주친 적은 드물었다. 그녀는 매번 자신만의 세계 속에서 자신만을 위한 춤에 빠져 있었기 때문이다.

크리스티나와 그는 일주일에 네 번 본다. 그러기를 어느새 1년째. 하지만 지금까지 서로 단 한 마디도 주고받지 않았다. 그녀는 아무하고도 대화를 나누려 하지 않았다. 늘 타인이 접근하기 어려운 표정을 짓고 있었으며, 간혹 웃는 경우에도 무언가 자기 뜻대로 되지 않을 때 살포시 옅은 웃음을 짓는 게 다였다.

항상 머리를 위로 틀어 올리고 다니는 그녀의 모습은 산도르의 환상 속에서 오금을 자극할 만큼 묘한 매력을 발산했다. 진짜 요정을 만났을 때의 기분이 이럴까? 그녀는 좁은 미간에 어울리게 오똑하고 날렵하게 빠진 코와 깜찍한 콧방울을 가졌고, 작은 입과 연갈색의 눈을 지녔다. 한 가지 특이한 점이 있다면 다른 부위는 연한 빛을 띠지만 속눈썹만큼은 검은 빛깔을 띤다는 점이다. 까맣고 갸름한 눈썹.

크리스티나는 그들 그룹에서 최고의 춤꾼이었다. 파울리나 선생님도 언젠가는 크리스티나가 프리마 발레리나로 대성할 거라는 확신을 갖고 있었고, 그래서 그녀를 편애했다. 산도르로서도 별 이의가 없었다. 그녀가 발군의 실력을 갖추고 있는 건 인정하지 않을 수 없는 사실이기 때문이다.

### ✍️ *Ida*

"이다, 이거 정말 괜찮지? 완전 캡이야."

이삭은 스케이트보드를 겨드랑이에 끼고 벽에 기대어 있었다. 사진 촬영을 위해 포즈를 취하고 있는 듯한 자세였다. 전혀 거리낌이 없었다. 햄푸스는 보드 위에 앉아서 침을 퉤퉤 뱉고 있었다. 쿨한 스케이터에겐 그런 행동이 어울린다고 생각하는 모양이었다.

테레제와 수잔나는 담배를 피우고 있었다. 테레제는 연신 담배 연기로 동그라미를 만들어냈다. 이제 막 터득한 기술이니 많은 연습이 필요할 것이다. 그 옆에서 수잔나는 거의 존경에 가까운 눈초리로 이삭을 쳐다보고 있었다.

"야, 정말 그렇네!" 그녀는 어느 정도 감동받은 목소리로 말을 받았다. "정말 대단하다!"

그러나 이삭이 기다리는 건 이다의 대답이었다. 그는 이다에게서 눈을 떼지 않고 있었다.

"이다!"

"그래, 멋지다."

뭘 두고 하는 말인진 몰랐지만 이다는 웃으며 맞장구를 쳐주었다. 이삭은 만족스런 표정으로 이다 앞으로 다가서더니 집게손가락으로 이다의 이마를 쓰다듬었다. 순간 이다는 놀라 몸을 움찔했다.

"여기 뭔가 묻은 것 같은데."

"왜 이래? 뭐가 묻었다고 그래. 저리 가."

그녀가 반사적으로 밀쳐내자 이삭은 실쭉해져서 물러났다.

"정말 뭐가 묻었단 말이야."

이다는 사실 이삭을 똑바로 쳐다보기가 거북했다. 그와 한 번잔 적이 있다는 사실이 그녀를 악령처럼 따라다니고 있기 때문이다. 물론 지나친 과민반응일 수도 있다. 햄푸스와도 잔 적이 있지만 그건 아주 오래 전의 일이다. 그래서 그와 눈이 마주치는 것은 상대적으로 스트레스가 덜한 편이었다. 말수가 적은 햄푸스는 엉덩이에 아슬아슬하게 걸쳐지게 바지를 입고 다니는데,

한번은 바지가 흘러내려 망신을 당한 적도 있었다.

테레제도 햄푸스와 잔 적이 있었다. 이다보다 먼저였다. 나중에 이다와 햄푸스가 같이 잤다는 소문을 듣고 테레제는 화를 냈다. 하지만 이다는 테레제가 먼저 햄푸스와 잤다는 사실을 나중에야 알았다. 당사자가 말을 하지 않는데 어떻게 알 수 있단 말인가? 평소 남자들을 무시하며 전혀 관심 없다는 듯이 행동하던 테레제가 하필이면 햄푸스와 잤을 줄이야. 수잔나의 말에 따르면, 테레제가 유일하게 콤플렉스를 느끼고 있었던 대상이 햄푸스라고 한다. 하지만 테레제는 그런 얘기를 입 밖에 낸 적이 없었다.

갑자기 이삭, 햄푸스, 테레제와 함께 넷이서 그룹섹스를 하는 야릇한 상상이 이다의 뇌리를 스쳤다. 하지만 동시에 역겹다는 생각이 따라붙었다. 이다는 유난히 성에 관심이 많은 친구들 집에서 포르노를 보았지만, 섹스에 대한 관심과 흥미는 크지 않은 편이었다. 포르노 영화나 섹스 자체에 신물이 난 것일까? 그녀는 열두 살 때 이미 첫경험을 했다. 그래서 벌써 재미가 없어진 것일까?

요즘 그녀는 자신의 모든 열정을 바칠 만한 무언가를 원하고 있었다. 김나지움? 임시 아르바이트 자리? 그런데 지금 여기서 대체 무엇을 하고 있는 것일까?

"너희들 때문에 내가 정말 미쳐버릴 것 같구나!"

산도르의 엄마는 화난 얼굴로 산도르와 아론, 노라 앞에 물건들을 잔뜩 내려놓으며 소리쳤다.

"이 정도면 내가 말을 안 하지!"

그녀는 다시 현관의 사물함으로 가서는 이것저것 들쑤시더니, 먼지를 잔뜩 뒤집어쓴 야구글러브를 손에 쥐고 나타났다.

"도대체 이게 뭐야? 누구 거야?"

아론이 잽싸게 낚아채면서 말했다.

"이건 내 거예요."

"좋아, 그럼 이걸 언제 사용하는지 얘기 좀 해봐라. 무슨 변명을 하는지 어디 한번 들어보자."

엄마는 헝클어진 머리를 한 채 양손을 허리춤에 받치고 아론을 쏘아보았다.

"너무 흥분하지 마세요. 곧 다시 운동 시작할 거예요."

아론이 잠시 머뭇거리다 심드렁하게 대답했다. 해명치고는 어설펐다. 순간 엄마의 얼굴에 승리자의 웃음이 배어나왔다.

"그걸 말이라고 해! 2년 동안 한 번도 건드려본 적 없으면서. 나도 이젠 더 이상 못 참겠다."

엄마는 다시 사물함 쪽으로 향하더니 이번에는 한껏 더 격분한 표정으로 하키 채를 한 아름 들고 돌아와서 발치에 던져놓았다.

"자리를 너무 많이 차지하니까 창고에 갖다놓든지, 아니면 네 방으로 가져가라."

아론은 못마땅하다는 듯 몇 마디 구시렁거리며 자기 물건들을 치우기 시작했다. 산도르 앞에는 오래된 게임기와 옷가지 등이 산더미처럼 쌓였고, 노라에게는 바비 인형 한 보따리가 처분을 기다리고 있었다.

"여기가 쓰레기통도 아니고, 사람이 정리를 하며 살아야 할 거 아냐, 정리를!"

사물함 쪽에서 들려오는 소리였다. 그런데 분주하던 움직임이 잠시 멈추는 듯하더니 멜로드라마에 어울릴 법한 탄식을 내지르며 엄마가 돌아왔다. 엄마 손에는 긴 장미리본이 달린 노라의 낡은 발레슈즈가 들려 있었다. 순간 노라의 입이 뾰족하게 튀어나왔다. 엄마는 노라 쪽으로 발레슈즈를 내밀며 말했다.

"한번 봐!"

"버려도 돼요."

노라가 강한 어조로 얘기했다. 엄마는 눈물을 머금은 눈으로 노라를 바라보았다.

"진심으로 하는 소리야?"

"예, 진심이에요."

"확실해?"

"그래요, 확실해요. 언제쯤 제 말을 알아들으실 거예요? 다시는 발레를 하지 않겠다고 했잖아요!"

노라는 단어 하나하나에 힘을 주어 또박또박 얘기했다. 엄마는 돌아서서 더 이상 듣지 않으려고 했지만 노라는 엄마의 얼굴에 코를 바짝 들이대며 말했다.

"내가 한 말 알겠어요, 엄마? 다시는 안 할 거라고요!"

산도르는 그 옆에 멍하니 서서 엄마가 몸을 부르르 떨며 전율하는 모습을 지켜보았다. 폭발하기 일보 직전이었다. 하지만 엄마의 과격한 반응이 연출된 것이며, 설사 진짜 눈물을 흘리더라도 그것 역시 과장된 것임을 가족 모두 익히 잘 알고 있었다.

"오, 산도르. 내가 그나마 너 하나 믿고 산다, 내 아들아."

나는 나 자신을 증오해! 아무 말 못 하고 바보처럼 살아가는 내 모습이 너무 싫다! 저항의 몸부림 한 번 제대로 치지 못하는 나라는 작자는 다른 사람들이 알고 있는 그런 내가 아니야! 세상에서 둘째가라면 서러워할 겁쟁이. 나약함을 광고하는 데는 일급모델. 머릿속에는 '더 이상 이래선 안 돼'라는 생각과 각오가 가득하지만 실제 행동으로는 옮기지 못하는 젬병. 그렇게 결국 번번이 옛날의 나로 돌아오고 마는 거야. 이제 알겠니, 이다? 네가 지금 어떤 바보 멍청이와 메일을 주고받는지 말이야!

이다는 빠른 발걸음으로 수잔나와 테레제를 앞서서 걸었다. 오늘 같은 날은 차라리 혼자였으면 좋겠다는 생각이 들었다. 되도록 빨리 집에 가서 산도르에게 답장을 보내고 싶었다. 지금까지 여러 차례 메일을 주고받았지만 서로 답장을 게을리 한 적이 없었기 때문이다. 이다는 여태까지 펜팔을 해본 적도 없고, 누군가와 제대로 채팅을 해본 경험도 없었다. 그런 일은 바보 아니면 하릴없는 얼간이들이나 좋아하는 거라고 생각했기 때문이다. 도대체 왜 그랬을까? 산도르는 결코 멍청이가 아니다. 그는 이성적인 인간이고 대부분의 속물들과는 거리가 멀다. 그는 남의 말을 경청하고, 충분히 숙고한 후 물음을 던진다. 산도르를 떠올리자 가슴속이 확 달아오르는 것을 느꼈다. 아직 서로에 대해 아는 것이 아무것도 없지만, 어쩌면 그런 것들은 불필요할지도 모른다. 모든 것을 말할 필요는 없지 않은가. 그들은 자신을 드러내지 않은 채 30분이나 채팅을 한 적이 있었는데, 아마도 그때가 생애 최고의 대화였을 것이다.

"이다, 그렇게 빨리 걷지 좀 마!"

수잔나의 불평 섞인 목소리가 뒷전에서 들려왔다.

"추워서 그래."

이다는 변명하듯 대답했다.

"이삭, 걔 정말 멋지더라. 너, 아직 걔를 마음에 두고 있니?"

수잔나가 느닷없이 말을 꺼냈다.

"아니!"

"아니라고? 내 눈엔 그렇게 보이던데."

테레제가 중간에 끼어들었다. 테레제와 수잔나는 의미심장한 눈빛을 교환하며 조소하듯 쳐다보았다. 맘대로 생각하라지 뭐. 이다는 얼른 집에 가서 산도르에게 메일을 보내는 것 외엔 아무런 생각이 없었다.

　제기랄! 돌발 상황이다. 반야가 제니와 함께 뒤쪽에서 걸어오고 있었다. 주위는 적막한 상태였다. 그때 갑자기 낄낄거리는 소리가 들려왔다. 애써 무시하려 했지만 수잔나가 옆에서 팔꿈치로 찌르며 주의를 환기시켰고, 또다시 낄낄거리는 웃음소리가 들려왔다. 이번엔 좀 더 큰 소리였다. 그 웃음이 무엇을 의미하는지 이다의 몸이 먼저 알아채고 있었다. 반야와 제니는 늘 이다의 행동을 가볍고 천박하며 멍청하다고 여겨왔다. 책과 악기로 치장한 이 계집애들은 자기들이 뭔가 특별한 부류라고 생각하고 있는 것이다. 이다는 그들 쪽으로 돌아서서 말을 던졌다.

　"너희, 뭔가 특별히 재미있는 얘기라도 하고 있는 모양이지?"

　"뭐라고? 그냥 웃으면 안 된다는 법이라도 생겼나 보네? 그렇다면 정말 죽을죄를 지었네. 딱 한 번만 봐주세요. 다시는 안 그럴 테니."

　반야가 제니를 쳐다보며 빈정거렸다.

　"너희가 지금 우리를 웃음거리로 만들고 있는 걸 누가 모를 줄 알아?"

　"사랑하는 이다 양, 병적 망상에서 이제 벗어나시지 그래!"

　반야는 비아냥거리는 말투로 한마디 던지고는 걸음을 옮기려 했다. 그러나 이미 이다는 화가 머리끝까지 치밀어오른 상태였다. 최악의 모멸감을 맛보았다는 생각에 당장이라도 반야를 죽여버리고 싶었다.

"너, 몸조심하는 게 좋을걸!"

테레제와 수잔나가 이다를 존경의 눈초리로 쳐다보았다.

"지금 날 협박하는 거야 뭐야?"

"너 좋을 대로 생각해."

반야의 얼굴이 달아올랐다.

"그런다고 내가 겁먹을 거라는 착각은 안 하셔도 돼."

"하지만 겁을 좀 먹어두는 게 좋을걸!"

이다가 반사적으로 맞받았다. 이제껏 이들의 말다툼이 오늘처럼 험악한 분위기로 번진 적은 한 번도 없었다. 제니가 반야를 설득하기 시작했다.

"그냥 무시해버려."

하지만 반야 역시 이미 인내심을 잃고 있었다.

"네가 그렇게 행동하는 거, 다른 애들이 널……."

반야가 말을 하다 말고 주춤거렸다. 하지만 이다는 그 다음에 무슨 얘기가 이어질지 짐작할 수 있었다. 물론 스스로를 품위 있고 고상한 존재라고 여기는 반야가 그런 말을 입에 올리기는 쉽지 않겠지만.

"넌 정말 구제불능인 거 알아? 이 행실 나쁜 날라리 창녀야!"

말 그대로 공식적인 비방이었다. 이다는 즉시 반야의 따귀를 올려붙였다.

마음 같아선 큰 소리로 울고 싶다. 나의 참모습은 그게 아닌데! 하지만 아무도 믿어주지 않고, 항상 난 바보 같은 짓을 반복한다. 분명 내가 하고 싶지 않은 행동인데도 말이야. 매번 같은 시행착오를 되풀이하는 건 왜일까? 어느 순간 이미 문제를 일으켜버리니. 도대체 이유가 뭘까? 빌어먹을! 머릿속이 뒤죽박죽이다. 나도 나 자신을 이해할 수 없어. 미쳐버린 걸까? 일이 잘 풀리는 걸 오히려 두려워하는 사람이 된 듯한 느낌이야. 제발 엄마처럼 되지는 말아야 할 텐데…… 내 안에 잘못되어 있는 뭔가를 바로잡으려면 어떻게 해야 할지 통 모르겠어. 이다가.

*Sandor*

체육시간. 오늘은 스스로 생각하기에도 놀라우리만치 컨디션이 좋다. 얼마 전까지 그에게 존재하지 않았던 이다 때문일 것이다. 이다는 누이 같은 존재다. 아니면 달리 뭐라 부를 수 있을까? '영혼의 동반자' 정도? 짝사랑하는 크리스티나에게는 말조차 제대로 붙여보지 못했지만, 이다와는 모든 것을 얘기할 수 있다.

반 아이들은 벤치에 앉아 있었다. 크리스터 선생님이 평소처럼 기운 넘치게 호루라기를 불었다.

"오늘은 내가 아주 색다른 것을 보여주겠다. 장담하건대 여러분 중엔 이걸 할 수 있는 사람이 없을 거다. 함보 춤이라고 들어나 봤나?"

남자아이들이 야유하기 시작했다. 그러자 크리스터 선생님이
한 발 물러나 타협안을 제시했다.

"좋아, 그럼 축구를 하고 싶은 사람은 축구를 하도록 해. 체육
관을 반씩 나누어 쓰도록 해주겠다."

남자아이들이 환호성을 질러댔다. 바박이 갑자기 일어나더니
질문 아닌 질문을 했다.

"에, 크리스터 선생님, 산도르는 뭘 해야 하나요? 춤인가요,
아니면 우리 남자들과 같이 축구를?"

크리스터는 무슨 뚱딴지 같은 소리를 하느냐는 듯 그를 쳐다
보았다.

"그건 산도르가 결정할 문제라고 생각하는데. 자기가 하고 싶
은 걸 하는 거잖아. 그렇지 않나?"

바박은 산도르 쪽을 돌아보았다. 하지만 산도르는 이다의 존
재 덕분에, 평소 같지 않은 태도로 바박의 눈빛을 받아냈다.

"산도르, 우리랑 같이 축구하지 않을래?"

산도르가 축구에 흥미가 없다는 걸 바박은 잘 알고 있었다. 지
금까지 바박이 끼는 거라면 산도르는 뭐든지 함께하지 않으려
했기 때문이다. 그럴 바엔 차라리 여자아이들과 어울리는 편을
택했다. 지금도 바박의 제안을 무시해버리면 그만이었다. 하지
만 오늘은 기분이 좋았다.

"좋아, 같이 하자."

바박이 히죽 웃었다.

"탁월한 선택이야, 산도르."

바박은 초등학교 5학년 때 이후로 한 번도 산도르가 축구하는 것을 본 적이 없었다. 물론 그 전엔 종종 함께 축구를 했었다.

산도르는 미드필드를 맡았다. 다른 아이들과의 호흡도 잘 맞았고, 정확한 패스 등 나무랄 데 없는 경기를 펼쳐 보였다. 산도르는 드리블을 하면서 상대편 골문 쪽으로 공을 치고 나갔다. 플레이가 점점 더 유연해짐을 스스로 느꼈고, 주력과 순발력에도 자신이 있었다. 산도르는 페인트모션을 취한 다음 수비수 한 명을 제치고 공격수인 자비어에게 깔끔하게 패스했다.

"좋아, 산도르!"

몇몇은 박수까지 치며 칭찬해주었다. 상대편인 바박이 산도르에게 못마땅한 눈빛을 보냈다. 산도르는 바박이 그대로 있을 리만무하다는 것을 잘 알고 있었으므로 경기 내내 긴장을 늦추지 않았다. 예상대로였다. 산도르가 아웃라인을 따라 드리블하며 올라가고 있을 때 바박이 다가오더니 몸을 날려 태클을 걸어왔다. 산도르는 걸려 넘어질 뻔하다가 바박을 뛰어넘었다. 그러는 와중에 무릎 부위를 세게 차였다.

"저런 추접스런 반칙을 하다니!"

누군가가 격분해서 소리쳤다. 산도르는 절뚝거리며 탈의실로 걸어가야 했지만 기분이 그리 나쁘지는 않았다. 적어도 그들에게 자기가 '헛방'은 아니라는 걸 보여주었기 때문이다. 뒤쪽에서 들려오는 다급한 발소리에 돌아보니 발래가 진심으로 염려스런 표정으로 달려오고 있었다.

"괜찮아?"

이 상황을 어떻게 받아들여야 할까? 평소처럼 지금도 발래가 자신을 농락하려는 걸까?

"무릎이었지?"

가장 좋은 방법은 대답하지 않는 것이리라.

"내가 좀 도와줄까?"

조롱하는 게 분명하다는 생각이 들었다. 발래는 산도르의 팔을 끌어 부축해주는 시늉을 했다. 산도르로서는 그의 행동이 지나치게 과장된 제스처로 보였다.

"그럴 필요 없어. 나 혼자서도 충분히 갈 수 있어."

"그래, 난 단지 혹시나 해서 물어본 것뿐이야."

바박은 다른 아이들 틈에 끼어 그 광경을 호기심 어린 눈빛으로 쳐다보다가, 발래가 웃으면서 돌아가자 주먹으로 발래의 어깨를 툭 쳤다.

안녕, 이다! 난 밤이 좋아. 모든 오해 덩어리들이 이 순간만큼은 잠들 테니까. 나를 포함해서 모든 사람들이 제정신이 아닌 것 같아. 어떻게 사람들은 그렇게 죽 끓듯 변하는 걸까? 오늘 다르고 내일 다르게 행동하니 말이야. 네가 어떤 행동을 했는지는 모르겠지만, 내가 보기엔 넌 온전한 사람 같아. 어떤 것에 대해 고민할 줄 아는 사람이라면 적어도 정상적인 사고를 하는 사람이라고 생각해. 반대로, 고민하고 반성할 줄 모르는 사람은 짐승과 다를 바 없어. 그러니 아무도 너를 믿지 않는다는 말은 맞지 않아. 적어도 나는 너를 믿으니까 말이야. 넌 분명 네 인생에서 가치 있는 무언가를 성취할 수 있을 거라고 나는 믿어. ▸

*Ida*

"……진짜 엄청난 파티야."

테레제와 수잔나는 '그날 정말 멋졌어' 하며 이다를 벌써 몇십 번이나 되풀이해서 추어올리고 있었다. 칭찬에 인색한 테레제도 이다가 반야의 따귀를 갈긴 것만큼은 인상 깊었던 모양이다. 이다는 아무 말 없이 앉아 있었다. 기분이 썩 좋지는 않았다.

"그 파티에 모두 참석한다면 정말 굉장하겠는데……."

이다는 자기가 언젠가는 가치 있는 무엇인가를 이룰 수 있을 거라는 산도르의 말이 옳다는 생각이 문득 들었다. 이제부터는 더 이상 어리석은 짓을 하지 않을 것이다. 아무하고나 함부로 잠자리를 같이하는 일은 없을 것이다.

"크리스토퍼랑 걔 친구도 온대. 살인미소가 짱이었던 그 친구 말이야."

만일 반야가 경찰에 고소해서 사회복지청에서 나서기라도 하면 어쩌지? 무슨 일이 있어도 엄마가 이 일을 알아서는 안 돼. 엄마는 우울증만으로도 충분히 버거운 삶을 살고 있으니까. 일이 잘 안 풀리면 어쩌면 소년원으로 보내지거나 보호가정에 위탁될지도 모른다. 그렇게 되면 누가 엄마를 돌보지?

"그러지 말고 우리 주류 판매소 앞에 가서 서성거려……."

그럴 경우 엄마는 제 명대로 못 살지도 모른다. 그녀에겐 이다가 전부 아닌가.

"이다!"

그녀가 놀라서 움찔했다.

"왜?"

"이번엔 네 차례야!"

순간 이다는 지금 이들의 화제가 뭐였는지 파악하려고 애썼다. 금요일에 있을 파티인가? 술 퍼마시고, 나뒹굴고, 토하는 것이 코스처럼 되어버린 파티?

"하지만……."

"이번에도 빼면 재미없다! 지금까지 내가 주로 술 공급책을 맡아온 걸 안다면 말이야."

"그래, 하지만 난 그날 못 갈 것 같아!"

그녀는 스스로도 놀랐다. 어떻게 그런 말을? 파티에 갈 수 없다니? 말도 안 되는 얘기다.

"엄마 때문에 그래. 상태가 좋지 않으시거든."

테레제와 수잔나는 무슨 말인지 알 수 없다는 표정으로 이다를 바라보았다.

"믿을 수 없어! 엄마가 대체 지금 어떤 상태인데 그래? 병원에 입원할 만큼 심각한 건 아니잖아? 너까지 따분한 삶을 사는 건 엄마도 바라지 않으실 거야."

하지만 지금은 뜻을 굽힐 수 없다. 적어도 지금은.

"이번엔 나 없이 너희끼리 가면 안 될까?"

테레제와 수잔나는 이다의 결심이 단호할 뿐만 아니라 자못 심각하다는 것을 알아차렸다.

"하지만 정식으로 초대받은 사람은 너잖아. 그 애들이 원하는 건 바로 너란 말이야. 우린 너 없이 갈 수 없어."

이다는 일단 자리를 피하는 게 상책이란 생각이 들었다. 자리를 뜨려는 찰나, 문이 열리더니 반야가 나타났다. 제니와 킴과 함께였다. 반야는 이다와 눈이 마주치자 그 자리에 멈춰 섰다. 쓰레기를 쳐다보는 듯한 혐오와 경멸의 눈빛이 날아왔다. 그 순간이 영원처럼 길게 느껴졌다. 카페 안의 모든 사람들이 쳐다보는 것 같았다.

"여기는 적당한 장소가 아닌 것 같아. 딴 데로 가자."

제니가 모든 사람들에게 들릴 만큼 큰 소리로 얘기하고는 코를 벌름거렸다. 킴도 맞장구를 치고 나섰다. 반야는 아무 대답 없이 냉담한 표정으로 잔뜩 주눅이 든 이다를 노려보다가 탄식하듯 내뱉었다.

"저 애는 우리가 상대할 만한 가치도 없는 인간이야."

상대할 만한 가치도 없는 인간이라니. 이다는 지금까지 이토록 자기가 초라하게 느껴진 적이 없었다.

가끔 나를 엄습해 오는 이 두려움! 어느 순간 내가 무언가를 이루어 냈다는 생각이 들다가도 금세 모든 게 뒤죽박죽되고 마는 이 진절머리 나는 삶. 난 정말 이런 내 삶이 죽도록 싫다. 내가 정말 상대할 가치가 없는 쓰레기 같은 존재라는 걸 인정해야 할까? 어떻게 하면 악마처럼 강해질 수 있을까? 그러려면 어떤 식으로 훈련을 시작해야 할까? 그런 연습이 도움이 되기는 하는 걸까? 어쩌면 나 자신을 바꾼다는 것이 아예 불가능한 건 아닐까? 모든 것을 처음부터 다시 시작한다 해도 지금과 크게 달라지는 게 있을까? 이다가. ↖

*Sandor*

열다섯 살이 될 때까지 포르노 비디오를 한 번도 본 적이 없는 사람은 산도르뿐일 것이다. 산도르도 다른 아이들이 얼마나 자주 포르노를 즐겨 보는지 들어서 알고 있었다. 몇몇 친구들은 집에서 유료 성인 프로그램 채널을 즐기고, 심지어 그걸 녹화해서 다른 아이들에게 팔기도 한다고 했다. 물론 대부분 뻥이긴 했지만.

산도르는 그런 영화나 혹은 실생활에서 성행위가 어떤 모습으로 이루어질지, 대체로 상상에 의지하는 편이었다. 가끔은 자기가 과연 성행위라는 걸 할 수 있게 될지 의문이 들기도 했다. 지금껏 여자아이와 손 한 번 잡아본 적이 없었기 때문이다.

그는 청소년회관이나 디스코클럽에도 가지 않았다. 그런 장소에 가는 것 자체가 스트레스였다. 무슨 문제가 있는 것일까? 그가 선호하는 세상, 또는 여성상이 다른 어떤 곳에 다른 모습으로 존재하는 것일까? 어쩌면 산도르의 진짜 문제는 그런 '일탈 행위'를 스스로 견뎌내지 못하는 것일 수도 있었다. 그렇기 때문에 그는 나중에 혹시 크리스티나와 첫 키스를 하게 될 경우 사태가 어떻게 진행될지 잘 알고 있었다. 그로서는 크리스티나가 전에 다른 누군가와 키스해봤을 거라고는 상상할 수 없었다. 그에게 그녀는 순수 그 자체였기 때문이다.

산도르는 그녀가 봉을 잡고 연습하는 모습을 넋을 놓은 채 쳐다보고 있었다. 첫 포지션에서 발, 배, 엉덩이를 집어넣고 어깨를 아래로 내린 후 팔을 구부린 채 엄지와 중지를 마주치는 동작. 천상의 아름다움이 있다면 바로 이 모습이리라. 그러다가 어느 순간 헤닝과 눈이 마주쳤다. 산도르가 그녀를 쳐다보는 모습을 본 것인가?

그는 잠시 크리스티나를 잊고 자기가 이곳에 온 이유를 자문해보았다. 오늘은 모든 일이 뜻대로 된 하루였다. 평소 같지 않게 지나칠 만큼 자신감에 넘쳐 있었다. 그리고 크리스티나처럼 카리스마도 생긴 듯했다. 그렇다면 섹시하게 보일 수도 있지 않을까?

파울리나 선생님은 산도르의 움직임을 예의 주시하고 있었다. "산도르, 훌륭하구나! 완벽해! 날 행복하게 하는구나!" 그녀는 열광적으로 소리쳤다.

산도르는 밝게 웃으며 파울리나 선생님을 바라보았다. 이마에서는 굵은 땀방울이 뚝뚝 떨어지고 셔츠는 땀으로 흠뻑 젖어 있었다. 이렇게 되기까지 그녀의 공이 컸다. 그녀는 다른 산도르, 강한 산도르가 되도록 늘 곁에서 용기를 주어왔다. 그 순간 크리스티나가 검고 짙은 속눈썹 아래로 파란 눈을 반짝이며 자기를 쳐다보고 있다는 것을 알았다. 크리스티나는 미소 짓고 있었다. 그도 미소로 화답했다. 파울리나 선생님이 연습이 끝났음을 알릴 때까지 황홀한 기분은 지속되었다.

산도르가 크리스티나의 미소가 갖는 의미에 대해 곰곰이 생각하는 동안, 그녀는 신발 끈을 풀고는 탈의실 방향으로 사라져버렸다. 혹시 오늘이 그녀의 입술을 경험할 수 있는 일진 좋은 날이 아닐까? 최소한 오늘 함께 어디론가 바람이라도 쐬러 갈 생각이 있는지 물어볼 수는 있지 않을까?

그는 샤워를 끝내고는 머리에 신경 쓰느라 한참을 거울 앞에 서 있었다. 헤닝이 그를 엿보고 있었다. 질투심에서일까?

"나는 주말에는 몇 시간 더 연습하고 가."

"도약 연습을 하려고?"

헤닝이 고개를 끄덕였다. 그처럼 춤에 집착하는 인간도 드물 것이다. 거의 병적이라고 할 정도였다. 헤닝은 벌써 여러 차례 산도르에게 춤 연습이 끝나고 시간 좀 내줄 수 있느냐고 물었지만 산도르는 번번이 거절했었다. 헤닝과는 발레 외엔 다른 화제가 없었기 때문이다.

산도르는 크리스티나보다 먼저 밖에 나가 기다리고 싶었다.

헤닝도 이참에 먼저 가고 없으면 금상첨화일 것 같았다. 산도르는 재빨리 남방의 단추를 채우고 재킷을 어깨에 걸치고 밖으로 나갔다. 목덜미에서 헤닝의 눈초리가 느껴졌다.

크리스티나는 어디에도 보이지 않았다. 산도르는 잽싸게 신발을 신고 스포츠가방을 어깨에 둘러맸다.

"또 보자, 헤닝!"

그는 벽 쪽으로 기대어 지나가는 자동차를 쳐다보았다. 입구 바로 앞에 은색의 메르세데스가 주차해 있었고, 운전석 뒤에 목이 긴 여자가 앉아서 앞을 주시하고 있었다. 문이 홱 열리고 크리스티나가 계단을 내려왔다. 아직 채 마르지 않은 머리는 틀어올려져 있었고, 평소처럼 화장을 하지 않은 상태였다. 산도르는 몇 걸음 앞으로 걸어갔다.

"내 생각엔……."

문이 다시 열렸다. 순간 산도르는 멈추어 섰다. 헤닝이 계단에 나타난 것이다. 헤닝이 듣는 앞에서 무슨 말을 어떻게 해야 할지 고민스러웠다. 크리스티나는 잠깐 동안 산도르를 물끄러미 쳐다보더니 메르세데스로 걸어갔다. 그리고 보도 위에서 손을 들어 보였다. 산도르와 헤닝은 동시에 손을 들어 화답했다.

그녀는 차를 타고 출발했다. 헤닝과 산도르는 나란히 서서 멀어져가는 차를 지켜보다가, 서로를 쳐다보았다. 우스꽝스런 광경이 아닐 수 없었다. 산도르는 더 이상 웃음을 참을 수 없었다. 헤닝도 같은 생각을 하다 들통이 났다는 듯 멋쩍게 웃었다.

나를 한 번이라도 본 사람들은 나라는 존재를 어떻게 생각할까? 유령 같이 존재감이 없는 사람이라고 생각할까? 아니면 범생이? 아니면 비정상적인 폐인!? 과연 내가 없는 곳에서 나를 어떻게 평가할지? 하지만 그게 그렇게 중요한가? 몇몇 사람들에겐 분명 그럴 거야. 가령 너에겐 말이야. 물론 나도 네가 나를 어떻게 생각할지 두려움이 없지는 않아. 그 때문에 우린 지금도 정작 본질적인 것은 미뤄두고 에둘러 얘기하면서 변죽만 울리는 것일 수도 있어. 솔직히 털어놓고 얘기했다가, 모든 게 수포로 돌아갈지도 모른다는 두려움…… 그렇다면 우린 정말 겁쟁이들일 거야. 지금까진 한 번도 물어본 적이 없었지만 오늘은 꼭 물어보고 싶다. 어디서 살고, 무엇을 하는지? 그리고 네 삶은 어떤 모습인지? 그러니까, 네가 누구인지 알고 싶다. 산도르가.

*Ida*

그들은 술 판매점 앞에 서 있었다. 이다와 수잔나였다. 오늘은 테레제가 빠졌다.

날씨가 차가웠다. 이다는 집에 가서 산도르에게 메일을 보내고 싶은 마음이 굴뚝같았다. 대부분 그녀는 곧장 답장을 보내곤 했다. 그런데 지난 메일에선 그가 기분 나쁜 질문들을 해오기 시작했다. 지금까지 괄호 안에 묶어두었던 것들에 대해서 그가 알고 싶어 한다는 사실이 두려웠다. 서로 삶의 방식이 전혀 다르다면 어떻게 될까? 가령 그가 술 판매점 앞에 죽치고 서서 미성년자인 자신을 대신해 술을 사다 줄 사람이나 물색하고 있는 대도시 날라리를 감당해내지 못할 타입이라면? 어느 정도까지 솔직하게 털어놓을지에 대해 곰곰이 생각해봐야 할 것 같았다.

수잔나는 온종일 테레제에 대해 불평을 늘어놓고 있었다.

"걔는 우리가 자기한테 잘못한 것도 없는데 왜 그러는 거야, 도대체."

이다는 대신 술을 사다 줄 만한 사람을 물색하고 있었다. 하지만 대부분 인정머리라곤 눈곱만큼도 없는 사람들이었다.

수잔나가 심호흡을 한 번 했다.

"너 혹시 그거 알아? 테레제, 그 계집애가 너를 두고 뒷담화를 많이 한다더라. 너희는 친구잖아. 그런데도 걔는 네가 도도하다느니, 유별나다느니 하면서 흉을 보고 다닌다는 거야. 심지어 네가 아무하고나 잠자리를 같이한다고 떠벌이기도 했다던데……."

"그만 해!"

이다는 그 자리를 뜨고 싶었다. 테레제가 고의로 그런 말들을 한 것은 아닐 거라고 생각했다. 그때 비척거리며 걸어오는 한 남자가 보였다.

"죄송하지만, 저희를 대신해서 와인 한 병만 사다 주실 수 있으세요? 수고비로 만 원 드릴게요."

그 남자는 뜨악하게 쳐다보았다. 눈동자가 맑은 걸 보니 알코올중독자는 아니었다. 그는 이맛살을 찌푸리더니 걱정된다는 듯이 그녀를 노려보았다.

"너희들, 정말 술 마시려는 거야?"

"예, 그러려고 했는데……." 이다는 우물쭈물했다.

"안 돼, 그렇겐 못하겠다."

그는 그들을 노려보더니 불안한 발걸음으로 사라져갔다.

"제기랄, 재수 없어. 돌아가시겠네, 정말!"

수잔나가 소리치더니 아까 하던 말을 계속 이어서 했다.

"그리고 실은 남자아이들이 너한테 별 마음이 없대. 네가 너무 매정하고 강한 성격이라서 항상 긴장 상태로 있어야 한다는 거지…… 또 얼마 전엔 뭐라고 했는지 알아? 너, 이 말 나한테서 들었다고 아무에게도 말하지 않기로 약속할 수 있지?"

"그래, 약속할게."

"네가 시험에 떨어졌고, 반야가 너보고 날라리 창녀라고 한 것도 틀린 말이 아니라는 거야. 정말 심하지?"

그때 그들을 부르는 소리가 들려왔다. "이다! 수잔나!"

테레제가 그들을 향해 달려오고 있었다. 순간 수잔나의 얼굴이 일그러지는 듯하더니 이내 야릇하게 웃는 표정으로 바뀌었다.

"안녕!"

수잔나는 테레제의 목을 끌어안고 볼에다 뽀뽀를 했다. 테레제는 포도즛빛 입술로 미소 지으면서 말했다.

"어떻게 됐어? 성공했어?"

내 삶에 대해 알고 싶다고 했지? 그런데 사실 얘기해줄 게 별로 없어. 어쩌면 전혀 없을지도 모르고. 나는 시골에 살고 있어. 노를란드 북부에 있는 산골 마을이야. 거의 일 년 내내 추위와 싸우는 곳이지. 그런 기후 때문에 난 대부분의 시간을 집 안에서 보내는 편이야. 가장 가깝다는 도시도 멀리 떨어져 있기 때문에 통학버스가 운행되고 있어. 이 지역에 학교라곤 한 군데밖에 없어. 여가 시간엔 말을 타고 폭포가 있는 곳까지 숲길을 달리곤 해. 나한테는 세 마리의 말이 있는데, 다들 내가 아끼는 말들이야. 흰색, 검은색 그리고 갈색. 형제자매는 모두 네 명이야. 그럼 이젠 네 차례다. ▸

## *Sandor*

하굣길에 이다를 떠올렸다. 바람에 머리를 나부끼며 말을 달리는 모습은 그녀를 둘러싼 주변의 초원만큼이나 자유로운 광경이리라.

그녀가 들려준 얘기는 산도르에게 신선한 충격을 주기에 충분했다. 사실 산도르는 그녀를 전혀 다른 모습으로 상상해왔다. 분명 대도시 출신일 거라고 거의 확신하고 있었기 때문이다. 하지만 '자연스러움'도 그녀와 어울리는 매력 포인트가 될 것이다. 노를란드 출신의 이다. 산도르는 노를란드에 사는 펜팔 친구가 있다는 사실에 설레기까지 했다. 그것도 폭포 소리가 들리는 곳이라니. 그에 비해 자기 삶은 얼마나 따분하고 볼품없으며 무미

건조한가. 예테보리로부터 멀리 떨어진 변두리의 연립주택에 살면서 시내로 발레 교습을 받으러 가는 지리멸렬한 일상이 아닌가. 이다와 메일 교환을 시작한 이후 선뜻 답장 쓸 기분이 들지 않은 것은 이번이 처음이었다.

뒤쪽에서 다가오는 발소리에 힐끗 뒤를 돌아보았다. 발래가 숨을 헐떡이며 뛰어오고 있었다. 긴장해야 할 상황이다.

"안녕." 산도르는 짧게 인사하고 발걸음을 옮기려 했다. 발래는 아무 말 없이 산도르 곁으로 따라붙었다. 그렇다면 바박은 언제, 어디서, 어떻게 등장할 것인가?

"왜 그렇게 빨리 가는 거야?"

도대체 발래가 원하는 게 뭘까? 언제쯤 마각을 드러내려는 걸까?

"연습하러 가는 길이야? 발레 연습?"

산도르는 고개를 끄덕였다.

"매일 가나?"

"일주일에 네 번."

발래는 사뭇 진지하게 고개를 끄덕였다.

"아, 네 번. 나는 일주일에 세 번 가는데. 축구 말이야."

산도르는 대답하지 않았다. 발래의 숨은 의도가 뭘까?

"그러니까, 나는…… 그냥 너한테 한번 물어보고 싶었어."

발래가 주저했다. 또 다른 꼬투리라도 잡을 생각이겠지. 이번엔 산도르가 궁금하다는 듯이 물었다.

"하고 싶은 얘기가 뭔데?"

"너 혹시 춤 그만둘 생각 없나 해서…… 그러니까, 언젠가는 춤에 별 재미를 못 느낄 때가 오지 않겠어?"

"아니, 아직 생각해본 적 없는데."

"알았어. 난 그냥 네가 혹시 우리 축구팀에서 함께 뛸 생각이 있는지 물어보려던 것뿐이야."

산도르는 멈춰 섰다. 발래가 방금 무슨 말을 한 거지? 몇 주 전까지만 해도 동성애자라고 놀려댔던 그가 아닌가?

"내가?"

발래는 얼굴이 빨개지면서 몹시 당황하는 눈치였다.

"그래, 지난번에 너 정말 대단했어. 네가 축구를 한다는 사실을 까맣게 잊고 있었어. 바박이 들어오기 전까지는 너도 항상 같이 축구를 했었는데 말이야."

산도르는 다시 걸음을 재촉했다. 발래는 그와 보조를 맞추기 위해선 뛰다시피 해야 했다.

"네가 원치 않으면 어쩔 수 없지만 곧 시즌이 시작되니까 한 번 더 잘 생각해봐. 너도 정말 재미있어 할 텐데."

이번만큼은 진심에서 하는 소리 같았다. 이런 갑작스런 태도 변화를 어떻게 받아들여야 할까? 겉으로 드러나는 행동과 달리 그의 내면엔 다른 모습이 숨겨져 있는 걸까? 아니면 말하기 어려운 동질감 같은 거라도 느낀 걸까?

하지만 산도르의 생각은 거기까지였다. 모든 것이 자기를 조롱하기 위한 수작이리라. 보나마나 내일이면 발래의 함정에 빠진 것을 후회하게 될 것이다.

그는 걸음을 떼면서 말했다.

"급해서 난 먼저 가야겠어."

---

네 삶은 나와는 전혀 다른 것 같구나. 나는 부모님과 함께 예테보리에서 살고 있고 항상 밖으로 쏘다니는 편이지. 디스코클럽이든 어디든. 부모님은 내가 집에 붙어 있기를 바라시지만 난 그 뜻을 거역하는 편이야. 여가 시간엔 주로 축구를 하거나 아니면 여자친구 크리스티나를 만나곤 해. 사귄 지는 2년 정도 돼. 나한테 그녀처럼 소중한 존재는 없어. 넌 그런 느낌을 알겠니? 너만을 위하는 게 자신의 유일한 존재 이유라 여기는 사람이 있다는 느낌 말이야. ▸

*Ida*

그녀는 기분 좋을 만큼 취해 있었다. 그녀가 시험에 낙방했다는 소문을 테레제가 동네방네 떠벌리고 다닌 사실조차도 잊었다. 될 대로 되라지. 세상엔 더 심한 경우도 많지 않은가. 게다가 다시 둘도 없는 친구 사이로 돌아와 있지 않은가.

파티에는 그녀들보다 몇 살 위로 보이는 꽃미남들이 우글거렸다. 누가 알겠는가, 이 중에 혹시 그녀만을 위해 존재하는 누군가가 있을지 말이다.

그녀는 아직 산도르의 메일 내용을 이해할 수 없었다. 낭만적인 축구선수라니. 자기와 잘 어울릴 것 같지는 않았지만 어쨌든 멋지다는 생각이 들었다.

누군가가 마돈나 음악을 틀었다. 이다는 눈을 감은 채 춤을 췄다. 이 순간만큼은 그녀도 자신감 있고 카리스마 넘치는 마돈나가 되는 것이다. 마돈나는 헤픈 여자가 아니다. 마돈나는 영리하고 쿨하고 섹시하다. 그게 바로 이다가 바라는 모습이었다.

잠깐 쉬며 숨을 돌리면서도 이다의 머릿속은 여전히 산도르 생각으로 가득 차 있었다. 한편으로는 그에게 여자친구가 있다는 건 오히려 잘 된 일인지도 모른다고 생각했다. 그렇지만 꽤나 실망감을 안겨준 것도 사실이다. 혹시 산도르가 그녀의 유일무이한 존재가 될 거라고 생각한 것일까? 그렇게 어리석은 착각을 했단 말인가?

"안녕!"

모르는 얼굴이었다. 열여덟 살쯤 돼 보이는 말끔한 인상에 세련되고 어느 정도 교양미도 있어 보이는 것이, 말 그대로 꽃미남과였다. 보통은 이런 스타일을 별로 좋아하지 않지만, 그렇다고 어렵게 만난 꽃미남을 마다할 수는 없는 노릇이었다.

이다는 가볍게 고개를 끄덕여 보이고 무대 쪽으로 시선을 돌렸다. 그가 다시 말을 걸어왔다.

"같이 온 일행이 있어?"

"별로 독창적인 질문은 아니네요."

그가 웃었다.

"그런가? 하지만 지금 이 상황에서 달리 질문할 게 딱히 떠오르지 않는걸."

"자기가 원하는 걸 대놓고 말하는 게 더 산뜻하지 않을까요."

잠시 침묵이 흘렀다. 이다는 다음 단계를 기다리고 있었다. 먼저 뭔가를 제안할 생각은 없었다. 그녀는 그의 관심을 극대화시키는 방법을 잘 알고 있었다.

"그렇다면 이제 좀 말해줄래?"

"뭘요?"

"내가 방금 물었던 거 말이야."

또 한 번 침묵이 흘렀다. 그는 지금 뭘 기다리는 걸까?

"대답하기 싫어?"

"그쪽이 먼저 질문을 해야 대답을 하죠."

그녀는 순간 웃음을 참을 수가 없었다.

"내가 이미 묻지 않았던가?"

그녀는 그를 희롱하듯이 쳐다보았다.

"그럼 다른 걸 물어보세요."

"이름이 뭐지?"

"이다."

"난 루카스."

그녀는 그의 눈을 쳐다보았다. 그의 눈은 지금 그가 자기를 원하고 있다는 걸 말해주고 있었다. 순간 자신이 더 이상 허파에 바람만 잔뜩 들어간 되바라진 어린 계집아이가 아니라 성숙한 여인으로 느껴졌다.

수잔나가 돌아왔을 때 이다는 루카스와 춤을 추면서, 친구들이 어떤 생각을 하는지 짐작할 수 있었다. 하지만 아무래도 상관없었다. 어쩌면 루카스가 그녀의 유일한 존재가 될지도 모르는 중요한 상황이었으므로.

 Sandor

한밤중에 문득 자책감이 들었다. 대체 무슨 일을 저지른 것인가? 자신을 그럴듯하게 포장하기 위해 너절한 거짓말만 늘어놓은 것이 아닌가. 그녀를 직접 만나기라도 한다면 어떻게 대처할지 고민스러웠다. 생각만 해도 끔찍했다.

분명 언젠가는 진실을 털어놓고 얘기해야 할 때가 올 것이다. 내가 한 말은 모두 거짓말이었다고. 지금이라도 전화를 해서 해명을 할까? 하지만 어떻게 하지? 그녀의 전화번호도 모르는데……. 머릿속이 온통 어두운 안개로 둘러싸인 듯했다. 생각의 꼬리가 한밤중에 노를란드로 가는 택시라도 잡아타야 하는 게 아닌가에까지 미쳤을 때, 어떤 식으로든 이 일을 무마시켜야 한다는 확신이 섰다.

그는 부엌으로 내려가 물을 한 컵 들이마셨다. 그러자 기분이 좀 나아지는 듯했다.

토하기 일보 직전이었다. 헛구역질이 올라왔다. 거울을 들여다보다가 어느덧 집에 갈 시간이 되었다는 것을 알았다. 거울 속에서 만취한 여자가 마주 보고 있었기 때문이다. 루카스는 사태를 이미 파악하고 문 앞에서 기다리고 있다가 한껏 매너 있는 태도로 재킷을 입혀주었다. 그리고 그녀에게 손을 내밀었다. 순간 더 이상 술 취한 계집아이가 아니라 공주가 된 기분이 들었다.

"나 먼저 갈게요."

그는 멋쩍은 표정으로 쳐다보았다.

"집까지 바래다주려고 하는데."

"나와 같은 방향인가요?"

"아니, 하지만 너 혼자 보내기가 좀 그래서. 술도 많이 취했고⋯⋯."

"좋아요."

이다는 그의 매너가 마음에 들었다. 아마도 진심으로 그녀를 배려해주는 것이리라. 그때 테레제가 무표정한 눈빛으로 비척이며 복도를 걸어나왔다.

"이다, 너 벌써 가는 거야?"

테레제가 루카스를 위아래로 훑어보면서 물었다.

"응." 이다가 짧게 대답했다. "안녕. 어서 가요, 루카스."

"루카스라고?" 테레제가 뒤에서 외쳐댔다. "안녕, 루카스!"

루카스는 고개를 끄덕여주고, 이다가 머리를 그의 어깨에 기대자 팔로 그녀를 감싸 안았다.

집으로 가는 동안 이다가 별로 말을 하지 않아서, 루카스가 대화를 전담해야 했다. 그는 이야기가 끊이지 않도록 하느라 진땀을 뺐다. 하지만 지금 이다가 바라는 것은 목구멍에 손가락을 집어넣을 수 있는 자기 집 화장실뿐이었다.

문 입구에서 그는 이다의 전화번호를 물었다. 그녀가 대답이 없자 지갑에서 명함을 꺼냈다.

"그럼 나한테 전화해줘."

이다는 내심 놀랐다. 아직 학생인데 명함을 가지고 다니다니. 그가 몸을 숙여 키스하자 그녀도 가벼운 키스로 답했다. 그리고 곧장 집 안으로 뛰어 들어갔다. 구역질이 시작되려고 했기 때문이다.


🐦 *Sandor*

토베가 자기 집에 가서 〈스타워즈〉를 오리지널 버전으로 함께 보자고 제안했다. 산도르는 거절했다. SF 영화는 그가 좋아하는 장르가 아닌 데다, 영화에 대한 토베의 특별 강의를 덤으로 들어야 한다는 것도 썩 내키지 않았다. 대신에 그는 버스를 타고 시내로 나갔다.

그는 한 카페에 들어가 앉았다. 이다에게서는 아직도 답장이 없었다. 어제 하루 종일 그녀의 메일을 기다렸지만 아무것도 오지 않았다. 혹시 지난번에 보낸 메일에 기분이 상한 것 아닐까?

그는 메일에 어떤 내용을 썼는지 기억하려 해보았지만, 크게 문제될 내용은 없다는 생각만 들었다.

그는 다시 스튜디오로 가기로 했다. 분명 아무도 없어서 마음껏 연습을 할 수 있을 것 같았다. 하지만 스튜디오는 예상과는 반대로 꽉 차 있었고, 어린아이들을 위한 강습이 진행되고 있었다. 다시 밖으로 나오려는 참에 창유리를 통해 엄마가 보였다. 아이들은 어린 새끼 새들처럼 강당이 떠나가라 재잘거리고 있었다. 엄마가 수업하는 모습을 보는 건 처음이었다. 그녀는 진지한 표정으로 쉬운 스텝 몇 가지를 시범으로 보여주었다. 따라 해보는 아이들도 있었지만 대부분은 뒤죽박죽 제멋대로였다. 그녀는 실망한 듯 고개를 내저으며 연습을 반복했다. 그는 돌아섰다. 엄마의 그런 모습을 더 이상은 보고 싶지 않았다.

🦋 *Ida*

이다는 컨디션이 별로 좋지 않았다. 늦잠을 자고 번갯불에 콩 구워 먹듯 화장을 했다. 엄마의 침실을 지나치다 보니 엄마가 마치 죽은 물개처럼 침대에 누워 있었다. 이다는 잠시 머뭇거리다가 이내 단호하게 돌아섰다. 하지만 곧 또 다른 불길한 생각이 엄습해 왔다. '오늘 무슨 일이라도 일어나면 어쩌지?'

수업시간은 달팽이 걸음처럼 더디 지나갔다. 사회 수업 도중에 노크 소리가 났을 때, 순간 무슨 일이 일어났다는 것을 직감적으로 알 수 있었다. 교장선생님이 삐쭉 머리를 들이밀고 천천히 이다 쪽으로 걸어오더니 위로하듯 한 손을 그녀의 어깨에 올렸다.

"전화가 왔다. 교무실에 가보거라."

아이들이 술렁거리기 시작했다. 그녀는 사시나무 떨듯 떨리는 다리로 자리에서 일어나 복도를 따라 뛰었다. 그 약을 한꺼번에 다 먹으면 안 돼. 제발, 이 멍청한 엄마야. 정말 나 혼자 남겨두고 갈 작정이야?

교무실 책상 위에 수화기가 놓여 있었다. 그녀는 멈칫거리며 책상 쪽으로 다가갔다. 눈시울이 뜨거워졌다. 아주 천천히 수화기를 집어 들고는 귀에서 약간 떨어뜨려 거리를 두었다. 스스로를 위한 안전조치였다.

"여보세요?"

또렷한 남자의 음성이 들려왔다.

"이다 벵츠손 양인가요?"

"예, 그런데요."

그녀는 기어들어가는 소리로 대답했다. 온몸이 공중 분해되어 산산이 부서져 내릴 것만 같은 느낌이 들었다. 나는 절대로 아빠한테 가지 않을 거야. 아빠를 싫어하는 건 아니지만, 그동안 너무 소원해졌어. 그리고 새로운 가정과 아이들까지 생겼잖아. 같이 살자고 말한 적도 없고. 무엇보다 내가 비집고 들어갈 공간이 없을 거야. 그럼 이제 홀로 집에 남겨져야 하는 건가? 엄마의 향기를 맡으면서, 일요일엔 엄마의 무덤가를 찾으면서……

전화를 건 상대방은 웃음을 참느라 푸푸거리고 있었다.

"목소리를 들으니 꽤나 당황하는 것 같군."

이해할 수 없는 상황이었다. 마음을 어느 정도 가다듬은 후에야 비로소 이 남자가 엄마와는 아무 상관 없는 사람이라는 생각이 들었다. 엄마는 죽지 않은 거야. 아침에 집에서 나올 때 봤던 모습 그대로 잠들어 있는 게 분명해.

"죄송하지만, 전화하신 분은 누구시죠?"

이다는 충격이 가시지 않은 상태로 물었다.

"알아맞혀보시지."

"모르겠어요. 알면 내가 왜 묻겠어요?"

"루카스."

반사적으로 지난번 파티에서 만났던 루카스가 떠올랐다. 갑자기 부아가 치밀고 온몸에 전율이 일었다.

"대체 무슨 생각을 하며 살기에 이런 얼빠진 짓을 할 수 있는 거죠? 사람 간 떨어지게. 정말 구제 불능이군요."

"난…… 젠장, 미안해."

그가 모기 소리만 한 목소리로 말했지만 그녀의 노여움을 풀기엔 역부족이었다.

"댁은 지금 날 수업시간에 불러낸 거예요. 알아요?"

"너무 흥분하지 마. 그냥 네 목소리를 듣고 싶어서……."

그녀는 수화기를 내려놓았다. 얼간이.

산도르는 아버지의 작업실 앞에서 어슬렁대고 있었다. 아버지는 아직까지 작업을 끝낼 기미를 보이지 않고 있었다. 그는 부엌으로 가서 빵에 버터를 발랐다. 시간을 때우려고 내키지 않는 신문을 집어 들었다. 한참 후에 다시 복도로 나가봤지만 컴퓨터는 여전히 점령당한 상태였다.

산도르는 계단에 걸터앉아 기다리다 다시 복도로 가서 문틈 사이로 들여다보았다. 그가 뒤돌아서려는 찰나에 자판 두드리는 소리가 갑자기 멈추었다.

"산도르!"

그는 문틈으로 고개를 디밀었다.

"예?"

"밖에서 뭐 하는 거야, 아까부터."

아버지가 건조한 목소리로 물었다.

"왜요?"

"너, 아까부터 계속 문 앞을 어슬렁거리는데, 혹시 컴퓨터 때문에 그러는 거냐?"

"예."

아버지는 안경을 벗어 들고 눈을 비비며 한숨을 내쉬었다.

"시간이 남아도는가 보지? 숙제도 없어?"

"없어요."

아버지는 한심하다는 듯이 그를 쳐다보았다. 아버지의 유일한 관심사는 산도르가 좋은 성적으로 학교를 졸업하는 것이었다.

"누구한테 편지 쓰려고 그러냐? 혹시 나도 아는 애냐?"

산도르는 웃으면서 딴죽을 걸었다.

"제 친구 중에 아빠가 이름을 아시는 애가 있나요?"

순간 아버지는 뜨악한 표정으로 쳐다보았다.

"그래……."

예전 같으면 이런 분위기에서 아버지는 안경을 고쳐 쓰고 다시 일에 몰두했겠지만, 지금은 아들과 대화를 나누기로 작정한 듯했다.

"넌 요즘 매일 저녁 컴퓨터 앞에 앉아 지내는 것 같던데…… 너한테 메일을 보내는 애가 누군지 말해줄 수 있겠니?"

잠시 주저하다가 산도르는 이다에 대해 털어놓았다. 아버지는 어이가 없다는 듯 쳐다보았다.

"그러니까, 아직 얼굴도 보지 못한 사이라는 거냐?"

"그래요."

"그렇다면 실제로는 전혀 다른 사람일 수도 있잖아?"

"물론 그렇죠. 하지만 이 친구는 안 그래요."

"그걸 네가 어떻게 장담할 수 있어? 그쪽에서 쓴 내용이 전부 지어낸 것일 수도 있잖아."

"물론 그럴 수도 있겠죠."

"예를 들어 여자애가 아니고 실제로는 남자애일 수도 있잖아."

"저는 그 애를 믿어요."

아버지는 걱정스런 눈빛으로 아들을 보았다. 아들이 탈선한 기차에라도 올라탄 듯한 기분이 들었다.

"하지만 그런 불확실한 관계에 그렇게 많은 시간을 투자할 가치가 있는지 모르겠구나. 우리 삶에는 해야 할 중요한 일들이 얼마든지 많단다. 읽을 만한 책들도 많고……."

책이라…… 순간 산도르의 아드레날린 수치가 올라갔다. 그동안 아버지로서 아들에게 여가 시간을 유용하게 활용할 조언이나 가르침을 한 번이라도 해준 적이 있었나?

"저는 지금 이것도 중요한 일이라고 생각해요. 여자친구 문제도 말이에요!"

아버지는 충격을 받은 듯 쳐다보았다. 아들을 이해해보려 노력했지만 실패한 것이다.

"물론 그렇긴 하겠지만 글쎄, 현실세계 속의 친구를 사귀는 게더 정상적이라는 거지."

아하, 왜 안 그러시겠어요. 19세기 영감님이신데! 거기까지가 한계이시겠지!

아버지는 지금 산도르에게 친구가 없다는 사실을 모르는 것이다. 그리고 더 심각한 문제는 왜 아들이 친구를 사귀려 하지 않는지 관심을 가지지 않았다는 것이다. 하지만 언젠가 후회하게 될지도 모른다. 어느 날 갑자기 그간 소홀히 했던 모든 것들을 만회하려고 안간힘을 쏟게 될 날이 올 것이다. 하지만 그땐 이미 늦은 뒤일 것이다. 그때가 되면 산도르는 이미 어른이 되어 더 이상 아버지에게 대화를 청하지 않게 될 것이고, 심지어 아버지가 연락을 해도 답하지 않을 것이다.

그때 벨소리가 들렸다. 아버지가 썩 내키지 않는 듯한 표정으로 의자에서 일어나 현관문 쪽으로 걸어 나갔다. 산도르도 뒤따라 나갔다. 아버지의 어깨 너머로 스티나의 얼굴이 보였다. 그는 재빨리 부엌으로 숨었다. 매력적인 엉덩이를 가진 반 친구 스티나가 아닌가. 그녀가 여기에 웬일이지? 나를 만나러 온 건가? 바박에게 복수할 대응방안이라도 논의하려고? 아니면 혹시 남몰래 나를 좋아하고 있었던 건 아닐까? 그는 귀를 쫑긋 세웠다.

"안녕하세요. 혹시 집에 아론 있어요?"

순간 산도르는 이유도 없이 속이 상했다. 아론과 스티나가?

"뭐라고? 아론?"

"예……."

"아론!"

아무 대답이 없었다. 아버지는 부엌을 지나 계단을 오르며 혼잣말을 내뱉었다.

"특이한 여자친구군."

산도르는 기회다 싶어 메일을 확인하러 컴퓨터 앞으로 갔다.

### Ida

그녀는 자기가 쓴 메일을 한 번 더 읽어보았다. 대부분이 사실이지만, 전부는 아니다. 이런 메일을 보내는 것이 과연 잘하는 짓인지 회의감이 뒤따랐다. 거짓에 거짓을 보태는 자신의 행동이 혐오스럽고 천박하게 느껴졌다. 하지만 그렇다고 별다른 대안도 없지 않은가? 선택의 기로에 서게 된 것이다. 얼마 전 파티에서 말을 좋아하는 시골 처녀와는 전혀 어울리지 않을 만큼 술을 진탕 마셔댔다는 사실을 그에게 말할 수 있을까? 하지만 모든 것이 거짓말이었다고 고백한다면 분명 그의 실망감은 돌이킬 수 없을 만큼 커질 수도 있다. 따라서 그와의 관계를 유지하려면 어쩔 수 없이 계속 거짓말을 할 수밖에 없다.

사실 누군가 다른 사람을 사칭하는 일에는 묘한 매력이 숨어 있다는 것을 부정하기 어렵다. 어쩌면 이다는 무의식 중에 그런 삶을 원해온 것이 아닐까?

이다는 이런 식으로 자신을 합리화하는 데 길들여지고 있었다. 마우스 클릭 한 번에 순진한 애마 소녀로 남게 된 것이다.

누군가를 좋아한다는 건 분명 황홀한 감정임엔 틀림없는 것 같아. 하지만 난 그런 감정을 어떻게 드러내 보일 수 있는지에 대해서는 거의 숙맥에 가까운 편이야. 그저 좋아하기로 마음을 정하는 것만으로도 충분한 걸까? 난 정말 인간관계에는 젬병인 것 같아. 가끔은 친구들 앞에서 남자를 사귀고 있는 중인 것처럼 꾸미는 경우도 있어. 그래야 내가 아무 비밀 없이 모든 것을 털어놓고 얘기하는 친구라는 느낌을 줄 수 있거든. 하지만 그런 거짓말이 정말 지긋지긋할 때도

100

많아. 솔직히, 난 나만을 위한 사람이 존재할 거라고는 믿지 않아. 그렇게라도 마음먹지 않으면, 내가 그런 존재를 만나지 못했을 때 상심이 너무 크지 않을까? 만일 그가 지구 반대편의 먼 곳에 살고 있다면 어떻게 할까? 운이 좋아서 가까운 곳에 산다 해도 어떻게 알아볼 수 있을까? 나는 아직 남자친구가 없고, 아무와도 자본 적이 없어. 크리스티나가 네 첫 여자야? 처음에 기분이 어땠는지 궁금해. ⮠

*Sandor*

머릿속이 복잡했다. 경험해보지도 못한 섹스에 대해서 뭘 어떻게 쓸 수 있을까? 정말이지 감이 잡히질 않았다. 생물 시간에 배운 것 말고는 아는 바가 전혀 없는 것이다.

갑작스런 급브레이크가 그를 골치 아픈 생각으로부터 해방시켜주었다. 앞차가 커브를 틀고 있었다. 엄마는 운전을 집중해서 하는 타입이 아니었다. 산도르는 엄마를 쳐다보았다. 크고 무거워 보이는 귀걸이를 하고 짙게 화장을 하고 있었다. 오늘은 특별한 날이긴 하다. 엄마와 아들이 함께 발레를 보러 가게 된 것이다. 엄마가 발레스튜디오에서 근무하는 덕분에 저렴한 가격으로 구입했는데도 입장료는 비싼 편이었다. 엄마는 오페라를 좋아한다. 오페라를 보면서 고향 같은 기분을 느끼는 모양이다. 예테보리에 있는 집이 아주 새 집이고 부다페스트의 오페라와는 전혀 다른 분위기에서 살고 있지만 말이다.

엄마는 매우 행복해 보였다. 그런 모습을 보니 산도르 역시 마음이 흐뭇해졌다. 어떻게 보면 엄마 때문에 이곳에 함께 온 것이기도 하다. 산도르는 발레 공연을 관람하는 데 흥미가 없었다. 아무래도 직접 춤을 추는 것과는 비교할 수 없기 때문이다. 가끔 그는 스스로에게 물음을 던져볼 때가 있다. 과연 자신의 감정이 엄마의 감정으로부터 온전히 자유로울 수 있는지. 엄마가 열광적인 축구팬이라면, 축구가 내 진로가 될 수도 있었을까? 그런 생각을 하니 가슴이 먹먹해졌다. 산도르는 춤 없는 인생이란 무의미 그 자체라고 여겨왔다. 설사 축구가 훨씬 더 많은 것을 가져다준다 할지라도 말이다.

그는 엄마의 옆얼굴을 힐끗 쳐다보았다.

"엄마가 어렸을 적에 말이에요……."

엄마는 가속페달을 힘껏 밟았다. 시속 120킬로미터로 간단히 낡은 앞차를 추월한 뒤 갑작스레 다시 오른쪽 차선으로 끼어들었다. 경적을 울려대는 소리가 들려왔다.

"왜?"

"엄마는 결코……."

"뭐라고?"

"엄마 스스로에게 자문해본 적이……."

그들은 승합차를 바짝 따라붙고 있었다. 엄마는 무슨 뚱딴지 같은 소리냐는 듯한 표정을 짓고 있었다.

"대체 무슨 말을 하려는 거야?"

"엄마가 진짜 하고 싶었던 것, 그러니까 정말 엄마의 인생을……."

"무슨 의미지?"

엄마의 이마에 깊은 골이 파였다. 엄마는 앞서 가는 승합차를 추월할 작정이었다.

"엄마가 정말 원했던 일은 뭔가요?"

계기판이 시속 140킬로미터를 가리키고 있었다.

"춤에 대해 한 번도 회의감을 느껴본 적이 없었느냔 말이에요."

순간 엄마의 시선이 그에게로 옮겨졌다. 마치 그가 귀에 거슬리는 말이라도 한 것처럼.

"회의라고 했니?"

자동차가 미끄러지기 시작했다. 엄마는 아무 말 없이 오른쪽으로 다시 급히 차선을 변경했다. 도로가 좀 막혔지만 그런대로 앞으로 나아가고 있었다.

"춤 말고 다른 걸 해볼 생각은 한 번도 안 해보셨어요? 아이 적에도?"

엄마가 수시로 급브레이크를 밟아대는 바람에, 엄마의 운전 스타일에 어느 정도 적응이 된 그도 불안해지기 시작했다. 갓길선 위로 갈 때는 타이어가 길게 날카로운 소리를 냈다. 뒤따라오는 차들이 거칠게 경적을 울려댔다. 엄마가 산도르 쪽으로 고개를 돌렸다. 이제야 대화가 가능한 상태가 된 것이다. 엄마가 드디어 입을 열었다. 한 단어 한 단어마다 또박또박 강조해서 말했다.

"나는 신이 내게 주신 유일한 재능을 허투루 쓸 생각을 단 한

103

번도 해본 적이 없었다. 지금까지 살아오면서 내 인생의 과업에 대해 의문을 제기한 적이 없었어. 예나 지금이나 말이야."

살가운 사랑에 찬 미소가 엄마의 얼굴에 퍼져 나갔다. 엄마는 한 손을 들어 그의 뺨에 갖다 댔다.

"네게도 그렇듯이 춤은 내 인생의 전부란다."

엄마는 다시 기어를 바꾸고 주행을 시작했다.

"어쨌든!"

엄마가 말을 이었다. 별로 대수롭지 않은 일이라는 듯이.

"아빠와 난 다음 달 스톡홀름에서 열리는 축제에 초대받았단다. 우리는 라즐로와 에바네 집에서 지내게 될 거야. 너도 알지? 아빠 친구 내외 말이야."

엄마는 굳이 대답을 기다리려는 눈치는 아니었다.

"우린 너도 당연히 같이 갈 거라고 생각해. 너한테도 좋은 추억이 될 거야."


🛩 *Ida*

이다는 뒤꿈치를 들고 살금살금 기어들어 엄마 침실 앞에서 멈춰 섰다. 침실 문이 약간 열린 상태였다. 천장 등이 켜져 있었고 침대엔 아무도 없었다. 이다는 놀라서 주위를 둘러보았다. TV 앞에도 아무런 인기척이 없었다. 그때 부엌 쪽에서 무슨 소리가 들려왔다. 엄마는 식탁에 앉아 있었다. 옷도 깔끔하게 차려입고 머리는 하나로 묶은 상태였다. 말문이 막혔다. 이런 모습을 본

지가 얼마 만인가. 라디오도 켜져 있고, 식탁 위에는 커다란 꽃
바구니가 놓여 있었다. 순간 더없이 훈훈한 감정이 그녀를 엄습
해 왔다. 엄마에게 누군가 생긴 것임에 틀림없다. 이다가 없는
사이에 몰래 밖에서 누군가를 만나온 것일까?

이다를 보자 엄마의 얼굴에 환한 미소가 퍼졌다.

"안녕! 그렇지 않아도 네가 언제쯤 오려나 싶던 참인데."

이다는 감탄스런 눈빛으로 꽃을 바라보았다.

"누가 보낸 거야? 열렬한 팬이라도 생긴 거야?"

"이 꽃의 주인공은 내가 아니라 바로 너야."

"나한테 온 거라고?"

이다는 어떻게 된 영문인지 알 수가 없었다. 이렇게 근사한 꽃
을 누가 내게 보낸단 말인가?

"꽃 배달꾼이 카드와 함께 가져왔더구나."

엄마가 카드를 펼쳐 들고는 드라마틱한 목소리로 낭독했다.

"나를 용서해줘."

이다는 웃음이 나왔다.

"그리고?"

"그게 다야. 정말 누가 보냈는지 모르겠어?"

"아니야, 알아."

이다는 식탁에 가서 앉았다. 루카스는 정말 못 말리는 인간이
다. 그렇지 않으면 아주 부자든가.

"나도 그런 열혈 팬 한번 가져봤으면……."

105

엄마가 일부러 질투하는 척 말을 건넸다.

"아이, 이 사람 정말 밥맛이야!"

이다는 엄마가 나이를 의식하고 의기소침해지기를 바라지 않았다. 하지만 엄마의 얼굴은 더없이 밝아 보였다.

"있잖아, 오늘 나 일거리 구했다!"

이다는 속으로 환호했다.

"지금 거짓말하는 거지?"

"아니야. 물론 번듯한 일자리는 아니긴 해. 하지만 오늘 직업소개소에서 아주 괜찮은 일자리를 소개해줬어. 뭐라더라? 정확하게 기억은 안 나지만 아무튼 느낌이 나쁘지는 않았어. 보험회사와 관련된 건데, 처음엔 전화교환원으로 일하다가 나중엔 정식 사무직원으로 일할 수 있대."

이다는 와락 덤벼들어 엄마를 안았다.

"축하해요!"

이다는 이 순간만큼은 얼마 못 가서 다시 엄마가 일을 그만둔다고 하거나 아니면 병이 더 악화되면 어쩌나 하는 온갖 흉흉한 생각들을 애써 지워버리려 했다. 지금은 그냥 모든 것을 즐기기만 하리라. 엄마는 이다의 그런 염려를 눈치 채기라도 한 듯 그녀를 떼어냈다.

"이번만큼은 정말 제대로 할 거야. 두고 봐!"

이다도 이번만큼은 엄마를 믿고 싶었다. 이번엔 정말 엄마가 잘 해낼 수 있을 거야. 더 이상 아무 말도 필요 없어.

"그리고 내일," 엄마의 말이 이어졌다. "우리 같이 바람 좀 쐬고 오자. 내가 그동안 너무 오랫동안 집 안에 틀어박혀 있었던 것 같아."

한참 후에 이다는 욕실 문틈을 통해 엄마가 두 알의 알약과 작은 병에 든 액체를 마시는 것을 보았다. 처음엔 당황스러웠다. 하지만 곧 생각이 바뀌었다. 중요한 건 지금 엄마가 행복감을 느끼고 있다는 사실이 아닐까. 알약으로 행복을 얻을 수 있다면 그거야말로 순기능이라 할 수 있지 않을까.

🕊 *Sandor*

휴식시간이다. 관람객들은 저마다 음료수 잔을 손에 들고 분주하게 발걸음을 옮기고 있었다. 산도르도 주스를 마셨다. 지나치게 달았다. 산도르의 엄마는 백포도주를 한 잔 마시고 알아들을 수 없는 혼잣말을 하면서 주위를 두리번거렸다. 그러다가 곧 누군가를 발견하고는 들뜬 목소리로 손짓하며 불렀다.

"안녕하세요! 그레거! 패니!"

그 소리는 최후의 프리마돈나에게서 느껴지는 감미로운 목소리와는 거리가 멀었다. 산도르는 주저앉고 싶을 정도로 창피했다. 하지만 어느새 엄마는 그의 팔을 잡고 수많은 인파 사이를 헤쳐 나가, 품위 있게 차려입은 한 쌍의 부부 앞에 멈추어 섰다. 두 사람은 당황한 듯 멋쩍게 웃었다.

"제 아들 산도르를 소개할게요."

곧장 엄마는 그들을 소개했다. 그레거와 패니는 어린이반에서 엄마의 지도를 받고 있는 필립이라는 아이의 부모였다. 부인의 웃음엔 어딘가 모르게 억지스러움이 묻어 있었다. 문득 산도르는 그녀의 얼굴을 다시 한 번 쳐다보았다. 그녀는 전에 메르세데스를 타고 있었던 목이 유난히 긴 바로 그 여자였다. 산도르의 얼굴이 빨개졌다. 크리스티나의 엄마였다.

산도르가 마음을 가다듬기도 전에 크리스티나가 앞으로 다가서면서 소녀처럼 수줍은 미소를 지어 보였다.

"이쪽은 우리 딸 크리스티나라고 하네."

크리스티나의 아빠가 그녀의 어깨에 손을 올려놓으면서 말했다.

"너희는 이미 아는 사이 아니니?"

산도르는 작은 목소리로 중얼거렸지만 크리스티나는 아무 말도 하지 않았다. 그녀는 고통스러워하는 듯했다. 함지박 같은 아빠의 손으로부터 놓여나기만을 바라는 눈치였다. 그녀의 엄마는 가늘면서 날카로운 목소리로 말했다.

"크리스티나는 최근 들어 엄청나게 기량이 향상되고 있어요. 그래서 우리는 큰 기대를 걸고 있답니다."

산도르의 엄마가 고개를 끄덕였다.

"얼마나 좋으시겠어요."

"학교 수업도 소홀히 해서는 안 되겠죠. 우리는 늘 기초 교양과 소양을 갖추는 게 얼마나 중요한지 말하곤 한답니다."

"옳은 말씀이세요."

산도르의 엄마가 산도르의 어깨 위에 손을 올려놓으면서 한마디 거들었다.

"저도 그 점을 중요하게 여긴답니다. 그렇지 않니, 아들아?"

산도르는 닭살이 돋는 듯했다. 마음 같아선 크리스티나의 손을 잡고 뛰어 달아나고 싶었다. 하지만 아직 그녀의 어깨 위에 그녀 아빠의 손이 얹혀 있었고 그녀의 눈빛은 평소처럼 초점이 없어 보였다.

"크리스티나는 모든 것을 잘 극복할 거고, 그래서 우린 전혀 걱정을 안 합니다."

산도르의 엄마는 고개를 끄덕였다.

"크리스티나의 재능에 대해서는 저도 이미 들어 잘 알고 있어요. 우리 산도르처럼 말이죠."

그녀는 웃으면서 덧붙였다.

"그러고 보니 우린 정말 자식 농사를 잘 지은 셈이군요."

크리스티나의 부모는 웃지 않았다. 오히려 다소 경직되어 있는 편이었다.

"그렇다면 그 얘기도 이미 들어 알고 계시겠군요. 다음 번 공연을 위해 한 쌍을 뽑는다고 하던데."

크리스티나의 엄마가 의례적으로 한마디 했다.

"어머나!"

산도르의 엄마가 숨을 고르면서 소리쳤다.

"몇 주 안에 오디션이 있을 거예요. 크리스티나도 당연히 지원할 거고요."

그녀는 크리스티나가 벌써 역할을 따내기라도 한 것처럼 자신감이 넘쳐 보였다. 그에 반해 산도르의 엄마는 산도르를 질책의 눈초리로 쏘아보았다.

"이거야말로 빅 뉴스인데, 왜 난 전혀 알지 못했을까?"

산도르는 물론 그 사실을 이미 알고 있었다. 그룹의 모든 아이들이 아는 정보였다. 하지만 산도르는 지원할 생각이 없었다. 무대에 서서 관객들 앞에 자신을 내보이는 것은 어쩌면 학교에 더 무성한 뒷소문만 만들어낼 게 불 보듯 뻔했기 때문이다.

산도르의 엄마는 불타는 눈으로 크리스티나를 쳐다보았다.

"어쩌면 산도르와 같이 곧 무대에 서게 될지도 모르겠네. 생각만 해도 환상적이지 않니?"

처음으로 크리스티나가 산도르에게 눈길을 주었다. 그녀의 얼굴에 미소가 번졌다.

처음으로 크리스티나와 함께했던 시간은 꿈만 같았어. 우리는 숲길을 걸었지. 부드러운 바람이 일었고 햇살은 우리의 온몸을 애무해주듯 비추고 있었어. 꽃밭을 지날 때 크리스티나가 꽃 한 송이를 가지고 싶어 했어. 그러더니 갑자기 꽃을 땅에 내려놓고는 나를 향해 돌아섰어. 왜 그래? 내가 물었지만 그녀는 아무 말 없이 블라우스의 단추를 하나하나 풀기 시작하더군. 그러자 브래지어를 하지 않은 그녀의 몸이 적나라하게 드러났지. 젖가슴을 처음 본 건 아니지만 이렇게 탐스러운지는 예전엔 미처 몰랐어. 그녀 젖꼭지는 장밋빛을 띄고 있었어. 그녀는 곧 청바지와 팬티마저 벗어버리더군. 말 그대로 실오라기 하나 걸치지 않은 알몸 상태가 된 거야. 그녀가 다가오더니 내 옷을 벗겨주었어. 우리는 초원에 누웠고 나는 그녀의 가슴을 애무하기 시작했어. 그러고는 곧장 그녀 속으로 들어갔어. 그 순간만큼은 내 주변 세계가 사라져버리는 기분이 들었어. 일이 끝난 후에도 우리는 서로 몸을 감싸 안은 채 태양을 바라보며 한참 누워 있었지. 그때 느낀 황홀감이란 결코 잊을 수가 없어. 그리고 우린 영원히 함께하자고 맹세했어. ▸

*Ida*

이다는 웃음을 멈출 수가 없었다. 이게 정말 사실일까? 삼류소설과 성 교육서를 섞어놓은 듯한 느낌이 들었다. 서로 사랑한다는 게 그렇게 환상적이기만 할까? 적어도 그녀에게는 불가능한 얘기였다.

이다는 산도르가 거짓말을 하고 있다고는 생각하고 싶지 않았다. 단지 약간 과장했을 뿐이겠지. 어쩌면 크리스티나라는 여자친구는 가공의 인물일지도 모른다. 그렇게 매력적인 여자친구를 곁에 두고 있다면 애초에 외로움을 느낄 까닭이 없지 않나? 대체 왜 흉금을 털어놓고 얘기할 수 있는 다른 누군가를 찾으려 하느냐 말이다. 그렇다면 왜 그는 거짓말을 하는 걸까? 좋다, 이다도 거짓말을 했다. 제정신이 아닌 친구들과 어울리며 한물간 엄마와 실랑이를 일삼는 품행 제로의 계집아이라는 것을 숨겼다. 그렇다면 과연 그는 실제론 어떤 존재일까? 차마 눈뜨고 못 봐줄 만큼의 추남? 혹은 장애인? 아니면 둘 다일까?

"이다, 어서 가자!"

컴퓨터를 끄고 복도로 나갔다. 엄마는 이미 채비를 마치고 그녀를 기다리고 있었다. 목에 스카프를 두른 엄마는 소녀처럼 보였다.

모녀는 목적지를 정하지 않고 떠나는 낭만적인 여행이라곤 한 번도 해본 적이 없었다. 시내로부터 제법 떨어진 어느 정류장에서 무작정 내리니 차량 통행이 많은 낯선 거리가 눈앞에 펼쳐졌다. 결국 그들은 차들을 피해 좁은 갓길을 따라 조심스레 그곳을 빠져나와야 했다.

드디어 그들이 나들이 장소로 바랐던 곳과 비슷한 분위기의 장소에 도착했다. 젖소들이 풀을 뜯고 있는 들판이었다. 그들은 숲 언저리 쪽으로 가기 위해 울타리를 타 넘고 초원을 가로질렀다. 엄마는 말을 별로 하지 않았다. 숱한 세월을 함께해온 사이인데도 왠지 모를 서먹함이 느껴졌다. 이다는 엄마에게 물어보고 싶은 것이 참 많았다. 아빠와의 일이 그렇게 된 계기는 무엇이며, 왜 애당초 자기를 낳았는지? 부모로서 미래의 계획은 있기나 했는지? 그리고 약을 복용하게 된 이유는 무엇인지? 홀로 된 현실을 견딜 수 없었던 건지, 아니면 이다를 키우는 것이 너무 벅차

서였는지? 하지만 그녀는 묻지 않았다. 지금 이 순간만큼은 그런 복잡한 물음과 어울리지 않을 만큼 아름다웠기 때문이다. 학교로부터, 그리고 수잔나와 테레제로부터 이렇게 멀리 벗어난 적이 언제였던가?

이다와 엄마는 말들이 노닐고 있는 초원에 다다랐다. 이다는 말들을 좀 더 가까이서 보고 싶었다. 이다는 울타리 곁에 바짝 다가가서 말들의 움직임을 넋을 잃고 쳐다보았다.

"넌 엄마가 어렸을 때 말을 즐겨 탔다는 사실은 모를걸! 아주 오래전 얘기지만."

이다는 엄마를 놀란 눈으로 쳐다보았다. 꿈에도 생각지 못한 얘기였다.

"뭐라고? 엄마가 말을 탔다고?"

"그래, 몇 년 동안 위탁아 생활을 했어."

엄마의 눈길이 말에게로 향했다.

"위탁아가 뭔데?"

"시골의 한 위탁가정에서 살았어. 그렇게 된 까닭은 나도 몰라. 부모님에게 그래야만 했던 사정이 있었겠지. 나를 키울 여력이 없었거나, 아니면 나를 배려하는 차원에서 시골 생활을 하게 했거나 말이야. "

"그래서 말을 탈 수 있었단 말이지?"

엄마는 의기양양하게 웃으면서 대답했다.

"그럼."

"어렵지 않았어?"

"강습만 받으면 누구나 다 할 수 있는 일이야. 나는 위탁모에게 직접 배웠어. 말을 가지고 있었거든."

"두렵지는 않았어?"

"처음엔 물론 무서웠지. 하지만 나중엔 괜찮아지더구나."

엄마가 이다를 호기심 어린 눈으로 쳐다보았다.

"너도 말 타는 걸 배우고 싶니?"

"글쎄, 내 주변엔 말 타는 사람들이 없어서."

엄마는 그녀의 어깨에 손을 올려놓았다.

"그게 무슨 상관이니. 네가 원하면 타는 거지. 물론 그러려면 비용은 아빠에게 부탁해야겠지만."

"한번 생각해볼게."

"꼭 그렇게 해야 한다."

그들은 이리저리 발길 닿는 대로 돌아다니다가 신발이 축축하게 젖어서야 집으로 돌아가고 싶은 생각이 들었다. 도로변으로 다시 나왔을 땐 이미 날이 저물기 시작했다. 그들의 나들이는 나름의 성과가 있었다. 이다가 엄마의 손을 꼭 잡자 처음엔 놀라서 쳐다보던 엄마도 곧 이다의 손을 꼭 쥐었다.

---

엄마와 함께 숲으로 나들이를 다녀왔어. 엄마와 둘이서 뭔가를 해본 것은 정말 오랜만이었어. 모처럼 기분전환도 하고 스트레스도 풀었던

것 같다. 무엇보다 그동안 소홀했던 나 자신을 돌아볼 수 있는 기회
가 되어서 좋았어. 하지만 친구들을 다시 만나는 순간 모든 게 예전
으로 돌아가고 말 거야. 걔들은 내가 자기들 없이 혼자 뭔가를 하는
걸 싫어하거든.

너는 어떻게 생각할지 모르겠지만 난 우리가 서로에게 좀 더 솔직해
졌으면 좋겠어. 거짓은 너무 소모적이란 생각이 들어서야. 우리 둘
사이엔 거짓이 없었으면 좋겠어. 그렇지 않다면 우리가 더 이상 메일
을 주고받을 이유가 없지 않을까? 그렇다고 네가 거짓말을 하고 있
다고 단정 짓고 싶지는 않아. 하지만 온라인상에서 온갖 얘기를 꾸며
대는 작자들이 있다는 건 잘 알고 있어.

*Sandor*

산도르는 마비된 듯 컴퓨터 화면 앞에 앉아 있었다. 그녀가 의
심을 품고 있는 걸까? 어쩜 그리도 서툴고 어리석었단 말인가?
경험해보지도 않은 섹스에 대해 늘어놓다니. 당장이라도 모든
것이 거짓말이었다고 고백해야 할까? 그녀는 분명 자신을 속이
는 사람을 싫어할 것이다. 입장을 바꿔서 만일 그녀가 거짓말을
했다면 그도 몹시 기분이 상했을 것이다.

그는 메일을 다시 한 번 읽어보았다. 첫 문장부터 눈에 거슬렸
다. '엄마와 함께 숲으로 나들이를 다녀왔어. 엄마와 둘이서 뭔가
를 해본 것은 정말 오랜만이었어.'

이게 무슨 얘긴가? 그녀는 숲 한가운데 산다고 하지 않았던

115

가? 좀 더 읽어보았다.

'하지만 친구들을 다시 만나는 순간 모든 게 예전으로 돌아가고 말 거야. 걔들은 내가 자기들 없이 혼자 뭔가를 하는 걸 싫어하거든.'

산도르는 온몸이 오싹해졌다. 이다도 자기의 실제 삶을 감춰 왔던 것일까?

---

이다! 나 역시 거짓말을 일삼는 인간들은 딱 질색이야. 하지만 만일 네가 거짓말을 했더라도 그 이유를 설명해준다면 용서할 수 있을 것 같아. 내가 문제 삼는 건 우리에게 더 중요한 것이 뭐냐는 거지. 서로를 진솔하게 연결시켜줄 수 있는 그 무엇인지, 아니면 알량한 자존심 같은 것인지 말이야. 난 지금 뭘 어떻게 써야 할지 혼란스러워. 난 정말 구제 불능의 바보천치인 게 틀림없어!

하지만 어쨌든 일을 벌여놓았으니, 젠장! 자기가 가장 아끼는 친구 앞에서조차 솔직해질 수 없다면 모든 것이 끝난 게 아닐까. 네 말이 맞아. 난 거짓말을 했고, 그게 어떤 두려움 때문이었다는 말밖에는 달리 변명할 게 없어. 나도 알아…… 나 자신이 정말 한심스럽다. ▶

그렇게 한 주가 지나갔다. 매일 밤 산도르는 아버지의 작업실로 슬며시 숨어 들어가 메일을 확인하곤 했다. 물론 답장은 아직

오지 않았다. 그는 초조한 마음에 금방이라도 미쳐버릴 것 같았
다. 왜 답장을 하지 않는 걸까? 만일 그녀도 거짓말을 했다면 그
를 쉽게 용서해주었을 것이다. 그렇다면 그녀는 거짓말을 한 게
아니었단 말인가? 메일 내용을 조목조목 따져 묻는 듯한 태도에
짜증 난 데다 그의 실체를 알게 된 후 받은 충격 때문에 연락을
끊고 있는 것일까? 그는 회의감과 죄책감, 그리고 기약 없는 기
다림으로 지칠 대로 지쳐 있었다. 식욕은 고사하고 춤까지 소홀
히 할 수밖에 없는 나날들이 이어졌다. 그럴수록 엄마의 잔소리
는 더욱 심해졌고, 산도르는 발레마저 전보다 더 피하게 되었다.
심지어 크리스티나에게도 눈길을 주지 않았다. 극에 달한 자책
감만으로도 그의 마음은 포화 상태였다. 오, 하느님, 이토록 스
스로를 증오하고 있다니!

### ✈ Ida

그녀는 화가 치밀어 올라 어쩔 줄 몰랐다. 우선 모든 것이 그
녀가 추측한 대로였기 때문에 화가 났다. 그리고 이제부터 새로
운 산도르를 상상해야 한다는 것도 화가 났다. 잘생기지도 못했
고 별다른 매력도 없는 산도르를 말이다. 어쩌면 그는 완전히
'찌질이' 과일지도 모른다. 여드름투성이에 똥배만 볼록 나오고
형편없는 옷차림에 제대로 된 친구 하나 없는 못난이. 그래서 기
껏해야 인터넷에 숨어서 친구를 구걸하고 있는 비겁쟁이. 그런
생각을 하자 갑자기 두려웠다. 그가 자기에게 푹 빠져서 스토커

처럼 달라붙으면 어쩌나? 영화의 한 장면처럼 문 앞에 서 있다가 갑자기 목덜미를 잡고 늘어지기라도 한다면? 헤어질 수 없다는 강박감으로 협박이라도 한다면? 이 모든 것을 감수할 수 있을까? 모든 주변 사람들로부터 웃음거리가 되는 상황을 견뎌낼 수 있을까?

다른 한편으론 그녀도 거짓말을 했다는 사실을 알고 나서 그가 보일 반응이 두려웠다. 예전처럼 일자리를 찾아 활기찬 생활을 시작한 엄마가 산도르의 자리를 채워줄 수 있을 것도 같았다. 아니면 루카스? 그녀가 손만 내민다면 가능할지도 모른다.

---

이다, 난 정말 미쳐버릴 것만 같아. 지금 내 삶은 지옥 같아. 이해하겠니? 만일 내가 싫고 미워졌다면 그렇다고 대답이라도 해줘. 난 정말이지 더 이상 네 메일을 기다릴 수가 없어. 제발 무슨 내용이라도 좋으니 답장을 보내줘. 네가 더 이상 나랑 관계를 유지하고 싶지 않더라도 괜찮으니까, 제발 대답을 주길 바란다. ▸

*Ida*

그들은 가게들마다 이 잡듯이 헤집고 다니며 갖가지 옷을 입어보고 여러 가지 화장품도 발라보았다. 어떤 것이 멋지게 보이고 어떤 것이 볼썽사나운지 연신 떠들어대면서. 이다는 그 분야에 전문가였다. "이거 괜찮아, 이다? 어때, 어울려? 이게 더 낫지 않아?" 친구들은 매번 그녀에게 물어보곤 했다.

테레제는 뱀 무늬가 그려진 반짝이 스타일의 민소매 셔츠를 골랐다.

"이건 어때?"

"정말 못 봐주겠다."

그리 나빠 보이진 않았지만 이다는 그렇게 대답했다. 테레제가 내려놓자 수잔나가 잽싸게 낚아챘다.

"이게 정말 그렇게 별로란 말이야?"

이다는 다시 한 번 그 옷을 찬찬히 들여다보았다.

"아니네, 다시 보니 괜찮은데."

수잔나는 만족의 웃음을 지어 보였지만, 테레제는 아래턱을 끌어당기고 뚱한 표정을 지었다. 이다는 모른 체했다.

"그 훈남은 어떻게 됐어? 루카스인가 뭔가 하는 애 말이야."

수잔나가 끼어들었다.

"그 사람 정말 괜찮아 보이더라. 너도 그날 파티에서 그렇게 말했잖아."

"그땐 내가 술이 취했잖아!"

"맙소사!"

테레제의 손은 이벤트용 판매대 위를 부지런히 오갔다.

"너희들 또 만나기로 했어?"

"응, 그럴 거야."

테레제가 손을 멈추고 눈을 휘둥그레 떴다.

"언제? 어디서?"

"오늘 저녁에. 그것 때문에 옷 하나 보려고 온 거잖아."

수잔나의 눈이 호기심으로 빛났다.

"와, 정말 기대되겠다!"

이다는 그저 어깨만 으쓱해 보였다. 그때 반야가 보였다. 작년에 퇴학당한 에릭이라는 남자친구와 함께였다. 그들은 팔짱을 낀 채 시시덕거리고 있었다. 반야가 보기 전에 이곳을 빠져나가야 했다.

"그만 가자."

다른 친구들이 황당하다는 듯 쳐다보았다. 수잔나는 아직 민소매 셔츠를 입어보지도 못했다.

"하지만……."

"어쨌든 난 지금 가야겠어."

그녀는 출구 쪽으로 갔다.

"왜 그래?"

친구들이 그녀 뒤를 종종걸음으로 쫓아왔다. 그러다 출구 앞에서 테레제가 계산대 앞에 줄을 선 반야와 에릭을 가리켰다.

"저길 좀 봐!"

이다는 식은땀이 날 지경이었다. 수잔나의 눈도 커졌다.

"반야에게 남자친구가 있었어?"

테레제가 물었다. 이다는 걸음을 재촉했다.

"그래, 하지만 그게 어쨌다고?"

"걔가 너보고 날라리 창녀라고 했잖아!"

"반야만 그렇게 떠벌리고 다니는 건 아니지."

테레제가 자기는 결백하다는 듯한 눈초리로 이다를 쳐다보며 강하게 주장했다.

"그걸 네가 어떻게 알아? 넌 무슨 일이 있더라도 반드시 걔한테 복수를 해야 돼."

이다는 한숨을 쉬었다.

"한방 크게 먹였으니, 그걸로 충분하지 않을까?"

"걔가 너를 천하에 둘도 없는 헤픈 계집애 취급을 했는데도? 염려 마. 곧 우리가 제대로 된 복수가 어떤 건지 보여줄 날이 올 거야."

Sandor

신이시여, 제발 아무도 절 보는 사람이 없게 해주십시오. 그러면 저도 기꺼이 당신에 대한 믿음을 갖겠습니다.

그는 토베와 같이 장난감 나무자동차를 타고 있었다. 토베는 이 기구를 직접 만들었고, 정상적인 열다섯 살이라면 더 이상 이런 나무자동차를 타지 않는다는 사실에는 전혀 개의치 않았다. 하지만 산도르는 어쩌면 토베의 이런 점이 마음에 드는지도 몰랐다. 그는 인습이나 상식으로부터 자유롭기 때문이다. 그는 아무도 트집 잡을 수 없는 방식으로 살아가면서 자신의 모든 에너지를 그런 비현실적 취미생활에 쏟아 부었다.

지금 그는 의기양양하게 운전대를 잡고 있었다. 마치 무서운 속력으로 질주하는 스포츠카를 운전하듯 말이다.

"정말 작동하긴 하네. 난 생각지도 못했는데."

"이런 일에선 넌 누구보다 뛰어나!"

산도르는 진심으로 말했다. 평평한 구간에선 교대로 끌어주며 운전했고 내리막에선 함께 앉아 있기만 해도 되었다. 자리는 앞의 운전석과 뒷자리의 조수석, 두 개였다. 산도르는 열광하는 토베를 지켜보면서 자기도 속도감을 즐겼고, 크게 한바탕 웃으면서 소리를 질렀다. "야아!"

산도르는 다른 골치 아픈 일들을 잊어버릴 수 있어서 좋았다. 오늘만큼은 예외적으로 둘이서 함께 재미를 만끽하고 있는 것이다. 집으로 돌아가는 길엔 토베가 자동차를 끌었고 산도르가 운전석에 앉았다. 순간 털털거리는 모터 소리가 들려왔다. 그의 머릿속에선 한바탕 공중제비 텀블링이 시작되고 있었다. 좀 더 빨리! 오, 하느님, 조금만, 좀 더 갈 수 있도록 도와주세요.

하지만 소용없었다. 그들은 급정거를 하고 망연자실한 채 서로를 쳐다보았다.

"이건 또 뭐에 쓰는 물건이지?"

발래와 바박이 평소처럼 비웃으며 서 있었다. 하지만 오늘 바박의 목소리에는 전에는 느껴보지 못했던 뉘앙스가 담겨 있었다. 그도 이것에 관심이 있는 걸까?

"나무자동차야."

토베가 건성으로 대답했다.

"네가 직접 만든 거냐?"

"응."

산도르는 아무 말도 하지 않았다. 그들은 지금 운전석에 쪼그리고 앉아서 유아기에나 어울릴 법한 행동을 하고 있는 그를 의도적으로 무시하고 있는 것일까?

"나쁘지 않아 보이는데! 그런데 그 부품들은 어디서 구했지?"

그들도 관심을 갖고 있는 게 분명했다. 토베는 지금 앞에 서 있는 작자가 바박이 아니라 산도르인 것처럼 성심성의껏 설명해주었다. 자기와 바박을 구별 없이 대하는 것 같아 산도르는 화가 났다. 바박은 귀를 쫑긋 세우고 열심히 듣고 있었다.

"헷갈리네."

토베가 설명을 마치자 바박이 말했다.

"나도 예전에 나무자동차를 만들어본 적이 있긴 한데, 영 이것만 못했거든."

산도르는 순간 자기 귀를 의심했다. 바박에게도 인간적인 감정이 있다니? 방금 그 말은 칭찬이 아닌가. 씹는담배 덩어리를 아무 데나 뱉고 자기 비위에 거슬리는 사람을 괴롭히기나 하는 녀석 아닌가? 그런 바박이 아이 때 나무자동차를 만들었다고?

토베가 다시 앞에서 산도르를 끌어주기 시작했다.

"아, 어쨌든!" 뒤에서 말소리가 들려왔다. "발래네 집에서 금요일에 파티가 있는데, 관심 있으면 너희도 와라."

산도르는 그 말을 이해하지 못했다. 토베가 돌아보았다.

"뭐라고?"

"귀가 먹었어? 발래네 집에서 파티를 한다고!"

토베는 어리둥절해서 멈춰 서 있었다.

"중요한 건 얼큰하게 한잔할 거리를 가져와야 한다는 거야."

바박이 덧붙였다.

### Ida

이다는 지금 느끼는 황홀감을 고백해야 할 것 같았다. 본 메뉴가 나오기 전에 샐러드가 먼저 나왔다. 식당 한가운데엔 거대한 수족관이 설치되어 있었는데, 그 안에선 금붕어가 보물상자와 구조물들 사이를 한가로이 헤엄치고 있었다. 잔잔한 배경음악과 품격을 갖춘 서빙 매너. 와인은 올라오지 않았지만 문제될 게 없었다. 그녀는 앞에 놓인 음료수를 한 모금씩 마시면서 근사한 저녁 분위기를 만끽했다.

루카스는 좀 더 고급스런 레스토랑으로 그녀를 초대하고 싶었다. 하지만 이다가 입구에서 최하 3만 원 이상의 음식들이 즐비한 메뉴판을 보고 다른 데로 가자고 했다. 그래서 피자를 먹으러 이곳으로 오게 된 것이다.

"내 와인이라도 한 모금 마셔볼래?"

이다는 고개를 내저었다.

"술 마시면 내가 어떻게 변하는지 잘 알면서 그래. 그럼 난 무

124

조건 춤을 춰야 한단 말이야."

루카스가 웃었다. 그는 얼굴에 희색을 띠고 그녀를 바라보았다. 그는 이다가 아까부터 줄곧 무엇 때문에 저토록 행복해 하는지 궁금했다.

"네가 내 사과를 받아주어서 정말 다행이다."

"그렇지 않았으면 어떻게 하려 했는데?"

"너를 납치하려고 했지."

"그럴 수도 있겠네."

"정말이야. 난 그렇게 쉽게 포기하는 사람이 아니야."

"적어도 상대방이 뭘 원하는지 물어봐야 하는 거 아니야?"

"어쨌든 지금 넌 이렇게 내 앞에 앉아 있잖아."

그녀가 웃었다.

"글쎄, 한번 지켜보지 뭐."

그는 그녀를 진정으로 좋아하는 것 같았다. 그는 자기보다는 그녀에 대해 이야기하는 것을 좋아했다. 그런 그의 배려 덕분에 그녀의 무미건조하던 삶에 갑자기 예상치 못한 활력이 돌기 시작했다. 그는 두 손으로 턱을 괸 채 이다의 말에 귀를 기울였다. 결국 그녀는 항복의 의미로 웃고 말았다.

그러나 그들은 다른 두 별에서 온 것처럼 모든 것이 달랐다. 옷 스타일이나 나이 차이와는 상관없이 그들 사이에는 뭔가 다른 것이 놓여 있는 것 같았다. 이다는 딱 꼬집어 말할 수 없는 그것이 과연 뭘까 곰곰이 생각해보았다. 어쩌면 말하는 스타일의 차이일지도 모른다.

이다가 자기 몫을 내려고 하자 그가 막았다.

"날 어떻게 생각하는지 모르겠지만, 난 가난하지 않아!"

"가난하고 부자이고의 문제가 아니라, 여자에게 돈을 내게 하고 싶지 않아서 그래."

그녀는 그 일로 다투고 싶지 않았으므로, 근사한 저녁식사에 초대해주어서 고맙다고 말했다.

"다른 곳으로 가서 좀 더 얘기하자, 응?"

"안 돼, 집에 가야 해. 그리고 내 나이를 잊었어? 내가 들어갈 수 있는 곳은 아무 데도 없어."

그는 실망한 듯 보였다.

"그렇다고 이대로 혼자 가기는 싫은데!"

그는 웃으면서 그녀를 자기 쪽으로 끌어당기며 그녀의 머릿결에 대고 소곤거렸다.

"넌 그렇게 어리지 않잖아."

그가 그녀의 입술을 찾았다. 그녀도 거부하지 않았다. 하지만 그의 혀가 입으로 밀고 들어오려 하자 뒤로 몸을 뺐다.

"전화해."

"물론이지."

 Sandor

산도르는 춤에 집중할 수가 없었다. 발래네 집에서 있을 파티 생각이 온종일 머릿속에서 떠나지 않았다. 정말 가도 되는 것일까? 그렇다면 술은 어떻게 준비해야 하지?

"산도르, 정신 차려!"

그는 크리스티나를 힐끗 쳐다보았다. 평소처럼 그녀의 얼굴은 빛나고 있었다. 그녀 주변에 있는 다른 여자아이들은 보이지 않았다. 산도르는 여전히 그녀에게 말 한마디 건넬 생각조차 하지 못하고 있었다. 이다로부터 연락이 끊긴 후로 다시 자신감을 잃어가는 상태였다. 그리고 크리스티나 역시 그와의 직접적인 대면을 조심스러워하는 눈치였다. 춤 연습이 끝난 후 언뜻 보이는 그녀의 표정에는 알지 못할 야릇함이 배어 있었다. 감정이 최고조 상태에 이르렀을 때 생기는 신비스런 미소라고 봐야 할까? 아니면 단순히 의례적인 친근감의 표시일까? 지금 헤닝은 그녀의 허리를 껴안아서 공중으로 들어올리는 자세를 취하고 있었다.

나중에 탈의실에서 옷을 거의 다 갈아입었을 무렵 헤닝이 산도르를 쳐다보며 말했다.

"너, 어딘가 모르게……."

헤닝의 얼굴이 옅은 홍조를 띠었다.

"오늘 컨디션이 안 좋아 보인다."

산도르는 아무렇지 않다는 듯 웃어 보였다. 헤닝이 실제로 그랬으면 하고 바라는 건 아닌가 하는 가벼운 의심이 들었다.

"아니야, 컨디션은 괜찮아. 딴생각을 하느라 집중력이 조금 떨어진 것뿐이야."

헤닝의 얼굴에 약간 실망하는 기색이 보이더니 다시 호기심으로 바뀌는 듯했다.

"딴생각이라니?"

산도르는 헤닝을 쳐다보았다. 그리고 크리스티나를 공중으로 들어올렸을 때 그의 표정에 드러났던 행복감을 떠올렸다. 이제 사태 파악이 되었다. 헤닝도 크리스티나를 좋아하는 것이다.

"내가 초대받은 파티를 생각하고 있었어."

헤닝은 놀란 듯했다. 그는 초대받지 못했다는 사실을 그의 태도가 보여주고 있었다. 산도르는 가방을 둘러메고 탈의실을 빠져나왔다. 헤닝이 뒤따랐다.

"너도 이번 배역 공모에 응모할 거냐?"

"어떤 배역?"

"정말 몰라서 묻는 거야?"

"아, 그거, 그 배역……."

별 관심 없다고 대답하려는 순간에 크리스티나가 여자탈의실에서 나왔다.

"뭐야, 응모할 생각이 없는 거야?"

헤닝이 다그쳐 물으면서 마치 친한 친구 사이인 양 장난으로 산도르의 어깨를 툭 쳤다.

"당연히 응모해야지. 그러려면 도약 동작을 좀 더 연습해야 할 거야. 안 그럼 승산이 적어."

"염려 마."

"잘 가." 크리스티나가 말했다.

"그래, 잘 가." 헤닝과 산도르가 한목소리로 대답했다.

### 🐝 *Ida*

이다가 집에 돌아왔을 때, 엄마는 부엌 식탁에 앉아서 영수증을 정리하고 있었다. 이다는 깜짝 놀랐다. 보통 송금 문제는 이다가 줄곧 처리해왔고 엄마는 서명만 했었다. 무슨 일이라도 생긴 걸까? 엄마는 약간 흥분한 듯했다.

"이다, 이게 뭐지?"

"영수증이잖아."

"하지만 너무 많잖아."

"무슨 뜻이야? 항상 그 정도였어."

"하지만 이번엔 액수가 너무 커. 일시불로 지불할 수 없을 정도로 말이야."

엄마가 절망적인 표정을 지었다.

"아무래도 케이블 방송을 끊어야겠다."

엄마의 반응이 차츰 히스테릭하게 변해갔다.

"미쳤어, 엄마! 방송료는 한 달에 3만 원도 안 되는데."

"어디에서든 절약을 시작해야지, 이래선 안 돼. 그리고 TV에선 쓰레기 같은 내용만 나오지 별게 없잖아."

"말 다 했어, 엄마? 하루 종일 바보상자 앞에 쭈그리고 앉아 있는 게 누군데 그래. 나는 MTV만 보면 돼. 그러니 두말 하지

마. 제발."

"너 많이 컸구나." 엄마가 경멸하듯이 말을 받았다. "넌 정말 호강하고 살아온 줄 알아야 해. 아빠가 계실 땐 네가 손가락으로 가리키기만 해도 뭐든지 다 사주셨어."

이다는 순간 뭔가로 한 대 얻어맞은 것처럼 멀뚱히 엄마를 쳐다보았다. 호강이라니? 엄마가 어떻게 그런 말도 안 되는 소리를 할 수 있는 거지? 거의 모든 집안일을 혼자 도맡아 해온 사람이 누군데? 더욱이 엄마가 무능력을 탓하면서 상심할까 봐 아무 말 않고 집세까지 자기 돈으로 해결해오지 않았던가? 눈물이 앞을 가렸다.

"정말 억울해……."

하지만 엄마는 더 이상 듣지도 보지도 않았다.

"물질주의자가 뭔지 알아? 무엇보다도 물질을 중시하는 사람이지. 이런 넘쳐나는 허영과 사치가 그렇게도 중요할까?"

엄마는 의자에서 용수철처럼 튀어 일어나 부엌을 나갔다. 곧 한 아름의 새 옷가지들을 안고 들어왔다. 이다가 어제 방과 후에 시내에 나가 산 옷들이었다.

"이렇게 많은 옷들을 난 지난 2년 동안 구경 한번 못 해봤다. 그런데 넌 매주 그렇게 한 꾸러미씩 안고 들어오니 말이야."

"그새 내 방까지 뒤진 거야? 허락 없이 내 방에 들어가지 말라고 했잖아!"

엄마의 얼굴이 갑자기 뜨악한 표정으로 변했다.

130

"네 아빠는 미국에서 호사생활을 하고 있지만 우리는 물 한 방울 아껴가며 살아야 하는 처지야. 어떻게 하고 싶은 대로 다 하면서 살 수 있겠니? 일하는 것도 마음먹은 대로 안 되는 판에……"

이다는 순간 흠칫했다. 이번에 새로 얻은 일자리도 그새 망친 걸까? 그렇게 빨리? 그래서 오늘 이렇게 히스테릭해진 건가? 두 번 다시 일을 그르치지 않기로 굳게 다짐까지 하지 않았던가? 더 이상 참기만 할 순 없다. 그녀는 엄마의 손에서 옷가지를 빼앗아 들고, 엄마의 약점을 끝까지 물고 늘어졌다.

"엄마, 정말 몰랐어? 지금까지 난 매달 생활비로 아빠가 보내주신 돈을 써왔단 말이야. 6개월 전에 집세 오른 것 잊었어?"

엄마의 눈동자가 불안스레 움직였지만 이다는 아랑곳하지 않았다.

"아빠가 우릴 두고 떠나긴 했지만, 그렇다고 아주 형편없는 인간은 아니었어. 아빠는 단지 다른 여자를 사랑한 것뿐이야. 그 자체를 중죄라고 할 순 없는 거지."

하지만 이 상황에서 할 말은 아니었다. 이 얘기는 묻어두는 편이 나았으리라. 눈물이 흘러내렸다.

"알기나 해?"

이다가 한탄하듯 말했다.

"난 아빠가 왜 그렇게 떠나버렸는지 이해할 수 있어. 엄마가 지독한 염세주의자이기 때문이야. 엄마는…… 직장 일이나 살림이나 제대로 한 적이 없었어. 가족을 위해 따뜻한 음식 한 번 준비한 적도 없잖아. 아무것도, 자기 자식 하나도 제대로 챙기지 못했잖아! 난 왜 엄마가 온종일 벽만 바라보고 누워 있는지도 알아. 스스로 죄책감을 견디지 못하기 때문이야. 엄만 정말이지 아무 짝에도 쓸모없는 사람이야, 알겠어? 엄만 아무것도 아니라구!"

그녀는 부엌 밖으로 뛰쳐나갔다.

---

내가 정말 어리석게 행동한 것 같아. 부디 용서해줘. 너한테 하고 싶은 말이 너무나 많아서 밤을 지새워도 다 못 할 거야. 난 너라는 존재를 잊고 살아갈 수 있을 거라 생각했는데, 그렇지 못했어. 나를 용서해줄 수 있겠어, 산도르? 지금 나는 최악의 절망적인 상태에 있어. 지독한 외로움은 물론이고. 지금 나한테는 네가 필요해. 사실을 고백하자면 나도 너를 속였어. 나 역시 쓰레기 같은 짓을 한 거지. 다른 사람처럼 행세한 거야.

Sandor

---

오, 이럴 수가! 네가 진실을 말해주니 정말 기쁘다. 넌 내가 모든 것을 허물없이 털어놓을 수 있는 유일한 존재야. 처음 너에게 거짓말을 할 때만 해도 나 자신에게 화가 많이 났었어. 하지만 당시의 내 감정과 내 머릿속에 맴돌고 있던 것들에 대해 쓴 모든 것이 진심이었어. 네가 말을 타고 숲길을 달리는 소녀가 아니라 해도 상관없어. 나도

132

쿨한 축구선수가 아니거든. 내 얘기에 충격 받지 않길 바라. 난 춤을 추고 있어. 일주일에 네 번 강습을 받고 있지. ▸

**✎ Ida**

---

엄마는 평소처럼 침대에 누워 있어. 어제 말다툼을 한 뒤로 한 마디도 주고받지 않았어. 난 엄마를 늘 원망하면서도 가슴 한쪽에는 짠한 마음을 갖고 있기도 해. 머릿속이 온통 뒤죽박죽이 된 것 같아. 엄마 말에 따르면 우울증을 앓는 기분은 끝없는 슬픔에 빠진 느낌과 비슷하대. 너무 슬픈 나머지 아무것도 손에 잡히지 않는대. 이대로 가면 나도 그런 상태가 어떤 기분인지 알 수 있을 것 같아.

지금까지 내 주위에 춤추는 사람은 없었어. 너는 피루에트(Pirouette, 한 발을 축으로 하여 몸을 팽이처럼 빙그르 돌리는 기법─옮긴이) 같은 동작도 할 수 있겠네? 나도 그런 동작을 할 수 있었으면 좋겠다. 난 할 수 있는 게 별로 없어. 바라는 거라곤 기껏해야 제대로 술에 취해보는 것 정도지. 술에 취하면 기분이 좋아지면서 잠시나마 온갖 골칫거리들을 잊을 수가 있거든. 너까지 잊어버리고 싶진 않지만 말이야. ▸

**✎ Sandor**

그는 계단 아래로 살금살금 걸어 내려갔다. 한 줄기 빛도 새어나오는 곳 없이 캄캄했다. 일단 거실로 갔다. 분위기가 사뭇 놀라웠다. 나무로 만든 작은 장식품과 수제 헝가리 이부자리와 베개 등이 마치 박물관에 온 듯한 느낌을 주었다. 한기가 느껴졌다. 유리 장식장 안엔 수많은 술병들이 진열되어 있었다. 하도 많아서 한 병 슬쩍하더라도 전혀 표가 나지 않을 것 같았다. 그는 상표를 보았지만 도통 뭐가 뭔지 알 수가 없었다. 미얀마우스? 버번? 마티니? 브리스톨 크림?

산도르는 주저했다. 큰 병 하나를 가져갈까? 하지만 어떤 것을? 만일 주머니에 안 들어가면 어쩌지? 그는 작은 것을 가지고 가기로 결정했다. 그것만으로도 충분할 것 같았다. 게다가 작아서 상대적으로 빈자리가 눈에 덜 띌 것 같았다. 작은 병은 딱 두 종류였다. 갈색 빛깔의 병에는 깔루아라는 상표가 붙어 있었고, 다른 한 병은 투명한 빛깔이 나는 데킬라였다. 왠지 이것이 갈색 술보다 더 나아 보였다.

---

나도 모르겠다! 아빠의 술 진열장에서 술을 한 병 슬쩍했다. 전엔 이런 짓을 해본 적이 없었는데, 지금은 데킬라 한 병을 가지고 있어. 금요일 파티에 초대를 받았거든. 어쩌면 지금 내 행동이 우스꽝스러워 보일 수도 있겠지. 하지만 이런 경우 어떻게 해야 할지 난 잘 모르겠어. 다른 아이들과 아무 거리감 없이 행동하려면 뭐부터 시작해야 할지도 잘 모르겠고. 그 애들의 세계로 들어가 함께 어울릴 수 있는 방법을 도저히 모르겠단 말이야. 지금 내가 하는 말은 결코 농담이 아니야. 난 그런 사교방식에 대해서는 말 그대로 젬병에 가깝고, 늘 일

을 그르치고 말거든. 곧 열여섯 살이 된다. 지금이 고비야. 더 이상 지체할 시간이 없는 나이야.

*Ida*

술을 조금 마신 다음 평소의 너를 잊으려고 해봐! 그러면 어느 정도 기분전환과 스트레스 해소가 될 거야. 화이팅, 베이비! ↖

금요일 오후다. 정말 다행이다. 이걸로 오늘은 끝이다. 그녀는 빠른 걸음으로 학교 운동장을 가로질러 걸어갔다. 테레제와 수잔나가 뭔가를 함께 하자고 꼬이기 전에 얼른 이곳에서 사라지고 싶었다. 이다는 그 친구들과 노닥거릴 기분이 아니었다. 그냥 집에 가서 쉬고 싶었다. 말다툼을 한 이후로 이다와 엄마는 단 한마디도 나누지 않았다. 엄마는 예전처럼 다시 침대에 누워 벽만 멍하니 쳐다볼 뿐이었다.

"이다!"

도대체 이 친구들은 이다가 다른 마음을 먹을 시간조차 주지 않는다. 그녀는 멈춰 서서 기다렸다. 테레제는 화가 난 듯했다.

"왜 그렇게 서둘러 가는 거야?"

"집에 가야 하거든."

수잔나는 실망한 듯 보였다.

"금요일 오후에? 그러지 말고 카페에 잠깐 들렀다 가자."

"나, 공부도 해야 해."

수잔나와 테레제가 동시에 웃었다.

"공부? 농담도 지나치시네."

이다가 발걸음을 옮기자 수잔나가 뒤를 따라왔다. 그녀가 나지막이 말했다.

"물론 네 말이 맞아. 나도 원래는 공부하러 가야 해."

"얼씨구, 따분한 삶을 위해 의기 투합이라도 하자는 거야?"

테레제가 뒤에서 빈정거리며 소리쳤다.

"나야 공부에 관심이 없지만 아빠가 자꾸……."

"너네 아빠는 아직도 포기 안 하셨대?"

테레제는 그들 셋 중에서 학교 성적이 가장 밑바닥이었다. 아직 막연한 계획에 불과하긴 하지만, 아무튼 그녀는 김나지움에 진학할 마음이 없었다. 그녀의 주장에 따르면, 사회 각층의 유명인사들 중 상당수가 학교 생활에서는 빛을 못 보았지만 지금은 훨씬 돈을 잘 번다. 따라서 젊은이들에게 학업과 성적이 가장 중요하다는 말은 헛소리에 지나지 않는다는 것이었다.

반야의 남자친구가 교문 앞에 서서 누군가를 기다리고 있었다. 밴드 활동을 하는 그는 검은색 옷에 기생오라비 같은 헤어스타일을 하고 있었다. 이다는 못 본 체 지나가려 했다. 그러나 테레제가 휘파람을 불더니 팔꿈치로 이다의 갈비뼈 근처를 툭 쳤다.

"지금 해야 돼!"

"뭘 지금 해야 한다는 거야?"

"네가 그 애랑 같이 있는 걸 반야가 보면 펄쩍 뛰며 난리를 칠 거 아냐. 그걸 노리자는 거지. 얼른 가서 무슨 말이든 걸어봐."

"무슨 얘길 하라고?"

"그건 네가 더 잘 알잖아. 넌 잘할 수 있을 거야. 그게 네 유일한 전문 분야잖아."

이다가 할 수 있는 유일한 분야라니 도대체 뭘 말하는 걸까?

"그럴 마음 없어."

"뭐라고?"

"귀 먹었니? 난 그런 천박한 행동에 흥미 없단 말이야!"

"그럼 반야가 네 험담을 하는 걸 그냥 보고만 있을 거야?"

이다는 테레제의 눈을 쏘아보면서 말했다.

"난 지금 내 뒤에서 뒷말이나 하고 다니는 얼간이들을 손봐줄 만큼 한가하지 않아. 그런 일이라면 친구들 사이에서도 비일비재하게 일어나고 있으니까. 안 그래?"

테레제는 놀란 눈으로 이다를 쳐다보았다. 그러고는 이내 수잔나 쪽으로 천천히 몸을 돌렸다. 마치 '너 무슨 말 했지?' 하고 묻기라도 하는 것처럼. 그러나 수잔나는 땅만 쳐다보았고, 더 이상 아무 말도 오가지 않았다.

 Sandor

거울에는 윗몸만 보일 뿐이었다. 하는 수 없이 그는 변기 뚜껑 위에 올라서서 새로 산 청바지를 비추어 보았다. 이렇게 품이 넓은 바지는 익숙하지 않았다. 바지 옆쪽에 붙은 사슬 모양의 고리도. 변장이라도 한 듯한 느낌이었다. 그가 이처럼 새로운 스타일로 변신한 것을 보고 분명 다른 아이들은 최고의 동성애자 패션이라고 놀려댈지도 모른다. 몸을 돌려 엉덩이 쪽을 보았다. 그때 문이 열렸다. 빌어먹을!

아론이 그를 흥미롭다는 표정으로 쳐다보았다.

"너, 여기서 뭘 하고 있는 거야?"

산도르의 얼굴이 빨개졌다.

"자동차 경주 대회라도 나가는 거야?"

"파티가 있어."

"너도 드디어 그런 곳에 갈 때가 된 거냐? 세월이 흐르긴 흐르나 보군."

아론은 진심으로 기뻐하는 눈치였다. 산도르는 그의 말을 흘려들었다.

"이 옷 어때?"

아론은 진지한 얼굴로 산도르의 위아래를 찬찬히 훑어보았다.

"이런 게 네 스타일이었던가?"

"몰라. 딱히 정해진 스타일이 없으니까."

"따라와봐!"

산도르는 아론을 따라 방으로 들어갔다. 방 안엔 퀴퀴한 담배 냄새가 배어 있었다. 침대 위는 아무렇게나 흐트러져 있었고 바닥엔 하키 장비가 나뒹굴고 있었다. 아론은 옷장을 뒤적거렸다.

"가죽!"

그가 드디어 결정한 듯 검은색 바지를 꺼내 들었다.

"난 잘 모르겠는데……."

"여자애들이 좋아할 거야. 내가 장담한다."

아론은 산도르에게 바지를 입어보라고 하고는, 리벳 장식의 허리띠와 몸에 딱 달라붙는 민소매 티셔츠를 꺼내 들었다.

"정말 멋져 보이는데. 너한테 정말 잘 어울린다."

산도르가 옷을 다 차려입자 아론이 말했다.

"잘 어울린다고?"

산도르가 웃으면서 되물었다. 아론도 함께 웃었다.

"당연하지. 그리고 넌 조각 같은 근육이 있잖아."

아론의 목소리에는 감탄이 섞여 있었다.

"그 정도면 가끔 남들에게 구경시켜줄 필요가 있어. 난 그렇게 멋진 근육이 없거든."

멋진 근육이라고? 그 점에 대해선 한 번도 생각해보지 않았다. 춤 연습을 열심히 하다 보면 군살이 없어지는 것은 당연하므로, 근육에 특별한 의미를 둔 적이 없었던 것이다. 아론의 말대로 내가 정말 근사하게 보인다면?

"고마워, 형."

"잘해봐."

*Ida*

쇼핑백을 들고 집으로 들어서려는데 현관문 입구에 누군가 서 있었다. 가까워지자 얼굴을 알아볼 수 있었다. 아직 잠에서 덜 깬 것 같은 시선이 그녀에게로 와서 꽂혔다. 다른 사람을 쳐다보는 것이 아닌가 착각할 정도로 초점 없는 눈동자였다. 하지만 거리엔 그녀 외에 아무도 없었다. 그 순간 그녀는 고마움에 가까운 감정을 느꼈다. 그녀가 먼저 손을 내밀었다.

"안녕, 여기서 뭐 해?"

"널 기다리고 있었지."

그녀는 일부러 화난 척하면서 그를 쳐다보았다.

"오늘은 만날 수 없다고 그랬잖아. 내가 분명히 어제 그렇게 말했을 텐데?"

"그래, 하지만 난 그 말을 받아들인 적 없어."

그는 그녀를 자기 쪽으로 끌어당겼다. 그녀도 그의 허리춤에 팔을 올려놓았다. 오늘은 예감이 좋은 날이다. 테레제와 수잔나를 따돌리고 혼자 있었던 보람이 있는 것이다. 그런데 그들은 대체 서로에게 뭘 원하는 것일까?

"나한테 뭘 바라지?"

이다가 놀란 표정으로 그를 쳐다보았다. 그가 그녀의 생각을 읽어낼 수 있을까?

"그냥 뭐, 하여간 난 내가 뭘 원하는지 알아. 넌 뭘 원하지?"

이다가 그를 밀쳐냈다.

"몰라, 그런 걸 알아서 뭐 하게?"

"가끔 널 이해하지 못할 때가 있어."

"나도 나를 이해하지 못할 때가 많아."

그는 입가를 치켜 올렸다.

"장난으로 하는 소리가 아냐."

"나도 그래."

그녀는 집에 들어가야겠다는 듯 열쇠를 꺼내 들었다.

"같이 들어가도 될까?"

"안 돼."

"왜 안 되는데?"

"엄마가 아프셔."

그는 진지한 표정으로 이다를 미심쩍다는 듯 쳐다보았다.

"정말이야?"

"믿든지 말든지 좋을 대로 생각해."

그녀는 그가 그만 가주길 바랐다. 이런 애들 장난 같은 짓은 더 이상 하고 싶지 않았다. 문을 열자 그가 그녀 팔을 잡았다.

"이거 놔줘!"

그가 팔을 놓았다.

"미안해. 하지만 네가 나한테 이럴 순 없지…… 여기 오는 데 30분도 더 걸렸단 말이야."

"그게 내 잘못이야?"

그는 땅만 쳐다보았다. 불쌍한 루카스. 이렇게까지 나올 줄은 미처 예상하지 못했다.

"나를 더 이상 바보처럼 취급하지 말아줬으면 좋겠어."

"전화할게."

이다의 무심한 대답에 그가 갑자기 침통한 어조로 말했다.

"넌 나를 진지하게 대하지 않아!"

"진정해."

"언제 만날 수 있는지 말해준다면."

"전화한다고 말했잖아."

문을 닫으려 하자 그가 문과 문틀 사이로 발을 끼워 넣으면서 말했다.

"지금 이 자리에서 약속해줄 수 없어? 그렇지 않으면 난 미쳐 버릴……."

그녀는 그를 쳐다보았다. 헝클어진 머리카락과 절망적인 눈빛의 그는 애처로워 보이는 듯하면서도 묘한 매력을 풍겼다. 마치 생과 사의 문제에 부딪힌 것처럼 절박함이 묻어났다.


*Sandor*

보통의 파티 분위기란 과연 이런 것인가? 술에 취해 비틀거리는 사람, 고함을 질러대는 사람, 애무를 하는 연인, 토하는 사람, 날아다니는 맥주 캔, 여기저기에 부서진 물건들…… 산도르가 생각했던 파티는 그런 것이었다. 그런데 지금 이곳 분위기는 사뭇 달랐다. 대부분이 점잖게 옷을 갖춰 입은 채 약간 들뜬 기분으로 술렁이는 정도라고나 할까. 삼삼오오 짝을 지어 둘러선 채 작은 목소리로 이야기를 나누고 있었다.

가장 들뜬 사람은 발레였다. 그는 내내 희희낙락하며 돌아다녔다. 그는 문을 열면서 다소 과장된 몸짓으로 환대해주었다. 산도르는 문전박대나 당하지 않을까 내심 걱정했지만, 발레는 예의를 갖추어 그들을 맞이했다.

"고마워." 산도르가 답했다. 토베는 말없이 서 있었다.

산도르는 입고 온 옷에 자꾸 신경이 쓰였다. 다른 아이들이 어떻게 생각할까? 가죽바지잖아? 너도 이런 언더 스타일을 다 입을 줄 아냐? 하지만 아직은 아무도 그런 얘길 하지 않았다. 토베는 평소에 입던 옷을 그대로 입고 왔다. 수수한 셔츠에 일주일 내내 입고 다녔던 코르덴바지 차림이다. 그런 그와 함께 주방으로 들어가려니 내키지 않았다. 하지만 아만다가 환하게 웃으면서 다가와 인사하자 모든 걱정이 한순간에 사라지는 듯했다.

"와우, 근사한데!"

산도르는 이때다 싶어 셔츠를 잽싸게 벗어 들었다. 민소매 셔츠를 통해 드러난 근육을 자랑 삼아 보여주고 싶었기 때문이다. 아만다의 시선이 그의 가슴팍에 와 닿았다. 그러자 이번엔 쉬린이 다가와서 아만다와 같은 말을 해주었다.

이렇게 해서 네 명의 그룹이 형성되었다. 학교에서보다 훨씬 많은 얘기들이 오갔다. 산도르는 바지와 함께 아론의 자신감까지 덤으로 얻어온 듯했다. 그는 가죽바지를 형에게서 빌려왔다는 말도 스스럼없이 털어놓았다.

"그건 그렇고, 너희들도 뭘 좀 준비해 왔나?"

발래가 주방으로 들어서면서 물었다. 그들은 조심스레 가져온 술병을 꺼내 보였다. 아만다와 쉬린은 함께 돈을 보태 와인 한 병을 가져왔다. 발래가 산도르가 가져온 병을 쳐다보았다.

"이건 뭐냐?"

산도르도 잘 모르지만 내색하지 않으려고 말했다.

"데킬라야. 보면 몰라?"

발래의 얼굴이 홍당무가 되었다.

"무슨 소릴! 당연히 잘 알지. 훌륭하군."

자비어와 안톤이 주방으로 들어오더니 눈을 휘둥그레 떴다.

"데킬라네! 탁월한 선택이야! 발래, 레몬 있냐?"

발래는 냉장고에서 레몬 두 개를 꺼냈다. 자비어가 물어볼 것이 있다는 눈빛으로 산도르를 쳐다보았다.

"내가 한 모금만 마셔봐도 될까?"

원하는 만큼 마셔도 된다고 산도르가 말했다. 자비어가 먼저 시범을 보이자 다른 아이들도 주위로 몰려들었다. 안톤과 산도르도 합류했다. 산도르는 자기가 스포트라이트를 받고 있다는 것, 데킬라를 가져온 주인공이 바로 자기라는 사실을 은근히 즐기고 있었다. 분명 기대 이상의 반응이었다. 자비어가 삶은 달걀을 올려놓는 작은 컵에 술을 약간 따르고는 엄지와 검지 사이의 손등에다 소금을 한 줌 흩뿌렸다. 그리고 마지막으로 레몬 한 조

144

각씩을 돌렸다.

데킬라 마시는 법을 어디서 배웠냐고 산도르가 묻자, 자비어는 부모님이 술을 마실 때 어깨 너머로 배웠다고 설명했다. 그들은 격식을 따른답시고 달걀 컵을 일제히 자신의 코 높이까지 들어올렸다. 자비어가 순서를 세 번이나 힘주어 강조했다. 첫 번째 소금, 두 번째 술, 그리고 마지막으로 레몬.

"시작한다!"

자비어가 말했다. 산도르는 소금을 핥았다. 그러고 나서 달걀 컵에 담긴 술을 한 모금 마신 후 레몬 한 조각을 이빨 사이에 넣고 잘근 씹었다. 그러고는 정신없이 빨아댔다. 다른 아이들도 마치 사투라도 벌이듯 열심히 빨았다. 또 다른 아이들은 주위에 서서 호기심 가득한 얼굴로 쳐다보았다. 자비어와 안톤은 충격을 받은 듯한 표정이었다. 산도르는 위 속으로 들어간 데킬라의 맛이 어떤 식으로 달아오르며 또 새큼한 레몬과 섞여서 어떤 반응을 일으키는지 온몸으로 느꼈다. 속이 거북해졌다. 정말 혐오스러울 정도로 고약한 맛이었다. 데킬라가 목젖 바로 뒤에서 빈틈을 노리고 있었다.

그는 정신을 집중하며 차분히 숨을 가다듬었다. 천천히, 그러면서도 단호하게 데킬라를 다시 위로 되돌려 보내려 애썼다. 한 모금 더 마신 뒤 역겨움이 가라앉을 때까지, 그리고 알코올이 마침내 제자리를 찾아갈 때까지 이를 악물고 참아냈다.

결국 산도르가 처음으로 성공적인 극복을 의미하는 웃음을 지어 보였다.

"이야, 정말 대단하다!"

🐦 Ida

그녀는 저민 고기 소스를 얹은 스파게티를 만들었다. 초에 불을 붙이고 적당한 크기의 접시와 필요한 식기를 챙겼다. 그러고 나서 나중에 TV를 보면서 편안하게 먹을 수 있는 레몬 주스, 사탕, 초콜릿, 감자 칩 등을 준비했다. 지하의 세탁실에서는 두 대의 세탁물 건조기가 윙윙거리며 돌아가고 있었다.

엄마는 헝클어진 머리를 하고 앉아 딸이 정성껏 차린 식탁 위의 음식 접시를 물끄러미 쳐다보았다. 몸에 꽉 끼는 낡은 스웨터에, 늘어나서 볼품없게 된 트레이닝복 차림. 이다는 이런 환자 복장을 혐오했다.

그들은 아무 말 없이 식사를 했다. 엄마는 스파게티를 한 포크 가득 입 안으로 밀어 넣고는 거의 기계적으로 씹기 시작했다. 윗입술과 아랫입술 사이에서 끈적끈적한 타액이 흘러내리기 직전이었다. 이다는 속이 메스꺼워졌다. 엄마가 낯선 타인처럼 느껴졌다. 가련하게 망가져버린 인간, 늙고 병든 여자.

만일 이웃 사람들이 그녀의 이런 모습을 보게 된다면 어떻게 될까. 테레제와 수잔나가 알게 된다면. 아니면 학교 선생님이, 루카스가……

엄마가 몸을 떨기 시작했다. 눈에 가득 고인 눈물이 스파게티

146

위로 리드미컬하게 떨어져 내렸다. 엄마는 포크와 숟가락을 내려놓고 두 손으로 얼굴을 감쌌다. 순간 식탁이 흔들거렸다.

"미안하구나." 엄마가 흐느끼면서 말했다. "무슨 말을 해야 할지 모르겠다. 내 주제에 무슨 할 말이 있겠니?"

엄마는 그렇게 한참을 더 울었다. 이다는 옆에서 그저 지켜보고만 있었다. 울음이 차츰 멎기 시작했다. 엄마는 자리에서 일어나 질펀하게 코를 풀고 다시 자리에 앉았다. 그러고는 충혈된 작은 눈으로 이다를 쳐다보았다.

"내 불쌍한 딸. 모든 게 너한테는 쉽지 않을 거야."

이다는 자리에서 일어나 식탁을 치우기 시작했다.

"엄마도 알고 있단다. 내가 지금 어떤 꼴로 살고 있는지를. 하지만 엄마와 아빠가 그렇게 된 이후로…… 모든 집안일을 내가 맡아서 꾸려나가야 했었다."

이다는 물어보듯이 엄마를 쳐다보았다. 그들이 그렇게 된 이후라니, 대체 무슨 뜻이지?

"너에겐 할머니, 할아버지가 세상에서 최고로 여겨졌을 거라는 것도 알아. 하지만 사실은 그게 아니었어. 솔직히 말하면 난 그분들이 돌아가신 뒤에 오히려 더 홀가분함을 느꼈을 정도니까."

조부모님에 대해서는 아주 희미한 기억밖엔 없지만 그분들이 매사에 밝고 긍정적이었다는 느낌은 남아 있었다. 물론 그들도 완벽한 인간은 아니었을 것이다. 하지만 이다는 자신을 늘 감싸주었던 그분들이 돌아가셨을 때 슬피 울었던 기억이 났다.

"왜 지금까지 엄마는 그런 말을 한 번도 안 했어?"

엄마는 식탁보를 응시하고 있었다. 이다는 순간 화가 났다.

"나한테 그런 말을 왜 해주지 않았어! 내가 너무 어리다고 생각한 거야? 그래놓고 한편으론 집안 살림은 알아서 잘 해낼 거라고 내심 기대했던 거야?"

엄마는 붉게 충혈된 눈으로 이다를 쳐다보았다.

"그런 얘기는 꺼내기가 쉽지 않은 거란다."

이다는 스파게티 냄비를 무릎 위에 올려놓았다. 조부모님이 과연 어떤 분들이었기에 엄마가 저토록 신랄하게 성토하는 것일까?

"그분들은 평생 술병을 안고 살았지. 매일 이어지는 파티에 맨정신으로 지낸 적이 없을 정도였어."

할머니, 할아버지가 지독한 술꾼이었단 말인가?

"그 때문에 내가 열여섯 살이 되었을 때 집을 나오게 되었던 거야. 더 이상 견딜 수가 없었어. 당시에 난 혼자서도 잘 살아갈 수 있을 거라 믿었고. 하지만 그게 아니더구나. 어쨌든 그 무렵 네 아빠를 만나게 되었고 곧 너를 갖게 된 거란다. 그때만 해도 모든 일이 잘 진행될 거라고 생각했지. 그리고 실제로도 한동안은 별 문제 없이 잘 살았다. 그러다가 어느 순간에 모든 것이 엉망이 되면서……."

엄마는 등을 꼿꼿이 펴더니 퉁한 눈으로 이다를 바라보았다.

"나도 나름대로는 최선을 다했다. 하지만 끊임없이 반복되는……."

148

엄마는 기진맥진해져서 벽 쪽을 쳐다보았다. 마치 거기에서 적절한 대답을 찾을 수 있을 것처럼 말이다.

"어떻게 얘기해야 할지 잘 모르겠다."

그들은 말없이 나란히 앉아서 반대쪽만을 바라보고 있었다. 엄마가 갑자기 일어나더니 이다의 무릎께로 가서 꿇어앉았다. 그리고 고개를 들어 이다를 쳐다보았다.

"엄마가 사회복지청의 도움을 청하려고 하는데 어떻게 생각하니, 이다야?"

엄마가 지금 무슨 말을 하려는 걸까?

"지금으로선 뾰족한 수가 없는 것 같아. 내 처지도 그렇고. 난 너한테 아무 힘도 되어줄 수 없어. 여기서 그리 멀지 않은 곳에 사는 마음씨 좋은 사람들과 함께 생활할 수 있을 거야. 그리고 한 달에 한두 번……."

이다가 황급히 자리에서 일어나는 바람에 의자가 뒤로 넘어졌다. 무릎 위에 있던 냄비가 와장창 바닥으로 떨어졌다. 엄마가 흠칫 놀랐다.

"엄마, 지금 제정신이야?"

이다는 온몸을 부르르 떨었다.

"마음씨 좋은 사람들이라고? 나를 떼어놓겠다고? 난 내 엄마하고 살 거야!"

"난 그저……."

"더 이상 강요하지 마. 어림 반 푼어치도 없으니까."

149

"하지만 그게 너에겐 최선……."

"나를 위한 최선의 방법이라고? 엄마를 위한 게 아니고? 왜 내가 거추장스럽다고 직접 말하지 못하는 거야!"

엄마는 매우 지쳐 보였다.

"아니야, 난 그냥 네가…… 몸과 마음 모두 건강한 어른들 밑에서 생활하는 게 좋을 거라고 생각했어. 그런 가정이라면 너한테 필요한 걸 충족시켜줄 수 있을 거야."

"난 아무것도 필요 없어!"

"넌 어쩌면 스스로 생각하는 것처럼 그렇게 강한 사람이 아닐 수도 있어."

"그게 무슨 소리야? 내가 지금 제대로 못하고 있는 게 뭐가 있어? 마약을 하는 것도 아니고, 엄마가 상상하는 그런 쓰레기 같은 것들엔 손도 안 댄단 말이야."

"내가 말하려는 건 그런 게 아니야."

"그럼 문제가 대체 뭐야?"

엄마는 잠자코 말이 없었다. 그녀는 바닥에 책상다리를 하고 앉아서 힘없이 두 손을 무릎 위에 올려놓았다. 엄마의 눈에 다시 눈물이 가득 고였다. 사랑을 머금은 눈빛이었다.

"대체 뭐가 그렇게 두려운 거야, 엄마?"

속삭이듯 대답이 들려왔다.

"네가 나처럼 될까 봐."

*Sandor*

크리스티나가 지금 그의 모습을 보았더라면. 그리고 이다 도……. 그는 파티 분위기에 정통한 것처럼 행세하고 있었다. 많은 술을 마셨다. 맥주 캔 하나 반과 데킬라 두 잔을 비운 상태였다. 이 분야에 프로나 된 듯이 직접 소금을 일정량씩 나눠주고, 역겨운 냄새가 나는 싸구려 음료는 테이블에서 빼버리기도 했다. 머리가 약간 띵한 걸 빼면 기분도 좋고 마음도 안정되어 있었다. 왜 지금까지 알코올에 대해서 부정적으로만 인식해왔을까? 이렇게 좋은 걸 말이다. 주위의 모든 아이들이 기분 좋게 이야기를 나누고 있었다. 산도르가 그들과 같은 취향을 가진 부류로 밝혀진 것이 그들에게 일종의 안도감을 주었으리라. 그렇다면 과거엔 대체 뭐가 문제였단 말인가? 그들은 그가 어딘지 모르게 다르다고 생각해서, 그에게 선뜻 말을 건네기를 꺼렸을 수도 있다. 아니면 그가 건방지다고 생각한 건가?

산도르는 아만다와 함께 춤을 추었다. 그냥 긴장을 푼 채 음악에 몸을 맡기기만 하면 되니까 전혀 어려울 게 없었다. 자기도 모르게 동작이 커지긴 했지만 그는 스스로를 잘 조절하고 있었다. 남의 눈에 너무 튀어 보이고 싶지는 않았다. 아만다가 그에게 미소를 보내자 그도 미소로 답했다. 순간 그녀를 크리스티나로 생각했고, 그러자 희롱하고 싶은 생각도 들었다. 모든 게 술 때문이었다.

그는 주위를 둘러보았다. 그 와중에 일부 아이들이 짝을 이루었고, 그 중 몇몇은 키스하고 있었다. 산도르는 그들을 똑바로 쳐다볼 수 없었지만 그러면서도 자꾸만 가장 진하게 애무하고 있는 빌리와 베라에게로 시선이 쏠렸다. 빌리는 그녀의 티셔츠 안으로 손을 밀어 넣기까지 했다. 그들 옆의 소파 위에 토베가 앉아 있었다. 산도르는 순간 딱한 마음이 들었다. 불쌍한 토베. 그는 저녁 내내 산도르 곁을 그림자처럼 따라다녔다. 하지만 산도르는 "넌 도대체 혼자서는 아무것도 할 수 있는 게 없어?" 하고 면박을 주고는 아만다와 함께 무대 위에 올라갔다. 토베는 적잖이 상처 받은 듯 보였다. 토베가 자리에서 일어나 다시 산도르에게 다가왔다. 그를 못 본 체하려 했지만 소용없었다. 그가 귀에다 바짝 대고 소리쳤다.

"나 집에 갈 건데, 너도 갈 거야?"

산도르는 극도로 흥분해 뒤로 물러섰다. 온종일 빌붙어오는 토베가 성가시게 느껴졌다. 분위기 파악 못 하는 옷차림은 말할 것도 없고, 약속했던 술도 깜빡해버린 토베가 아닌가.

"가고 싶으면 가. 그게 나하고 무슨 상관이야?"

산도르가 쏘아붙였다. 토베는 산도르를 멍하니 쳐다보았다. 산도르는 양심에 일말의 가책이 느껴졌지만 재빨리 몸을 돌리곤 계속해서 아만다와 춤을 추었다. 토베는 느린 걸음으로 천천히 그곳을 빠져나갔다. 산도르는 곁눈으로 힐끗 그를 쳐다보았다.

잠시 후에 산도르는 아만다, 쉬린, 그리고 발래와 함께 부엌에 서 있었다. 발래는 기분이 몹시 들뜬 상태에서 온갖 호언장담을 늘어놓으며 분주히 산도르의 눈길을 찾고 있었다. 왜일까? 함께 바박에게 대항이라도 하자는 것인가?

"그런데 바박은 어디 있지?"

산도르가 아무렇지도 않다는 듯이 물었다. 발래는 자기도 별 관심 없다는 듯 어깨를 들썩여 보였다.

"오늘 못 왔어. 집에 무슨 일이 있나 봐."

집에 무슨 일이라니? 오늘 같은 자리를 마다할 정도로 중요한 일이?

아만다와 쉬린이 거실로 돌아가는 바람에 발래와 둘만 부엌에 남게 되었다. 그들은 맥주 캔을 손에 든 채 싱크대에 기대어 평소와는 달리 학교생활이라든지 그 외의 일상에 대해 다분히 '이성적인' 대화를 나누었다.

"난 절대 우리 부모님처럼 되지는 않을 거야." 발래가 말을 꺼냈다. "정말 너무 속물적이거든. 난 그런 게 딱 질색이야."

산도르는 살짝 웃어주었다.

"남은 인생을 이 빌어먹을 연립주택 안에서 썩힌다고 생각해 봐. 주유소 같은 곳에서 일하면서 말이야. 한마디로 노 땡큐다!"

그들은 동시에 우스꽝스런 표정을 지었다. 산도르는 썰렁함을 채우기 위해 앞에 놓인 음료수를 한 잔 마셨다. 지금 이 자리에서는 자유롭게 이야기하고 있지만, 그들 사이에 투명한 것이라고는 아무것도 없었다. 그래서 산도르는 지금도 경계를 늦추고 싶지 않았다.

153

"축구에 대해선 생각해봤어?"

산도르는 시간을 벌기 위해 음료수를 한 모금 더 마셨다.

"음......"

"그래, 어쩔 셈이야?"

"아직 잘 모르겠어."

"네가 하고 싶지 않으면 안 해도 괜찮아."

"그건 아닌데......"

그때 갑자기 누군가 그들을 바라보고 있는 듯한 인기척이 느껴졌다. 고독해 보이는 얼굴, 바로 바박이었다. 산도르는 말없이 일어나 자리를 비켜준 뒤 아만다와 쉬린이 있는 곳으로 가려 했다. 발래는 다소 긴장한 듯한 표정을 지으며 바박에게 맥주 캔을 건넸다.


🕊 *Ida*

그들은 편안한 자세로 소파에 기대어 앉아 있었다. TV가 켜져 있었지만 아무도 보지 않았고, 부엌에서 나온 후로 그들은 아무 말도 하지 않았다. 이다의 엄마는 무척이나 피로하고 지쳐 보였다. 이다가 우연히 시계를 쳐다보았다.

"이런! 빨래!"

엄마는 뜨악한 얼굴로 그녀를 쳐다보았다.

"세탁기를 돌린 거야?"

"응, 하지만 한참 전에 끝났을 텐데."

이다는 세탁실에 혼자 가긴 싫었다. 그곳은 항상 으스스한 느낌이 들었고, 특히 밤엔 더 그랬다. 지하실은 컴컴하고 쥐 죽은 듯 조용한 곳이다. 엄마가 힘겹게 자리에서 일어났다. 머리는 제멋대로 뻗쳤고 가는 실눈을 뜨고 있었다.

"나랑 같이 가자."

각자 종이 백을 하나씩 손에 들고 계단으로 가서 엘리베이터를 기다렸다. 그때 갑자기 문이 열리면서 반야가 문 밖으로 나왔다. 지나치게 멋을 낸 옷차림으로 봐서는 파티에서 오는 길임이 분명했다. 반야가 엄마를 힐끗 쳐다보았다. 헝클어진 머리와 남루한 옷차림. 이다는 순간 반야가 무슨 생각을 할지 상상할 수 있었다. 피가 거꾸로 솟는 듯한 기분이 들었다.

엘리베이터에서 내릴 때 이다의 엄마가 반야에게 인사를 건넸다. 반야도 가볍게 인사했다. 이다는 엄마의 인사가 행여나 술주정같이 들리지나 않았을까 생각했다. 뒤에서 훑어보는 반야의 따가운 시선이 느껴졌다.

### 🐦 Sandor

소파 위가 점점 더 좁아지기 시작했다. 그들은 바짝 밀착해서 앉은 채 소리를 질러댔다.

"소리 지르지 마."

방금 화장실에서 토하고 돌아온 자비어가 한마디 내뱉었다.

"네가 그렇게 시끄러운 녀석인 줄은 몰랐는데."

155

산도르가 웃었다. 그는 온몸에서 기운이 빠져나가 사지가 마치 고무처럼 흐느적거리는 듯한 느낌이 들었다. 혹시 아무 데나 눕게 되지나 않을까 싶어 선뜻 일어날 마음이 생기지 않았다.

"데킬라 황제!"

안톤이 쉬린과 함께 무대 위로 올라가면서 한마디 툭 던졌다. 아만다는 산도르 곁에 그대로 있었다.

갑자기 낯모를 엉덩이가 쿵 하고 소파 위로 떨어졌다. 처음에는 짧은 치마 사이로 뻗은 긴 다리만 보였다. 시선을 위로 돌리자 그때야 비로소 누군지 알아볼 수 있었다. 로타였다. 같은 학년이지만 그에게 눈인사 한 번 하지 않은 아이였다. 하지만 지금은 촉촉한 입술을 하고 그의 옆에 앉은 것이다. 무슨 의도일까?

"안녕, 산도르."

"안녕."

로타는 머리를 그의 목 가까이에 대고 드라마틱하게 내뺃었다.

"젠장, 오르가슴이 느껴지네!"

산도르는 무슨 말을 해야 할지 몰랐다. 로타는 손을 그의 사타구니 위에 올려놓고 한참이나 그대로 있었다. 그러자 조금 전까지의 고무 뼈는 온데간데없이 그곳이 뻣뻣하게 일어나기 시작했다. 갑자기 로타가 놀라 몸을 움찔거렸다.

"오, 미안해." 손을 빼면서 그녀가 말했다. "내가 여기서 뭘 하고 있는 거지?"

"그건 나도 모르지."

그들은 동시에 웃었다. 산도르는 지금 이 순간만큼은 모든 것에 대해 웃어줄 수 있을 것 같았다. 아만다는 황급히 일어나 쏜살같이 주방으로 사라졌다. 로타가 놀란 얼굴로 돌아보았다.

"네 여자친구 화난 거야?"

"내 여자친구 아닌데."

"아, 그래? 난 단지 그런 느낌이 들어서."

"느낌은 단지 느낌일 뿐이지."

"그렇군."

그녀가 왜 이런 말을 하는 걸까? 신경 쓰지 말자. 지금은 그들 둘뿐이다. 자비어는 한쪽 구석에서 잠이 들어버린 것 같고 나머지 애들은 춤을 추거나 애무하거나 노닥거리고 있다. 볼에 와 닿는 로타의 숨결을 느끼고, 산도르는 고개를 돌려 그녀의 눈을 쳐다보았다. 그녀가 더 가까이 다가왔다. 당황스럽긴 했지만 그녀가 하는 대로 놔두었다. 둘 사이에 더 이상 간격이 없어졌을 때쯤 그는 눈을 감았다. 그것은 전혀 의식적인 결정이 아니었다. 그냥 저질러진 일이었다.

그와 로타는 서로 아무 얘기도 주고받지 않았지만 이 상황에서 키스는 어쩌면 세상에서 가장 자연스러운 일이었다. 산도르는 지금 자기가 뭘 해야 하는지 생각할 필요조차 없었다. 손으로 그녀의 목을 감싸 안았다. 그녀는 그의 허벅다리를 애무하듯 쓰다듬었다.

"됐어, 그 정도면 충분해."

바박의 목소리였다. 로타는 재빨리 산도르로부터 떨어져서 자리에서 일어섰다. 바박이 히죽거렸다. 그 뒤에는 발래와 술 취한 친구 두 명이 서 있었다. 아만다도 산도르를 경멸의 눈초리로 쳐다보고 있었다.

"이러면 산도르 녀석이 동성애자가 아니란 얘기가 되는데?"

바박이 산도르를 유심히 뜯어보았다.

"난 그렇게 생각 안 해."

로타가 흐트러진 머리를 매만지면서 말했다.

"그렇게 생각하지 않다니? 하마터면 널 강간할 뻔했는데도? 하기야 그 모든 행동이 연출된 것일 수도 있지."

로타는 어깨를 움찔하며 말했다.

"글쎄다, 어쨌든 넌 나한테 맥주 두 병을 사야 해."

맥주 두 병이라. 산도르는 천천히 자리에서 일어났다. 중심을 잡을 때까지 몇 초 정도가 걸렸다. 모든 시선이 그에게 집중되었다. 현관문까지 가는 열두 걸음의 거리가 1킬로미터쯤은 되는 것처럼 느껴졌다.

---

술에 취해 객기를 부리는 것에 대해 어떻게 생각하니?

알코올은 정말 질색이야. 우리가 이성을 잃고 돼지처럼 행동하게 하지. 알코올은 그것에 의존하지 않으면 아무것도 할 수 없는 용기 없는 겁쟁이나 소심한 작자들에게나 필요할 것 같다. 너도 그런 타입에 속하니? 술에 취한 사람들은 결국에 가선 대부분 인간 쓰레기와 다를 바 없게 되지. 내 말 이해하겠어? 자기 자신만 생각하는 속물로 변한단 말이야. 너도 술을 마시면 그렇게 변하니? ↖

*Sandor*

"아침식사 준비 다 됐다."

그가 서서히 살아났다. 입 안은 쓰고 몸은 천근만근 같아, 기분 같아서는 그냥 계속 잠만 잤으면 싶었다.

똑똑, 똑똑. 이어서 엄마의 목소리가 들렸다. 이번엔 좀 더 강한 어조였다.

"산도르!"

엄마는 왜 좀 더 쉬게 내버려두지 않는 걸까? 주말 아침에는 온 가족이 모여 엄숙하게 식사를 해야 하기 때문이다.

"알았어요, 알았어!"

무거운 걸음으로 부엌에 들어서자 평소와는 다른 분위기임을 알 수 있었다. 모두들 기대에 찬 눈길로 그를 쳐다보았다. 아론이 히죽 웃으면서 물어왔다.

"어땠어?"

"그저 그랬어."

그는 자리에 앉으려다 순간 멈칫했다. 평소보다 한 사람이 더 있었기 때문이다. 아론 옆에 앉아 있는 사람은 같은 반 친구인 스티나였다. 아론이 섹시한 엉덩이를 가진 그녀와 왜 같이 있는 걸

159

까? 여기서 같이 자기라도 한 건가? 빌어먹을! 그녀가 자신의 사생활을 알게 되고, 모든 것을 학교에 퍼뜨리게 되는 것이 그로서는 탐탁지 않았다. 그는 인사도 하지 않은 채 적의에 찬 눈초리로 그녀를 노려보았다. 그녀는 당황한 듯 식탁만 내려다보았다.

"빵 좀 더 먹을래?"

산도르의 엄마가 그녀에게 빵 바구니를 건네주었다.

"예, 고맙습니다."

산도르도 바구니를 집어 들었다.

"어제 파티 분위기는 괜찮았어?"

엄마가 의례적인 느낌이 들 정도로 옅은 미소를 지으면서 물어보았다.

"예, 좋았어요."

"너무 긴장할 필요 없어."

아론이 부추겼다.

"너한테 첫 번째 파티였다는 걸 다 아는데 뭐. 그러니까 어땠는지 부담 갖지 말고 다 털어놔봐."

내 입장은 전혀 고려하지 않다니. 쥐구멍에라도 들어가 숨고 싶은 심정이었다. 이제 분명 스티나는 월요일에 학교에 가서 자기가 알게 된 사실을 떠벌리고 다닐 것이 분명했다. "산도르는 그동안 파티 근처에도 가보지 못하다가, 얼마 전에 드디어 난생처음으로 파티란 걸 구경했대! 너희들, 상상이나 되니?"

"어땠냐니까?" 아론이 또 물었다.

"별거 없었어……."

노라가 구시렁대는 소리가 들려왔다. 그렇다, 분명 그녀도 끼어들고 싶을 것이다.

"이 답답이. 설마 아무 얘기도 안 했다고 말하려는 건 아니겠지?"

산도르는 화가 나서 그녀를 쏘아보았다.

"왜 내가 얘기를 안 해!"

"어쨌든 파티에 초대를 받는다는 것 자체는 기분 좋은 일이잖아. 단지 그런 문화에 익숙하지 않다는 게 문제라면 문제일 수 있겠지."

엄마가 한마디 거들었다.

"그래도 전혀 문제될 건 없어요."

노라가 끼어들었다. 그때 아버지가 고개를 들며 말했다.

"오늘 아침에 일어나 보니까 내 작업실에 불이 켜져 있던데, 밤새 네가 컴퓨터 앞에 앉아 있었던 거냐?"

컴퓨터? 그러자 생각이 났다. 이다에게 메일을 보냈었다.

"예."

"한밤중에 뭐 중요한 일이라도 있었니?"

그는 어떤 내용을 써 보냈는지 어렴풋하게만 기억이 났다. 자기 넋두리를 한답시고 그녀에게 온갖 비난을 퍼부었다는 생각이 들었다. 불쌍한 이다.

"지난번에 얘기했던 그 여자애한테 메일을 보낸 거냐?"

161

순간 엄마가 하던 일을 멈추었다.

"여자아이라니?"

산도르는 스티나의 시선이 자기에게 향하는 걸 느꼈다. 그에 겐 정말 눈곱만큼의 사생활도 허용되지 않는 걸까?

"누군가와 이메일을 주고받는다고? 정말 멋진데."

노라가 괜히 혼자 들떠서 소리쳤다.

"얼굴 한 번 못 본 여자애에게 메일을 보내는 게 정상이냐?"

아버지가 노라를 쏘아보았다. 그녀는 인정한다는 듯이 고개를 끄덕이더니 다시 산도르에게 캐물었다.

"누군데 그래? 정말 궁금해서 미치겠네!"

"그래, 어디 한번 그 아이에 대해 들어보자꾸나, 산도르!"

엄마도 다그쳤다. 산도르는 냉장고에서 뭔가 꺼내 오려는 듯이 자리에서 일어났다. 마음 같아선 그대로 주방을 빠져나가 이 다에게 메일을 보내러 컴퓨터 앞으로 가고 싶었다.

"가더라도 파티 얘기는 좀 해주고 가라!"

아론이 집요하게 물고 늘어졌다.

"춤은 췄어? 예쁜 여자애들과 얘기도 했고?"

뭐라고 말해야 하나? 다들 보는 앞에서 자기를 웃음거리로 만 들기 위해 한 여자아이가 육탄공격을 해왔다고? 난생처음으로 키스란 걸 해보긴 했지만, 알고 보니 상대가 자기를 농락한 거였 다는 말을 해야 하는가 말이다.

"입고 간 옷은 반응이 괜찮았어?"

"마음에 드는 애는 있었어?"

"말 좀 해봐, 산도르!"

모든 시선이 그에게 쏠려 있었다.

"그만 좀 해!"

스티나였다. 그녀는 화가 나서 아론을 쳐다보았다.

"산도르가 원하지 않잖아. 보면 모르겠어? 그냥 내버려둬!"

대체 이걸 어떻게 받아들여야 하나? 술 마시는 걸 그렇게 부정적으로 생각한다면, 나로서도 딱히 할 말은 없어. 그건 개인적인 취향의 문제니까. 하지만 난 진정으로 그걸 원하는 사람에게까지 강요해선 안 된다고 봐. 너처럼 목가적인 가정 환경에서 살면서 저녁이면 춤을 배우러 갈 수 있는 사람들은 삶이 얼마나 고달픈 것인지 피부로 느끼기가 어려울 거야. 그러니 네가 늘어놓은 넋두리가 듣는 사람에 따라서는 하찮아 보일 수도 있다는 것을 알아야 해. 우리 엄마 같은 사람은 네가 알코올에 대해 알량한 설교를 늘어놓는 순간에도 절망의 바닥을 확인하고 있어. 많은 사람들이 망각을 위해 술을 마신다는 점에 대해 생각해본 적이 있기나 해? 물론 그게 결코 좋지만은 않다는 걸 모르는 건 아니야. 그렇지만 난 술을 즐겨 마시는 편이야. 그렇게라도 해야 마음이 한결 가벼워지거든. 그래, 난 적어도 그래. 그렇다고 내가 아무 가치도 없는 존재라고 할 수 있을까? 머지않아 난 알

163

코올중독자가 될지도 몰라. 아니면 그냥 미쳐버리든가. 넌 지금 자기가 얼마나 행복한 상태인지 몰라도 너무 모르는 것 같다! 이다가. ↖

*Sandor*

━━━━━━━━━━━━━━━━━━━━━━━━━━━━━━━━ ◻◻☒

진심으로 용서를 구하고 싶다. 이제 와서 무슨 소용이 있을지는 모르겠지만. 나 역시 내가 그렇게도 경멸해오던 사람들과 다를 바 없이 제정신이 아닌가 봐. 난 어제 어쩌면 내 유일한 친구일지도 모를 누군가에게 개만도 못한 행동을 했어. 왜 그런 행동을 하게 되는 걸까? 그 애가 더 이상 나와 상대하지 않는다면 어떻게 해야 할까? 넌 내가 행복한 놈이라고 믿고 있을 테지. 글쎄, 난 잘 모르겠어. 정말 뭔가 뭔지 모르겠어. 어쨌든 분명한 건 네가 알코올중독자가 되면 안된다는 거야. 그리고 주제넘은 소리인지 모르겠지만 엄마를 돌보는 것은 네 몫이 아니란 생각이 들어. 그 일은 누군가 다른 사람이 떠맡아야 돼. 말하기는 쉽다는 걸 나도 알아. 하지만 모든 방법을 다 시도해보지 않은 상태에서 포기해서는 절대로 안 돼. ↖

*Ida*

다음날 아침 11시, 엄마가 부엌에 들어왔을 때 이다는 벌써 모든 준비를 끝마치고 있었다.

"안녕, 엄마."

엄마는 놀란 기색으로 그녀를 쳐다보았다.

"이렇게 일찍 뭘 하고 있어?"

"별거 아니야."

굼뜬 동작으로 엄마는 커피를 끓여 내왔다.

"어제 얘기한 것에 대해 생각해봤니?"

이다 쪽으로 등을 돌리면서 엄마가 물었다.

"엄마 옆에 있을 거라고 내가 얘기했잖아!"

"좋아, 그럼."

엄마는 웃으면서 그녀를 향해 돌아섰다.

"나한테 좋은 생각이 있어."

이다는 식탁 위에 신문을 펼쳤다.

"관심이 가는 곳엔 모두 밑줄을 쳐놓았어."

엄마가 펼쳐진 면에 시선을 고정시켰다.

"이거 교제광고 아니니? 미쳤어, 정말."

"사람은 뭐든지 해봐야 해."

엄마는 어이가 없다는 듯 그녀를 쳐다보았다.

"나도 예전에 다 해봤어."

한탄하듯이 엄마가 한마디 툭 던졌다.

"하지만 이런 방법은 아니었잖아."

"그렇다 치더라도, 누가 나 같은 여자를 만나주겠니?"

"물론 지금 이 모습으론 힘들겠지. 하지만 내가 엄마를 예쁘게 꾸며주면 안 될 것도 없어. 마법을 걸어서라도 엄마만의 매력 포인트를 되살려낼 거야."

165

"이다야, 난 안 할래. 다 부질없는 짓이야."

이다는 어금니를 꽉 깨물었다. 지금이 아니면 영원히 할 수 없다.

"어제 아빠한테 메일을 받았어. 내가 원한다면 그곳으로 이사를 와도 좋다고 했어."

엄마의 가슴이 철렁 내려앉는 소리가 들렸다.

"더 이상 내 말 안 듣고 속 썩이면 나 미국으로 가버릴 거야."

Sandor

그는 정원 문의 빗장을 만지작거리며 서 있었다. 분명 누군가 이미 창문을 통해 그를 봤을 수도 있다. 돌아가기엔 너무 늦었다. 그냥 이대로 밀어붙이는 게 더 나을 거란 생각이 들었다. 천천히 정원 길을 따라 현관문 쪽으로 걸어간 그는 떨리는 손으로 벨을 눌렀다. 다섯도 채 세기 전에 토베가 문을 열었다. 토베는 무표정한 얼굴로 산도르를 쳐다보았다. 산도르는 무슨 말을 해야 할지 몰랐다.

"지금 뭐 하고 있어?"

"책 읽고 있었어."

"내가 방해한 건 아닌가?"

토베는 어깨만 들썩여 보이곤 아무 반응이 없었다. 토베가 큰 글씨로 '환영합니다!' 라고 쓰여 있는 흙털이 발판을 바라보고 있는 동안 산도르는 애꿎은 재킷 지퍼만 만지작거렸다. 숨 막힐 듯 어색한 분위기였다.

"무슨 일이야?"

"아니…… 난 그저…… 어젠 내가 정말 바보처럼 아무 생각 없이 행동한 것 같아."

토베는 그의 눈을 똑바로 쳐다보았다. 다음 말을 기다리는 눈치였다.

"나도 모르겠어, 왜 내가 그런 행동을 했는지. 아마 술을 너무 많이 마셔서 그랬나 봐."

이 무슨 궁색한 변명이란 말인가. 토베도 그걸 간파하고 있는 듯했다.

"구체적으로 뭘 말하는 거지?"

고통스러운 순간이었다.

"뭐라고?"

"뭐가 바보 같은 행동이었냐고?"

"내가 너무 매정하게 대했던 것 말이야."

"남들 앞에서 개창피를 주었던 일 말이야?"

토베는 몹시 불쾌한 표정을 지었다. 산도르는 그가 그런 말을 입에 올리는 것은 물론이고 그렇게 화난 모습도 처음 보았다.

"그래, 개창피."

"그래서 너무했다는 생각은 들어?"

"응, 들어."

"같이 갔으면서도 넌 나랑 한마디도 하지 않으려 했고, 내가 가까이 가기라도 하면 그때마다 어디론가 사라지고 없었어."

산도르는 시인한다는 듯 고개를 끄덕였다.

"나와 떨어져서 행동하고 싶다고도 말했지?"

산도르의 대답 소리는 속삭이는 듯했다.

"그랬어."

토베가 전혀 다른 사람처럼 느껴졌다. 산도르의 얼굴이 발갛게 달아올랐다. 고문도 이런 고문이 없었다. 토베는 여전히 물러설 기미를 보이지 않았다.

"그래서 나한테 무슨 말을 하고 싶은 거지?"

"그냥, 내가 말도 안 되는 행동을 했다는 거."

"아, 그래?"

산도르는 벌 받을 일을 저지르고는 아빠 앞에서 궁색하게 변명해야 하는 다섯 살짜리 꼬마 아이가 된 기분이 들었다.

"정말 미안하다."

마침내 토베의 노여움이 풀리는 듯했다. 그는 발판에 발을 문지르면서 뭔가를 골똘히 생각하고 있었다. 우정과 비겁함에 대해서일까?

"네 기분을 백분 이해할 수 있을 것 같아. 내가 네 입장이었어도 참기 어려웠을 거야. 하지만 우린…… 내 말은, 우린 그래도 여전히 친구잖아. 안 그래?"

산도르는 애절함이 묻어나는 자신의 목소리를 들을 수 있었다. 절박함의 극치라고나 할까. 그때 토베의 눈에 연민의 그림자가 어른거렸다. 어제 자기를 역겨운 존재로 취급했던 비겁한 친구를 용서한다는 의미이리라.

"앞으로 우린 편지로 연락해야 할 거야."

산도르는 그 말을 이해하지 못했다. 편지라니?

"우리 이사 가. 이달 말에. 아빠가 드디어 일자리를 구하셨거든. 우메오로 가게 될 것 같아."

### 🕊 Ida

엄마가 전에는 꽤나 미인이었다는 사실을 이다는 까맣게 잊고 있었다. 물론 오래전 얘기긴 하다. 엄마의 외모는 보통 수준이 아니었다. 엄마도 이다처럼 푸른 눈동자에, 머리숱이 많았다. 누구 앞에서든 자랑하고 싶을 만큼 멋진 엄마들 중 한 사람이었다. 그만큼 젊고 당당하며 매력적이었다. 엄마를 본 사람들이라면 누구나 이구동성으로 했던 말이다.

먼저 이다는 엄마의 머리를 밝은 색의 머리끈으로 묶어 올리고 예쁘게 화장을 해주었다. 식탁 위는 화장용 붓과 파우더로 가득 찼다. 서서히 엄마의 모습에서 광채가 나기 시작했다. 이 정도면 아무도 엄마를 어제 저녁의 사람과 동일 인물이라고 믿지 않을 것이다.

이다가 엄마 앞에 거울을 들이밀었지만 엄마는 아무런 반응을 보이지 않았다. 은근히 짜증이 났다.

"어때 보여?"

169

가벼운 미소를 띠며 엄마가 대답했다.

"괜찮은데."

"정말 딴사람처럼 보인다니까 그러네."

"그런가?"

나 원 참, 정말 힘드네.

"출발부터 성공적이지 않아?"

엄마는 대답 대신 그저 빙그레 웃기만 할 뿐이었다.

"이젠 누구한테 보여줘도 손색이 없을 정도야, 엄마!"

엄마의 절망감을 과연 화장으로 감출 수 있을까? 갑자기 기운이 빠졌다. 엄마의 외모는 아름다워졌는데도 몹시 슬퍼 보였다. 강요된 삶의 희생자처럼. 이다는 무거운 분위기를 바꿔볼 요량으로 신문을 다시 펼쳤다.

"'호감이 가는'이라는 문구가 있는 곳에만 줄을 쳐놓았어."

이다는 큰 소리로 읽어 내려갔다. 여생을 함께할 누군가를 찾는 이해심 많고, 선량하며, 다정다감한 성격의 남성. 매력적인 외모의 젊은 남성이나 중년 남성. 유머감각이 있고 자연을 사랑하는 남자. 책과 연극, 그리고 안락한 저녁시간과 여행을 즐길 줄 아는 남자. 그저 타인과 함께할 수 있는 삶 자체를 갈망하는 남성 등등.

엄마는 아무 말도 하지 않았다.

"이런 타입은 어때? 느낌이 좋지 않아? 정감 있어 보이는데!"

표시해둔 광고마다 일일이 짚어가며 물었지만 엄마의 입을 열

170

게 하는 덴 실패했다.

"찾았다! 바로 이 사람이야!"

엄마의 반응을 시험해보기 위해 몇몇 사람을 과장되게 띄우기도 했지만 역시 아무 반응이 없었다. 그저 이다가 실망하지 않도록 보일 듯 말 듯 희미한 미소만 가끔 지어 보일 뿐이었다. 결국 이다가 직접 결정할 수밖에 없었다. 엄마보다 연상이며 요리가 취미인 41세의 남자. 다정다감하고 인정이 많은 편이란다.

"엄마는 문화생활에 관심이 많은 편이야, 그렇지?"

"뭐라고? 나는 문화와는 담 쌓고 사는데 무슨 소리야?"

"그건 사정이 여의치 않아서 그런 거고. 엄마가 아프지만 않다면 지금도 적극적으로 문화생활을 하고 있을 거라 생각해."

"글쎄, 난 잘 모르겠어."

난감한 상황이었다.

"그럼 유머감각은 좀 있는 편 아닌가?"

"아니야."

"하지만 가끔은 재치 있고 유머러스한 얘기를 하는 것 같던데. 아닌가?"

"내가?"

엄마에게 내세울 만한 것을 찾기란 쉽지 않아 보였다. 그래서 결국 이다도 인내심을 잃고 말았다.

"그럼 대체 뭐라고 써야 되는 거야? '잠이 많고 게으른 36세의 여성, 아무런 취미나 특기도 없고 하릴없이 소파에 누워 빈둥

거리길 좋아하면서도 늘 우울증을 달고 사는 여성이 이와 유사한 생활 패턴을 가진 남성을 구함'이라고 쓸까? 그럴 순 없잖아. 엄마 때문에 정말 내가 미쳐버릴 것 같아!"

이다는 결국 어쩔 수 없이 혼자 문구를 작성해서 엄마에게 여러 차례 연습시킨 후 상대방의 자동응답기에 남기도록 했다. 이다는 곁에 서서 엄마를 독려했다. 목소리에 힘을 실어 자신 있게 하라는 눈짓을 보내느라 이다의 얼굴은 잔뜩 일그러져 있었다. 전화기를 내려놓는 엄마의 얼굴에 웃음이 묻어났다.

"믿기지 않아. 내가 너한테 설득을 다 당하다니."

그렇다. 첫 출발은 그렇게 믿기지 않는 방식으로 시작되었다.

---

오늘은 다시 기분이 좀 나아진 것 같아. 뭔가 좋은 일이 생길 것 같기도 하고. 무엇보다 너라는 존재를 알게 되어 너무 좋다. 그리고 내 연락처를 보낸다. 네가 어떻게 생겼는지 무척 궁금해. 그러니까 너도 사진과 연락처를 보내줘. 그럼 나도 내 사진을 보내줄게. 정말 궁금해 죽겠다! 이다가. ▸

🕊 Sandor

월요일 수업시간 내내 산도르는 이다에게 보낼 사진만 생각하고 있었다. 그 덕에 발래와 바박, 그리고 로타를 만날 두려움에 대해선 거의 잊고 있었다. 키스 사건 이후로 자신을 경멸의 눈초리로 대하고 있는 아만다까지도.

그러나 상황은 예상과는 달리 진행되고 있었다. 바박은 산도르에게 접근하지 않았고, 나머지 다른 아이들도 지난번에 있었던 일에 대해 아무런 내색도 하지 않았다. 그들은 평소처럼 행동했다. 무엇보다 놀라운 것은 산도르 자신도 아무런 일 없었다는 듯이 행동하고 있다는 것이었다. 아론의 가죽 재킷과 데킬라 술병이 없었다면 이전의 자신과 다를 바 없어 보였다. 자비어와 안톤을 비롯한 다른 아이들과 감히 동석할 엄두조차 내지 못했을, 자신감 없는 산도르 말이다.

그가 복도를 지나 그들 곁을 지날 때, 안톤이 그의 팔을 가볍게 툭 쳤다.

"괜찮아? 데킬라 각하!"

산도르는 순간 얼굴이 붉어졌지만 이내 웃어 보였다. 아직까지는 그런대로 보조를 맞추고 있다. 하지만 아직 갈 길이 멀다. 여전히 그들에게 완전히 동화되었다고는 볼 수 없기 때문이다.

수업시간에 아만다가 뒤를 돌아보더니 그의 책상 위로 윗몸을 숙였다. 산도르는 만반의 준비가 되어 있었다. 어떤 헛소리, 아니면 경멸적인 눈초리를 받든 간에.

"바보 천치들!" 그녀가 속삭였다.

"뭐라고?"

"로타 같은 애들. 방탕의 극치야."

그 말을 하고 아만다는 다시 고개를 돌렸다. 그는 도무지 그들

173

의 세계를 이해할 수 없었다. 그래, 좋다. 로타를 방탕한 계집애라고 해두자. 산도르로서는 모든 사람에 대해 하나하나 신경 쓸 겨를이 없었다. 자기를 웃음거리로 만드는 인간들을 상대하기에도 벅찬 것이다.

그는 전혀 수업에 집중할 수가 없었다. 작년에 학교에서 찍은 증명사진은 어떨까? 아니야, 그 사진은 너무 심각한 표정을 짓고 있어. 헤어스타일에 아무 개성도 없고. 그러다가 아론이 여름에 해변에서 찍어준 사진이 생각났다. 수영복 차림으로 발라톤 호수에서 찍은 것이었다. 젖은 머리에 근육질의 윗몸을 드러낸 채 웃고 있는 산도르.

쉬는 시간에 발래가 그에게 왔다. 그는 토베 쪽으로 바짝 붙었다. 설마 곤경에 처한 친구를 내치지는 않겠지.

발래가 인사하자 산도르도 고개를 끄덕여주었다. 발래의 표정이 굳어 있었다.

"파티 괜찮았어?"

그의 시선이 불안스레 움직였다.

"응, 괜찮았어."

뭔가 얘기할 것이 있다는 눈치였다.

"그러니까…… 거기서 일어난 상황은 추하기 이를 데 없었어."

발래는 지금 일종의 관계 개선을 시도하려는 걸까?

"내가 말하고 싶은 건, 바박이 한 짓이 거의 짐승 수준이었다는 거야!"

산도르는 도무지 이해할 수가 없었다. 그는 지금 바박과 거리를 두겠다는 것인가? 어떤 위험을 감수해야 하는지 모르고 하는 소린가?

"조언 한마디 할게. 바박에 대해서는 더 이상 신경 쓰지 마."

그러고 나서 발래는 가버렸다. 산도르는 뚱한 눈으로 그의 뒷모습을 쳐다보았다.

### 🐌 Ida

학교를 마치고 집 계단 입구에 다다랐을 때 갓 구워낸 달팽이 빵 냄새가 이다를 맞았다. 집 안도 말끔하게 정리되어 있었다. 이다는 문득 여유롭게 근사한 아침식사를 즐기고, 일요일이면 근교로 드라이브를 나가는 생활을 상상해보았다. 모든 건 엄마에게 멋진 상대가 생길 경우에나 가능할 것이다.

학교에서 반야가 옆 테이블에 앉아 있다는 사실을 이다는 애써 무시하려 했다. 하지만 불가능한 일이었다. 반야가 쏘아대는 경멸의 눈초리를 온몸으로 느끼고 있었기 때문이다. 수잔나와 테레제는 아직도 분이 안 풀렸는지 이다의 귀에다 퍼부었다.

"그렇다고 자기 친구들을 그런 식으로 따돌리면 안 되지. 주말 내내 엄마와 같이 집에서 나뒹구는 것도 일종의 병이야. 나라면 도저히 견딜 수 없는 일이지!"

수잔나의 불평 때문에 이다는 머리가 지끈지끈 아파왔다. 테레제는 우거지상을 하고 있었다.

"이다, 너 우리한테 혹시 불만 같은 거 있니?"

"왜 내가 너희한테 불만을 가져? 왜 그렇게 묻는 건데?"

"어쨌든 네가 전화 받는 태도가 영 거슬렸단 말이야."

이다는 크게 한숨을 쉬며 말했다.

"하지만 사람이 어떻게 항상 기분 좋을 수가 있니?"

테레제는 미덥지 않다는 표정으로 그녀를 쳐다보았다.

"혹시 루카스 때문에 그러는 거야?"

"엄마 때문이라고 전에 말했잖아."

"이런!"

수잔나가 신음하듯 내뱉었다.

"엄마가 도대체 어떤데 그래?"

주위의 모든 사람이 다 들을 수 있을 정도로 큰 목소리였다. 테레제와 수잔나에게 고개를 돌려 뭐라고 말하기 직전, 이다는 반야의 시선과 마주쳤다.

"좀 작게 말해!"

"그래, 알았어. 그런데 도대체 네 엄마가 어쨌다는 거야? 난 통 이해할 수가 없어."

"별로 특별한 일은 아니야."

"하루 종일 집에서 엄마를 돌보아야 했다면 무슨 일이 있는 게 분명해! "

이다는 곁눈질을 통해 반야가 여전히 자기를 쳐다보고 있다는 것을 알았다.

176

"정말 속 터지겠네! 제발 말 좀 해봐! 우린 그래도 네 친구들이 잖아. 암 비슷한 거라도 걸리신 거야?"

반야의 시선이 더 가까이 느껴졌다. 반야도 예전에 엄마를 본 적이 있으니 이미 알고 있을지도 몰랐다.

이다는 자리에서 일어나 재킷을 걸쳤다.

"무슨 소릴 하는 거야? 암이라니! 이제 그만 하자."

---

안녕, 산도르! 그냥 종이에 쓰려니 왠지 어색하네. 전혀 다른 느낌이 들어. 요즘엔 모든 것이 힘들다. 어느 때보다도 버거운 삶의 연속이 야. 그래서 너라도 가까이 있다면 얼마나 좋을까 하는 생각이 자주 들어. 그럼 서로 보고 싶을 때 언제라도 만날 수 있을 테니까. 지난번 에 약속한 사진을 보낸다. 지난여름에 찍은 사진이야. 머리는 그동안 더 길었고, 립스틱 색이 좀 야하게 보일 수도 있지만, 뭐 어때. 난 이 제 네 사진이 기대된다! 이다가. ▸

🕊 ſandor

그는 사진을 손에 들고 물끄러미 바라보고 있었다. 그가 생각 했던 것과는 다른 얼굴이었다. 우선 갈색의 다람쥐 눈을 한 평범 한 아이일 거라고 생각했다. 그리고 또 어떤 상상을 했더라? 아 무튼 이 사진에서 풍기는 이미지와는 달랐다. 이 아이가 그동안 숱한 이야기를 주고받았던 그 여자애인가? 산도르는 아론이 이

사진을 보고 어떤 반응을 보일지 안 봐도 눈에 선했다. 휘파람을 불고 환호성을 친 뒤 그녀의 전화번호를 물어올 것이다. 그녀는 그에게 두려움을 줄 만큼 예뻤다.

그 안의 다른 목소리가 "아니야, 분명 다른 사람일 거야" 하고 경종을 울려대는 듯했다. 사진 속의 여자아이는 모델이지 이다가 아니다. 그사이에 그녀도 산도르의 사진을 받았을 것이다. 어쩌면 지금 손에 들고 있을지도 모른다.

## 🕊️ *Ida*

사진 속의 인물은 이제 막 물에서 나온 모습을 하고 있다. 갈색으로 그을린 몸이 빛을 발하고 있다. 호리호리한 편이지만 근육질이다. 그는 정면을 똑바로 쳐다보지 않고 비스듬히 선 자세로 서서 웃고 있다. 수줍어서 그런 걸까? 입술 사이로 흰 치아가 드러나 있고, 물기가 채 가시지 않은 검은 머리카락이 머리에 착 달라붙어 있다. 얼굴 윤곽도 뚜렷하다. 이런 사람이 정말 친구하나 없는 발레리노란 말인가?

어쨌든 이다는 마음이 놓였다. 적어도 형편없는 얼간이처럼 보이진 않았기 때문이다. 뚱뚱하거나 추하지도 않고 여드름도 나지 않은 얼굴이다. 말하자면 평균치를 훨씬 상회하는, 지극히 정상적인 남자아이다. 그 순간 만일 땅딸막하고 뚱뚱한 모습의 사진을 받았다면 어떻게 반응했을까 하는 생각이 들었다. 그래도 편지 왕래를 계속할 수 있을까? 정말 속물적인 생각이었다.

Sandor

크리스티나는 안색이 창백했다. 내면까지 들여다볼 수 있을 정도로 투명한 빛이다. 그녀는 소맷부리를 걷고 불안한 눈빛으로 이리저리 둘러보고 있었다. 산도르는 마음 같아선 그녀에게로 다가가 한번 안아주고 싶었다. 하지만 긴 목의 부인이 그럴 틈을 주지 않았다. 크리스티나의 귀에 대고 연신 뭔가를 속삭이는 걸 봐도 지금 그녀는 산도르의 엄마보다 더 긴장한 듯했다. 크리스티나는 말없이 고개만 끄덕거렸다. 모두가 '배역'이라는 단 하나의 기회를 목전에 두고 워밍업을 하고 있었다. 그들은 이제 곧 차례차례 시험무대로 불려갈 것이다. 그리고 부모들은 자기 아이를 열심히 응원할 것이다.

산도르는 헤닝 쪽으로 손을 흔들어 보였다. 헤닝은 이렇다 할 특징이 없어 보이는 부모와 함께 건너편에서 대기하고 있었다. 헤닝도 손을 흔들며 공중을 향해 복싱하는 자세를 취했다. 그것은 그들 서로가 곧 일전을 벌여야 한다는 것을 뜻하는 제스처였다. 얼마 전부터 헤닝은 혹독한 훈련을 해왔다. 무슨 일이 있더라도 산도르를 꺾고 배역을 따내고 싶어서였다. 하지만 산도르는 아직 자신이 진정으로 무엇을 원하는지 확신이 없었다. 최근 들어 그는 도무지 춤에 집중할 수가 없었다. 얼마 전 연습이 끝나고 파올리나 선생님이 따로 불러내 무슨 문제라도 있느냐고 물었다는 사실을 그는 엄마에게 말하지 않았다. 선생님에게는 심한 감기 때문이라고 둘러댔다.

산도르의 엄마는 시험 자체를 하나의 축제로 여기고 있었다. 평소보다 립스틱을 더 진하게 바르고 머리는 우아하게 빗어 틀어 올렸다. 산도르의 손을 꼭 잡은 엄마의 눈이 빛났다.

"난 정말 네가 자랑스럽다."

"아직 배역도 따내지 못했는데요, 뭐."

"그래도."

엄마는 무슨 말을 하고 싶은 것일까? 엄마가 지금 아들을 자랑스럽게 여기는 것은 실력과 무관하지 않은가? 그렇다면 앞뒤가 안 맞는 얘기 아닌가?

크리스티나는 잔뜩 인상을 찌푸린 채 몸의 중심을 잡지 못하고 비틀거리고 있었다. 산도르는 당장이라도 그녀에게 달려가고 싶었다. 그녀의 엄마가 부축해서 자리에 앉혀주었다. 누군가가 그녀에게 물 한 컵을 갖다 주었다. 그녀는 거의 인사불성이 된 상태로 물을 들이켰다. 그녀의 엄마가 쉴 새 없이 뭐라고 말했지만, 그녀는 미동도 없이 자리에 그대로 앉아 있었다.

"오, 산도르야, 이것 좀 봐! 소름이 다 돋았네. 아, 너무 좋다."

"뭐가요?"

엄마는 코로 숨을 내쉬었다.

"모두 다. 이곳 분위기도 그렇고, 한 가지 목표를 갖고 이 자리에 모인 사람들도 모두 보기 좋다."

헤닝은 눈을 감고 정신 집중을 하면서 완전히 자기만의 세계로 빠져든 것 같았다.

"산도르야, 이젠 너도 서서히 집중을 해야 할 것 같구나."

엄마가 다그치듯 말했다. 하지만 그는 엄마의 말을 흘려들으며 크리스티나만을 쳐다보았다. 그녀는 엄마의 도움을 받아 자리에서 일어나다가 몇 발짝 걷는가 싶더니 곧 앞으로 고꾸라졌다.

그는 급히 그녀에게로 달려가서 손을 내밀었다.

"크리스티나, 왜 그래? 어디 아파?"

긴 목의 부인은 어떻게 해야 좋을지 모르는 듯했다. 그런 와중에 산도르의 손을 끌어내리면서 퉁명스럽게 내뱉었다.

"미안하지만, 크리스티나와 아는 사이인가요?"

전에 서로 한 번도 본 적이 없었던 것처럼 묻고 있었다.

"같은 그룹에서 춤을 배우고 있습니다."

그가 해명하려는 순간 크리스티나가 눈을 떴다. 그녀는 그를 똑바로 쳐다보았다. 그녀의 눈은 산도르가 생각하고 있는 바를 말하고 있었다. 제발, 우리 같이 여기서 나가자! 산도르는 그녀와 함께 어디든지 떠나버리고 싶다는 말을 하고 싶었다. 하지만 그럴 수 없었다. 크리스티나의 엄마가 다시 끼어들었다.

"좀 어떠니? 오, 크리스티나. 불쌍한 내 딸…… 우리 나가서 신선한 공기 좀 쐬자꾸나. 어때, 걸을 수 있겠니? 잠깐만, 내가 도와줄게."

산도르는 엄마에게 돌아왔다. 엄마는 입을 다물지 못하고 있었다.

"누구야? 혹시……."

"크리스티나예요."

엄마가 슬픈 표정을 지어 보였다. 그 심정을 이해할 수 있다는 듯이 엄마의 눈동자도 불안스레 움직였다.

"가엾은 크리스티나."

하지만 그것도 잠시뿐, 곧 아무런 일도 없었다는 듯 찰싹찰싹 손뼉을 쳐가며 열광하기 시작했다.

"아, 산도르야, 이제 네 앞에 두 명밖에 안 남았다."

### ✎ Ida

그녀는 마치 자신의 데이트 날인 것처럼 느껴졌다. 그녀는 그때의 기분이 어땠는지 선명히 기억할 수 있었다. 열네 살의 나이였을 때, 사랑이라는 감정을 설레는 가슴으로 받아들일 수 있었던 그 시절 말이다. 초대받은 파티에 그도 온다는 걸 알았을 때, 옷을 고르고 화장을 하면서도 그가 어떤 취향을 가지고 있을까, 옅은 화장일까 아니면 진한 화장일까? 행복한 고민을 했던 시절.

오늘은 엄마가 그 화장의 주인공이다. 이다는 오늘 엄마가 만나게 될 사람은 왠지 수수한 타입을 좋아할 것이라는 생각이 들었다. 요리하기를 좋아하는 사람이라면 분명 파티꾼은 아닐 테고, 그런 사람은 자연미를 선호할 것이다. 그래서 그녀는 엄마가 평소에 좋아하는 색깔을 골라 고상하게 메이크업을 해나갔다. 엄마는 새 옷을 바꿔 입어가면서 딸이 하는 모든 것을 잠자코 내버려두었다. 그리고 자리에서 일어나 원을 그리며 한 바퀴 휙 돌아보았다. 방금 매니큐어를 바른 손가락을 펼치며 벽에다 대고 교태를 부려보기도 했다.

"컴 온, 베이비!"

이다가 옆에서 환호성을 질렀다. 하지만 엄마는 이내 고개를 흔들더니 얼굴을 찡그렸다.

"아무래도 어색해…… 어떻게 해야 하는지 다 잊어버렸어."

"아니야, 자세가 딱 나오는데 왜 그래?"

"시시덕거리는 건 아무래도 내 취향에 안 맞아. 한 번도 제대로 해본 적이 없어."

"무슨 소리야, 엄마는 충분히 할 수 있어. 그냥 약간 쿨한 모습을 보이면 돼."

엄마가 눈썹을 치켜 올렸다.

"쿨하게?"

"자신감 있게 연기한다고 생각하면 돼. 실제로는 그런 기분이 아니더라도 말이야."

엄마는 반신반의하지만 마냥 싫지만은 않은 표정으로 그녀를 쳐다보았다.

"난 그렇게 할 자신이 없어."

"엉뚱한 행동도 해보고, 비판적인 자세로 논쟁도 벌여보고, 뻔뻔스런 척도 해보란 말이야."

엄마는 잠시 말없이 있다가 부드럽게 웃어 보였다.

"아유, 귀여운 우리 딸내미."

이다는 당혹스러웠다. 이 경우에 어떻게 코치를 해야 할지 난감했다. 바로 그 순간 초인종이 울렸다. 그 사람이 온 것이다. 이름은 한스이고 나이는 41세이며, 자연을 사랑하고 요리하는 것을 좋아한다고 했다. 통화를 해본 엄마의 말에 따르면 목소리도 정감 있다고 했다. 단지 엄마는 그가 컴퓨터 회사를 운영한다는 점이 마음에 걸리는 모양이었다.

엄마는 반쯤 넋이 나간 상태로 부엌에 서 있었다. 손이 떨리고 눈동자도 불안스레 이리저리 흔들렸다.

"나한테 무슨 일을 하는지 물으면 어쩌지?"

이다가 엄마의 두 손을 잡았다.

"불필요한 얘기는 굳이 할 필요 없어. 하지만 거짓말은 안 돼. 정신을 바짝 차려야 해."

엄마는 그 자리에 서서 움직일 기미를 보이지 않았다. 얼굴이 화석처럼 굳어 있었다.

"무슨 얘기를 해야 할지 모르겠어. 딱히 할 얘기가 없거든."

"이제 그만 좀 해. 그런 건 중요하지 않아!"

이다 역시 자기가 한 말에 자신은 없었다. 어쩌면 엄마 말대로 그런 것이 중요할지도 모르니까. 또 한 번 초인종이 울렸다.

"빨리 나가봐!"

엄마는 여전히 움직일 생각을 하지 않았다. 이다가 굴복할 수밖에 없었다.

"좋아, 문은 내가 열어줄게."

문을 여는 순간 이다는 적잖이 놀랐다. 정말 근사하게 생긴 사람이 문 앞에 서 있었다. 댄디 스타일은 아니지만 지나치게 수수하지도 않은 옷차림이 멋져 보였다. 어떻게 보면 아빠와 비슷한 이미지였다. 짧게 깎아 올린 머리 모양이며, 외투 스타일, 그리고 검은색 신발까지.

이다는 그에게 미소를 지어 보이며 손을 내밀었다.

"안녕하세요. 이다라고 해요."

"아, 예. 그러니까 아가씨의 엄마와 약속을……."

그는 이다의 어깨 너머로 집 안을 들여다보았다.

"엄마!"

이다가 소리쳤다. 하지만 엄마는 여전히 시간을 지체하고 있었다. 이다는 한스 씨에게 조금만 더 기다려달라고 양해를 구한 뒤 엄마를 데리러 들어갔다.

"난 안 할래." 엄마가 맥 빠진 소리를 했다. "그분께 가서 네가 말해줄 수 없겠니……."

이다는 서서히 울화가 치밀어 오르기 시작했다.

"그분 정말 정감 있게 보이던데."

"그래, 하지만 난……."

이다의 인내심이 한계점을 향해 가고 있었다. 아무것도 시도해보려는 노력조차 하지 않는 이 겁쟁이 엄마.

"지금 엄마가 어떤 기분인지 내가 알 바 아냐. 난 그냥 약속한 건 지키라는 얘기야. 그렇지 않으면……."

그것이 결정타였다. 엄마는 내키지 않는 발걸음으로 현관 쪽으로 향했다. 이다는 사태가 어떻게 되어가는지 보려고 부엌문 밖으로 머리를 내밀었다. 엄마가 한스 씨 쪽으로 다가가는 순간 이다는 그의 얼굴 표정을 볼 수 있었다. 극도로 긴장되어 있던 한스 씨의 얼굴에 약간의 안도감이 배어나왔다. 그도 엄마를 마음에 들어 하는 눈치였다. 이 정도면 이미 절반은 성공한 셈이라고 이다는 생각했다. 한스 씨도 그렇게 생각했을 것이다.

*Sander*

"산도르!"

주차장은 어둡고 습했다. 엄마는 그의 뒤에서 말 잘 듣는 강아지처럼 꼬리를 흔들며 따라오고 있었다. 딸가닥거리는 하이힐 소리만이 들려왔다.

"너, 엄마한테 할 말 없니?"

"없어요."

산도르는 차가 있는 곳에 도착했지만 엄마가 문을 여는 동안 다른 곳을 바라보고 있었다. 그런 행동이 그녀를 화나게 했다. 그녀는 신음하듯 내뱉었다.

"너, 오늘 대체 왜 그래?"

"내가 뭘 어쨌다고요?"

그가 시험 장소에서 나온 지 30분이 지났다. 엄마는 당연히 문 앞에서 기다리고 있었지만, 무대에서 빠져나온 그는 엄마에게 눈길 한 번 돌리지 않은 채 그냥 지나쳐 나왔다. "어떻게 됐어? 잘한 거야?" 하고 닦달하는 엄마의 목소리가 그에게 큰 부담을 주었고, 지금도 그 분위기가 이어지고 있는 것이다. 그것도 오줌 지린내가 진동하는 어두운 주차장 안에서 말이다.

그녀는 한숨을 내쉬고 입술을 비쭉거리면서 언짢은 듯 말했다. "네 속은 어떻게 생겨먹었는지 통 알 수가 없구나."

산도르는 뒷좌석으로 가서 앉았다. 그게 엄마를 더 화나게 했다. 왜 앞좌석에 앉지 않을까? 도대체 무슨 일이 있었기에 그러는 걸까? 시험 때 제 실력을 다 발휘하지 못해서? 왜 그렇게 자기 맘대로 행동하는 걸까? 도대체 왜?

"그 애는 여자친구나 마찬가지예요."

룸미러를 통해 엄마의 치켜 올려진 눈썹이 보였다.

"지금 누굴 두고 얘기하는 거지?"

"크리스티나요! 정말 정나미가 떨어질 정도로 지긋지긋해요."

"산도르, 표현을 좀 부드럽게 했으면 좋겠다. 뭐가 그리 지긋 지긋한데?"

그 순간 그녀는 그 말뜻을 이해했다.

"아 그거? 그건 걔가 압박감을 견뎌내지 못했기 때문이야. 모든 사람이 다 강하진 않아."

"바로 그 점을 참을 수 없다는 거예요. 원하지 않아도 해야만 하는 중압감 말이에요."

엄마는 침묵을 지켰다. 한동안 골똘히 생각하면서 운전하다가

187

마침내 입을 뗐을 때, 그녀의 목소리는 한결 부드럽고 이해심 많은 어조로 바뀌어 있었다.

"산도르야, 지금 어떤 기분인지 잘 알고 있다. 춤의 세계가 힘들고, 또 엘리트들만 하는 분야라는 생각이 들지?"

그는 대답하지 않았다. 엄마도 좀 더 숙고해보려는 눈치였다. 단어 하나하나도 신중하게 선택했다. 오늘만큼은 엄마의 운전 태도가 평소와는 달리 차분하고 이성적이었다.

"엄마도 그 사실을 부인하고 싶은 마음은 없어. 하지만 그건 우리가 지불해야 할 대가일지도 모른다고 생각해. 마음에 들든 안 들든 간에 말이야."

"그러니까 엄마 말은 낙오자들은 무시해도 좋다는 뜻인가요?"

"아니지, 너한테 중요한 사람이라면 무시해선 안 되지. 하지만 일부 사람들에겐 적당한 시기에 손을 떼는 게 더 현명한 선택일 수도 있어. 더 이상 아까운 시간을 허비하기 전에 말이지."

그녀의 시선이 룸미러를 향했다.

"크리스티나는 이 직업이 요구하는 어떤 것을 가지고 있지 못한 거지."

"크리스티나는 최고 수준이에요."

"아니야, 네가 최고다."

"그만 하세요."

"그건 너 자신이 더 잘 알겠지. 넌 이 분야에 필요한 모든 조건을 갖추고 있단 말이야."

188

"하지만……."

"뭐가 하지만이야!"

그녀는 더 이상 참을 수 없다는 듯이 그를 몰아붙였다.

다시 잠잠해졌다. 그 순간 산도르는 룸미러를 통해 엄마의 눈가에 눈물이 고이는 것을 보았다.

거리는 끝없이 이어진 잿빛 띠처럼 보였다. 간간이 오토바이 소리만 들려올 뿐이었다.

"잊기 전에 말하겠는데, 다음주 금요일에 출발한다."

산도르는 놀라서 몸을 움찔거렸다.

"뭐라고요? 어디로요?"

"스톡홀름. 벌써 잊었어?"

*Ida*

안녕, 멋쟁이 산도르! 사진 고맙게 잘 받았다. 난 지금 집에 혼자 있어. 정말 고약한 외로움이야. 너라도 여기 있다면. 아무튼 지금 내 곁엔 아무도 없다. 전화선도 뽑아버렸어. 할 일 없는 얼간이들과 전화질을 해대는 일에도 신물이 났거든. 엄마가 돌아올 때까지 자지 않고 기다릴 생각이야.

11시. 그리고 시곗바늘은 12시를 지나 12시 40분을 가리키고 있었다. 그때 열쇠 소리가 들렸다. 침대에 누워 MTV를 보고 있

189

던 이다는 얼른 일어나 현관 쪽으로 달려갔다. 엄마가 외투의 단추를 푸느라 씨름하고 있었다. 만족일까, 실망일까?

"어서 와, 엄마!"

엄마는 단추에서 시선을 떼고 그녀를 쳐다보았다. 술이 많이 취한 상태였다.

"안녕…… 좀 도와주겠니?"

이다는 엄마가 단추를 풀어내고 외투 벗는 것을 거들었다. 그리고 엄마의 팔을 부축해서 소파 있는 곳까지 데려갔다. 엄마는 힘겹게 쿠션으로 올라가 앉았다. 이다도 곁에 앉았다.

"기분이 어때?"

엄마가 뒤에 기댄 채 눈을 감았다.

"잘 모르겠어. 피곤하다."

"속이 불편해?"

"응, 약간."

"토하고 싶으면 내가 거들어줄게."

엄마는 대답을 하지 않았다. 그럴수록 이다의 궁금증은 점점 더 커져갔다.

"오늘 어땠어? 그분 어땠냐고?"

"하! 그 사람…… 좋은 사람 같았어. 그렇고말고, 정말 좋은 분이야."

야호! 이다는 자기와 엄마, 그리고 한스 아저씨가 함께 있는 모습을 그려보았다. 그들은 함께 피크닉 바구니를 들고 초원에 앉아 있다. 한스 아저씨가 마술을 부려 바구니에서 여러 가지 맛있는 음식들을 만들어낸다. 돼지갈비 바비큐, 닭고기, 감자샐러드 등. 그가 무슨 말을 하면서 엄마에게 윙크를 한다. 그러자 엄마는 잔디 위로 눕다시피 하면서 그 전엔 볼 수 없었던 시원한 함박웃음을 터뜨린다. 그러고 나서 엄마는 그의 손을 잡고⋯⋯.

"그 사람이 그 비싼 와인 값을 혼자 다 냈어. 빌어먹을, 너무 많이 마셔버렸네."

푸른 잔디 위에 그렸던 한스 아저씨의 영상이 사라졌다.

"엄마는 '친절하다' 는 말을 그런 식으로 이해하는 거야?"

"모르겠어. 그 사람은 그냥 식사 초대를 한 거였어."

"그래서 무슨 대화를 나눴는데?"

엄마는 심호흡을 한 뒤 이맛살을 찌푸리고는 생각했다.

"음, 무슨 얘기를 했냐고?"

아무리 애를 써도 제대로 기억이 나지 않는 듯했다. 그러더니 다시 말했다.

"이제 알 것 같다. 그 사람에 대해 주로 얘기를 했던 것 같아."

"예를 들자면?"

"그 사람이 하고 있는 일과 전 부인⋯⋯."

엄마는 집게손가락을 위로 펼쳐 보였다.

"그리고 아이들. 엘레오노르와 마⋯⋯ 마커스? 아니다, 마티아스. 하여간 그 비슷한 이름이었어. 너무너무 재미있었어."

"그 사람은 엄마한테 아무것도 안 물어봤어? 엄마의 옛 남편이라든지 아이에 대해서 말이야."

엄마는 다시 곰곰이 생각했다.

"아니, 그런 걸 묻지는 않았던 것 같아…… 대화가 그런 이야기로만 흘러가는 게 어색했을 수도 있었겠지."

엄마는 눈을 부릅뜨고는 자기 말에 동의를 구하려는 듯 이다를 쳐다보았다.

"너는 나를 잘 알잖아. 난 자기 말만 하는 사람은 딱 질색이거든. 그래서 그 사람이 이야기를 쏟아내기 시작했을 때, 난 잠자코 술잔만 비우기 시작했지. 맘껏 말이야. 정말 많은 양의 와인을 마셔댔던 것 같아."

이다는 울화가 치밀었다. 사전에 주의를 주지 않았던가. 도를 넘어서는 안 된다고 말이다. 하지만 엄마는 또다시 일을 망치고 말았다. 이다는 소파에서 벌떡 일어났다.

"난 엄마가 미워! 지긋지긋해! 정말 꼴도 보기 싫어!"

엄마는 무표정한 얼굴로 그녀를 쳐다보았다.

"뭐라고?"

"그 사람이 얼마나 불쾌했을지는 생각해보지도 않았지? 자리에 우두커니 앉아서 말 한마디 없이 술배만 채울 거였다면 애당초 뭘 기대했던 거야? 그 사람이 자기 얘기를 했다 해도 그렇지. 그런 얘기 말고 무슨 다른 얘기를 할 거라고 생각했어?"

"하지만, 얘야……."

"엄마는…… 엄마는…… 엄마는 내 말을 늘 우습게 받아들이

고 있는 거야. 말 좀 해봐. 도대체 나라는 존재는 엄마에게 왜 필
요한 거야?"

이다는 소리라도 지르고 싶었다. 엄마의 아랫입술이 바르르
떨렸다. 하지만 이다는 개의치 않았다.

"이렇게 사소한 부탁마저 들어줄 수 없다면, 다 소용없어! 난
이제 엄마 일이라면 거들떠보지도 않을 거야. 알겠어?"

이다는 복도로 뛰어나가 재킷을 집어 들고는 현관문을 거칠게
닫아버리고 나갔다.

---

어떻게 해야 좋을지 모르겠다, 이다. 엄마 때문에 정말 미쳐버릴 것
만 같아. 내게도 나만의 삶이 있다는 것, 엄마의 꿈을 실현시키기 위
해 내가 존재하는 게 아니라는 사실을 엄마 스스로 깨우쳤으면 좋겠
다. 나도 뭔가를 하긴 해야 하는데…… 춤을 포기해야 하는 건지? 내
가 과연 그만둘 수 있을지? 엄마는 오래전부터 내 의지를 자기 손아
귀에 쥐고 좌지우지해왔어…… 하지만 난 엄마의 꼭두각시가 아니야.
난 그냥 나일 뿐이지. 내가 어떤 사람이 되든, 내가 어떤 길을 가게
되든 말이야. ▸

*Sandor*

그는 그녀를 안아서 위로해줄 수만 있다면 뭐든 할 수 있을 것
같았다. 전화번호부에서 그녀의 전화번호를 찾아 수화기를 손에

들었다. 하지만 그녀에게 자신의 존재가 발레 그룹의 수많은 친구들 중 한 사람일 뿐 그 이상은 아니라면 지금의 행동이 의미가 있을까? 가슴이 두근거렸다. 하지만 아무려면 어떤가. 그녀의 상태가 어떤지만 알면 되는 것 아닌가? 전화번호를 누르고 기다리자, 세 번의 신호음이 울린 후에 누군가가 받았다. 목소리의 주인공은 바로 목이 긴 그 여자였다. 그는 그녀의 날카로운 표정을 떠올렸다.

"안녕하세요. 전 크리스티나와 같은 발레 그룹에 있는 산도르라고 합니다."

"여보세요."

"전 그냥 크리스티나가 어떤지 궁금해서 전화드렸습니다."

부인은 짧은 한숨을 내쉬었다.

"별로 좋지 않아."

"크리스티나도 지금 옆에 있나요?"

"피곤해서 쉬고 있어."

더 이상 반응이 없었다. 산도르는 무슨 말을 더 해야 할지 난감했다.

"혹시 크리스티나와 통화 좀 할 수 있을까요?"

"몹시 피곤해하고 있어."

산도르는 마음이 조금 편해졌다.

"예, 그렇겠죠. 저도 압니다……."

"하지만……" 그녀의 말끝이 갑자기 흐려졌다. "전화를 받을 수 있는지 한번 물어볼게."

"고맙습니다."

산도르는 지금 자기가 하고 있는 행동에 대해 반신반의했다. 기대감과 두려움이 교차했다. 무슨 대화를 어떻게 해야 할지 미리 생각해두어야 한다는 강박감이 커져갔다. "어떻게 지내?"라는 물음에 "그저 그래"라고 대답하면, "무엇보다 충분히 휴식을 취하는 게 중요해"라고 말해주리라. 그리고 "나도 알아. 하지만 지금 상황으로 봐선 모든 게 절망적이야"라고 대답한다면 "그렇게 생각해선 안 돼. 넌 곧 다시 두 발로……"라고 말해주리라.

"누구세요?"

크리스티나가 기운은 없어 보이지만 다소 밝은 목소리로 전화를 받았다.

"산도르야."

"안녕."

"좀 어때?"

"그저 그래."

젠장. 그는 최소한 25초 정도는 자신을 구원해줄 수 있는 시나리오를 잊어버리고 말았다. 잠시 침묵이 흘렀다. 그러자 자기도 모르게 입이 열렸다.

"대체 어떻게 된 거야?"

"나도 잘 모르겠어. 그냥 갑자기 실신했던 것뿐이야. 난 지금 너무 지쳐 있어, 산도르."

난 너무 지쳐 있어, 산도르. 이 얼마나 친근하게 들리는 말인가. 그런 말을 왜 그에게 하는 걸까? 신뢰를 보여주는 일종의 증거 같은 것일까? 그 말에 응답할 적절한 말이 떠오르지 않았다.

"그럴 것 같아."

"음."

"난 그저 그런 기분을 이해할 수 있다고 말하고 싶었어. 모든 게 너무 지나친 것 같아. 춤에 관련된 모든 것들이, 춤에 대한 히스테리도 그렇고…… 아무튼 모든 게 다 그래."

"무슨 뜻이야?"

그녀는 그가 무슨 말을 하려는지 이해할 수가 없었다. 좀 더 구체적으로 말해달라는 건가?

"사람들은 끊임없이 자신에게 물어봐야 한다고 생각해. 자기가 정말 기꺼이 전체를 위한 부분이 되기를 원하는지를."

오, 제법 이성적으로 들린다. 거의 철학자 수준이다. 하지만 크리스티나는 그리 오래 생각하지 않았다.

"나는 내가 뭘 원하는지 잘 알아. 난 너무 많은 걸 원하고 있어. 원인은 거기에 있을지도 몰라. 내가 지나치게 욕심이 많다는 것……"

이내 훌쩍이는 소리가 들려왔다.

"울지 마, 크리스티나. 듣고 있니? 다시 원래대로 돌아갈 수 있어. 충분히 안정을 취하면 나중에 훨씬 큰 에너지를 발산할 수 있을 거야."

"그렇지 않아. 이미 늦었어."

"늦다니?"

"배역 말이야. 난 그 배역을 완벽하게 소화해낼 자신이 있었는데…… 그 역은 나한테 딱 맞는다고 생각해. 그래서 더더욱 나 자신을 용서할 수 없어."

🕊 *Ida*

그녀는 거대한 저택의 문 앞에 서 있었다. 여기에 오기까지 거의 한 시간가량 헤매고 다녔지만 어디로 가야 할지 갈피를 못 잡았다. 산도르라도 만나면 좋으련만, 그럴 수도 없는 상황이었다. 어쩌면 그도 교제광고를 통해 알게 된 한스 아저씨처럼 실제 모습은 상상과는 사뭇 다를지도 모른다.

이다는 전화안내원을 통해 루카스의 주소를 알아냈고, 이제 호화스런 주택단지의 한 빌라 앞에서 벨을 눌렀다. 꼭대기 층에만 불이 켜져 있었다. 어쩌면 그가 집에 없을 수도 있다. 그때 발소리가 들리고 문이 열렸다. 청바지 스타일이 낯설지 않았고, 걸치고 있는 티셔츠의 메이커도 기억이 났다. 루카스였다. 그도 그녀를 환한 표정으로 쳐다보았다. 그녀는 그의 목을 끌어안고 어린 애완동물처럼 그의 팔에 바싹 매달려 애교를 부렸다.

그는 그녀를 집 안으로 안내한 뒤 카푸치노 한 잔을 내왔다. 그리고 부엌으로 가서는 우유 거품 위에 계피 가루나 카카오 가루 중에서 어느 것을 얹어 먹고 싶은지 물었다. 그녀는 고개를 내저었다. 그만 있으면 되는 것이다.

함께 커피를 몇 모금 마신 후 그녀가 그의 무릎 위에 올라앉아 키스했다. 그러자 그는 그녀를 안고 계단을 통해 윗방으로 올라갔다. 그 순간 이다는 조금 지나친 감이 있다는 생각이 들긴 했다. 그들은 그의 침대에 나란히 누워 급한 마음에 옷을 억지로 잡아 내리려 했지만, 생각만큼 쉽지 않았다. 아직은 서투른 탓이리라. 두 사람은 너무 조급하게 서두르고 있었다. 그녀는 지금 그를 원하고 있다. 그것도 언어가 개입되지 않은 무언의 몸짓으로 말이다. 제발 이 순간엔 아무 말도 하지 마! 그렇게 되면 지금 이 기분이 엉망이 되어버리고 말 거야. 루카스, 부탁이야! 그녀에게는 말이 필요 없었다. 그도 말에 의존하지 않고 그녀를 이해할 수 있었다. 그와 그녀는 무언의 공감대를 느끼고 있었다. 이제 완벽히 하나가 될 수 있다는.

 Sandor

산도르가 가방을 가지러 방으로 가던 중, 아론의 방 근처를 지날 때 무슨 소리가 들려왔다. 문이 반쯤 열려 있기에 그는 안을 들여다보았다.

아론과 스티나가 침대에 누워 애무하고 있었다. 아론의 손은 그녀의 스웨터 밑에 들어가 있었다. 산도르는 몸이 뻣뻣이 굳은 듯 그 자리에 서 있었다. 그는 이다를 떠올렸다. 그의 육체가 그녀를 향해 소리쳤다. 그의 외로움을 달래줄 수 있는 그 누군가를 향해. 그런데 왜 크리스티나가 아니고 이다일까?

"산도르!"

순간 그는 기겁하며 눈 깜짝할 사이에 문틈에서 물러났다. 벽에 바짝 달라붙어 숨을 죽인 채 계단 맨 아래에서 들려오는 엄마의 목소리를 들었다.

"산도르! 준비 다 됐니? 10분 뒤에 출발할 거다!"

그때 스티나의 목소리가 들려왔다.

"맙소사, 아론, 문 좀 닫아! 열려 있잖아!"

방문이 쾅 하는 소리와 함께 굳게 닫혔다. 산도르는 소리 없이 자기 방으로 들어가 침대에 걸터앉아 맥박과 호흡이 가라앉을 때까지 기다렸다. 그런데도 공허감은 그대로 남아 있었다.

문이 빠끔히 열렸다. 엄마였다.

"뭘 하느라 꾸물대는 거야? 아직도 가방을 다 못 챙겼어?"

산도르는 가방을 들고 엄마를 따라 내려갔다.

"잠깐 토베한테 들러서 잘 가라는 인사만 하고 올게요. 5분 후에 밖에서 만나요."

토베의 집 앞에는 이삿짐 차가 서 있었고 현관 입구는 가구와 박스로 가득 차 있었다. 산도르는 갑자기 목이 메어왔다. 드디어 때가 된 것인가?

산도르는 가구들 사이로 커다란 화초를 힘겹게 나르고 있는 토베를 발견하고 그에게 다가갔다.

"안녕."

"안녕."

산도르는 당혹스러웠다. 하지만 지금은 "잘 가, 잊지 않을게" 라고 말할 때였다.

"지금 이사 가는 거야?"

토베는 시선을 돌렸다.

"응."

"우메오는 어떻대?"

"나도 몰라. 그냥 추운 곳이래."

산도르는 들릴 정도로 크게 한숨을 내쉬었다. 토베도 물론 그의 심정을 알고 있었다.

"그럼 모든 것이 잘 되길 빌게. 우리 가족은 오늘 스톡홀름으로 주말을 보내러 간다."

산도르가 손을 내밀자 토베가 맞잡았다.

"우리 서로 이메일로 연락하자."

토베가 끄덕였다. 하지만 그렇게 되기가 쉽지 않다는 것을 두 사람은 이미 알고 있었다. 그는 산도르의 손을 놓았다. 산도르는 돌아서서 천천히 집으로 향했다. 눈물이 왈칵 쏟아졌지만 왜인지는 알 수 없었다. 이렇게 슬픈 감정은 두 번 다시 경험하지 못할 것 같았다. 잠시 후 마음을 가다듬고 뒤돌아보니 토베가 아직 그 자리에 서서 그를 눈으로 쫓고 있었다. 산도르는 달려가 토베를 껴안았다.

루카스가 그녀를 마중 나와 있었다. 학교 앞에서 그녀를 기다리는 그의 모습은 매우 근사해 보였다. 이다는 목에 힘이 잔뜩 들어갔다. 친구들 앞에서 연출하는 일종의 과시였다. 그런데 그는 어떻게 그렇게 자주 이곳에 오는 걸까? 김나지움에 다닌다면 분명히 할 일이 산더미 같을 텐데? 하지만 그는 그녀의 질문을 "걱정하지 마"라는 한마디로 제압하곤 했다. 그녀는 그가 그런 식으로 말하는 것이 자신을 어린아이 취급하는 것 같아 화가 났다. 하지만 이번엔 묵인했다. 그렇지 않으면 그는 그녀의 마음을 돌려놓으려고 지난번처럼 또 온갖 감동 작전을 펼칠 것이다.

엄마는 또다시 무기력증에 빠져 있었다. 그 훈남 아저씨와 더 이상의 진척은 없고, 다시 몸져누운 상태로 원상 복귀했을 뿐이다. 이다는 더 이상 신경 쓰고 싶지 않았다. 루카스는 그녀를 차에 태우고 짧게 드라이브를 시켜준 뒤 집 앞에 내려주었다. 엄마도 그와 짧은 인사를 주고받았다. 이다는 엄마가 밤에 일하고 낮에 잠을 자기 때문에 피곤해 보이는 거라고 루카스에게 설명했다.

테레제와 수잔나는 루카스에게 갖은 아양을 다 떨었다. 그들은 그의 차를 같이 타고 가면서 그에게 이것저것 꼬치꼬치 캐물으려 했다. 그들이 그렇게 유치하게 노는 것이 이다에겐 영 비위에 거슬렸다. 그가 자동차를 가지고 있다는 이유만으로 특별한 관심을 보이는 것 말이다. 그가 특별히 그들을 차에 태워주기로 하자 수잔나는 마치 차를 처음 타보는 사람처럼 기뻐서 팔짝팔짝 뛰었다.

스피커에서 음악이 쿵쾅쿵쾅 울려나왔다. 수잔나와 테레제는 뒷자리에 앉아서 서로 가운데 자리를 차지하려고 다퉜다.

"음악 진짜 짱이다!"

이다는 창밖을 내다보았다. 검은색 코트 차림의 남자가 실린 광고 포스터가 보였다. 그녀는 산도르를 생각했다. 그에게 마지막 메일을 보낸 지가 벌써 언제던가. 그녀는 종종, 아니 거의 매일 그를 생각했지만, 지난번에 혼자 있기 힘들었던 때를 계기로 루카스에게 의존하게 되었다. 엄마의 교제 광고 사건이 엉망으로 끝난 후, 이다도 산도르와의 관계를 지속하는 것에 확신을 가질 수 없었기 때문이다. 서로 만날 수 없는 상황에서의 우정은 과연 얼마만큼 생명력을 가질 수 있을까?

테레제는 루카스가 무슨 말을 하면 큰 소리로 깔깔거리며 웃어댔다.

"하지만 오늘밤만큼은 이다를 데려갈 수 없어요. 오늘은 우리끼리 '소녀들의 밤'을 보내기로 했거든요."

소녀들의 밤이라. 그런 유치한 모임을! 그녀가 정말 그런 놀이를 즐긴단 말인가? 루카스는 웃었다.

"아, 그래? 그럼 내가 꼭 참석해야겠는걸!"

"남자는 못 들어와요." 테레제가 단호하게 말했다.

"소녀들의 밤엔 주로 뭘 하는데?"

"남자들과는 전혀 상관없는 일들을 하죠."

"남자아이들을 비방하거나, 새로 나온 화장품이 있으면 한 번씩 돌아가며 테스트도 해보고 그러겠지?"

수잔나는 자존심이 상한 듯했다.

"세상에, 그렇게 천박한 짓을요? 절대 아니에요."

"그럼 대체 무슨 특별한 일을 벌이는데?"

수잔나는 적절한 대답을 궁리하느라 머리가 지끈지끈 아파올 정도였다. 테레제는 "그날은 아무튼 우리만의 날이에요"라고 말하면서 다시 한 번 그가 끼어들 여지를 없애려고 했다.

이 무슨 쓸데없는 수다인가? 이다는 보라는 듯 한숨을 내쉬며 루카스에게 말했다.

"어쨌든 너는 그 모임에서 제외된 걸 기쁘게 생각해야 돼."

순간 차 안이 조용해졌다. 이다는 목덜미에 와 닿는 테레제와 수잔나의 따가운 시선을 느꼈다.

"맞아, 남자들을 헐뜯는 건 물론이고 화장도 원 없이 해보고 그러거든. 정말 유치하게 말이야."

루카스가 이다를 쳐다보며 웃었다. 그들 두 사람 대 나머지 모든 세상 사람들의 대결. 두 사람은 지금 앞좌석에 앉아 있다. 적어도 물리적으론 그들이 세상 사람들의 두 대표보다는 앞서 있는 것이다. 이다는 뒷자리의 애송이들에게 고개를 돌렸다.

"도대체 왜 그렇게 호들갑을 떠는 거야?"

대답이 없었다. 하지만 이다는 지금 그들이 무슨 생각을 하는지 알고 있었다. 쟤는 건방진 데다 뻔뻔스럽기까지 해, 루카스와 사귀면서 자기가 뭐라도 된 것처럼 착각하고 있는 것 같아 등등.

테레제는 지금도 여전히 뒤에서 호박씨를 까고 있을 것이다. 오늘 이다 때문에 겪은 불쾌한 일들도 내일쯤이면 이미 학교에 파다하게 소문이 날 것이다. 나이가 좀 든 남자친구가 있다고 해서 자기까지 우리를 어린애 취급하며 얕잡아보더군, 그 잘난 남자친구 하나 생기더니 단짝 친구들은 안중에도 없나 봐 등등.

그렇지 않아도 요즈음 이다의 귀에 그런 뒷소문들이 들려오고 있었다. 하지만 루카스와 헤어지기라도 한다면 어쩔 것인가? 수잔나와 테레제마저 없으면 어떻게 견딜 수 있을까? 이다는 다시 한 번 두 친구를 돌아보았다. 그들은 잔뜩 찡그린 우거지상으로 창밖을 쳐다보고 있었다.

"얘들아, 농담으로 한 얘길 가지고 뭘 그래. 아무튼 오늘은 신나는 밤이 될 거야!"

그들은 이다를 미심쩍게 쳐다보았다.

"진심으로 하는 말이야. 우리 집을 모임 장소로 정하자니 신경이 쓰여서 그랬어. 혹시 너네 집에서 모이면 안 될까, 테레제?"

"너네 집이 최고의 장소라는 건 네가 더 잘 알잖아. 어차피 너희 엄마는 집에 누가 와 있는지 알지도 못하니까."

인정사정없는 년.

*Sandor*

산도르는 창가 쪽 좌석에 앉았다. 그는 다섯 살 어린애처럼 무조건 창가 자리만을 좋아한다.

기내 안내방송에 따르면 비행시간은 고작해야 35분이다. 거리가 이렇게 가까울 줄은 미처 생각하지 못했다. 세 명의 아이들 중 산도르만 데리고 가는 이번 여행은 말 그대로 호강이었다. 예전 같으면 자동차로 갔을 것이다. 그럴 때면 산도르는 아론과 노라 사이에 끼어서 뒷좌석에 타곤 했다. 아론이 더 이상 여행을 같이 하지 않을 나이가 될 때까지는 말이다. 그 후로는 줄곧 노라와 산도르 둘만 부모님과 함께 여행했고, 그러다가 노라도 이젠 혼자 집에 머물 수 있는 나이가 되었다. 하지만 산도르는 아직 아니다.

비행기가 이륙하려고 하자 엄마가 그의 손을 잡았다. 이런 경우 신체 접촉을 하는 것이 가족의 신성한 의식이나 되는 것처럼 말이다. 그는 엄마의 손에 신경이 쓰였지만, 비행기가 하늘로 날아오르자 다행히도 엄마가 손을 놓아주었다. 그는 점점 작아져 가는 예테보리를 내려다보았다. 매순간 이다에게 가까워지고 있었다. 지금까지는 그녀가 있는 곳으로 가보는 것이 불투명한 희망사항에 불과했다면 지금 이 순간 그것이 확신으로, 아니 필연으로 변해가고 있었다. 그는 사진을 꺼내 보았다. 사진을 보자 자신이 품은 생각이 순간 부끄럽게 느껴졌다. 바보들이나 외모를 따지는 것이지.

"누구냐?"

그의 얼굴이 홍당무로 변했다.

"뭐가요?"

그는 재빨리 사진을 다시 가방에 집어넣으려 했지만 엄마가 그의 손목을 잡았다.

"누군데 그래? 아는 사람이야?"

"예, 제가 아는 사람이에요."

산도르는 퉁명스럽게 대답했다. 엄마도 물러서지 않고 사진을 낚아채 유심히 들여다보았다. 눈썹 한쪽이 치켜 올라갔다.

"도대체 누구야?"

그는 엄마에게서 다시 사진을 빼앗으려 했다.

"상관하지 마시고 사진이나 얼른 돌려주세요!"

"뭘 가지고 다투는 거야?"

이제 아버지까지 합세했다.

"다투는 거 아니에요."

"산도르가 여자 사진을 가지고 있는데, 통 누군지 말을 안 하네요."

아버지의 놀란 눈초리가 산도르에게서 사진으로 옮겨 갔다.

"지난번에 산도르가 메일을 보낸 적 있는 여자아이의 사진 같은데?"

산도르는 언짢은 듯 대답했다.

"예, 맞아요."

"아, 그러니?"

엄마는 샐쭉한 목소리로 말했다. 거의 질투라도 느낀다는 투였다. 엄마는 다시 한 번 자세히 사진을 들여다보았다.

"이 애가 낯설지 않게 느껴지는 이유를 이제야 알겠다. 스티나와 꼭 닮았기 때문이야."

아버지도 아직 사진에서 눈을 떼지 않고 있었다. 별로 마음에 들지 않는 눈치였다.

"그러고 보니 그렇네. 비슷한 데가 있어."

"절대로 그렇지 않아요!"

산도르가 도전적인 말로 대꾸했다. 엄마는 뚱한 눈으로 그를 쳐다보았다.

"그렇게 흥분할 것까지는 없는 것 같은데. 이 애가 스티나와 흡사하다는 건 누가 봐도 알 만한 사실 아니야? 둘 다…… 지나치게 멋을 부리는 타입이잖아."

"멋을 부린다고요? 그게 무슨 말이에요?"

"그건 네가 더 잘 알잖아, 그런 애들의 취향이 어떤지. 너, 정말 그 애가 너랑 어울린다고 생각하니?"


*Ida*

그녀는 루카스가 사준 맥주와, 과자와 사탕을 담은 비닐봉지를 힘겹게 날랐다. 오늘밤만큼은 테레제, 수잔나와 아무 불화 없이 잘 지내겠다고 그녀는 스스로 다짐했다.

헤어질 때 루카스가 잔뜩 뿔이 나 있었으므로 그녀는 백 번 이상이나 약속해야 했다. 다음날은 물론이고 거의 한 주 내내 만나기로 말이다. 그렇다면 그녀와 사귀기 전엔 그는 뭘 하고 지냈단 말인가? 자기만의 삶도 없는 것일까?

그녀는 엘리베이터를 기다리고 있었다. 엘리베이터가 채 멈춰서기 전에 반야가 문 앞에서 기다리고 있는 모습이 보였다. 반야는 승마용 부츠를 신은 채 안전모와 채찍을 옆에 끼고 있었다.

이다는 그들의 세계를 이해할 수 없었다. 반야가 피아노학원이나 연극학원을 다니리라는 것 정도는 이다도 이해할 수 있었다. 하지만 반야는 지금 승마복을 입고 있지 않은가?

두 사람은 서로 노려보았다. 하지만 반야가 먼저 시선을 거두었다. 승마 장비까지 갖춘 몸으로 급습을 당하는 꼴은 피하고 싶어서 몸을 사리는 것일 게다.

휘황찬란한 부츠와 복장은 최신품으로 보였다. 오늘이 강습받는 첫날인가? 마음 같아선 들고 있는 짐을 내려놓고, 비록 페스트만큼이나 싫어하는 반야이긴 하지만 그녀를 따라 승마 교육장이라는 데를 한번 가보고 싶었다. 무엇과도 비교할 수 없을 정도로 승마에 큰 관심을 가지고 있는 이다였다. 수잔나, 테레제와 함께 소녀들의 밤을 벌이는 것은 별 재미가 없었다. 더욱 흥미 없는 것은 집에 들어가서 베개와 쿠션마다 침으로 도배를 해놓고 누워 있는 엄마를 봐야만 한다는 사실이었다.

이다가 먼저 엘리베이터에서 내렸다. 뒤이어 내린 반야가 자기 집 앞으로 걸어갔다. 승마용 채찍이 이다의 팔을 살짝 스쳤다.

산도르는 뒷좌석의 엄마와 아버지 사이에 앉았고 앞좌석엔 라즐로와 에바가 타고 있었다.

라즐로는 아버지의 오랜 친구다. 그의 목소리는 호탕하고 자유분방한 편이다. 모든 사람이 동시에 큰 소리로 말하고 웃곤 한다. 헝가리 말을 잘 할 줄 모르지만 산도르는 그들의 말을 이해할 수 있었다. 무엇이 이들을 이토록 열광하게 할까? 엄마와 아버지는 지금 완전히 다른 사람이 된 것 같다. 아버지까지도 들떠서 기뻐하며 어쩔 줄 모르고 있다. 그렇다면 아버지가 집에서 보이는 냉담하고 무관심한 태도는 어쩌면 삶에 활력소가 될 만한 계기들이 없어서일지도 모른다. 엄마와 아버지 역시 예테보리에 친구가 없기는 마찬가지 아닌가.

산도르는 말없이 그들 사이에 앉아서 스톡홀름을 온몸으로 느끼고 있었다. 두 도시가 상당히 비슷한 면이 있다는 생각이 문득 들었다. 여기에서도 자신의 고향 마을처럼 변두리 지역이 지저분한 것은 마찬가지다. 그리고 시내에 획일적인 형태의 집들과 거리들이 늘어서 있다는 점도 비슷하다. 심지어 나다니는 사람들까지도 엇비슷하게 보인다.

하지만 그녀의 세계는 이와는 전혀 다를 것이다. 그녀만큼은 분명 그만 알고 있는 모습일 것이다. 그렇다면 그들 두 사람의 삶은 서로 통하는 것이 아닐까?

그녀는 갑자기 나타났다. 맥없고 불안해 보이는 눈빛을 한 채 부엌문 앞에 떡하니 섰다.

"안녕."

"지금 여기 서서 뭐 하는 거야, 엄마?"

자신의 목소리가 매정하게 들릴 것이라는 사실을 이다는 잘 알고 있었다. 그리고 엄마를 쳐다보는 눈빛에 얼마나 경멸이 담겼는지도 알고 있었다. 엄마가 주춤하며 뒤로 물러났다.

"미안해. 곧 내 방으로 다시 갈 거야."

지금 엄마의 모습은 평소보다 더 추잡해 보였다. 입가엔 군데 군데 수포도 퍼졌다. 그리고 머리는 몇 주째 감지 않은 듯했다. 그런 엄마의 모습과 지금 이다의 행색은 극과 극이다. 이다는 항상 새로운 향수 냄새를 풍기며, 아빠가 미국에서 보내주는 최신 유행의 옷들만 걸치고 다니기 때문이다. 이다는 작은 접시에 과자와 사탕을 나눠서 담은 후 찬장에서 컵을 꺼냈다. 엄마가 궁금한 듯 물었다.

"오늘 저녁에 어디 가니?"

이다가 이맛살을 찌푸렸다.

"아무튼 엄마는 엄마 방에만 있어야 돼."

엄마는 알았다는 듯 고개를 끄덕였다. 이제부터 그녀는 더 이상 눈에 띄어서는 안 된다. 오늘 저녁엔 발끝으로만 살금살금 걸어 다녀야 한다.

"누가 오는데? 루카스?"

"아니! 그 애와 사귄다고 내 모든 시간을 그 애를 위해 희생해야 하는 건 아니잖아?"

침묵. 이다는 준비한 음식과 물건들을 쟁반에 담았다. 그리고 엄마 곁을 스쳐 자기 방으로 들어갔다. 책상 위에 쟁반을 내려놓으려 할 때 발소리가 들렸다. 엄마가 거의 문지방 가까이 왔을 때쯤 이다는 문을 꽝 하고 닫아버리고 오디오를 켰다. 마돈나의 목소리가 방 안을 가득 채웠다. 그 순간 문이 빠끔히 열렸다. 고통스러운 듯한 엄마의 얼굴이 문틈으로 보였다.

엄마는 금방이라도 눈물을 왈칵 쏟아낼 것 같은 표정을 하고 있었다. 우는 모습을 보면 아무래도 마음이 약해질 것 같아서, 이다는 흔들리지 않도록 일종의 자기 암시를 해두었다.

"뭐 필요한 것 있어? 없으면 얌전히 내 방에서 나가줘."

"생각해봤는데……."

"뭘?"

"네가 예전에 말했던 것에 대해 곰곰이 생각해봤어. 네가 미국에 있는 아빠에게 갈 거라는……."

빌어먹을, 불쌍한 엄마. 그녀는 시선을 어디에 둘지 몰라 사방의 벽만 옮겨 가며 쳐다보고 있었다.

"내가 말하고 싶은 건 너에 대한 부양권이 나에게 있기 때문에 네가 그렇게 간단히……."

그녀는 실의에 빠진 듯 온몸을 떨고 있었다. 이다는 마음 같아선 엄마를 안아주면서, 세상 누구보다 사랑하는 그녀에게 진실을 말하고 싶었다. 자기도 그 일이 그리 간단한 일이 아니라는 것을 알고 있다고. 설사 가능하다 하더라도 엄마 혼자 내버려두고 떠나는 일은 절대로 없을 거라고. 하지만 이다 안의 또 다른 자아가 그것을 가로막았다.

"그렇게 할 수 있는지 없는지는 내가 청소년 관할청에다 엄마의 지금 상황에 대해 어떻게 얘기하느냐에 달려 있어. 물론 거기에 대해서 아직 결정을 하진 않았지만."

이다는 다시 스피커의 볼륨을 높였다.

### 🦋 *Sandor*

그들은 제대로 멋을 한번 내볼 참이었다. 엄마는 값비싼 패물을 걸치고 반짝이는 옷을 입었다. 이 모든 것은 오늘밤이 얼마나 특별한 날인가를 강조하기 위한 것이리라. 산도르는 엄마의 미모가 여전하다는 생각이 들었다. 그는 곁눈으로 에바의 얼굴을 쳐다보았다. 거울 앞에 서서 연신 깔깔거리며 귀걸이를 달려고 애쓰고 있는 그녀의 모습은 그리 매력적이지 않아 보였다.

"전화번호부 좀 볼 수 있을까요?" 밖으로 나가기 전에 산도르가 물었다. "이곳 근처의 지도 좀 보려고요."

"부엌 서랍에 있는데."

어른들이 모두 사라진 뒤, 산도르는 부엌으로 갔다. 식탁 위엔 다양한 종류의 과자와 사탕들이 놓여 있었고, 그 옆에는 열쇠꾸러미가 있었다. 만일의 경우 건너편에 있는 세븐일레븐에라도 갈 일이 생길 때를 배려한 것이다. 그는 전화번호부를 넘기면서 그곳에 살고 있는 모든 '벵츠손'이라는 성을 하나하나 순서대로 찾아보았다. 분명 어딘가에 이다의 주소가 나와 있을 것이다. 그렇다. 두 번째 페이지에서 그녀의 주소를 찾아냈다. 그는 뛸 듯이 기뻤다. 그녀의 주소를 이런 식으로 찾아낼 수 있을 거라곤 생각도 하지 못했기 때문이다. 거기엔 마리 벵츠손이라고 쓰여 있었다. 이다의 엄마일 것이다. 그의 손은 어느새 수화기를 들고 집게손가락을 숫자판 6에 올려놓고 있었다. 가슴이 두근거리기 시작했다. 진땀이 흐르고 얼굴도 발갛게 달아올랐다. 그는 조심스럽게 전화기를 다시 내려놓고는 과자봉지를 뜯어 한 움큼 입 안으로 밀어 넣었다. 그리고 로봇처럼 씹어댔다.

*Ida*

"안녀엉!"

수잔나와 테레제는 호기심 어린 눈초리로 주위를 둘러보았다. 이다는 정리와 청소는 물론이고 오후 내내 환기까지 시켜두었다. 그래도 여전히 병실 냄새 같은 게 나는 걸까? 그들은 거실을 힐끗 쳐다보았다.

"엄마는 어디 계셔?"

"엄마 방에. 방해받는 걸 싫어하셔."

두 친구는 어딘가 미심쩍다는 듯 서로를 쳐다보았다. 테레제는 아직 엄마의 침실 앞에 서 있었다.

"왜? 어디 편찮으신 거야?"

"아니, 그건 아니고."

이다는 문 앞에 서 있는 테레제를 자기 쪽으로 잡아끌려고 했지만 그녀는 완강히 저항했다.

"적어도 인사는 드려야 하는 거 아냐?"

수잔나도 고개를 끄덕였다.

"그래, 너네 엄마 못 뵌 지도 오래됐잖아?"

이다는 짜증이 나기 시작했다. 의도하는 바가 뭘까? 왜 갑자기 뜬금없이 엄마에게 관심을 보이는 걸까? 테레제의 손은 이미 문손잡이 위에 올려져 있었다. 어느 쪽이든 빠른 결단이 필요했다.

"엄마는 지금 무조건 혼자 있어야 한다고 내가 몇 번이나 더 말해야겠어?"

엄마가 다 듣고 있다는 것을 알지만 지금 이 순간만큼은 그게 문제가 아니었다. 이다는 따라오라고 친구들에게 손짓을 보내고는 발끝으로 살금살금 자기 방 쪽으로 걸어가서 친구들이 들어오자마자 재빨리 문을 닫았다. 시간을 벌기 위해 먼저 캔맥주 하나를 집어 들어 단번에 들이켰다. 그러고는 아직도 무슨 영문인지 모르는 테레제와 수잔나에게도 캔맥주를 하나씩 건넸다.

"엄마는 지금 요가 중이셔. 새로 시작한 취미활동이지."

테레제와 수잔나는 믿어지지 않는다는 듯 쳐다보았다.

"대체 뭘 하시는 건데?"

이다가 한숨 쉬듯 말했다.

"요가. 마돈나도 하는 거야. 긴장 해소와 기분 전환을 위해서 말이지. 들어본 적도 없어?"

"아니, 들어보긴 했지."

"시작하신 지 얼마 되지 않았기 때문에, 고도의 정신 집중을 위해 완전한 침묵이 필요해. 만에 하나 방해라도 받게 되면 제정신이 아닌 상태로 돌변할 수도 있어."

테레제는 깊은 생각에 잠긴 듯했다.

"그런 거라면 우리 엄마한테도 도움이 될 것 같은데. 우리 엄마는 이 모임 저 모임 안 끼는 데 없이 돌아다니시는 게 정신병자가 병원 옮겨 다니듯 한다니까."

이다가 웃었다.

"그럼 한번 권해드려."

이것으로 이 일은 일단락되었다. 테레제는 가방에서 콜라병과 직접 구운 빵을 꺼냈고, 이렇게 해서 유쾌한 밤의 향연이 시작되었다. 그들은 서로 화장도 해주고 남자아이들에 대해 이런저런 수다도 늘어놓았다. 소녀들의 밤에는 오늘같이 생산적인 면도 있는 것이다.

🌸 *Sandor*

범죄 영화가 방송되고 있었다. 폼 나는 미국 경찰들이 등장해서 목숨을 걸고 사람들을 구해내고 있다. 그러니까, 지금 상황은 스웨덴에서 최고로 재미없는 사람이 소파에 누워 바보상자를 쳐다보고 있는 것이다. 그것도 활기찬 분위기에, 숱한 볼거리들이 널린 대도시 한복판에서 말이다. 왜 그는 그토록 소심하고 자신감이 없는 것일까? 아론과 노라 같으면 관심이 가는 것이라면 뭐든 했을 것이다. 이다의 집은 이곳에서 그리 멀리 떨어져 있지 않다. 어쩌면 그녀는 지금 집에 혼자 남아 그를 생각하고 있을지도 모른다. 그는 일어나서 전화기 쪽으로 갔다.

*Ida*

그들은 옛날 사진들이 들어 있는 신발상자를 가져와서는, 그들이 함께 찍은 어수룩하게 보이는 초등학교 시절의 사진들을 찾아냈다. 그중에서 특히 오를란드로 소풍을 갔을 때 찍은 사진을 보고는 깔깔대며 웃었다. 수많은 추억들이 담겨 있었다. 거의 모든 사진들이 나이와 성장 과정에 따라 연대기별로 정리되어 있었다. 그러니 이들은 꽤나 오랜 친구 사이인 셈이다.

"그런데 얘는 누구니?"

수잔나가 사진 한 장을 꺼내 들고 유심히 쳐다보았다.

"어디 보자."

이다는 그녀가 손에 든 사진을 뺏어 들었다. 산도르의 사진이었다. 그의 모습을 보니 마음 한구석이 짠해졌다. 비스듬히 서서 웃고 있는 모습을 보는 순간 그리움이 밀물처럼 몰려왔다. 분명 술기운 때문에 더 그럴 것이다.

수잔나의 호기심이 이어졌다.

"자, 얼른 얘기해줘!"

이번엔 테레제가 사진을 집어 들고는 한참을 쳐다보았다.

"누군지 매력 있어 보이는데."

이다는 아부를 잘 떠는 테레제의 기질을 잘 알고 있었다.

"그렇게 보여?"

그 순간 테레제가 이다의 얼굴을 쳐다보았다.

"너, 얼굴 빨개졌어!"

그녀는 웃음보를 터뜨리며 깔깔 웃었다.

"수잔나, 이다의 얼굴이 토마토처럼 변했다!"

"그만 하고 입 다물어."

"너, 뭐 숨기는 거 있지?"

수잔나가 이다를 노려보았다.

"도대체 누군데 그래? 남자친구가 있으면 우리한테 얘기를 해 줬어야 하는 거 아냐?"

"무슨 소리야. 난 지금 루카스랑 사귀고 있어!"

"그래, 그러니까 더 궁금하잖아. 숨겨둔 애인인가? 제대로 말 안 하면 수상하게 생각할 거야."

이다는 당혹스러웠다. 테레제의 콜라를 한 모금 마셨다. 친구 들이 안다고 해서 문제될 건 없다고 생각했다.

"나랑 메일을 교환했던 펜팔 친구야."

두 사람은 입을 다물지 못한 채 이다를 쳐다보았다.

"미쳤어! 그러니까 채팅을 해서 알게 된 사이라는 얘기지?"

"그래."

"거짓말하지 마!"

"거짓말 아니야!"

"그럼 왜 우리한테 아무 말도 안 했어?"

"글쎄, 별로 대수롭게 생각하지 않았으니까."

문득 이들이 지금 질투하고 있다는 생각이 들었다. 근사한 사내 아이와 메일을 주고받는 건 아무나 할 수 있는 경험이 아니기 때문이다. 테레제가 갑자기 날카로운 눈빛으로 이다를 쳐다보았다.

"조심해라. 혹시 섹스중독자나 변태성욕자일 수도 있으니까."

이다는 터져 나오는 웃음을 참을 수가 없었다.

"산도르는 절대로 섹스중독자가 아니야."

"네가 그걸 어떻게 알아?"

"왜냐하면……."

이다는 머뭇거렸다. 산도르를 웃음거리로 만들고 싶지는 않았다. 하지만 어떻게 변호하지?

"그 애는 아직 숫총각이거든."

테레제가 눈을 크게 뜨고 다시 사진을 관찰하기 시작했다.

"믿을 수 없어."

이다는 남의 일이라면 눈에 쌍심지를 켜고 달려드는 두 친구를 위해 산도르와의 관계에 대해 간략하게 얘기해주었다. 그들은 꼬치꼬치 캐물었고, 이다는 간단하게 대답하면서도 호기심을 자극할 정도로 성실한 설명을 덧붙였다.

"그는 어떤 쪽이야?" 수잔나가 궁금해했다. "힙합 댄서, 축구 선수, 아니면 스케이트 선수?"

대답을 하기 전에 이다는 어느 정도까지 얘기해야 할지 고민이 되었다.

"발레를 하는 사람이야. 멋지지 않니?"

두 사람은 제정신이 아닌 사람을 바라보듯 이다를 쳐다보았다.

"발레라고? 발레를 한단 말이지? 돌아버리겠네."

테레제는 미덥지 않다는 듯 이다를 쳐다보았다.

"그거 어딘지 모르게 동성애자 쪽 냄새가 나는 분야 아냐? 최소한 정상에서 약간 벗어난 것 같은 묘한 느낌이 드는데?"

순간 방 안을 달구었던 온기가 싸늘하게 식어버리는 듯했다.

"잘은 모르겠지만……" 이다가 말했다. "나한테는 완전 정상처럼 보였어."

테레제가 만족한 듯 웃었다.

"글쎄, 틀림없이 그 애는 동성애자일 거야. 내가 장담한다."

친구들에게 산도르를 이렇게 쉽게 노출시킨 이유가 뭘까? 친구들 앞에서 그의 치부를 드러낸 꼴이 되었지 않은가? 빌어먹을 알코올 때문이다! 모든 게 엿 같다!

그 순간 전화벨이 울렸다. 이다는 신경이 곤두선 상태에서 전화를 받았다.

"네, 이다입니다."

### ✍ Sandor

그녀의 목소리는 그가 상상했던 것과는 달랐다. 저음이지만 힘이 들어 있어 다소 권위적인 느낌을 주었다. 아무런 말도 나오지 않았다.

"여보세요!"

"루카스, 혹시 너야?"

루카스라고? 루카스가 누구지? 루카스에 관해선 한 번도 언급한 적이 없었는데.

"바보 멍청이!"

전화가 끊겼다.

어쨌든 성과는 있었다. 적어도 그녀가 집에 있다는 사실은 확인할 수 있었으니까. 산도르는 열쇠꾸러미를 집어 들었다.

### ✍ Ida

테레제와 수잔나는 마네킹 놀이를 하고 있었다. 그들은 이다의 옷이란 옷은 다 꺼내서 입어보고, 이다는 그들이 마음에 들어하는 옷들을 기꺼이 모두 내주었다. 이렇게 해서라도 순수했던 동심의 세계로 돌아가보고 싶었다. 테레제도 무척 즐거운 듯 이다를 꼭 끌어안으며 말했다. "다 네 덕분이야."

지금 분위기는 옛 사진 속의 시절로 되돌아간 듯했고, 이다는 이 상태가 오래 지속되기를 바라고 있었다.

"너희들한테 말해줄 게 있어."

220

이다는 그렇게 말하면서 녹색 매니큐어가 칠해진 자신의 손톱을 바라보았다. 그녀는 술을 한 모금 마셨다.

"너희가 전혀 눈치 채지 못한 것 같아서 하는 말이야. 물론 전부 다 말하긴 힘들겠지만⋯⋯."

친구들은 진지한 표정으로 듣고 있었다. 이다는 뜸을 들였다. 그녀에게도 쉽지 않은 시도이기 때문이다.

"너희들은 늘 우리 엄마에 대해 물어보곤 했지⋯⋯."

말을 멈추었다. 정말 모든 걸 얘기하려는 걸까? 그렇다.

"우리 엄마는 심한 무기력증을 앓고 있어."

친구들이 놀란 눈으로 이다를 쳐다보았다. 하지만 되돌리기엔 이미 늦어버린 상황이었다.

"엄마는 늘 의기소침해서 약을 달고 사시지. 말하자면 우울증에 시달리고 있는 거야."

"어머, 어쩌면 좋아. 가엾은 이다."

"그럼 중병인 거야?" 테레제가 물었다.

이다는 고개를 끄덕였다. 두 사람은 동시에 이다를 꼭 껴안아주었다. 그러자 이다의 눈에 눈물이 맺히기 시작했다.

"아무에게도 말하지 않겠다고 약속해줘." 이다는 목이 메어 말을 제대로 잇지 못했다. "부탁이야⋯⋯."

그들은 그렇게 하겠다고 약속했다.

거리엔 교통량이 많았다. 지도상으로 확인한 바로는 그녀가 사는 집 근처에 술집이 하나 있었다. 그는 누군가에게 그 술집 위치를 물어보았다. 여기에서 세 블록 정도 떨어진 주택가라고 했으니 그와 이다의 거리는 정확히 그만큼 떨어져 있는 것이다.

그는 도중에 한 번 더 길을 묻고, 드디어 어둠침침한 골목길에 위치한 36번지를 찾아냈다. 낡은 5층 건물의 입구에 멈춰 서서 창문을 올려다보았다. 이 창문들 중 한 곳에 이다가 살고 있다.

건물 안으로 들어가려면 비밀번호를 알아야 했다. 그는 아무 숫자나 눌러보면서 약 10분 정도 서성거렸다. 갑자기 계단의 불이 켜지더니 문이 열리면서 그와 비슷한 또래의 여자아이가 밖으로 나왔다. 그녀의 머리는 마치 커튼처럼 한쪽 눈을 가리고 있었다. 그들은 서로를 쳐다보았다. 그는 육중한 문을 손으로 받치고 안으로 들어가려 했다. 하지만 그녀가 막아섰다. 산도르의 방문 용건을 확인하고 싶은 눈치였다.

"친구와 약속을 하고 찾아왔는데요."

"누군데요?"

그녀의 표정은 의심보다는 호기심에 가까웠다.

"이다를 만나러 왔습니다."

"이다라고요? 나도 알아요. 바로 우리 옆집에 살거든요."

산도르가 고개를 끄덕였지만 그녀는 길을 비켜주지 않았다.

"어떻게 아는 사이인데요?"

"뭐라고요?"

"이렇게 물어서 미안하지만, 여기 살면서 당신을 한 번도 본 적이 없어서요."

"예, 전 스톡홀름에 사는 사람이 아니에요."

"아, 그래요? 그럼 친척인가요?"

"친척은 아니고요."

산도르는 더 이상 말하고 싶지 않았다. 그녀는 여전히 뭔가 더 얻어내려는 눈치였지만 그는 입을 꼭 다물었다. 그러자 그녀가 잡고 있던 문을 놓았다. 문이 쾅 닫혔다.

"난 낯선 사람을 건물 안으로 들여보낼 수 없어요. 그리고 그쪽은 아직 이름조차 밝히지 않았고요."

"하지만……."

그녀는 커튼이 쳐져 있지 않은 다른 한쪽 눈으로 그를 표독스럽게 노려보더니 그냥 가버리고 말았다. 산도르는 오늘밤 또 다른 누군가가 이 문으로 나올 것이라고는 확신할 수 없었다. 이다에게 다시 한 번 전화를 하는 건 어떨까? 그건 사양하고 싶다.

"채팅을 통해 서로 알게 된 사이입니다!"

그녀의 뒤에다 대고 소리치자, 그녀가 걸음을 멈추고 천천히 돌아섰다.

"지금 뭐라고 그랬죠?"

그는 어깨를 들썩여 보였다. 그녀는 머리를 귀 뒤로 넘기더니 기대에 찬 표정으로 그에게 다가왔다.

*Ida*

마돈나는 아름답고 강하고 영리하다. 그녀는 엉덩이를 이리저리 흔들어대다가 급기야 휘감아 돌리기까지 했다. 원을 그리면서 격렬하게 머리채를 돌려댔고, 두 팔은 공중을 향해 쭉쭉 뻗어 올렸다. 그러면서 관객들의 시선을 은근히 즐겼다.

침대 위에 자리 잡은 팬들은 때맞춰 박수를 치거나 환호성을 질러댔다. 그들만의 마돈나가 마침내 현기증을 일으킬 때까지. 머리가 어질어질해지고 온몸이 뻑적지근해지는 것을 느끼는 순간 침대 위로 몸을 날렸다. 그들은 동시에 웃음폭탄을 터뜨렸다. 뭐가 그리도 웃긴지 그들은 몇 분간 쉬지 않고 웃어댔다. 수잔나가 오줌보가 터질 것 같다고 말하는 순간 웃음은 절정에 달했다. 말 그대로 배꼽을 잡고 웃었다. 오줌보가 터질 것 같다, 이 얼마나 원초적인 단어인가! 압권이다! 웃음꽃이 한창인 와중에 난데없는 소음이 들려왔다. 분명 현실세계가 그들을 부르는 신호인 듯했다. 초인종 소리였다. 루카스인가? 아니면 누구지?

이다는 급히 정신을 가다듬고 음악소리를 줄였다. 소녀들의 밤이 이렇게 광란의 분위기란 걸 루카스가 알아서 좋을 게 없을 것 같았다. 그는 분명 이런 분위기를 탐탁지 않게 여길 거라는 내면의 목소리가 들려왔다. 이다는 테레제와 수잔나에게 조용히 하라는 사인을 보냈지만 그들은 아랑곳하지 않고 계속해서 깔깔거렸다. 이다는 침대 위에 널브러진 두 미치광이를 경고의 눈빛으로 쳐다보았다.

"너희들, 방 안에서 꼼짝 말고 있어! 나오면 죽을 줄 알아!"

다시 한 번 짧은 폭소.

"조용히 해!"

이다는 비척거리면서 현관으로 걸어갔다. 현관문까지 가는 길이 멀고도 구불구불했다. 벽에 의지할 수밖에 없는 상태였다. 또한 번 벨소리가 들렸다. 느린 걸음이었지만 드디어 목적지에 도착했다. 루카스, 이 얼간이 녀석. 하루 저녁도 집에 혼자 있을 수 없단 말이야?

이다는 문을 열었다.

## ✍ Sandor

한 여자아이가 앞에 서서 화난 듯이 그를 노려보고 있었다. 마치 목숨처럼 중요한 무엇인가를 방해받았다는 듯이. 그녀는 벽에 기대어 서 있었다. 피어싱한 배꼽이 드러날 정도로 바지는 엉덩이에 간신히 걸려 있고 긴 머리는 새집을 지은 듯 제멋대로 헝클어져 있었다. 몇몇 머리가닥에는 구슬이 매여 있었다.

"안녕."

그녀에게선 아무 반응이 없었다. 이 여자가 이다가 맞을까?

"나, 산도르야."

그가 덧붙였다. 순간 그녀의 눈이 휘둥그레졌지만 그녀는 여전히 그 자리에 붙박힌 듯 서 있었다. 그녀의 입이 아주 천천히 열리는 듯하더니 이내 다시 다물어졌다. 산도르는 서서히 기분

225

이 언짢아지기 시작했다.

"그러니까 나는…… 아니, 내가 아니라 부모님이 스톡홀름에 살고 계시는 친구 집을 방문하실 거라면서 같이 가지 않겠냐고 해서…… 처음엔 따라올 생각이 없었는데 어쩌다 보니 여기까지 오게 된 거야. 마침 네 주소도 가지고 있어서……."

그녀로부터는 아직도 아무 반응이 없었다. 하다못해 "안녕"이라는 인사조차 말이다. 두 명의 타인이 서로 마주 보고 서 있을 뿐이었다. 산도르는 하느님께 기도했다. 부디 지금 앞에 서 있는 여자가 이다의 큰언니, 아니면 누구라도 좋으니 아무튼 다른 사람이기를. 어쨌든 지금 이 여자도 얼굴만큼은 예뻤다.

🐦 *Ida*

그녀는 아무 생각도 아무 말도 할 수가 없었다. 젠장, 빌어먹을. 지금 앞에 서 있는 사람이 산도르다. 바로 그녀의 산도르 말이다. 생각했던 것보다는 약간 작지만 그 외엔 틀림없는 그의 모습이다. 얘기할 것도 많고 물어볼 말도 얼마나 많은가. 그가 여기서 뭘 하고 있는 거지? 우리 집 문 앞에서? 그녀는 그의 입술이 움직이는 것을 보았지만 무슨 말을 하는지는 알아들을 수가 없었다.

이다는 지금 자기 앞에 누군가가 정말로 서 있는 건지 아니면 꿈인지 확인해보고 싶었다. 그녀는 앞으로 팔을 쭉 뻗어 그의 몸을 만져보았다. 만져진다, 틀림없다. 그가 거기에 있는 것이다.

그녀는 그를 집 안으로 들이고 문을 닫았다. 이보다 더 비참한 상황은 없었다. 머릿속이 온통 뒤죽박죽이었다. 그에게 친절히 미소를 지어 보이고 싶고, 이렇게 만나서 얼마나 좋은지 모른다는 말을 하고 싶은데, 눈물만 펑펑 쏟아지는 것이었다.

그가 어떻게 생각할까?

*Sandor*

이 애가 바로 이다다. 그 이다가 지금 앞에서 마치 세 살 먹은 어린애처럼 손등으로 코를 훔쳐가며 흐느껴 울고 있었다. 이 상황을 어떻게 이해해야 할까? 그는 그녀를 가볍게 감싸 안았다. 지금 상황에서는 그게 자연스러울 것 같았다. 그녀는 훌쩍이면서도 미소를 지어 보이려 애썼다. 그도 웃을 수밖에 없었다.

그 순간 그가 냄새를 맡고 본능적으로 그녀로부터 물러났다. 한순간에 모든 게 왜 그토록 혼란스런 상황이었는지 분명해졌다. 그녀는 술에 취한 상태인 것이다. 그녀는 틀림없이 자기 방에 앉아서 닥치는 대로 마셔댔을 것이고, 그래서 지금 이렇게 인사불성에 가까운 상태가 된 것이다. 그녀는 불안한 눈빛으로 그를 쳐다보고 있었다.

집 안 어딘가에서 떠들썩한 소리가 들려오는 듯하더니 두 명의 여자가 현관으로 불쑥 얼굴을 내밀었다.

"젠장. 이다, 어디서 뭘 하느라 이렇게 안 오는 거야?"

그러자 이다가 그들 쪽으로 휙 돌아서서 소리쳤다.

227

"나오지 말고 방에 있으라고 말했잖아!"

"안녕하세요, 누구신지?"

*Ida*

이제 파국은 불가피한 상황이다. 이다는 산도르에게 오늘밤에 있었던 일에 대해 모든 걸 사실대로 밝히고 싶었다. 항상 이런 모습으로 지내는 건 아니라고, 그리고 내일 다시 만나자고 제안하고 싶었다. 하지만 그럴 시간이 없었다. 그녀의 친구들은 버티고 서서 그를 마치 화성인 대하듯 쳐다보고 있었다.

"그러고 보니 이 남자는……"

테레제가 빈정대면서 말을 건넸다.

"혹시 그 변태적인 '메일남' 아닌가?"

수잔나는 옆에서 푸 하고 숨을 내뿜었다.

"설마 아니겠지! 아니라고 직접 얘기 좀 해봐! 그런데 도대체 여기서 뭘 하는 거지?"

"얼른 꺼지지 못해!"

이다는 테레제와 수잔나를 쫓아버리려고 애썼지만 그들은 실실 웃어가며 반항했다.

"이제 보니 부드러운 '훈남' 보다는 완전 '귀염남' 쪽인데."

수잔나가 큰 소리로 지껄여댔다.

"저 애를 방으로 데려가서 어디 성희롱이나 해볼까!"

테레제가 술주정에 가까운 소리를 거침없이 해댔다.

228

"닥치지 못해!"

그들을 위협해서라도 쫓아내고 싶었지만 여의치 않자 이다도 포기하고 말았다. 더 이상 어떻게 해볼 도리가 없었다. 산도르는 어안이 벙벙해졌다. 테레제는 그의 손을 잡고 이다의 방으로 데려가려 했다.

"어서 가자구! 그렇지 않아도 더 재미있게 놀려고 남자애를 구해 올까 했었는데."

테레제는 말을 잠시 끊었다 다시 이었다.

"아, 맙소사. 내가 깜박 잊을 뻔했네. 넌 아직 그 짓을 한 번도 못 해봤다며?"

이다는 두 손으로 얼굴을 가린 채 땅바닥에 주저앉았다.

"하지만 전혀 두려워할 필요 없어. 우리도 알고 보면 부드러운 여자들이거든. 그렇지 않니, 수잔나?"

"오 예!"

이다는 이 자리에서 죽고 싶은 심정이었다. 더 이상 산도르의 눈을 쳐다볼 수 없었다. 그때 그의 목소리가 들려왔다.

"그만들 하시지!"

"그만들 하시지!"

테레제가 그의 말을 흉내 내자 수잔나도 똑같이 따라 했다.

"그만 조용히 하라니까!"

"그놈의 얼어 죽을 조용히는. 좋아, 그럼 조용히 재미를 보면 되겠네."

테레제가 다시 웃음 발작을 일으키자 수잔나도 한몫 거들었다. 자지러지는 웃음소리 외엔 아무것도 들리지 않았다. 그때 뭔가 심상치 않은 일이 벌어졌다. 이다는 더 이상 참을 수가 없었다. 그녀의 속에서 레모네이드 병 안에서 탄산이 솟아오르듯 뭔가가 들끓어 오르기 시작했다. 그녀의 몸이 웃음에 대해 알레르기 반응을 일으키기라도 한 듯 격렬하게 떨리기 시작했다.

"그만 해!"

산도르는 목소리만 들을 수 있었을 뿐 어디서 나는 목소리인지 알 수가 없었다. 모두들 순간적으로 말을 잃고 말았다. 산도르는 잠옷 차림의 여자를 보았다. 그녀는 제정신이 아닌 듯 보였다. 지나친 격노 끝에 오는 광기 같은 것이었다.

이다는 얼굴을 가린 채 바닥에 엎드려 작은 소리로 흐느끼고 있었다. 그녀는 차마 산도르를 쳐다볼 용기가 나지 않았다.

내 안의 모든 것이 소리를 질러대고 있다. 빌어먹을! 어떻게 네가 그럴 수 있는지? 하지만 한편으로 생각하면 다행인 것 같기도 하다. 내 눈으로 직접 너의 실체를 볼 수 있었으니까 말이야. 넌 정말 막돼먹고 천박한 계집애에 불과하더군. 등 뒤에서 나에 대한 험담을 일삼고, 그것도 모자라 친구들 앞에서 웃음거리로 만들어버리다니. 한마디로 말해서 너도 남들과 전혀 다를 바 없는 존재였어. 그리고 그게 나를 슬프게 한다. 알겠어? 난 지금까지 그런 모욕은 받아본 적이 없어. 네 말이 하나도 틀리지 않더군. 네 삶은 실제로 충분히 망가져 있었으니까. 정말이지 희망이라곤 찾아볼 구석이 없는 행색이었어. 이게 내 마지막 메일이 될 거다! 더 이상 너와 관계를 유지하고 싶지 않다. 다시는 널 만나지 않을 거야. ▶

🐦 *Ida*

이다의 엄마는 자못 진지한 표정으로 맞은편 자리에 앉아 있었다. 여자 대 여자로서 대화를 풀어나가려는 걸까? 이다를 꾸짖으려는 걸까?

이다는 이런 시선을 피하기 위해 루카스의 집에서 하룻밤을 묵었다. 더욱이 '네 말이 하나도 틀리지 않더군. 네 삶은 실제로 충분히 망가져 있었으니까' 같은 친절한 코멘트가 담긴 메일로부터 도피하기 위해서라도 그러고 싶었다. 엄마로부터 무슨 소리를 듣기 전에 먼저 루카스에게로 피신했고, 나중에 전화로 자기가 있는 곳을 알려주었다.

이다는 찻잔을 내려놓고 자리에서 일어났다.

"우리, 얘기 좀 할 수 있을까?"

"내일 시험 볼 게 있어."

"몇 가지만 털어놓고 싶은 게 있다. 오래 걸리지 않을 거야."

이다는 인상을 찌푸리면서 자리에 다시 앉았다. 엄마는 어디

231

서부터 얘기를 시작해야 좋을지 망설이는 듯했다. 양손은 깍지를 낀 채 조심스레 입을 떼었다.

"너희들이 모여서 담배를 피우고 술을 마셨다는 거, 알고 있다. 내가 그 정도로 바보는 아니거든."

엄마는 많은 것을 시사하는 눈빛으로 이다를 쳐다보았다.

"그리고 난 그런 짓을 절대로 좋아하지 않을 뿐만 아니라 납득할 수도 없다."

이다는 엄마의 날카로운 눈길을 정면으로 쳐다볼 수가 없었다.

"너 역시 그런 걸 일부러 하고 싶지는 않았을 거라고 믿어."

하지만 엄마의 얘기가 서서히 곁길로 새기 시작했다.

"너희들 정말 인간 망종처럼 행동한 거 알아? 단지 술 때문만은 아니라고 보는데, 내 말이 틀려?"

듣기 거북했다. 자신이 어떤 인간 폐물에 속하는지 모르는 것처럼 말하는 게 아닌가. 단 한순간도 그런 상태에서 벗어나보지 못한 사람은 정작 엄마가 아닌가 말이다. 매일 아침 침대에서 일어나기 위해 몇 톤의 에너지를 쏟아 붓고 있는 사람이 과연 누군지 몰라서 하는 소리인가.

"너희들의 행동은 봐주기에 역겨울 정도로 지나쳤어! 난 정말 모르겠다. 왜…… 넌 원래 그렇게 사교적인 아이가 아니잖아. 도대체 왜 그런 아이들과 어울려 다니는 거야?"

"별로 대답하고 싶지 않은데?"

"너는 그런 애가 아니야! 내가 가장 염려하는 건 행여나 너도 그 애들처럼…… 망나니가 되지 않을까 하는 거야."

이다는 엄마가 그렇게 말하는 걸 처음 들었다. 은근히 울화가 치밀었다. 어떻게 엄마가 테레제와 수잔나를 망나니라고 부를 수 있단 말인가? 그녀는 다시 자리에서 일어났다.

"내 친구들에 대해 그런 식으로 말하지 마! 경고하는 거야!"

하지만 엄마는 위축되지 않았다. 오히려 더욱 거세졌다.

"자신이 원하지도 않는 일을 남에게 강요당해서는 절대로 안 되지. 물론 친구의 뜻을 거역하기란 쉬운 일이 아닐 거야. 하지만 처음에만 그렇지, 한번 자기 뜻을 보여주면 의외로 일이 쉬워지기도 해."

"엄마, 언제 심리학자 만나고 왔어? 도대체 뭐야?"

엄마는 식탁 위를 쳐다보고 있었다.

"어쨌든 그 문제를 내가 어떻게 생각하는지 알게 됐을 테지."

맙소사, 이다는 인간 쓰레기 취급을 당하면서까지 엄마랑 한 지붕 밑에서 살고 싶진 않았다. 이다는 엄마를 차가운 눈초리로 쳐다보았다.

"나도 엄마한테 말할 게 있어. 난 아빠한테 가지 않을 거야."

순간 엄마의 얼굴이 밝아지는 듯했다.

"대신에 루카스 집으로 갈 거야. 난 이제 더 이상 엄마를 견뎌 낼 자신이 없어."

이다는 엄마 곁을 지나 부엌을 나갔다.

*Sandor*

산도르가 탈의실에 들어서자 헤닝이 함박웃음을 지으며 맞아주었다.

"안녕, 산도르!"

그가 이렇게 만족스런 얼굴을 하고 있는 데에는 분명 무슨 이유가 있을 것이다. 하지만 산도르는 전혀 감이 잡히질 않았다.

"안녕."

헤닝의 얼굴에서 동정 어린 표정이 휙 스쳐 지나갔다.

"너무 상심하지 않기를……."

"뭐라고?"

"……내가 배역을 맡게 됐어!"

그의 얼굴에 기쁨의 빛이 동정심의 그늘을 밀어내고 있었다. 하지만 헤닝은 말 그대로 행복해 보일 뿐, 승리감을 자랑하려는 기색은 없어 보였다.

"축하한다!"

산도르는 솔직한 자신의 감정을 보여주고 싶었다. 헤닝의 성공을 진심으로 축하하기 위해 그에게 다가가서 어깨를 툭툭 쳤다.

"진심으로 하는 말이야."

"고맙다, 고마워."

그들은 함께 체육관으로 들어갔다. 파울리나 선생님이 그들을 기다리고 있었다.

"헤닝이 배역을 맡게 되었어요."

산도르가 소식을 전했다. 파울리나 선생님은 잠시 놀란 듯 그를 쳐다보더니 곧 축하를 하기 위해 헤닝에게로 몸을 돌렸다. 그런 후 진지한 표정으로 그룹의 모든 아이들을 훑어보았다.

"슬픈 소식이 하나 있어."

크리스티나. 파울리나 선생님이 그녀의 이름을 말하기 전에 산도르는 이미 알고 있었다.

"크리스티나의 상태가 안 좋아. 지금 병원에 입원해 있어."

작은 웅성거림이 인 후 다시 파울리나 선생님의 목소리가 들렸다. 그녀는 돈을 조금씩 모아 꽃바구니를 마련하자고 제안하면서, 그 꽃을 전해줄 사람을 정하자고 했다. 헤닝과 산도르가 동시에 손을 들었다.

"두 사람 이상 방문하는 건 오히려 방해가 될 수도 있어."

"그럼 산도르가 가는 게 좋겠네요."

헤닝이 선심 쓰듯이 웃으면서 말했다. 그가 배역을 따낸 마당에 산도르가 여자친구를 얻는 걸 용인하지 못할 이유가 없는 것이다. 공평성이란 바로 이런 것이다.

헤닝은 이제부턴 신처럼 춤을 출 것이다. 산도르에게는 그가 춤추는 모습을 바라보는 것만으로도 큰 자극이 될 것이다. 사실 춤을 통해 만족감을 느낀 지도 오래되었다. 문득 이다를 떠올리게 될 때까지 그런 도취 상태가 몇 분간 지속되었다. 밖으로 나가려는 순간 파울리나 선생님이 막아섰다.

"네가 배역을 따냈어야 했어, 산도르."

235

그는 머리를 내저었다.

"물론 헤닝도 뛰어나긴 해. 하지만 그 애에겐 네가 갖고 있는 재능이 부족해."

그녀는 한숨을 내쉬었다.

"난 사실 그 문제에 대해 지금과 다른 방식으로 너랑 얘기하고 싶었어. 하지만 너는 선택의 여지를 주지 않더구나, 산도르!"

그는 다른 곳을 쳐다보고 있었다.

"이제 와서 그런 게 뭐가 그리 중요해요. 엎질러진 물인데."

"그럼 왜 그게 엎질러졌을까?"

그는 어깨만 으쓱했다. 파울리나 선생님은 달아나지 못하도록 그의 팔을 꼭 붙잡았다.

"언제부터인가 넌 춤을 진지하게 대하지 않았어."

화가 났다. 무슨 권리로 자기 일에 간섭을 하는 걸까? 그가 발레 강습료를 꼬박꼬박 내는 한, 또 남들에 비해 현저하게 떨어지는 수준이 아닌 한 그녀에게는 문제될 게 없지 않은가.

"전 배역을 맡고 싶은 생각이 없었어요."

"그게 문제가 아니야."

그녀는 그를 매서운 눈으로 쏘아보았다.

"난 지금 네 마음에 어떤 변화가 일어나고 있는지 잘 알고 있단다. 산도르, 한 번만 더 숙고해봐. 내가 바라는 건 그게 전부야. 몇 년 쉰 후에 다시 제 궤도를 찾기란 결코 쉬운 일이 아니야."

그는 뿌리치고 나와 출구 쪽으로 사라졌다.

*Ida*

그들은 산도르와의 일로 이다에게 천 번 만 번 용서를 구했다. 친구가 그런 처참한 상황에 빠지게 된 것은 그들로서도 가슴 아픈 일이었다. 이다는 그들을 이렇게 쉽게 용서할 마음은 없었지만, 혼자 극복하기엔 너무도 큰 상처를 입었으므로 지금은 두 친구가 필요했다. 그리고 루카스도. 그녀는 루카스의 집으로 피신한 닷새 동안 엄마에게 연락 한 번 하지 않았다. 그리고 그 때문에 혹독한 죄책감에 시달리는 중이었다.

그녀는 찻잔을 바라보았다. 찻잎이 수면 위를 떠돌고 있었다.

"아직도 루카스 집에 머물고 있는 거야? 계속?"

수잔나의 시선이 자석처럼 그녀에게 가서 달라붙었다.

"모르겠어, 정말 모르겠어."

테레제의 차례였다.

"난 네 입장을 이해할 수 있을 것 같아. 하지만 이렇게 얘기해서 미안한데, 너네 엄마도 상태가 안 좋아 보였어."

이다가 불쾌한 듯 쏘아붙였다.

"그러는 너네 엄마는? 도대체 어떤 기준으로 얘기하는 거야? 너네 엄마는 백 살 먹은 노파처럼 보이던걸!"

이다는 테레제의 얼굴이 홍당무가 된 것을 고소하다는 듯 바라보았다. 자업자득이다. 자기가 먼저 시작한 일 아닌가.

테레제가 차를 더 가져오기 위해 자리에서 일어났다. 그러자 수잔나는 의자를 이다 쪽으로 바짝 옮기고 속삭이듯 물었다.

"너희 매일 밤 같이 자는 거야?"

이다는 눈에 힘을 주며 말했다.

"아니, 같이 안 자."

"하지만 매일 밤 그 남자 집에서 자는 거잖아?"

"그렇지만, 아니야."

수잔나는 실망한 듯한 표정을 지었다.

"네가 그 집에 들어갔을 때 그 애 부모님은 뭐라고 했어?"

"루카스는 맨 꼭대기 층에 혼자 살아."

이다는 그곳을 편하게 느껴본 적이 한 번도 없었다. 집안 분위기도 그렇고 그의 부모도 어딘가 모르게 고지식한 데가 있었다. 수잔나는 부러운 듯 한숨을 내쉬었다.

"생각만 해도 너무 멋진데. 믿기지 않을 정도로 말이야!"

그러고는 다시 속삭이듯 물었다.

"그럼 부자겠네?"

"아마 그런 것 같아. 물론 재벌 수준은 아니고."

테레제가 뜨거운 물을 가지고 돌아왔다. 얼굴의 붉은빛은 사라지고 없었다.

"그건 그렇고 모두들 초대했어?"

금요일에 수잔나의 집에서 파티를 열기로 되어 있었다. 이미 오래전부터 계획되어 있던 일이다. 수잔나의 부모는 이번 주말에 동생을 데리고 여행을 떠날 예정이지만 파티 계획에 대해선 전혀 모르고 있었다.

"그런 것 같은데. 이삭하고 다른 아이들한테도 연락했지?"

이다가 고개를 끄덕였다.

"루카스는 유감스럽게도 올 수 없대. 그날……."

수잔나가 얼굴을 찌푸렸다.

"……남자들만의 저녁 모임이 있대."

"저런."

이다는 테레제 역시 실망하고 있다는 걸 눈치 챘다.

"루카스가 잘생긴 친구들을 좀 데려오지 않을까 잔뜩 기대하고 있었는데."

"그러게 말이야."

"그럼 이번엔 친하지 않은 애들도 좀 초대하는 게 어때?"

그때 카페 문이 열리면서 에릭이 친구와 함께 들어왔다. 반야는 없었다. 이다는 그와 서로 가벼운 눈인사를 주고받았다.

"에릭이다!" 테레제가 흥분해서 속삭였다. "우리, 에릭도 초대하자! 이다, 이 일은 네가 맡아!"

"네가 직접 해!"

"나는 그 애를 전혀 모르잖아!"

"그럼 관둬."

침묵이 흘렀다. 각자 자기 차를 마실 뿐. 그러다 갑자기 테레제가 티스푼을 탁자 위에 내려놓더니 자리에서 일어났다.

"가끔은 뭔가 새로운 일을 시도해봐야 하지 않겠어?"

테레제가 입가에 미소를 흘리며 사내아이들의 자리로 걸어가는 것을 이다와 수잔나는 어이없이 쳐다보았다. 그들의 대화는 몇 분 동안 이어졌다. 돌아오는 그녀의 표정이 환하게 빛났다.

"저 애들도 오기로 했어."

"너, 지금 제정신 아니지?" 수잔나가 면박을 주었다.

"반야와 함께 와도 좋다고 했어."

이다가 갑자기 자리에서 솟구치듯 일어나자, 테레제가 몸을 움찔거렸다.

"이다, 반야에게 복수할 수 있는 좋은 기회가 온 거야."

### 🐦 Sandor

이다가 쉽게 잊히지는 않았다. 그녀의 모습이 늘 그를 따라다녔다. 이다, 그의 손을 잡고 눈물을 흘리면서도 미소를 보여주려 애쓰던 여자친구. 동시에 그를 웃음거리로 만든 배신녀. 하지만 이 두 이미지를 온전히 화해시킬 수는 없었다. 제발 사라져라! 몇 번이고 되뇌었지만 여전히 그 자리에 남아 있었다. 끈질겼다. 그래서 크리스티나에게 가고 있는 이 순간에도 머릿속은 그녀로 가득 차 있었다.

병실 문을 열자 크리스티나의 부모가 침대 모서리에 앉아 있는 것이 보였다. 평소에 그렇게 의기양양하던 그녀의 엄마는 풀이 죽은 기색이 역력했다. 얼굴엔 수심이 가득하고 잔뜩 긴장한 움직임에, 눈빛은 불안했다. 그녀의 아빠는 마치 석고상처럼 미동도 없이 앉아 있었다. 거의 병적인 무감각 상태에 빠진 듯 보였다. 크리스티나의 상태는 더욱 심각했다. 눈 하나 까딱하지 않고 있는 것이, 마치 죽은 사람처럼 보였다. 긴 머리가 베개 위로 부챗살처럼 펼쳐져 있었다. 얼굴은 창백하고 눈가엔 다크 서클이 짙어서 마치 인형 같은 느낌을 주었다. 손목엔 투명한 링거병과 연결된 주사관이 꽂혀 있었다.

그는 그곳에 우두커니 서 있었다. 한 손엔 꽃다발을, 다른 한 손엔 땀범벅이 된 발레복이 들어 있는 가방을 든 채였다. 마음 같아선 지금이라도 되돌아가고 싶었다. 그가 다시 방에서 슬그머니 빠져나온다 해도 아무도 눈치 채지 못할 것이다. 그 순간 크리스티나의 엄마가 그를 발견했다.

"안녕, 산도르! 산도르가 왔구나. 너와 같은 그룹에 있는 친구 말이야!"

크리스티나가 그를 향해 고개를 돌렸다. 그가 다가가자 그녀는 평소에도 간간이 보여주던 '크리스티나표 미소'를 지었다.

"이렇게 늦은 시간에 와서 방해가 안 되는지 모르겠네. 연습실에서 곧장 오는 길이긴 하지만."

산도르는 그녀에게 꽃다발을 건넸다.

"받아줘. 모두가 함께 준비한 거야."

그녀는 팔을 들어 그것을 받을 힘조차 없는 듯했다.

"고마워."

그녀의 엄마가 대신해서 꽃을 받아 들고는 꽃병을 가지러 병실 밖으로 나갔다. 산도르는 그대로 서 있었다. 머릿속에선 숱한 감정들이 교차했다. 크리스티나의 아빠가 자리에서 일어나서 그에게 손을 내밀었다.

"자리를 비켜줄까?"

산도르는 어차피 오래 머물 것도 아니어서, 굳이 그럴 필요 없이 그냥 계셔도 된다고 말하려고 했다. 하지만 크리스티나가 먼저 대답해버렸다.

"예, 그렇게 해주세요."

지금은 그들 둘뿐이다. 그는 침대 앞에 있는 의자에 앉았다. 잠시 그들은 그저 서로를 쳐다보기만 했다. 누가 먼저 말을 시작해야 할지 모르는 것이다. 산도르는 하고 싶은 질문들이 수없이 목까지 올라왔지만 어디서부터 시작해야 좋을지 몰랐다. 하지만 주도권을 쥐고 있는 건 그녀였다.

"말해봐! 뭐라도 좋으니까."

난처했다. 아무것도 떠오르는 게 없었다.

"헤닝이 배역을 맡았어."

그녀가 놀란 듯 그를 쳐다보더니 덮고 있는 이불 쪽으로 시선을 돌렸다. 그녀의 두 볼이 연분홍색으로 물들었다.

"난, 우리 둘이 배역을 맡을 거라고 확신했는데."

산도르는 그녀가 자기를 생각했다는 것이 믿어지지 않았다.

"난 정말 최악의 컨디션이었어. 전혀 집중할 수가 없었어."

이불 위에 올려진 그녀의 가냘프고 흰 손을 쳐다보면서 산도르가 말했다. 그녀의 손등엔 주삿바늘이 고정되어 있었다. 그의 시선은 마치 사인펜 자국처럼 팔뚝 안쪽에 보이는 붉은빛의 줄에 가서 멈췄다.

"그런데 지금 상태는 어느 정도인 거야?"

그의 시선은 다시 그녀의 팔 쪽으로 옮겨 갔다. 분명히 상처로 보였다. 누가 그녀에게 이렇게 한 것인가? 그녀의 아빠가 그녀를 학대라도 한 것일까? 몇 년 동안 지속된 억압이나 지나친 독려의 결과가 이런 식으로 드러난 건 아닐까? 하지만 산도르가 지금 이 병실에서 남의 가족사를 밝혀내려는 것도 우스운 일이 아닌가?

"모두 다 내가 저지른 짓이야."

크리스티나는 그의 생각을 읽어내기라도 한 것처럼 말했다.

"정말 미친 짓이었어."

그는 그녀를 바라보았다. 무슨 의미인가? 그녀가 수납장에서 화장지를 꺼내더니 코를 훔쳐냈다.

"난 이제 곧 다른 전문병원으로 옮겨질 거야. 나와 같은 유형의 환자들을 전문으로 치료하는 곳으로 말이야. 그렇게 되면 다시 기력을 회복하게 될 거야."

그는 그녀의 손을 잡았다. 전혀 의도하지 않았던 행동이다. 다시 그녀의 눈에서 봇물 터지듯 눈물이 쏟아졌다. 그러면서도 그녀는 그에게서 시선을 떼지 않았다.

"하지만 내가 다시 춤을 출 수 있을지는 모르겠어. 상상할 수 있겠니, 산도르!"

그녀의 얼굴에 낙담하는 기색이 역력했지만 산도르로서는 아무엇도 해줄 수 있는 게 없었다. 이런 경우라면 말이 무슨 도움이 되겠는가. 그저 그녀의 손을 지그시 잡아주는 수밖에.

### Ida

그 참담했던 밤 이후로 그녀는 처음으로 다시 술을 마시게 됐다. 술을 마시면 마실수록 그만큼 산도르와 엄마를 잊을 수 있었다. 그녀는 그런 식으로 그들이 기억에서 서서히 멀어지는 것을 즐기고 있었다. 파티. 재미. 그녀는 스스로에게 자기가 누구보다 아름답다는 일종의 자기암시를 주입했다. 모든 남자들뿐만 아니라 여자들도 그녀를 쳐다본다. 이유는 제각각이지만 말이다.

수잔나는 여기저기 휩쓸고 돌아다니면서 모든 손님들과 이야기를 나누었다. 이제 모두와 막역한 사이가 된 것이다. 이다는 분위기가 고조되기만을 기다렸다. 물론 그건 시간문제에 불과했다. 이다는 와인을 한 모금 마셨다. 반야가 언제 어느 때라도 나타날 수 있기 때문에 만반의 준비가 필요했다. 어떤 경우에라도 더 이상 낯 뜨거운 추태를 경험하고 싶지는 않았다.

한 시간쯤 뒤 반야가 드디어 모습을 드러냈을 때, 이다는 조금 전까지 느꼈던 긴장감과 초조함을 깡그리 잊어야 했다. 반야는 어딘가 불안하고 주눅 들어 보였다. 그녀는 호기심 어린 눈으로 여기저기 둘러보는 에릭을 잠시도 혼자 내버려두지 않으려 했다. 이다는 그런 그녀에게 동정심마저 들었다. 그때 테레제와 수잔나가 이다에게는 전혀 낯선 표정의 얼굴로 웃음을 지으며 반야 쪽으로 다가가는 것이 보였다. 반야는 약간 긴장하는 듯하더니 그들이 진심으로 환영하는 기색을 보이자 짐짓 놀라는 눈치였다.

이다는 제법 많이 마시긴 했지만 양심을 속일 만큼 취한 상태는 아니었다. 저 애들이 반야를 저토록 따뜻하게 환대하며 마음을 놓게 하는 데에는 어떤 음모가 숨어 있는 것이 아니겠는가. 나중에 모든 게 연출된 것이었다는 사실을 반야가 알게 된다면? 그녀로부터 시선을 떼려는 순간 반야가 이다를 쳐다보았다. 그녀의 눈엔 어떤 악의도, 경멸도 담겨 있지 않았다. 그렇지만 이다는 급히 시선을 거두고 위층으로 올라갔다.

이다는 소파의 햄푸스 옆자리로 몸을 던졌다. 그 순간 그와도 전에 한 번 같이 잤다는 생각이 뇌리를 스쳤다. 하지만 딱 한 번뿐이었다. 술을 마시면서 그가 가끔 치근거리긴 했지만 지나친 정도는 아니었다. 그사이에 수잔나가 모든 것이 잘 되어가는지 확인할 겸 위층으로 올라왔다. 잠시 후엔 테레제도 나타났다. 몹시 화가 난 듯했다.

"너희들, 대체 여기에 틀어박혀 뭘 하고 있는 거야? 여기서 밤이라도 샐 작정이야, 뭐야?"

아하, 햄푸스와 테레제도 전에 같이 한 번 잔 적이 있는 관계였다. 햄푸스가 한숨을 내쉬었다.

"쿨하게 좀 행동하지!"

"너희들끼리 여기 숨어 있는 건 경우에 어긋나는 거 아냐?"

245

햄푸스의 얼굴이 일그러졌다.

"그게 너랑 무슨 상관이지? 우리 일엔 신경 끄시지!"

테레제는 고개를 돌려 악의를 품고 이다를 쳐다보았다.

"너, 오늘밤 뭔가 하기로 한 거 잊었어?"

"난 아무것도 하기로 한 것 없어. 너희가 안달 나서 그러는 거
니까 너희가 알아서 해!"

"너, 왜 그래 갑자기? 지금 그 계집애가 네 험담을 하고 있단
말이야!"

테레제는 소파 모서리에 앉더니 햄푸스에게 아양을 떨면서 미
소를 흘렸다.

"너, 혹시 이다 엄마가 지금 어떤 상태인지 아니?"

가슴이 철렁 내려앉게 만드는 공격이었다. 이다는 할 말을 잃
고 테레제를 노려보았다. 햄푸스의 호기심이 발동했다.

"아니, 무슨 일인데?"

이다는 세차게 고개를 흔들었다. 입을 다무는 게 좋을 거라는
신호였다. 잠시 침묵이 흘렀다. 테레제가 이다의 결정을 재촉하
는 눈길을 보냈다.

"이다 엄마가 어떻다는 거야?"

햄푸스의 궁금증이 커져갔다.

"잠깐만. 먼저 오늘밤 이다가 뭔가 행동을 할지 말지를 듣는
게 순서일 것 같은데."

246

*Sandor*

그는 크리스티나의 아빠가 병실로 다시 들어오자 자리에서 일어났다. 잠깐이나마 자기가 했던 생각 때문에 부끄러워졌다. 당연히 그녀의 아빠는 아동학대자가 아닌 것이다.

크리스티나의 엄마가 시간이 너무 늦었으니 이제 그만 가보는 게 좋겠다며 병원 로비까지 산도르를 배웅해주었다.

"산도르야, 네가 와줘서 크리스티나도 기뻐했을 것 같구나."

"심각한 상태인가요?"

크리스티나의 엄마는 시선을 떨어뜨렸다.

"그 애는 지금 음식을 통 못 먹고 있단다. 너도 아마 그런 병에 대해 들어본 적이 있을 거야."

그는 고개를 끄덕였다. 다른 반의 한 여자아이도 그런 거식증을 앓는다고 했다. 그래서 그녀는 일주일씩 학교에 빠지는 경우도 종종 있었다.

"그러고는 자기 손목을 칼로 그었단다. 자해 행위를 한 거지. 난 정말 이해할 수 없……" 그녀의 목소리가 줄어들었다. "정말 끔찍한 일이지. 설마 그렇게까지 하리라곤 상상도 못 했단다."

그녀는 마음을 가다듬는 듯하더니 억지로라도 웃어 보이려고 애썼다.

"어쨌든 와줘서 고맙다, 산도르야. 정말 고마워."

*Ida*

이다는 에릭과 대화를 나누었다. 그가 활동한다는 밴드뿐만 아니라 그와 관련된 것이라면 뭐든지 매우 흥미롭게 들었다. 그가 말하는 것마다 열정적으로 호응하면서 경우에 따라서는 자기 의견도 기탄 없이 개진했다. 물론 그때마다 연신 머리칼을 귀 뒤로 넘기는 행동도 잊지 않았다. 한마디로 그를 낚기 위해 모든 제스처를 동원했다. 반야는 조금 떨어진 곳에서 몇몇 아이들과 함께 있었다. 이다는 그녀의 시선을 느꼈다. 에릭이 반야가 있는 쪽으로 눈길을 준 지도 꽤나 오래 지났을 때였다. 이다는 와인은 물론이고 독한 술도 손에 잡히는 대로 마셔댔다.

테레제와 수잔나는 멀찌감치 떨어져서 이 연극을 주시하고 있었다. 그들은 만족한 것 같았다. 이다는 스스로에게 끊임없이 '난 안하무인 격으로 행동하는 반야를 정말 증오한다'는 자기암시를 주려고 애썼다. 하지만 그럴 필요가 없어졌다. 반야의 표정에는 어느덧 절망감 같은 것이 스며들어 있었다. 이다는 자기가 원인 제공자라는 생각에 마음이 편치만은 않았다.

이다는 에릭에게 같이 춤을 추자고 제안했다. 에릭은 고개를 끄덕이더니 반야의 곁을 지나 무대로 이다를 이끌었다. 이다는 두 팔을 쳐들고 그가 보는 앞에서 마돈나로 변신해갔다. 에릭은 이다에게서 눈을 뗄 수 없었다. 그건 반야도 마찬가지였다. 머리칼이 채찍처럼 얼굴에 감겨왔다. 이다는 눈을 감았다. 그리고 황홀한 몇 분 동안을 위해 자신의 몸짓을 잊기로 했다. 그렇게 몇 분 동안 모든 것이 원만하게 진행되었다. 적어도 첫 번째 댄스타임이 끝나고 이다가 다시 눈을 뜰 때까진 그랬다. 에릭의 눈엔 욕망이 꿈틀거리고 있었다.

잠시 후 느린 음악이 흘러나왔다. 누군가가 불을 껐다. 그러자 그들 주위로 몇 쌍이 몰려나와 서로 껴안고 농도 짙은 애무를 하기 시작했다. 이다는 아무것도 할 필요가 없었다. 에릭이 그녀를 자기 쪽으로 바싹 끌어당겼다. 그들은 서로를 휘감은 채 춤을 추었다. 이다의 코가 그의 목덜미에 가 닿았다. 테레제와 수잔나는 히죽거리며 지켜보았고, 반야는 어쩔 줄 모르는 표정으로 바라보고 있었지만, 이다는 아랑곳하지 않고 강도를 점점 높여갔다. 에릭의 손이 그녀의 등에서 엉덩이 쪽으로 옮겨가는 것도, 그리고 귓가에 키스하는 것까지도 묵인했다. 급기야 그들은 모두가 보는 앞에서 서로를 애무하기 시작했다. 그녀는 그의 손을 잡고 무대를 빠져나왔다. 그는 그림자처럼 그녀를 따랐다. 그들이 침실 뒤로 사라지는 걸 모두가 보았다.

에릭은 이다를 침대로 밀쳐놓고 옷을 벗기려 했다. 이다는 오로지 반야만을 생각하고 있었다. 수잔나의 파티에서 환대를 받았다고 여기고 있을 반야, 더욱이 그들이 다시 화해 무드로 돌아설 수 있을 거라 굳게 믿고 있을 반야를 말이다. 다른 한편으론 지금 자기 위에서 숨을 헐떡이고 있는 에릭도 바보처럼 느껴졌다. 여자친구가 보는 앞에서 다른 여자의 옷을 풀어헤치는 이 형편없는 녀석 말이다.

이다는 그를 밀어내려 했다. 하지만 그는 개의치 않고 계속해서 그녀의 옷을 벗기려고 혈안이 되어 있었다.

"그만 해!"

그가 고개를 들고 뚱하게 쳐다보았다.

"엥? 왜 그래?"

그녀는 안간힘을 써서 그의 손아귀에서 빠져나왔다. 그는 머저리처럼 침대에 누워서는 그녀를 향해 손을 뻗쳤다.

"이리 와!"

이다는 그를 쳐다보지 않으려 했다. 금방 눈물이 쏟아질 것 같았기 때문이다. 그녀는 고개를 벽 쪽으로 돌린 채 단추를 채웠다.

"난…… 미안해." 말문이 막혀왔다. "난 이렇게까지 하려는 건 아니었어. 그 애들이…… 그래, 반야를 골탕 먹이자고 한 건 걔들의 계획이었어."

오, 하느님. 이토록 비참할 수가. 이렇게 비겁할 수가. 이다는 애써 그를 쳐다보려 했다. 그는 얼이 빠진 듯 침대에 누워 있었다.

"책임을 다른 사람에게 떠넘기는 것 같아서 미안하긴 한데, 이렇게 안 하면 엄마 얘기를 떠벌린다고 해서……."

그녀는 서둘러 방에서 나왔다. 복도로 나온 뒤 마치 거대한 조직에 사로잡혔다가 탈출하는 사람처럼 필사적으로 재킷이 걸린 쪽을 더듬었다. 마침내 재킷을 찾아 걸치고 밖으로 빠져나오려 하는데 잔뜩 흥분한 테레제와 마주쳤다.

"우리 날쌘돌이님께서 유명 인사가 되셨더군."

이다는 문고리에 손을 올려놓은 채 서 있었다.

"왜 나를 이렇게 힘들게 만드는 거야?"

테레제가 어이가 없다는 듯 쳐보았다.

"네가 바라던 대로 된 거 아니야?"

수잔나가 합세했다.

"왜 그래, 이다?"

화산이 폭발하듯 그녀의 감정이 끓어올랐다.

"너희들이라면 이제 정나미가 떨어진다! 정말 더 이상 꼴도 보기 싫어. 지긋지긋하다. 알겠어?"

이다는 발을 바닥에 쾅쾅 울리면서 되도록 빨리 이 집에서 빠져나가려 했다. 그들이 뒤에서 소리쳤다.

"이제 와서 어쩔 거야? 넌 이미 일을 저질렀고······."

그러나 이다는 뒤돌아보지 않았다. 서서히 얼굴이 일그러지며 결국 눈물이 흘러내리기 시작했다.

집으로 가고 싶어졌다. 엄마가 있는 집으로.


🕊 *Sandor*

버스정류장엔 그들이 떼 지어 몰려 있었다. 날은 이미 어두워졌지만 산도르는 그들을 알아볼 수 있었다. 바박, 발레, 안톤 그리고 다른 반 아이들. 캔맥주를 손에 들고 있는 걸 보니 다들 약간 취한 듯했다. 분명 그들은 시내로 몰려가려는 것이리라. 며칠 전 같으면 산도르는 뒤돌아서서 버스가 올 때까지 어딘가에 숨어 있었을 것이다. 하지만 오늘은 아니다. 오히려 그는 가방을 어깨에 둘러메고 그들 쪽으로 다가갔다.

"오우, 우리의 춤꾼 양반 아니신가?"

바박이 위트 아닌 위트를 던지자 다들 일제히 폭소를 터뜨렸다.

"안녕, 산도르."

안톤이 인사했다. 산도르는 고개만 끄덕했다. 발래도 그에게 인사를 건넸다.

"이제 다시 고된 훈련을 시작한 건가?"

바박이 이번엔 다른 아이들의 지원사격을 바라는 눈치로 주위를 빙 둘러보며 물었다. 하지만 산도르는 아무 말도 하지 않고 그를 쳐다보았다. 효과가 있었다. 바박은 민망한 듯 애꿎은 빈 캔만 발로 뻥 차버렸다.

버스가 도착하자 산도르는 반사적으로 자기 지정석 쪽으로 가서 앉으려 하다가 멈칫했다. 서로 뒷자리를 차지하려고 밀치고 싸우는 다른 아이들이 눈에 들어왔기 때문이다.

산도르는 천천히 뒤쪽 자리로 걸어가서 그들 옆에 나란히 앉았다. 그 모습이 더없이 자연스러워 보였다. 발래가 놀란 듯 그를 쳐다보았다. 바박도 마찬가지였다.

"세상 오래 살고 볼 일이네."

"아, 그래?"

산도르는 바박의 위협적인 어조를 무시해버리고 발래 쪽을 쳐다보았다.

"그래, 최근에 또 데킬라 마신 적 있어?"

"아니, 아직 그럴 기회가 없었어."

"저런."

"하지만 나중에라도 그럴 일이 생기면 연락할게."

"좋지. 전화만 해. 그럼 총알같이 달려가지."

바박은 믿어지지 않는다는 듯 그들을 쳐다보았다. 자기 눈을 의심하는 듯했다. 산도르와 발래가 천연덕스럽게 이야기를 나누다니. 아무리 그래도 이건 도가 지나치다.

"동성애자는 뒷좌석에 앉지 마!"

아무도 토를 다는 사람이 없었다.

"퉤! 더러워."

바박이 노골적으로 코를 막는 시늉을 했다.

"온 버스 안이 동성애자 냄새로 진동을 하는구나. 웬만하면 다른 곳에 가서 앉지 그래!"

산도르는 아무것도 못 들은 것처럼 창밖만 내다보았다.

바박이 그의 어깨를 툭 쳤다.

"내 말 안 들려? 다른 곳에 앉으란 말이야, 이 호모 자식아!"

더 이상 피해 갈 수 없는 상황이다. 산도르는 태연한 척하면서 바박을 향해 몸을 돌렸다.

"아, 나한테 한 소리야? 미안해, 무슨 소린지 못 알아들었어."

"정신박약증이라도 앓고 있냐?"

바박이 눈에 불을 켜고 윽박질렀다.

"네가 무슨 소리를 하는지 잘 모르겠지만, 여기서 냄새를 피우는 건 내가 아냐."

"아, 그러셔?"

"동성애자 냄새든 다른 냄새든 어쨌든 난 아니야."

"주제 파악이 제대로 안 된 모양이군."

"난 그런 냄새를 풍길 수가 없어. 왜냐하면 난 동성애자가 아니거든."

바박이 산도르의 얼굴에 곧장 주먹을 날렸다.

"마지막으로 얘기하겠다. 아가리 닥치고 어서 꺼져!"

산도르는 바닥에 주저앉았다. 심장이 세차게 뛰기 시작했다. 바박은 주위를 빙 둘러보았다. 아무도 산도르를 도와줄 생각을 하지 못했다. 바박은 다시 산도르를 노려보았다.

"여기저기 빨빨거리고 뛰어다니면서 계집애 흉내나 낼 뿐인 발레촌닭이지 동성애자는 아니다? 믿는 자에게 복이 있나니."

"그러니까, 내가 춤추는 게 너한테 거슬리는 모양이군! 그 문제라면 걱정하지 마."

그는 약간 뜸을 들였다.

"너희들 아직 모르나 본데, 난 춤 그만뒀어. 아주 오래전에."

바박이 놀라서 쳐다보았다. 다른 아이들도 마찬가지였다.

"그러셔? 그럼 네 가방엔 도대체 뭐가 들었는데?"

"운동복. 난 요즘 체력단련을 하는 중이야."

부디 그들이 가방을 열어 내용물을 보여달라고 하지 않기를.

발래의 얼굴이 환해졌다.

"잘 됐다. 그럼 이제 우리 팀에 들어올래?"

산도르는 어깨만 들썩거려 보였다.

"뭐, 그럴 수도."

바박의 얼굴이 빨개졌다.

"산도르 녀석이 우리 팀에 들어오면 난 나갈 거다."

누구도 바박의 말에 더 이상 신경을 쓰지 않는 듯했다. 버스에서 내릴 무렵 산도르는 이미 딴사람이 되어 있었다. 이제 그들 중의 한 사람이 된 것이다.

그는 시내의 한 체력단련장에 들어갔다. 간이매점 앞에서 주인과 몇 마디 주고받던 중, 발래가 뛰어오더니 대화에 끼어들었다.

"너도 와 있었구나."

"응."

발래는 헛기침을 몇 번 하더니 바닥에다 침을 뱉었다.

"네가 동성애자가 아니라고 했지?"

산도르는 고개를 끄덕였다.

"난 그저…… 그러니까, 그 문제에 대해 조용히 얘기 좀 할 수 있을까 해서."

발래는 뭔가 어색한 듯 억지웃음을 지었다.

"난 정말 제정신이 아니었던 것 같아. 그동안 너한테 했던 행동들 말이야."

그들은 아무 말 없이 축구장을 지나 걸었다.

"하지만 이건 정말 진심으로 하는 말이야."

발래가 말을 이었다.

"너만 괜찮다면 좀 더 진솔한 대화를 나누고 싶어."

*Ida*

오늘도 문은 잠겨 있지 않았다. 익숙해졌지만 여전히 매캐한 공기가 콧속으로 빨려 들어왔다. 하지만 오늘만큼은 역겹다기보다 오히려 안온함을 느끼게 해주었다. 이다는 재킷도 벗지 않은 상태로 집 안을 둘러보았다. 거실을 힐끗 들여다보았지만 아무도 없었고 부엌에도 마찬가지였다.

이다는 문틈으로 엄마의 침실을 들여다보았다. 엄마는 얼굴을 벽 쪽으로 향한 채 누워 있었다. 순간 이다의 온몸에 안도감이 퍼졌다. 재킷을 벗어던지고 침대 쪽으로 다가갔다. 조심스럽게 이불을 들추고 옆에 누워 엄마를 감싸 안고는 팔에 힘을 주었다.

"미안해, 엄마."

이다가 나지막이 속삭였다. 하지만 엄마는 반응이 없었다. 깊은 잠에 빠진 듯했다. 이다는 어깨를 잡고 가볍게 흔들어댔다.

"엄마, 이제 다시는 엄마를 혼자 두지 않을게."

그래도 여전히 미동도 없었다. 이번엔 좀 더 세게 자기 쪽으로 힘껏 잡아당겼다. 눈은 여전히 감긴 상태였다. 분명 수면제를 먹었을 것이다. 이다는 잠들어 있는 엄마가 원망스러웠다. 그동안 있었던 모든 일들을 엄마에게 말하고 싶었기 때문이다. 이다는 엄마의 뺨을 쓰다듬으면서 손가락으론 머리를 빗어 내렸다. 뭔가 이상한 느낌이 들었다. 엄마의 얼굴이 지나치게 창백했다. 엄마의 가슴팍에 손을 대보았다. 아무런 움직임이 감지되지 않았다. 이번엔 엄마의 얼굴 쪽으로 고개를 수그려 호흡 소리가 들리는지 확인해보았다.

형언할 수 없는 공포감이 밀려왔다. 엄마를 세차게 흔들어댔다.

"엄마, 눈 좀 떠봐!"

가슴이 철렁 내려앉을 만큼 침묵만이 흘렀다. 엄마의 얼굴을 손으로 툭툭 쳐보고 소리도 질러보았다. 그리고 또 한 번 흔들어댔다. 그러기를 여러 번 반복했다. 제발 이게 현실이 아니라고 말해줘! 엄마는 숨을 거둔 것처럼 보였다. 이런 빌어먹을! 망할! 내 잘못이다. 모든 게 다 내 잘못이야!

그녀는 비척이며 복도로 나가 전화로 응급차를 불렀다.


*Sandor*

식구들이 아직 자지 않는다는 것을 산도르는 알고 있었다. 12시 전엔 결코 잠자리에 들지 않는다. 하지만 오늘만큼은 살금살금 몰래 들어가지 않을 것이다. 그의 새로운 자아에겐 그런 게 필요 없었다. 예상대로 엄마가 문 앞에서 그를 기다리고 있었다.

"어땠어?"

그는 웃기만 할 뿐 대답은 하지 않았다. 엄마는 그것을 긍정적인 의미로 받아들였다.

"하긴 넌 실력이 있으니까."

그러고는 다시 염려된다는 투로 물어왔다.

"배역 심사가 어떻게 되어가는지 혹시 들은 것 없니?"

그는 엄마 곁을 지나 부엌으로 갔다.

"아무래도 내가 내일 직접 전화로 물어봐야겠구나."

산도르는 엄마가 하는 소리를 들으며 냉장고 문을 열었다.

"그러실 필요 없어요."

"왜?"

그는 우유를 컵에 따른 후 그 위에 카카오 가루를 뿌렸다. 엄마는 그의 대답을 기다리고 있었다.

"결과에 대해 이미 들었단 말이야?"

"오래전에 알았어요."

그의 새로운 자아는 차분하면서 자신감 있게 이야기했다. 엄마는 순간 초긴장 상태가 되었다.

"그게 무슨 소리야?"

그는 컵 안의 내용물을 휘휘 저어댔다.

"차마 엄마한테 말씀드릴 수가 없었어요. 실망시켜드리고 싶지 않았거든요."

순식간에 엄마의 표정이 희망에서 낙담으로 급속히 바뀌어갔다. 금방이라도 울음을 터뜨릴 것 같았다.

"설마, 네가 지금 하는 말이……."

"그래요. 헤닝이 배역을 맡았어요."

엄마는 두 손으로 얼굴을 감싼 채 소리라도 지르고 싶은 심정을 억누르고 있었다.

"너무 상심 마세요." 그의 새로운 자아가 말했다. "그래봤자 그건 한낱 배역에 불과할 뿐이에요."

그녀는 머리를 흔들었다.

"난 내가 그 사실을 받아들일 수 있을지 잘 모르겠다, 산도르야……."

그는 카카오를 들이킨 뒤 적당히 잘 섞였는지 음미해보았다.

"받아들이셔야 해요."

"하지만 헤닝의 재능은 네 반도 안 되는데. 개성도 없고, 카리스마는 말할 것도 없고……."

"그렇지만 배역은 그 애한테 갔어요. 아버지는 어디 계세요?"

산도르의 새로운 자아는 작업실로 들어서자마자 양해를 구했다.

"두 분께 말씀드리고 싶은 게 있어요."

아버지는 그의 말을 흘려들은 듯 컴퓨터에서 눈을 떼지 않았다.

"좀 기다려줬으면 좋겠다. 너도 보다시피 아직 할 일이 많이 남았거든."

"금요일 밤인데요? 내일까지 끝내야 할 일인가 보죠?"

"아니, 그런 건 아니지만……."

"그럼 나중에 엄마한테 들으시든가요."

산도르는 부엌으로 되돌아왔다. 엄마가 다시 그의 곁으로 바짝 다가섰다.

"여기서 포기해선 안 돼, 산도르야. 이건 매우 중요한 일이야."

엄마는 팔을 몸 바깥쪽으로 크게 내저으며 말했다.

"오로지 앞만 봐야 해. 알아듣겠지? 주말에 개설되는 강습을 추가로 신청하도록 하자."

산도르는 맞은편 식탁에 앉았다.

"솔직히 말씀드릴 게 있어요."

아빠도 부엌으로 들어왔다. 놀라운 일이다. 그를 작업실에서 유인해내는 일이 이렇게 간단할 줄이야. 둘은 산도르를 못마땅한 듯 쏘아보았다. 산도르는 심리적 압박감을 느꼈지만 그의 새로운 자아는 그것을 밖으로 드러내지는 않았다.

"저, 춤 그만두려고요. 아니, 더 정확히 말씀드리자면 이미 그만뒀어요."

침묵이 흘렀다. 엄마는 충격이 큰지 아무 말도 할 수 없다는 표정이었다. 산도르는 엄마 얼굴을 똑바로 바라볼 수 없었다. 대신에 아버지의 얼굴을 보았다. 아버지는 심란한 듯 엄마의 어깨 위에 손을 올려놓았다. 그러고는 산도르에게 물었다.

"너, 정말 충분히 심사숙고한……."

"예."

대화의 종결 선언이었다. 산도르는 부엌에서 나왔다. 엄마를 그런 충격 속에 홀로 남겨두고 말이다. 그는 지금까지 스스로를 이렇게 강하게 느껴본 적이 없었다.

엄마의 위 세척이 진행되는 동안 이다는 대기실 대신 복도에서 기다렸다. 엄마 가까이에 머물고 싶었기 때문이다. 이곳에 오기 전 집에서 기다리는 동안에는 정말 견디기 힘들었다. 응급차가 올 때까지 그녀는 도로 쪽의 창문과 침대 사이를 쉴 새 없이 왔다 갔다 했다. 구급요원들은 엄마의 눈꺼풀을 올려보고 맥박을 체크했다. 그들의 표정에서 엄마의 상태가 심각하다는 것이 느껴졌다. 엄마가 응급 처치를 받는 동안 이다는 마음을 졸이며 지켜보았다. 엄마의 눈은 여전히 감긴 상태였고, 입엔 산소마스크가 씌워져 있었다. 삶보다는 죽음에 가까워 보였다.

엄마가 소생할 수 있는지는 아무도 장담할 수 없는 상황이었다. 엄마는 한꺼번에 너무 많은 약을 삼켰다. 이다는 자기가 그동안 너무 파티만 쫓아다녔다는 자책감이 들었다. 엄마가 죽어가는 동안 대체 뭘 하고 있었는지……

문이 열렸다. 이다는 그 안을 들여다볼 엄두가 나지 않았다. 그들의 얼굴 표정만 봐도 결과를 알 수 있을 것 같았다. 한 간호사가 이다 앞으로 다가와 쪼그리고 앉더니 손을 잡았다.

"곧 엄마가 정신을 차리실 수 있을 것 같아."

이다는 그녀를 있는 힘껏 꼭 껴안았다. 상대방은 숨쉬기조차 힘들었으리라.

"고맙습니다."

그 백의의 천사는 걱정되는 눈빛으로 이다를 바라보았다.

"엄마는 몇 시간 정도 더 주무신 다음에 깨어나실 거야. 혹시 그동안 가 있을 만한 곳이라도 있니?"

"아무 곳도 없지만…… 걱정 마세요."

"누군가에게 연락해야 한다니까."

간호사가 완강하게 말했다. 이다는 시선을 바닥으로 떨어뜨렸다. 그녀는 간호사가 전화를 하는 동안 복도에서 기다리겠다고 약속해야 했다. 하지만 문이 닫히자마자 달음질쳤다. 이 상황에서 자기를 도와줄 수 있는 사람이 누가 있겠는가?

### ✍ Sandor

그는 그동안 자기가 벌인 일에 대해 모든 걸 이다에게 말해주고 싶었다. 그러면 그녀도 자기 일처럼 기뻐해줄 것이다. 하지만 모든 것이 지금으로선 비현실적이다. 사람은 매순간 나름대로 결정을 하면서 살아갈 수밖에 없다는 것을 그는 이다에게 말해주고 싶었다. 그런 식으로 그녀에게 용기를 북돋워줄 수 있을 것이다. 그러나 그를 위한 이다는 더 이상 존재하지 않는다. 그녀가 아니라면 누구에게 그런 말을 할 수 있을까?

산도르는 노라의 방을 그냥 지나칠까 하다가 갑자기 생각이 바뀌어 노크를 했다. 노라는 책상에 앉아 매니큐어를 바르다가 놀란 듯이 그를 돌아보았다. 그는 침대로 가서 앉았다.

"나, 춤 그만뒀어."

순간 그녀는 모든 움직임을 멈추었다. 한 손으론 거즈 수건으로 손톱을 짓누르고 있었고, 다른 한 손엔 매니큐어 붓을 든 채였다.

"다시 말해봐!"

"사실이야. 엄마 아빠한테 방금 말씀드리고 오는 길이야."

그녀는 숨을 깊이 들이쉬고, 입을 벌렸다가 다시 다물었다.

"너, 지금까지 그런…… 난 전혀 눈치 채지 못했는데."

"아무도 몰랐지. 이다만 빼고. 누나도 알지? 내가 메일을 주고 받았다는 그 애 말이야."

노라는 화장용 붓을 집어넣고 자리에서 일어나서 방 안을 이리저리 왔다 갔다 했다.

"엄마만 불쌍하게 됐네."

"나도 알아."

노라가 옆으로 바짝 다가와 앉자 그는 갑자기 목이 메어왔다.

"네 잘못만은 아니야. 괜한 죄책감 같은 거 가질 필요 없어."

그녀는 그에게 미소를 지어 보였다. 그도 웃음으로 답했다. 그 순간 그들 사이에 무언가 동질감 같은 것이 느껴졌다. 그들은 둘 다 같은 일을 저질렀다. 그녀도 엄마의 뜻을 거역하고 춤을 그만 두었다. 그는 머리를 누나의 어깨에 기댔다. 이제 모든 것이 분명해졌다. 그녀처럼 자기만의 길을 가면 되는 것이다.

### 🕊 Ida

그녀는 재킷을 걸친 채로 소파에 앉아 있었다. 집 안엔 적막만이 감돌았다. 저 아래 거리에는 자동차 한 대 눈에 띄지 않았고,

위층에선 발소리조차 들리지 않았다. 이 건물 전체에 자기 혼자만 있을 거라고 생각하니 묘한 느낌이 들었다.

머릿속에선 만감이 교차하고 있었다. 한마디로 죄책감이었다. 엄마가 이 지경까지 된 건 다 그녀 때문이었다. 그녀 탓이었다. 더욱이 이 문제에 대해 얘기를 나눌 수 있는 사람이 아무도 없었다. 그나마 그녀를 이해해줄 수 있는 사람은 산도르가 유일할 텐데, 그는 더 이상 존재하지 않는다.

자리에서 일어나 전화기 쪽으로 가서 아빠에게 전화를 했다. 지금 그곳은 몇 시쯤 되었을까? 그녀는 따져볼 겨를도 없이 번호를 돌렸다. 아주 가끔씩 전화를 했을 뿐이지만 번호는 기억하고 있었다. 패니가 전화를 받은 순간 온몸이 마비된 듯했다. 패니가 자기를 기억이나 할지 자신이 없었다. 아무 말 없이 망설이고 있으니 카밀라가 전화를 넘겨받았다. 사랑이라는 이름으로 아빠가 택했던 카밀라, 배울 만큼 배워서 지금은 아빠와 같은 회사에서 일하고 있는 성공한 카밀라. 그들은 완벽한 커플인 것이다. 그 카밀라가 아빠는 오늘 야근 중이며, 중요한 일이라면 핸드폰으로 연락을 취해보라고 했다. 그럴 만큼 중요한 사안인가. 이다는 수화기를 내려놓았다. 핸드폰으로 전화하고 싶지는 않았다. 아빠는 틀림없이 바쁘다는 핑계로 다음에 전화하자고 말할 것이다. 그리고 엄마는 그녀를 홀로 남겨둘 작정을 했으니……

그때 초인종 소리가 들렸다. 급박하면서도 공격적으로 울리는 벨소리가 침묵을 갈랐다. 누구일까? 루카스일까? 이 시간에?

이다는 현관 쪽으로 다가갔다. 다시 한 번 초인종이 울렸다. 누군가 문을 두드리면서 발길질을 해댔다.

"문 열어! 집에 있는 거 다 알아!"

현관문 구멍으로 밖을 보니 루카스였다. 쾅! 외투의 단추는 다 풀어헤쳐진 상태였고, 머리는 제멋대로 헝클어져 있는 데다 눈빛엔 살기가 느껴졌다. 만취 상태였다.

"빨리 문 열지 못해, 이 더러운 창녀야!"

"뭘 원하는 거야?"

"뭘 원하느냐고? 뭐라고 생각하는데?"

"난 잘 모르겠어."

"그건 정말…… 이건 개망신이야, 알아? 난 이런 수모를 도저히 견딜 수가 없어. 어서 문 열어!"

그녀는 그럴 용기도 없었고, 또 그러고 싶지도 않았다. 지금 상태보다 더 악화되면 되었지 나아질 것이 전혀 없었기 때문이다. 그녀는 바닥에 주저앉았다. 두려움이 엄습해왔다.

"네가 어젯밤에 무슨 짓을 했는지 다 알고 있어! 어떻게든 모면하려는 생각은 안 하는 게 좋을 거야!"

그가 마구 지껄이는 소리가 들려왔다. 그의 손에 잡히는 날이면 어떤 수모를 겪게 될지 불 보듯 뻔했다. 그녀는 귀를 틀어막았지만 소용없었다. 그의 목소리를 압도하기 위해 더 크게 소리도 질러봤지만 그의 고함소리가 잦아들 기색은 보이지 않았다.

그녀는 자기 방으로 들어가 음악을 크게 틀어놓고 TV도 켰다.

그러나 문을 두드리는 둔탁한 소리와 그의 목소리는 여전히 차단되지 않은 상태였다. 그녀는 소름이 끼쳤다. 여태껏 이 정도의 공포감을 느껴본 적은 없었다.

그녀는 사진을 모아둔 상자를 가져와서 정신 나간 사람처럼 뒤지기 시작했다. 그리고 사진 한 장을 찾아내서 뒷면을 보았다. 기억이 정확히 맞아떨어졌다. 뒷면에 전화번호가 적혀 있었다.


*Sandor*

그들은 다리를 끌어당겨 모은 채로 나란히 침대 위에 앉아 있었다. 마치 둘도 없는 친구처럼 말이다. 그때 전화벨이 울렸다. 이렇게 늦은 시간에? 벨소리는 여러 번 연속적으로 울려댔다. 노라는 일어날 기미를 안 보였다. 갑자기 전화벨 소리가 멎었다.

아래층에서 소리가 들려왔다. "산도르야!"

노라와 산도르는 놀라서 서로를 쳐다보았다.

"위층에서 받을게요!"

산도르가 일어나서 복도로 나가 수화기를 들었다.

"예, 산도르입니다."

음악소리가 들려왔다. 그리고 들려오는 나지막한 목소리.

"나, 이다야."

산도르는 너무도 갑작스런 상황에 순간 당황스러웠다.

"난……난……난 지금 누군가에게 전화를 해야 하는 급박한 상황에 놓였는데, 너 말고는 아무도……."

그녀의 목소리는 알아듣기 어려울 정도로 작았고 극심한 공포감에 젖은 듯했다.

"무슨 일이야?"

그녀는 아무 말이 없었다. 코가 막힌 듯 킁킁대는 소리만 들려올 뿐이었다. 지독한 독감에라도 걸린 걸까?

"미치겠어, 산도르…… 못 견디겠어……."

울고 있는 건가?

"어떻게 해야 할지 모르겠어. 그는 완전히 제정신이 아니고 엄마는…… 엄마는……."

그녀에게 무슨 일이 있는 게 분명했다. 그녀에게 모욕당한 일이 있다고 해서 그냥 심드렁하게 넘겨버릴 일은 아니었다.

"무슨 일이야? 뭐가 잘못된 거야, 이다?"

"모든 게 다 나 때문이야. 내가 엄마를 그렇게 만든 거야. 하마터면 엄마가……."

"지금 네 옆에 아무도 없어?"

"그가 고래고래 소리를 질러대고 있어."

"누가?"

흐느끼는 소리가 들려왔다.

"난 더 이상…… 그는 이성을 잃은 상태야. 날 죽여버리겠대."

"누가 그런 소리를 하는데?"

"금방이라도 문을 부숴버릴 것 같아! 오, 빌어먹을, 어떻게 해야 하지……."

"그 녀석은 지금 어디에 있는데?"

"밖에!"

"밖 어디에?"

"계단!"

"이다야? 너, 지금 집에 혼자 있는 거야?"

"그가 들어오면 안 되는데…… 완전히 돌아버렸거든…… 아, 정말 어쩌면 좋지?"

"일단 마음을 좀 가라앉혀. 그 녀석이 널 해치진 않을 거야. 지금부터 내 말 들어. 너는 지금 어디 있어? 복도?"

"응."

"그럼 전화기를 들고 욕실로 가. 할 수 있겠어?"

"응."

"가는 중에도 나랑 계속 대화를 하는 거야."

그녀는 그가 시키는 대로 하고, 욕실에 도착하자 문을 잠갔다.

"이제 그 녀석은 너한테 아무 짓도 못 할 거야. 그 녀석과 너 사이엔 문이 두 개나 있어. 상황이 진정될 때까지 거기에 있어. 그리고 그 녀석 생각이 나지 않도록 계속 나한테 이야기해."

*Ida*

그녀는 손수건을 꺼내어 바닥에 깔고 다리를 모으고 앉은 채 전화기를 귀에 바짝 갖다 댔다. 얼마 동안이나 그렇게 앉아 있어야 하나? 적어도 산도르에게 그간의 일들을 빠짐없이 얘기할 수 있을 만큼의 시간은 필요할 것이다.

파티에서 있었던 일, 엄마가 자살을 기도했던 일, 그리고 에릭과의 일로 지금 저렇게 광분하고 있는 루카스에 대해서도. 산도르는 여전히 많은 말을 하지 않고 그저 응, 응 하고 대답할 뿐이다. 그리고 엄마의 일은 이다의 잘못이 아니라는 말을 해주었을 뿐이다. 이다는 지난번의 그 파국의 밤에 대해서도 해명했다. 왜 수잔나와 테레제에게 그에 관한 얘기를 해야만 했는지. 그가 갑자기 찾아왔을 때 보여준 그녀들의 행동은 용서받을 수 없을 만큼 지나친 것이었고, 자기도 어쩔 도리가 없었다는 말도 덧붙였다. 이 역시 산도르는 잠자코 듣고만 있었다. 그리고 나중에 삶이란 게 그리 간단치 않은 것 같다는 말만 했을 뿐이다.

이다는 여전히 귀에 전화기를 바짝 댄 채 조용히 일어나 욕실 문을 열고 현관문 쪽으로 다가가서 현관문 구멍을 통해 바깥을 내다보았다. 계단에는 아무도 없었다. 어쩌면 이웃집에서 경찰에 신고했을지도 모를 일이다.

이다는 침대로 가서 누웠다. 산도르가 이다가 해야 할 몇 가지 일들에 관해 얘기하기 시작했다. 먼저 본의 아니게 남자친구와 헤어지게 된 반야에게 용서를 구할 것, 그 줏대 없는 얼간이 녀석과도 깨끗하게 정리할 것 등등.

이다는 웃음이 나왔다. 그의 말이 오랜 삶의 연륜에서 나온 것처럼 들렸을 뿐만 아니라, 너무도 교과서적이었기 때문이다. 이다로서는 그 모든 것을 어떻게 다 감당할지 고민스러웠다. 하지만 산도르의 말에 따르면 무슨 일이 있더라도 처리해야 할 불가피한 일들이었다. 그리고 산도르는 춤을 그만두었다는 얘기를 자랑스럽게 했다. 이다는 그 선택이 진정으로 그가 원하는 것인지 물었다. 남들처럼 평범하게 살아가는 게 그가 진정으로 원하는 바인지? 산도르는 그런 건 아니지만 적어도 자기 삶은 스스로 결정하고 싶고, 이번 결정이 그 첫걸음이라는 것이었다. 그녀는 자기가 이해할 수 있는 한도 내에서 열심히 그의 말을 귀담아 들으려 했지만 어느덧 눈꺼풀이 무거워지고 있었다.

그는 아주 천천히 수화기를 내려놓았다. 이다가 그를 한번 찾아오기로 그들은 약속했다. 엄마의 상태가 호전되는 대로 말이다. 아마도 한 달 뒤쯤이 될 것이다.

바깥은 칠흑같이 어두웠다. 이웃집을 둘러보아도 불빛 하나 새어 나오지 않았다. 방문이 약간 열려 있었다. 문틈으로 인기척이 느껴졌다. 그는 얼른 스위치를 눌러 불을 켰다. 엄마가 움찔거리며 뒤로 물러섰다. 현행범으로 잡히는 순간이었다. 그의 맥박이 빨라졌다.

"엿듣고 계셨어요? 그것도 이 한밤중에."

"그래. 누구랑 그렇게 오랫동안 통화를 한 거야?"

엄마는 적잖이 격분한 상태였다.

"상대방이 전화한 거니까 전화요금 걱정은 안 하셔도 돼요."

"혹시 너의…… 그 펜팔 친구?"

그는 다시 마음을 가라앉혔다. 오늘밤은 엄마의 세계가 무너져 내린 날이 아니던가. 그런 상황에서 엄마에게 아량이나 관대함을 바라는 것은 무리일 것이다.

"엄마는 신경 안 쓰셔도 되는 일이에요."

"그 애가 맞는 거지, 그렇지?"

엄마는 얼굴을 찌푸렸다. 그는 아무 대답도 하지 않았다.

"맞아, 안 맞아?"

"아니에요. 다른 사람이에요."

"네가 그…… 컴퓨터에 매달리기 전까지만 해도 아무 문제가 없었어."

"아니에요, 그 애가 아니라니까요!"

그는 불을 껐다.

"더 하실 말씀 없으면 그만 가서 잘래요."

엄마의 목소리가 어둠을 가르고 전해져왔다.

"네가 요즘 어떻게 하고 돌아다니는지 누가 모를 줄 알아!"

🐢 Ida

엄마는 몹시 지쳐 보였다. 며칠 더 병원에 입원해 있으면서 치료를 받아야 했다. 이다는 담당 심리치료사와 상담했고, 선택의 여지 없이 사회복지부에서 지정한 위탁가정으로 보내졌다. 엄마가 다시 회복될 때까지 그곳에서 생활해야 하는 것이다.

두 모녀는 서로 손을 맞잡고 있었다. 둘 중 어느 누구도 선뜻 먼저 얘기를 시작하려 하지 않았다.

"이다야, 난……" 엄마의 아랫입술이 떨리고 있었다. "무슨 말을 해야 좋을지 모르겠구나. 어쨌든 내가 저지른 일에 대해서 용서를 해달라는 말은 차마 못 하겠다."

"그럴 필요 없어." 이다가 차분하게 말을 받았다. "중요한 건, 엄마가 이렇게 살아 있다는 사실이잖아."

엄마는 애써 웃어 보이려 했다.

"너 혼자만 달랑 남겨두고…… 그땐 내가 무슨 생각으로 그랬는지 도무지 나 자신을 이해할 수가 없구나."

엄마는 두 손에 얼굴을 파묻었다. 이다는 금방이라도 터져 나올 것 같은 울음을 참느라 안간힘을 쓰고 있었다.

"사람들은 자기가 왜 그 일을 하는지 충분히 고려해보지 않은 상태로 살아간다는 생각이 들어."

그들은 서로를 바라보았다.

"우리, 다시는 그런 짓 하지 말자, 응?"

엄마가 애원하듯 말했다. 이다는 고개를 저었다.

"우리 이제 전혀 다른 삶을 살자. 내가 생각해놓은 게 있어!"

"뭘 생각했는데?"

"엄마가 다시 건강을 회복하면 우리가 같이 할 수 있는 거야."

엄마는 피곤하면서도 호기심 어린 얼굴로 그녀를 쳐다보았다.

"우리, 승마를 시작하는 거야. 엄마랑 나랑 같이."

엄마가 어린애처럼 즐거워하는 표정을 지었다.

"내가? 그걸 하기엔 나이가 너무 많지 않을까? 아니다, 다시 생각해보니 많은 나이도 아니네."

"좋았어. 그럼 그렇게 하기로 한 거다!"

엄마가 고개를 끄덕였다.

"약속했다!"

하지만 병실을 빠져나와 출구 쪽으로 걸어가면서 회의감 같은 것이 밀려왔다. 과연 이번엔 엄마의 말을 믿어도 되는 걸까?


🕊 Sandor

축구 연습을 하기에 날씨가 썩 좋지는 않았다. 그들은 진흙을 튀기며 운동장을 누볐다. 그러다 누군가가 진흙탕에 드러눕기라 도 하면 폭소가 터졌다. 결국엔 모두들 얼굴까지 온통 흙탕물범 벅이 되었다. 바박만 입이 나온 채 서 있었다. 동성애자와는 절 대로 같이 축구를 하지 않겠다고 선언한 마당에 산도르와 같은 팀에서 뛸 수는 없었던 것이다. 하지만 이젠 모두들 적어도 축구 경기에서만큼은 산도르의 편을 드는 듯했다. 경기 도중 간혹 실 수를 해도 문제 삼지 않고 다독이고 격려해주곤 했다. 연습경기 가 끝나자 바박은 잔뜩 화가 난 얼굴로 경기장을 먼저 빠져나갔 다. 귀갓길에 발래는 최근 들어 모두들 바박에게 거리를 두기 시 작했다고 말했다. 바박의 성격이 점점 더 괴팍해지면서 이젠 아 주 사소한 것 하나에도 격분하기 때문이라고 했다.

"내가 정말 잘못 생각했던 것 같아."

발래가 한숨 섞인 투로 말했다.

"뭘?"

"늘 그애 뒤만 졸졸 따라다니면서 양아치 같은 짓만 했잖아."

"맞아, 그랬지."

산도르는 이 기회에 진실을 말해주고 싶었다.

"너한테도 짓궂게 굴었던 적이……."

그는 산도르의 얼굴을 빤히 쳐다보았다. 탁 터놓고 한마디 해주길 바라는 눈치였다.

"아마 너한테 어떤 시기심 같은 걸 느꼈던 것 같아. 그러니까, 에이 나도 잘 모르겠다."

산도르는 뜻밖이라는 듯 그를 쳐다보았다.

"대체 뭐 때문에 시기한다는 거야?"

"넌 자기가 하고 싶은 걸 남 눈치 보지 않고 소신대로 하고 다녔어. 그에 비해 난…… 내 고유의 것이라곤 아무것도 없었지."

"그 대신에 너에겐 많은 친구들이 있잖아."

"글쎄, 그렇긴 하지만 그건…… 그 애들은 내가 자기네 같은 줄 알 거야."

그는 뭔가 절실한 눈빛으로 산도르를 쳐다보았다. 적어도 산도르는 자기를 이해해줄 거라는 강한 기대감이 비쳤다.

"그럼 넌 그렇지 않다는 거야?"

발래는 순간 모욕감을 느낀 듯한 표정을 지어 보였다.

*Ida*

그들은 반대 방향에서 집 쪽으로 걸어오고 있었다. 이다는 멀리서 그녀를 알아본 순간부터 이미 심기가 불편해지기 시작했다. 반야도 물론 이다를 보았다. 하지만 둘 중 아무도 방향을 바꾸지는 않았다. 급기야 그들은 입구 바로 앞에서 마주쳤다. 반야는 문을 열고는 이다가 채 문을 잡기도 전에 곧 다시 놔버렸다. 반야는 앞쪽 벽만 응시하고 있었다. 엘리베이터 문이 열리자 그들은 동시에 올라탔다. 엘리베이터가 다시 움직이기까지의 시간이 영원처럼 길게 느껴졌다. 이다는 지금 자기가 어떻게 해야 하는지 알고 있었다. 기껏해야 1분 정도의 시간밖에 없었다. 하지만 하고 싶은 말들이 목에서 막혀 나오지 않았다.

"지금 네가 나를 증오하는 걸 알아."

이다는 반야의 얼굴을 쳐다보지 않고 말을 꺼냈다. 반야는 짧은 한숨을 내쉬었다.

"너한테 무슨 말이든 해야 될 것 같다는 생각이 들었어."

반야는 여전히 앞만 쳐다보고 있었다. 별 감흥을 받지 못한 표정이었다.

"지금 와서 용서를 구해도 별 의미가 없을 것 같지만⋯⋯."

"그래, 아무 의미가 없지."

반야는 이다를 매섭게 쏘아보았다.

"그래, 그럴 거야. 내가 말하고 싶은 건⋯⋯ 나 자신이 너무 부끄럽다는 거야."

엘리베이터가 멈췄다. 반야 뒤를 따라 이다도 내렸다.

"정말 얼굴을 들 수 없을 정도로 창피해."

반야가 자기 집으로 들어가기 직전에 이다가 소리쳤다.

 Sandor

엄마는 그와 더 이상 아무 말도 하지 않았다. 집 안을 이리저리 왔다 갔다 하면서 연신 한숨만 내쉬었다.

그들은 소파 위에 나란히 앉아서 코미디 프로그램을 보고 있었다. 산도르는 방송에서 관객의 폭소가 터질 때마다 같이 따라 웃으려고 해보았다. 하지만 엄마의 입은 여전히 지퍼가 채워진 상태였다. 아버지가 거실로 들어와 엄마에게 차 한 잔 마시겠냐고 물어보자 엄마는 즉시 손가락을 입술에 갖다 댔다. 마치 무슨 중요한 일을 방해받은 듯이 말이다. 산도르가 저지른 일에 대해 속죄해야 할 사람은 비단 산도르만이 아닌 것이다.

두 남자의 시선이 그녀의 머리 위쪽에서 마주쳤다. 아버지는 산도르를 자신과 동등한 성인 남자 대하듯 바라보았다. 산도르가 춤을 배우는 것을 탐탁지 않게 생각해온 아버지로서는 산도르가 자기 앞에서 춤을 그만두겠다고 선언함으로써 아버지에게 큰 경의를 표한 것으로 여기는 듯했다.

하지만 그런 생각만으로도 산도르는 은근히 화가 났다. 다른 사람에 대한 배려 없이 자기 의지만을 관철시키는 것이 존경을 받는 유일한 방법이란 말인가?

*Ida*

난 점점 더 미쳐버릴 것 같아, 산도르. 앞으로 어떻게 될지 모든 게 암담하기만 해. 분명 내가 저지른 행동에 대해 모두가 나를 증오하고 있겠지. 빌어먹을. 그 애들이 나를 어떻게 부를지 뻔해. 제기랄, 어쨌든 테레제와 수잔나를 만나서 몇 가지 따져봐야 할 것 같아. 하지만 그 애들마저 떠나버리면 나는 어떻게 하지?

*Sandor*

그렇게 해, 이다야. 더 이상 되돌아갈 길은 없어. 그렇게라도 해서 네 마음이 편해질 것 같으면 말이야. 그런다고 네 곁에 아무도 없진 않을 거야. 내가 너를 하루 종일 생각하는 사람이 되어줄게. 약속해.

*Ida*

이다는 마치 새로운 학교에 전학 온 첫날처럼 다리에 힘이 없고 후들거렸다. 수잔나와 테레제는 어디에도 보이지 않았다. 식은땀이 다 날 지경이었다. 모두가 자기만 쳐다본다는 생각이 들었다. 아니면 순전히 그렇게 상상하는 것뿐일까? 이다는 옆 반 아이들이 모여 있는 곳을 지나갔다. 그녀에게 와서 달라붙는 끈끈한 시선이 느껴졌다. 지나치는 길에 몇 마디 단어가 들려왔다.

"창녀…… 헤픈 계집애……."

이다는 돌아보지 않았다. 변명할 거리도 없었지만 그렇다고 떳떳하지 못할 것도 없었다. 그렇지만 그녀의 추측이 맞다면 그 사건에 대해 모르는 아이들이 없을 것이다. 오늘부터 그녀는 학교의 대표 창녀로 등극하게 되는 것이다. 모퉁이를 돌자마자 이다는 심호흡을 하며 치밀어오르는 울화와 금세 쏟아질 듯한 눈물을 억지로 달랬다. 이렇게 쉽게 무너지고 싶지는 않았다.

휴게실에서 친구들을 찾아냈다. 수잔나는 테레제의 머리를 빗어 틀어올리는 데 열중하고 있었다.

"안녕!"

이다의 목소리에 단호함이 느껴졌다. 수잔나는 긴장한 듯 어색한 웃음을 지어 보였다. 테레제는 짧게 고개를 끄덕이곤 다시 손거울로 시선을 옮겼다.

"너희들, 요즘 왜 전화 한 통 안 하니?"

이다가 차분한 목소리로 물었다. 테레제는 거울에서 눈을 떼지 않고 있었다.

"네가 우리보고 꼴도 보기 싫다고 했잖아."

"아, 그것 때문에 그러셨어? 난 또 너희들이 남 보기에 부끄러운 짓을 해서 그런다고 생각했는데, 그게 아니었나 보지?"

테레제가 거울을 허벅지 위에 내려놓았다.

"미안하지만 지금 뭐라고 했니? 왜 우리가 부끄러워해야 한다는 거야?"

이다는 순간 황당하고 기가 막혔다. 테레제의 태도에서 양심의 기미라곤 전혀 찾아볼 수가 없었다. 갑자기 울화가 치밀었다.

"알아듣기 쉬운 예가 필요한가 본데, 파티에서 나를 이 지경으로 만든 게 과연 누굴까?"

테레제는 어이가 없다는 듯 그녀를 노려보았다.

"내가 어떻게 너한테 콩 놔라 팥 놔라 할 수 있겠어? 다 네가 좋아서 한 거지. 내 말이 틀렸어?"

"네가 햄푸스에게 엄마 얘기를 까발린다고 협박했던 거 기억 안 나?"

"아, 그건 농담으로 한 소리였는데. 그걸 정말 믿었단 말이야?"

그 와중에도 수잔나는 떨리는 손가락으로 분주히 테레제의 머리를 매만지고 있었다.

"잘하면 작품 하나 나오겠다."

테레제가 화제를 바꾸려는 듯 한마디 던졌다. 하지만 이다는 그럴 수 없었다. 테레제가 긴장하고 있는 기색을 간파한 것이다.

"파티에서 있었던 일을 어떻게 루카스가 알았지?"

수잔나의 손가락 놀림이 둔해졌다. 테레제는 머리를 가방 안으로 처박아 넣다시피 하고 있었다.

"상식적으로 생각해도 루카스가 알 턱이 없잖아?"

"그걸 우리가 어떻게 알아? 네 연애에 관한 건 네가 잘 관리해야 하는 거 아냐?"

테레제는 황급히 자리에서 일어났다.

"아무리 생각해도 이건 지나친 오버야. 가자!"

수잔나가 장식용 머리핀을 주섬주섬 주워 담았다.

"너희들이 지금 나를 얼마나 바보로 만들었는지 알기나 해? 그런 짓은 너희들 아니면 할 사람이 없어. 그날 파티에 온 애들 중에서 루카스를 아는 사람은 아무도 없었단 말이야."

"너, 어디 아프냐?"

테레제는 머리를 꼿꼿이 세우고 그곳을 부랴부랴 빠져나갔다. 수잔나도 그녀의 뒤를 쏜살같이 따라 나갔다.

이다는 그 자리에 서서 소위 '친구들'의 뒷모습을 쳐다보았다. 가슴 한쪽에 크고 깊은 구멍이 뚫린 듯한 씁쓸한 느낌이 들었다. 어떻게 저 애들이 내게 그럴 수 있는지. 배신한 것도 모자라 이젠 아예 짓밟아버리려 하다니.

"테레제!"

이다가 큰 소리로 불렀다. 테레제가 뒤돌아보았다.

"내가 지나칠 정도로 연애질을 하고 다닌다는 생각이 들었다면, 오히려 에릭과 그런 물의를 일으키지 않도록 최소한 귀띔이라도 해줬어야 하는 거 아냐? 진정한 친구라면 말이야."

테레제가 한숨을 내쉬었다. 하지만 애써 담담한 척하는 그녀의 얼굴 이면의 야릇한 긴장감을 이다는 감지하고 있었다.

"지금 무슨 소리 하는 거야? 네가 연애질 하고 다니는 걸 내가 잘 알다니?"

"그래, 이미 내 귀에까지 들어온 사실이야. 네가 나를 별난 성격에 도도하기까지 하다고 얘기하고 다닌다는 거 말이야. 모든 사내아이들이 나만 보면 정신 못 차리고 헤벌쭉거리니까 내가 거드름 피운다고 생각했기 때문이겠지. 안 그래?"

테레제의 입이 벌어졌다가 다시 닫혔다. 수잔나는 후회 막심한 얼굴 표정을 짓고 있었다.

"빌어먹을. 테레제, 수잔나 그러는데 넌 내가 안 보이는 데서 온통 내 험담만 늘어놓고 다녔다면서?"

테레제는 천천히 수잔나 쪽으로 몸을 돌렸다. 수잔나의 얼굴은 이미 빨갛게 상기되어 있었다.

이다는 그들을 그렇게 남겨두고 책을 챙겨 교실로 들어갔다. 좌우간 오늘 하루만 잘 견디면 될 것이다. 오늘이 고비다.


## 🐦 Sandor

요즘 들어 산도르는 간이매점에 자주 가는 편이다. 그곳에서 다른 아이들과 잡담도 하고 가끔 캔맥주도 나눠 마신다. 하지만 문제는 그때부터 다른 아이들의 입 도마에 자주 오르게 된다는 점이었다. 게다가 바박이라도 끼는 날이면 분위기가 썰렁해지기 일쑤였다. 물론 바박은 더 이상 산도르가 동성애자라고 면박을 주지는 않았지만, 어떤 식으로든 무시하려 드는 건 마찬가지였다.

지나가는 사람들이 그들에게 비난의 눈길을 보내곤 했다. 산도르 자신도 불과 몇 주 전까지만 해도 이런 녀석들을 색안경을 끼고 보지 않았는가. 하지만 지금은 그도 그들 중의 하나가 되었다. 그야말로 엄청난 변화였다. 산도르는 지금의 생활이 만족스러웠다. 아직은 대화에 적극적으로 끼어들어 많은 얘기를 하지는 않지만 간혹 가다 얼간이 같은 선생님들에 대한 험담이 오갈 땐 한몫 거들 때도 있었다.

오늘은 정말 일찍 학교를 나섰다. 집으로 돌아오는 길에 굽이 높은 구두를 신은 한 여자아이가 빠른 속도로 앞질러갔다. 짧은 가죽 재킷을 걸친 폼이 어딘가 낯익었다. 혹시?

"스티나!"

그녀가 돌아보았다. 그렇다, 스티나였다. 얼굴이 퉁퉁 부은 걸 보니 운 듯했다. 눈 아래쪽 화장도 번져 있었다. 그녀는 코를 훌쩍이며 몸을 가늘게 떨고 있었다. 그는 그녀에게 다가갔다.

"무슨 일이야?"

그녀는 고개를 저었다.

"잘 모르겠어. 어쩌면 내 잘못일지도 몰라. 하지만 지나치게 부당한……."

그는 흐느낌이 가라앉을 때까지 기다렸다.

"그 사람이 날 의심하고 있어! 항상 그런 식이니?"

"누굴 말하는 건데? 아론? 둘이 싸웠어?"

그녀가 고개를 끄덕였다.

"형이 뭐라고 했는데?"

"완전히 돌았나 봐. 피자가게에서 갑자기 하는 소리가, 내가 마커스와 같이 있는 것을 자기 친구가 봤다는 거야. 그러면서 욕을 하기 시작했어. 난 마커스와 이제 아무 관계도 아니야. 잠깐

사귄 적이 있었지만 벌써 오래된 옛날 얘기야. 그런데도 아론이 막 소릴 질러대는 거야. '이 창녀 같은 계집애! 뚫린 입이라고 잘도 지껄여대네. 나보고 지금 그 말을 믿으라는 거야? 난 그 정도로 바보는 아니야.'"

산도르는 뜻밖이라 어이가 없었다.

"아론이 그렇게 얘기했단 말이지? 형이 정말 너한테 창녀라고 했단 말이지?"

"응, 그리고 나서 더 이상 꼴도 보기 싫다는 둥, 내가 너무 어리다는 둥 했어."

그녀는 다시 흐느껴 울기 시작했다. 산도르는 그녀의 어깨를 감싸 안아주었다. 그 순간 자기가 영화의 주인공이 된 듯한 생각이 들었다. 절망적인 상황에 빠진 소녀를 위로해주는 따뜻하고 정의로운 남자, 산도르 말이다. 하지만 곧 그는 다시 현실세계로 돌아왔다. 스티나는 지금 다른 사람이 아니라 바로 자기 형에 의해 상처를 입은 것이다.

"천하의 얼간이 같으니라구."

"그러게 말이야. 하지만 난 아론을 너무 좋아해. 이젠 아론 없인 안 돼. 그 얼간이를 사랑하고 있단 말이야."

"그렇게 되면 너도 어쩔 수 없이 얼간이와 한통속이 될 수밖에 없는데!"

산도르는 가벼운 농담으로 그녀의 기분을 풀어주려 했다. 그녀도 웃었다.

"나도 알아."

그녀가 몹시 처량해 보였다. 산도르는 그녀에게 일단 집으로 가서 기다리라고 말했다. 그녀는 고맙다는 듯 옅은 미소를 지어 보였다. 아론이 사과를 해서 모든 것이 예전과 같이 원상복귀라도 된 것처럼 말이다.

별 뾰족한 방도도 없이 산도르는 피자가게로 향했다. 창문 안으로 아론이 친구 두 명과 함께 테이블에 앉아 있는 것이 보였다. 그들 앞에는 큰 병맥주가 놓여 있었고 아론은 아무 일도 없었던 것처럼 큰 소리로 웃고 있었다. 그는 기분 좋을 만큼 적당히 취해 있었다. 산도르는 어디서 그런 용기가 났는지 알 수 없었지만, 그런 걸 따져볼 겨를도 없이 이미 그쪽으로 향하고 있었다. 그는 스스로를 악당을 물리치기 위해 술집 안으로 막 들어서려는 서부영화 속 주인공쯤으로 여기고 있었다.

악당이 그를 발견하고는 환하게 웃으며 환영하듯 손짓을 했다.

"어이, 산도르!"

악당은 두 친구에게 자기 동생이라며 그를 소개했다. 하지만 악당의 친구들은 그에게 별 관심이 없었다. 악당이 그에게 자리를 내주었다. 하지만 그는 정중히 사양했다.

"아니, 괜찮아. 아직 맥주 마실 나이도 안 됐는데 뭘."

"무슨 특별한 일이 있어서 온 거야? 노친네가 아직도 고기압이신가 보지?"

"스티나 때문에 왔어."

아론의 얼굴 표정이 순식간에 변했다. 기분이 언짢아진 듯 정색을 하고 쳐다보았다.

"그 창녀 계집애가 어떻다고?"

주인공의 대답이 속사포처럼 쏟아져 나왔다.

"아직도 창녀라고 부르고 싶은 거야?"

악당이 놀란 듯했다.

"그래, 뭐가 잘못됐어?"

"형이 그 애를 창녀라고 부르는 건 옳지 않다고 봐."

정면 공격. 친구들은 아무 말이 없었다. 아론이 성난 눈으로 노려보았지만 산도르는 멈추지 않았다.

"그 애는 절대로 창녀가 아니야."

악당의 웃음소리가 들렸다.

"이 녀석, 네 일이나 잘해. 남의 일에 신경 쓰지 말고."

아론은 지원사격을 요청하기 위해 친구들을 쳐다보았다. 하지만 친구들은 어떤 입장을 취해야 할지 난처한 듯했다.

"그 애를 그렇게 하찮게 취급하는 것도 옳지 않아. 그 애가 그런 수모를 당할 이유가 전혀 없어."

아론은 계속해서 비웃는 표정을 지었지만, 산도르는 전혀 아랑곳하지 않았다.

"스티나는 마커스와 더 이상 아무 관계도 아니야. 그 애가 사랑하는 사람은 형이란 말이야."

악당이 서서히 반격을 시작하려 했다.

"산도르야, 이젠 정말 새 나라의 어린이들이 집에 가야 할 시간이 된 것 같다."

산도르는 할 말을 다 했을 뿐만 아니라 사태를 더 크게 확대시키고 싶지도 않았다. 그들은 같이 입구 쪽으로 걸어갔다.

"어쨌든 지금 스티나는 실의에 빠진 상태야."

"너, 엄마한테 한 번 대들었다고 해서 많이 컸다고 착각하는 모양인데, 넌 아직 인생이 뭔지 쥐뿔도 몰라. 발레복이나 걸치고 다닌다고 알아지는 게 결코 아니란 말이야."

산도르는 모욕감을 견뎌냈다.

"형이 먼저 그 애한테 전화해줬으면 좋겠어."

"지금 그 생각을 몇 년 후까지 변함없이 간직할 수 있길 바란다. 아마 그땐 내 손을 들어주게 될걸."

그는 악당에게 마지막으로 충고했다.

"미안하다는 말 한마디면 충분할 거야."

모든 게 뒤죽박죽이야. 지금 내 안에서 무슨 일이 벌어지고 있는지조차 모르겠어. 어쩌면 전에 네가 먼저 치렀던 일종의 홍역 같은 것일 수도 있다는 생각이 들어. 이젠 사람들에게 신물이 날 정도야. 권력의식이나 우월감을 맛보기 위해 타인을 헌신짝 다루듯 하는 인간들이 정말 혐오스럽다!

난 네가 자랑스러워. 그리고 나 스스로도. 우리가 이렇게 만나게 된 건 결코 우연이 아닐 거야. 이제 곧 그 만남의 의미를 재확인할 날도 멀지 않았구나. 하지만 그때까지 내가 잘 참을 수 있으려나. 이다가.

그는 학교 앞에서 그녀를 기다리고 있다가 순식간에 그녀를 차 안으로 낚아챘다. 두려움조차 느낄 새가 없었다. 그가 팔을 너무 세게 잡았기 때문에 통증이 느껴졌다.

"아야! 미쳤어?"

루카스의 얼굴은 전에 비해 핼쑥해 보였다. 순간 지금 그의 심정이 어떨지 짐작이 갔다. 이럴 땐 조용히 사태를 지켜보는 게 상책일 것이다.

"나한테 뭐 할 말 없어?" 그가 채근하듯 물었다.

"전화로 말한 게 전부야."

"끝내자고 한 거?"

"응, 끝내자고 한 거."

"창녀."

그는 확인하듯이 차분히 한마디 내뱉었다. 진절머리 나는 상황이었지만 어딘지 모르게 우스꽝스럽게 다가오는 말이었다. 이다는 웃음을 참기 어려웠다.

"그건 이미 써먹은 말이잖아."

287

그의 콧방울이 가늘게 떨리고 있었다.

"그렇다면 한 번 더 말해줄 수도 있어."

"그게 너한테 도움이 된다면 그렇게 해."

그는 더 이상 분을 참지 못하고 그녀의 팔을 세게 움켜쥐었다. 고통이 왔다.

"뭐가 그리 우스워?"

다시 공포감이 몰려왔다. 지난번 밤에 그녀 집 앞에서 포효하듯 부르짖으며 해코지하려 했던 일이 불현듯 떠올랐다.

"이것 좀 놔줘."

"네 해명을 듣고 싶어!"

"아프니까 이거 좀 놓고 얘기해, 루카스!"

눈가에 눈물이 고이는 것이 느껴졌다. 하지만 그에게 우는 모습을 보이고 싶지는 않았다. 이제 와서 다시 생각하니 얼마나 형편없는 인간인가 하는 생각이 들었다. 어떻게 이런 인간과 사귈 마음을 가졌단 말인가? 그것도 잠자리까지. 울화가 치밀어올랐다. 유괴범처럼 갑자기 나타나 대체 뭘 어쩌자는 것일까? 정말 완력을 써서라도 납치할 생각을 하는 것일까?

"너의 노리갯감이 되기 위해 언제까지고 내가 이렇게 하릴없이 앉아 있어야 한다고 생각하는 거야? 그게 네가 바라는 거야? 내가 너를 사랑한다고 거짓 고백이라도 해줬으면 좋겠어?"

그의 눈빛이 심상치 않아 보였다. 아무튼 이다는 각오가 된 상태였다. 하지만 주먹은 날아오지 않았다. 루카스는 눈을 감았다.

세게 움켜잡고 있던 그녀의 팔도 놔주었다. 눈을 다시 떴을 때 그의 눈가엔 눈물이 가득 고여 있었다. 순간 그가 여리고, 고독하고, 불쌍하게 여겨졌다.

"어느 날 네가 내 삶 속으로 돌진해 들어오더니 나를 이렇게 엉망으로 만들어놓은 거야."

그는 약간 쉰 목소리로 말을 꺼냈다.

납득이 가지 않았다. 매일같이 전화를 해대며 숱한 꽃바구니 공세를 펼친 사람이 누구인데 그런 말을 한단 말인가. 게다가 따지고 보면 함께한 시간도 그리 많지 않았다.

"난 그저 학교 생활을 등한시하고 적당히 농땡이 부린 죄밖엔 없어. 그러던 참에 네가 먼저 다가온 거지."

그는 애원하는 듯한 눈빛이었다. 이다는 아무 말 없이 그를 쳐다보았다. 그러고 나서 천천히 차 문을 열고 내렸다. 그는 그녀를 잡으려 하지 않았다.

근처에 테레제가 서 있는 것이 보였다. 틀림없이 이 드라마를 전부 시청하고 있었으리라. 하지만 그녀는 이다를 못 본 체했다.

## 𝒮𝒶𝓃𝒹𝑜𝓇

최소한 스무 번쯤 옷을 갈아입다가 드디어 하나를 골랐다. 최근에 제법 많은 옷들을 사들였다. 이다의 방문 때문만은 아니었다. 특별히 튀어 보이는 스타일을 택한 것은 아니지만 그렇다고 주류 스타일을 택한 것도 아니었다. 주류 스타일은 스스로가 몰

개성적이고 몰취미하다는 것을 만방에 알릴 뿐이라는 게 노라의 주장이었다. 그는 새로운 자아를 돋보이게 하려고 가죽으로 된 손목밴드도 장만했다. 하지만 스웨터의 긴 소매에 가려 눈에 잘 띄지 않았다.

기차 도착시간은 16시 12분. 역에서 기다리는 20분 동안 세 번이나 신문가게를 들락날락해서 모든 머리기사를 외울 정도였다.

드디어 기차가 도착했다. 기차가 꾸역꾸역 뱉어내는 수많은 여행객들 사이로 그의 시선이 분주히 움직였다. 순간 그녀를 알아보지 못할 수도 있다는 불안감이 들었다. 하지만 그건 기우에 불과했다. 50미터쯤 거리에서 이미 그녀를 알아볼 수 있었다. 가슴이 두근두근 뛰기 시작했다. 그녀는 눈이 부실 만큼 예뻤다. 이렇게 아름다운 여자가 수많은 사람들 중 바로 자기를 만나기 위해 다가오고 있다는 것이 믿어지지 않았다.

그는 사람들을 뚫고 헤쳐 나갔다. 서류가방과 각종 짐 꾸러미를 든 어른들 틈바구니에서 보니 그녀가 더없이 작은 존재로 느껴졌다. 그는 일부러 먼저 다가가지 않고 그녀가 자기를 알아볼 때까지 기다리기로 했다. 그들 사이의 간격이 대략 10미터쯤으로 좁혀졌을 때, 그녀가 그를 보고 웃으면서 다가왔다. 산도르는 어떻게 행동해야 할지 몰랐다. 손을 내밀어 악수를 청해야 하는지, 끌어안기라도 해야 하는지, 알 수가 없었다.

"안녕."

그가 인사를 건넸다. 그 순간 그녀가 그를 기습적으로 껴안았다. 처음엔 너무도 갑작스런 일이라 얼떨떨했지만 곧 정신을 가다듬고 마주 안았다. 그녀의 체온이 은근하게 느껴지면서 이국적인 향기가 풍겨왔다. 산도르는 아는 사람이 곁에 왔다 가도 모를 정도로 그 분위기에 도취되었다.

"야릇한 기분인데!" 그녀가 말했다.

"그래, 맞아."

둘은 나란히 산책을 했다. 그는 무슨 말을 해야 할지 몰랐다. 설사 하고 싶은 얘기가 있다 해도 무턱대고 이야기를 시작하지는 못할 것이다. 그것은 그의 방식이 아니기 때문이다.

### 🐌 Ida

이다는 지난 몇 년간 학교보다는 카페에서 시간을 때운 적이 더 많았지만 이 카페의 분위기에서는 평소와는 다른 격식을 차려야 할 것만 같은 생각이 들었다. 그녀가 주문을 하는 동안 그는 주문 내용을 듣고 그녀의 취향을 판단하려 할 것이다. 그렇다면 얼그레이 홍차에 대해선 어떤 해석을 내릴까?

그는 콜라와 달팽이빵을 주문했고, 그들은 창가 쪽 테이블로 가서 앉았다. 그가 달팽이빵의 가운데를 뚝 잘랐다.

"먹어볼래?"

그녀는 솔직해지기로 마음먹었다.

"아니, 됐어. 난 너무 긴장해서 한 입도 안 넘어가."

그의 시선, 이 옅고 희미한 웃음은 뭘 의미하는가? 그녀가 한 말이 그의 맘에 들었을까? 그는 지금 수줍어하는 걸까, 아니면 그냥 저러는 것일까? 그녀는 그것을 알아야 했다. 오, 주여. 그들은 마침내 서로에 대해 거의 모든 것을 이야기했다. 기차를 타고 오는 내내 그녀는 플랫폼에서의 첫 만남을 설레는 마음으로 학수고대했다. 그를 봤을 때 그녀는 뛸 듯이 기뻤고, 그건 둘째치고라도 그는 정말 멋지게 보였다.

그녀는 차를 식혀야 하는 것도 잊어서 혀를 데었지만, 그것도 느끼지 못할 정도였다. 그는 콜라를 마셨다. 그들 중 누군가가 먼저 말을 꺼낼 때까지 얼마나 오래 걸렸을까? 30초? 아니면 1분 30초? 그녀가 이렇게나 먼 길을 왔는데, 먼저 말문을 여는 것은 그의 몫이 아닐까?

"집에서는 너무 힘들었어."

그는 손가락으로 머리를 빗어 넘겼다.

"엄마는 여전히 나한테 화가 나 계셔. 네가 그걸 잘 견뎌줬으면 좋겠다."

그는 신경이 곤두서 있었다. 그녀는 상대방이 자신에 대해 무슨 생각을 할지에 대한 두려움을 알기에, 그의 기분을 유쾌하게 해주려고 웃어 보였다.

"너, 그거 알아? 난 많은 걸 잘 견딜 수 있어. 우리 엄마는 어떤지 아니?"

그녀는 얼굴을 찡그렸다.

"어머니는 좀 어떠셔?"

"많이 좋아지셨어. 규칙적으로 정신과 치료도 받으시고, 장 보러 다니시기도 해."

그가 기지개를 켰다. 다음 얘기는 사실 그녀가 다음 기회를 위해 남겨두려 했지만, 더 이상 기다릴 수가 없었다.

"얼마 전 첫 승마 강습을 받았어."

"정말?"

그녀는 끄덕였다.

"응, 화요일에. 난 상당히 두려웠어. 거의 30분 동안이나 그 괴물이 일어날 것 같지 않았거든. 그 말은 거칠어 보였어. 하지만 엄마는 아무렇지도 않게 다른 말로 올라탔고, 난 스스로에게 화가 났지. 난 떨어져서 머리가 깨지는 끔찍한 사고가 일어날 수도 있다고 생각했거든. 하지만 그런 일에 대비해서 헬멧을 쓰는 거고, 사실 그렇게 위험하지도 않았어. 사람들은 그런 식으로 죽지는 않거든. 무엇보다 말이 움직이지 않고 얌전히 서 있을 때는 말이야. 그때가 바로 그런 때였어."

산도르는 웃었다. 이다는 산도르가 웃는 걸 상상해보지 못했다. 하지만 그에게서는 빛이 났다. 다른 세계에서 온 것 같은 아름다운 그의 눈이 특히 그랬다. 그는 이다가 우스꽝스러워서 웃는 걸까, 아니면 그녀의 유머감각 때문에 웃는 걸까? 그녀는 후자이기를 바랐다.

"말을 타고 달려보기도 했어?"

"당연하지."

그녀는 주저앉았다.

"맙소사, 엉덩이가 아프네. 모래 위에서 5분 동안 말을 타고 근처를 걸어서 돌았지. 그렇게 낭만적이진 않았어. 하지만 언젠가는 더 멀리까지 달릴 거야."

## ✍️ Sandor

말도 안 돼. 이다와 함께 예테보리의 한 카페에 있다니, 그리고 아주 평범한 사람들처럼 이야기를 하다니. 사람들이 대화를 엿들으면 자신들을 어떻게 생각할까? 오랜 친구? 아니면 낭만적인 한 쌍의 연인?

그사이 그는 그녀의 얘기를 듣는 것도 잊은 채 그녀를 바라보고 있었다. 얘기할 때 그녀의 표정은 자주 바뀌었고, 손톱에 파란 매니큐어를 칠한 그녀의 손은 초조하게 식탁 위의 냅킨을 만지작거렸다. 그러면서 사이사이에 그녀는 정돈을 하려는 듯 긴 머리를 쓸어내렸다.

그녀는 그에게 꼬치꼬치 캐물었다. 지금까지 아무도 하지 않았던 일이다. 그가 이렇게 생각하는지 저렇게 생각하는지, 이것에 대해 혹은 저것에 대해 어떻게 생각하는지, 마치 그의 사고방식이나 관점을 다 흡수하려는 것처럼. 그는 그녀에게 최대한 진실하게 대답하려 애썼고, 그도 그녀에게 많은 질문을 했다.

그런 후에 그들은 그가 사는 어두침침한 작은 마을로 가는 버스를 탔다. 차 안에서 그는 그곳이 얼마나 우울한지 심하게 과장

294

하면서 그녀에게 마음의 준비를 시켰다. 하지만 목적지인 할렌 뵈겐 3번지에 도착했을 때, 그녀는 신선한 충격을 받았다.

"하나도 흉측하지 않네. 아주 안락해 보이는데."

*Ida*

산도르가 뭔가 말했다. 문 뒤의 복도에 누군가가 서 있는 것 같았다. 산도르의 어깨 너머로 산도르의 어머니 같은 여자가 보였다. 그녀 또래의 검은 머리 소녀가 얼굴을 내밀었을 때는 그 첫인상을 소화할 만한 시간도 없었다. 동시에 계단에서 발소리가 들리고 조금 나이가 위인 남자가 그녀를 머리부터 발끝까지 훑어보았다. 마침내 희끗희끗한 긴 곱슬머리를 한 그의 아버지가 나타났다. 그녀는 지금껏 그런 식으로 주목을 받아본 적이 없었다. 산도르는 들어온 뒤 문을 닫았다.

"얘가 이다예요."

젊은 청년이 첫 번째로 그녀에게 손을 내밀었다.

"나는 아론이야."

이다는 앞에 있는 사람이 누구인지 곧바로 알아챘다. 여자친구를 성적으로 헤픈 여자라 부르고, 하키를 하며, 자기가 이 도시에서 가장 인기 있는 남자라 믿는 바로 그 사람이다. 그녀는 그와 눈은 마주치지 않고 손만 잡았다. 그 다음엔 누나 차례다.

"난 노라야. 네가 와서 얼마나 좋은지 몰라. 진심이야."

이다는 고개를 끄덕였다. 산도르 아버지의 비판적인 시선 아래서 그녀는 잠시 자기가 작고 별로 중요하지 않은 존재처럼 느껴졌다.

"산도르 아빠다. 어서 오너라."

그는 권위에 찬, 상당히 강한 억양으로 얘기했다. 그녀는 본능적으로 목례를 하며 감사의 말을 전했다. 이제는 점심식사만 남았다. 그녀는 약간 거리를 두고 그들을 바라보았다. 그들의 시선은 이다를 불안하게 했다. 그 안에는 친절함도 따뜻함도 없었다. 그녀의 머릿속에 불현듯 옷차림에 대한 생각이 스쳤다. 좀 더 신중하게 옷을 선택해야 했는데, 짧은 치마 대신 좀 덜 조이는 티셔츠에 바지를 입어야 했는데……. 그렇지만 그녀는 웃으면서 산도르 엄마에게 다가갔다.

"안녕하세요."

"안녕. 반갑구나."

냉정한 말투였지만 이다는 고개를 끄덕였다.

"네, 친절히 배려해주신 덕에 이렇게 왔어요."

산도르는 엄마를 쳐다보고는 이다의 손을 잡아끌었다.

"내 방은 2층이야. 이리 와."

"식사를 차려놨단다." 그의 엄마가 제동을 걸었다. "너희들 분명히 배가 고플 거야. 그치?"

*Sandor*

그는 엄마가 미워 죽을 지경이었다. 엄마는 웃어 보이려고도 하지 않았다. 이다가 집에서 멀리 떨어져 나와 완전히 낯선 가정에 강제로 떠넘겨지기라도 한 것처럼 말이다.

"그것 봐. 내가 얘기한 대로지?"

부엌으로 갈 때, 그가 이다의 귀에 속삭였다.

"괜찮아."

그녀가 다시 속삭였다.

산도르의 엄마는 식탁에 이다를 위한 식기 한 벌을 추가로 더 놓고 의자도 더 가져다놓았다. 다른 사람들이 식당에서 이리저리 분주하게 움직일 때 이다는 어쩔 줄 모르고 서 있었다. 그녀는 그에게 너무 미안했다. 그녀 안의 모든 자발적인 면과 자신감이 다 빠져나간 듯했다.

산도르의 엄마는 이다에게 닭고기 수프를 덜어주었다.

"고맙습니다. 이 정도면 됐어요."

이다는 사양했지만 벌써 그녀의 접시에는 엄청난 양의 음식이 담겨 있었다. 산도르의 아버지는 여행이 즐거웠는지 물었다.

"네, 좋았어요. 고맙습니다."

이다의 얼굴이 빨개졌다.

"내가 물어보려고 했는데."

아론은 이다를 솔직하다고 평가하면서 음식을 한 숟가락 입에 넣었다. 산도르는 자기 가족이 부끄러웠다. 이다는 천천히 씹으

297

며 어설픈 미소를 지었다.

"기쁘구나."

산도르의 엄마가 별 감흥 없이 말했다.

"너, 스톡홀름에서 왔지? 그럼 이곳이 너한테는 아주 촌구석 같겠네. 안 그래?"

이다는 힘 있게 고개를 저었다. 그러고는 한 입 씹어 삼켰다.

"넌 시내에 사니?"

노라가 궁금한 듯 물었다. 이다는 끄덕였다.

"갈 수 있는 공연도 모두 보러 가고 그래?"

이다는 고개를 저었다.

"아니, 그렇게 자주는 아니에요."

"스톡홀름에서 누가 공연장엘 가려고 하겠어?"

아론이 거칠게 숨을 내쉬었다.

"거기엔 거만한 스톡홀름 사람들만 다닐 뿐이지."

이다가 고개를 숙였다. 산도르는 부끄럽고 화가 났다.

"무슨 못된 짓이야! 스톡홀름 사람들은 이렇고 예테보리 사람들은 저렇고, 그런 말이 어딨어. 우리는 뭐 다 똑같아? 우연히 한 지붕 아래 살게 된 것뿐이지."

"아니지, 천만다행으로 아니지. 너랑 안 닮은 게……."

산도르는 격분해서 얼굴이 빨개졌다. 노라가 끼어들었다. 그녀는 아론을 노려보며 말했다.

"오빠 말은 그러니까, 이다가 스톡홀름에서 왔으니까 거만하

298

다는 거야? 바보같이!"

"이제 그만들 해!"

산도르의 아버지가 주의를 주듯이 소리쳤다. 아론이 미소 지으며 해명했다.

"미안해, 이다. 그런 뜻으로 말한 건 아니었지만, 너도 그렇게 받아들이지는 않았겠지?"

산도르의 아버지는 아무것도 묻지 않았는데도 냅킨으로 조심스레 입 주위를 닦았다.

"지나친 일반화는 옳지 않다고 본다, 아론."

"일반화시킬 수 없는 것도 문제가 있다고 봐요."

아론은 퉁명스럽게 자기 접시에 두 번째 음식을 담았다.

"좋아, 좋아."

산도르의 아버지는 의자에 등을 기대며 이다를 쳐다보았다.

"너는 무슨 일을 하니?"

산도르는 땅 속으로 꺼지고 싶었다. 이게 정말 내 가족이란 말인가? 엄마는 까다로운 마녀, 수치스러움의 극치인 형, 거만하고 속물적인 아버지.

"지금 심문하시는 거예요?"

산도르가 되물었다. 이다는 초조한 표정으로 의자에서 이리저리 몸을 비틀었다.

"저는 아직 학교에 다녀요."

"그렇구나. 내 말은…… 그러니까, 예를 들면 산도르가 춤을 추는 것처럼, 너는 따로 하는 게 있니? 미안하다, 그저 궁금해서."

침묵.

"제가 뭘 하냐고요? 할 수 있는 건 뭐든지……."

이다는 힘없는 목소리로 얘기하며 불안한 시선으로 산도르를 쳐다보았다. 마치 그가 자신의 수호천사가 되어줄 것처럼.

"이다는 말을 타요."

"네." 이다는 안도하며 실마리를 잡았다. "전 많은 시간을 말과 함께 보내요."

다행스럽게도 산도르의 아버지는 말에 대해 아는 것이 없었고 이다에게도 전혀 관심이 없었다. 그의 아버지는 고개를 끄덕이며 평가를 마쳤다.

"듣기 좋구나."

그러고는 일어나서 접시를 개수대에 가져다놓았다.

"아쉽지만 난 이제 그만 들어가마."


🐝 *Ida*

이런 가족 식사. 그녀는 정말이지 전혀 연습조차 해보지 않았다. 지금처럼 부담이 되는 자리에서 중간에 일어날 수도, 집에 갈 수도 없다는 사실이 더욱 힘겹게 여겨졌다. 그녀는 상대방의 상처를 건드리는 말을 툭툭 던지는 거만한 형과 냉소적인 시선의 엄마 얼굴에 대고 이렇게 말하고 싶었다.

"대체 당신들, 나한테 무슨 유감이라도 있어요?"

그녀는 산도르에게 시선을 던졌고 그는 즉시 위로하는 듯한 미소로 답했다. 그러자 곧 기분이 조금 나아졌다. 결국 그녀는 산도르와 친구이지, 그의 가족들의 친구는 아니다. 그리고 그나마 노라는 어느 정도 정상으로 보였다.

산도르의 엄마가 그릇을 물리기 시작했을 때, 이다는 음식의 반도 채 먹지 못한 상태였다. 산도르는 그녀의 접시를 집어 들고 남은 음식을 냅킨으로 싹 쓸어 쓰레기통에 버렸다. 그들이 부엌을 나서자 그의 엄마가 그들을 보며 고개를 절레절레 흔들었다. 산도르는 그녀에게 서둘러 집을 구경시켜주었다. 전혀 다른 문화에 뿌리박은 그의 부모를 알게 하는 공간일 뿐인 집.

산도르 아버지의 작업실을 지날 때, 그들은 문틈으로 안을 살짝 들여다보았다.

"저기에 밤마다 앉아 있었어."

그의 갈색 눈이 빛났다. 그녀는 그곳에서 모든 것이 시작되었다는 게 뭔가 비현실적인 것처럼 느껴졌다. 마치 역사적인 장소에 견학을 온 것처럼.

방에서 그는 음악을 틀었다. 들어본 적 없는 음악이지만 맘에 들었다. 그 CD는 노라가 빌려준 건데, 그 곡을 배경음악으로 오랫동안 춤을 추었지만 그 음악에 대해 아는 바는 거의 없었다. 그래서 그녀가 그 음악이 뭐냐고 물었을 때 산도르는 대답할 수가 없었다. 하지만 그녀는 그의 솔직함이 맘에 들었다.

그는 바닥의 쿠션의자에 앉고, 그녀는 침대 위에 누웠다. 그리고 카페에서 다 하지 못한 이야기를 다시 했다. 마치 전혀 이야기가 끊어지지 않았던 것처럼.

그녀는 방 안의 몇몇 포스터를 둘러보았다. 잘생긴 근육질의 남자가 큼직한 셔츠에 달라붙는 러닝셔츠를 입고 맨발로 드라마틱한 포즈를 취하고 있었다.

"저건 누구야?"

그녀는 포스터를 가리켰다.

"아, 그거. 진작부터 떼어낸다는 게 아직도 이러고 있으니. 루돌프 누레예프야. 나이 든 러시아인. 최고였지."

"그런데 왜 떼려고 해?"

그의 미간에 굵은 주름이 생겼다.

"그냥. 요즘 스타일이 아니야."

"굉장히 섹시한데."

그의 얼굴이 밝아졌다.

"그렇게 생각해?"

"응, 정말이야. 진짜 멋져."

산도르는 누레예프를 주의 깊게 살펴보고는 이렇게 말했다.

"맞아. 그는 멋져."

그녀는 산도르를 바라보았다. 그에게서도 풍기는 무엇인가가 그녀의 호기심을 강하게 자극했다. 그녀는 자기가 아는 산도르의 이면에 또 다른 산도르가 존재하는 것처럼 느껴졌다. 그녀가 최종적으로 확인하고 싶은 산도르 말이다.

"너, 나한테 뭔가 보여주고 싶지 않아?"

그가 놀라서 몸을 움찔했다.

"뭘 보여줘야 되지?"

"뭔가 다음 단계에 나올 만한 것.. 아니면…… 내가 아는 뭔가를. 아무튼 뭐든 간에."

그는 당황했다.

"아, 아니야…… 난 그만두었어."

"그래서? 어떻게 하는지조차 잊어버렸다는 거야?"

그는 그녀를 애원하듯 쳐다보았다.

"제발 나를 힘들게 하지 마."

그녀는 그 말에 따랐다. 아직 시간이 그렇게까지 무르익지는 않았다.


🕊 Sandor

11시에 누군가 문을 두드렸다.

"너희, 이제 서서히 잠자리에 들 시간이 된 것 같은데?"

분명히 엄마는 몇 시간 동안이나 아래층 부엌을 이리저리 맴돌며 그들이 위에서 뭘 하는지 생각했을 것이다. 문 앞에 서서 엿듣고 있지 않았다면.

"걱정 마세요. 잘게요."

발소리가 멀어졌다. 순간 그의 목소리가 긴장되었다. 이다는 침대 앞에 서서 기지개를 켰다. 그는 셔츠 아래로 드러나는 그녀의 가슴에 대한 상상을 억제할 수 없었다. 그녀는 서둘러 팔을 내렸다. 그녀가 그의 시선을 봤을까? 그는 그녀의 엉덩이를 차지하고 싶다는 식으로 그녀를 생각하고 싶지는 않았다. 그녀는 친구이고 그 이상은 아니다. 그는 아주 객관적으로 평가할 수 있을 것 같았다. 그녀는 예쁘고 귀엽고 섹시하기까지 하다. 하지만 그렇다고 성적으로 흥분된 수컷처럼 음흉한 눈으로 쳐다볼 필요까지는 없다.

그녀는 그를 불안하게 쳐다보았다.

"그런데 난 어디서……."

"아, 미안."

그는 자기 방 앞에 있는 소파를 침대로 마련해주고 서툴게 이불을 폈다. 그리고 그녀가 먼저 샤워하는 동안 방 안에 쪼그리고 앉아 엿들었다. 욕실에서 나오는 소리를 들었을 때, 그는 그녀에게 잘 자라는 인사를 잊었다는 사실이 생각났다. 그는 조용히 방문을 열고 속옷만 걸치고 있는 그녀의 뒷모습을 보았다. 잠시 후에 그녀가 티셔츠를 입고 이불 속으로 들어갔다.

"잘 자."

그가 속삭이자, 그녀는 돌아서서 그를 보며 웃어주었다.

"잘 자."

침대에 누웠을 때 산도르는 잠들지 못하고 내내 그 장면만 떠올렸다. 어둠 속에서 거의 벗은 그녀의 몸. 산도르는 이번에는 양심의 가책을 느끼지 않았다.

## 🕊 Ida

그녀는 누군가 앞에 서서 그녀를 쳐다보는 바람에 깨어 놀라서 소파에 앉았다.

"학교에 늦지 않으려면 일어나야 할 시간이다."

그녀는 지금 산도르네 집에 와 있다는 사실을 새삼 떠올렸다.

"7시다."

그녀는 다시 처음으로 돌아온 느낌이었다. 아침 식탁에서의 그 똑같은 불안감. 그녀는 어서 먹으라는 말을 듣기 전에 빵을 집어도 될지조차 알 수 없었다.

학교 가는 길에 어느 정도 긴장이 풀렸다. 이다는 경쾌하게 이야기를 시작했다. 학교 수업을 빼먹은 이야기, 카페에서의 끝없는 만남, 아마도 김나지움 진학을 못 할 것 같다는 이야기. 산도르는 그렇게 말이 많지 않았다. 그녀는 그를 몰래 훔쳐보고는 그가 긴장하고 있음을 알아챘다. 그가 그녀와 함께 학교에 나타나면 다른 사람들은 뭐라고 할까? 그녀는 그를 웃음거리로 만들지 않도록 얌전히 있기로 결심했다. 이것이 그를 위해 그녀가 할 수 있는 최소한이었다.

## 🕊 Sandor

멀리서 그들이 보였다. 바박, 발래, 안톤 그리고 자비어. 그들은 아직 산도르를 발견하지 못했다. 이다는 쉼표도 마침표도 없이 수다를 떨었다.

305

"학교가 이렇게 깨끗하다니. 네가 우리 학교를 봤어야 하는데. 아주 낡고 지저분하거든……."

그들이 점점 더 가까이 다가왔다. 안톤이 그녀를 발견하고는 산도르 옆에 누가 있는지 보려고 목을 길게 뺐다. 그가 다른 아이들에게 뭔가 얘기하자 그들 모두 멍하니 이다를 바라보았다. 그들은 저 소녀가 왜 산도르와 같이 있는지 알 길이 없었다.

이다는 산도르가 다른 아이들에게 그녀를 소개하는 동안 웃고 있었다. 아이들이 당황하며 차례대로 자기 이름을 중얼거렸다. 바박은 불안해 보였지만, 첫 번째로 질문을 했다.

"에…… 너희는 어떻게 서로 알게 된 거야?"

잠시 동안 산도르는 이다가 자기 비밀을 들추고 진실을 말할 수 있을지 두려웠다. 하지만 그녀는 그냥 웃었다.

"넌 호기심이 많구나."

바박은 시선을 떨어뜨렸다. 볼이 새빨갛게 물들었다. 산도르의 긴장이 이내 가라앉았다. 그는 남들이 잘 못하는 일을 한 방에 끝낸 이다가 자랑스러웠다. 바박의 콧대를 꺾어놓는 일 말이다.

바박이 주춤하는 사이 다른 아이들이 계속 이다에게 질문을 퍼부었다. 어디서 왔는지? 전에 예테보리에 와봤는지? 주말엔 뭘 할 건지? 이다는 기분 좋게 대답하고는 긴 머리를 뒤로 넘겼다.

"이봐, 오늘은 우리가 널 책임질게!"

자비어의 제안에 이다는 고개를 저었다.

"그건 벌써 산도르가 하고 있는걸. 또 보자."

그녀는 산도르의 팔을 잡고 걷기 시작했다.

🕊 *Ida*

산도르가 피자가게에서 너무 긴장해서 엉뚱하게 주문을 했을
때 이다는 그가 너무 귀엽다고 생각했다.

"내가 별로 쿨한 편은 아니지, 그렇지?"

"아니야. 쿨해. 약간 지나칠 정도로."

"대단한 농담인데."

"농담 아니야."

그녀는 그 점에 대해 더 말해야 할지 말지 고민하다가, 진실만
을 얘기하기로 결정했다.

"나는 이해할 수 없어……."

그녀가 말문을 열었다.

"너는 네 친구들한테 네가 진짜 누구인지 보여주지 않고 그냥
거기에 서 있어. 물론 그게 쉽진 않지. 하지만 그들에게도 쉽지
않은 것은 마찬가지야."

그는 그녀를 응시했다. 그녀가 그의 감정을 상하게 한 것일까?

"네가 없을 땐 난 완전히 다를 거야."

그녀는 명백히 그에게 상처를 입혔다.

"그렇겠지. 미안해."

산도르는 언짢은 표정으로 냅킨을 잡아당겼다. 그녀는 새로운
시도를 했다.

"글쎄, 난 그저…… 사람은 좀 노력을 해야 한다고 생각해
서……."

그 말은 마치 엄마나 아버지에게서 혹은 선생님에게서 들을
법한 충고처럼 들렸다.

"말로는 쉽겠지."

"무슨 뜻이야?"

"잘 모르겠어. 어쨌든 넌 그냥 저돌적으로 얘기해버리지만 난
그렇게 하지 못해."

그냥 저돌적으로 얘기한다고? 대체 산도르는 나를 어떤 여자
로 생각하는 걸까? 아무 생각도 없이 그냥 떠벌리는 단순하고 멍
청한 여자로?

"네 의견대로라면 내가 어떻게 해야 하지? 모든 사람이 다 너
같이 공격적이라면, 웬만한 사람들은 집 밖으로 나올 생각도 못
할걸."

그는 천천히 콜라를 마셨다. 그녀를 쳐다보지도 않았다. 그녀
는 자기가 쏘아붙인 말이 조금은 후회되었다. 그는 벌써부터 그
녀를 초대한 걸 후회하고 있는 걸까? 다행히 그 순간에 피자가
나왔고 잠시 동안이나마 식사에만 집중할 수 있었다. 아무 말도
하지 않은 채 몇 분이 흘렀다.

"무슨 생각 해?"

그녀가 마침내 물었다.

"크리스티나 생각."

웬 날벼락. 크리스티나? 어떤 크리스티나? 그가 꿈에서도 갈망하고 있다는 그 춤추는 인형, 그 거식증 환자 말인가? 나와 함께 이곳에 앉아 있으면서도 크리스티나를 생각한다고?

"다음 월요일에 그녀를 병문안 가려고 해. 그동안 상태가 더 악화된 것 같아."

이럴 때는 대체 무슨 말을 해야 하나? 저주스런 말을 입에 올릴 수는 없다. 굶어 죽으려고 시도했다가 중환자실에 누워 있게 된 불쌍한 여자가 아닌가.

"저런."

그녀는 내친 김에 물어보았다.

"아직도 그녀를 사랑하니?"

그는 그녀의 눈을 그윽하게 바라보았다.

"응. 그런 것 같아."


🕊 Sandor

그는 다음날 내내 다른 것을 생각할 수 없었다. 대체 뭐가 잘못되었단 말인가? 그녀는 말로 그에게 상처를 줬다. 그 때문에 그는 이렇게 위축되어 있다. 맞다, 그가 천성적으로 사람들에게 다가가는 데 어려움이 있다는 것은 공공연한 비밀이다. 자신도 잘 알고 있다. 그렇지만 왜 하필 그녀에게 그런 말을 들어야 했는지.

그녀는 노라의 자전거를 빌렸다. 그들은 얼마만큼 달리다가 풀밭에 자전거를 세웠다. 그는 그녀에게 호수를 보여주었고 그

들은 장화를 신고 호숫가를 거닐었다. 그러자 어젯밤의 긴장감
이 다소나마 풀어졌다.

피자가게에서 얘기한 이후 그녀는 달라졌다. 집으로 돌아와서
는 잠시 텔레비전을 본 후 방에 들어가 아무 얘기도 나누지 않고
일찍 잠자리에 들었다. 그는 잠들지 못하고 오래도록 깨어 그녀
가 자신에 대해 어떻게 생각할까 노심초사했다. 그를 바보라고
생각지나 않을까? 그는 자신의 말과 행동에 화가 났다. 도대체
왜 크리스티나 얘길 꺼냈을까? 이다에게 질투심을 일으키려고?

그녀는 산도르 아버지의 커다란 방한 점퍼를 입고 있었다. 이
례적으로 화장은 안 한 상태였다. 화장하지 않은 그녀의 얼굴은
왠지 다른 사람 같아 보였지만 그에게는 그런 모습이 도리어 마
음에 들었다.

그녀는 그에게 수많은 식물들에 대해 물었지만 그는 아는 게
별로 없었다. 숲에 대해 지금까지 특별히 관심을 가져본 적이 없
었다. 어린 시절 내내 그는 아무런 흥미가 없는데도 블루베리를
따고 숲길을 산책하고 겨울에는 스키를 타도록 권유받았다. 그
는 부모님이 아이들 때문에, 또 자연을 가까이 접할 수 있어서 이
리로 이사왔다는 얘기를 들려주었다.

이다는 웃었다. 시시껄렁한 영화에 나오는 대도시의 소녀가
처음으로 시골에 온 것 같아 보였다. 그는 그녀를 푸른 초원 위를
처음 걸어보는 아스팔트 키드라고 놀리고 싶은 마음이 굴뚝같았
다. 이다는 전원이 이렇게 푸근하게 느껴지는 걸 보니 자기가 전

생에 농부가 아니었을까 생각해보았다. 그러면 그는 자기는 신호등이었다고 말할 것이다. 그렇게 도시를 좋아하는 걸 보면.

그녀는 바위 위에 앉아 호수를 바라보았다. 바람, 그리고 멀찌감치 들리는 자동차 소음 이외에는 아무 소리도 들리지 않았다.

"이곳이라면 난 언제까지라도 머물 수 있을 것 같아. 영원히."

그는 놀라서 그녀를 쳐다보았다.

"뭐라고? 이런 촌구석에?"

"아니, 여기. 이 바위 위에 말이야."

그는 그녀가 진지하게 얘기하는 건지 아닌지 분간하기 어려웠다. 그녀의 시선은 저 멀리 수평선 위의 한 점에 멈춰 있었다.

"그렇게 되면 난 더 이상 아무것도 걱정하지 않아도 될 거야."

그도 그녀가 바라보는 곳을 응시했다. 그녀의 고요함이 그에게도 전해졌다.

"네가 뭘 말하는지 알 것 같아."

그녀도 고개를 돌려 그를 쳐다보면서 옅은 미소를 지었다.

"알아."

그들은 몇 십 분 동안 그렇게 말없이 나란히 앉아 있었다. 다시 호숫가를 산책할 때까지.

*Ida*

그녀는 이렇게 제대로 기분전환을 해본 적이 없었다. 몸은 피로감에 지쳐 있었지만 기분만은 아주 좋았다. 그들은 더 이상 어젯밤에 무슨 일이 일어났는지 말하지 않았다. 그건 저절로 해결된 듯했다. 아직 크리스티나로 인해 불편한 마음이 남아 있었지만 이다는 애써 무시하고 호숫가를 산책했던 일과 서로에 대한 동질감과 연민만을 생각했다. 많은 얘기를 나누지는 못했지만.

집 분위기는 아침과는 전혀 달랐고, 아무도 없는 것 같았다. 산도르의 부모님은 시내에 가신다고 했고, 노라는 저녁에 있을 공연 때문에 연습하러 갔고, 아론은 하키 경기가 있다고 했다. 산도르는 계단을 쿵쿵거리며 올라갔다.

"우리, 오늘밤에 외출하려면 좀 쉬어야 해."

"금방 갈게." 그녀가 뒤에서 소리쳤다. "물 한 잔만 마시고."

그녀는 부엌으로 들어가다가 놀라서 기겁을 했다. 산도르의 엄마가 유령처럼 미동도 없이 조용히 앉아 있었기 때문이다.

"내가 놀라게 했니?"

이다는 식기건조대 위의 잔 하나를 들어 물을 따랐다. 물을 마시는 동안 등 뒤로 산도르 엄마의 시선이 느껴졌다. 목이 조여오는 느낌이었다. 마시고 남은 물을 개수대에 버렸다.

"오늘 시내에 나가신다고 하지 않으셨어요?"

이다는 되도록 자신감 있게 말하려 했다.

"몸이 별로 좋지 않아서."

이다가 잔을 씻어서 다시 식기건조대에 놓아두고 부엌을 빠져나오려는 순간 산도르 엄마가 말했다.

"넌 대체 산도르에게서 뭘 원하니?"

그녀는 움직임을 멈추었다.

"네?"

산도르 엄마는 정색을 하고 그녀를 쳐다보았다.

"내 말은, 너희 둘이 어울릴 만한 공통점 같은 게 있느냐는 거야. 그 애랑 사귀려는 이유가 뭐지?"

그녀 목소리에는 달갑지 않은 감정이 실려 있었다.

"전……."

"널 알게 된 이후로 그 앤 완전히 달라졌어. 그래서……."

산도르의 엄마가 말을 멈추고 창밖을 쳐다보았다.

"……그것도 부정적으로 말이야. 전혀 예전 같지가 않아."

"전 제가 거기에 무슨 책임이 있는지 잘 이해가 안 되는데요."

그녀는 스스로도 자기 목소리에 일말의 두려움이 담겨 있다는 것을 느꼈다. 산도르의 엄마는 그녀를 오랫동안 쳐다보았다.

"그래, 네 잘못만은 아닐 수도 있어. 단지 내 생각에 지나지 않을지도 모르지. 하지만 넌 산도르가 얼마나 재능이 있는 아이인지 알고 있니?"

이다는 대답하지 않고 단지 최대한 침착하고 냉정하게 보이려고 애썼다.

"난 그 애가 틀림없이 그 재능을 잘 살려나갈 거라고 믿어."

그녀는 숨통이 조여옴을 느꼈다. 이 순간 산도르가 그녀를 찾으러 부엌으로 들어왔으면 하고 간절히 바랐다.

"물론이죠."

"그 앤 그 무엇보다도 춤을 좋아했어."

그녀는 한숨을 내쉬었다.

"산도르와 나는 얘기할 게 아주 많았다. 하지만 언제부턴가 그 앤 갑자기 모든 것을 포기해버렸어. 어떻게 그럴 수 있니?"

그녀의 눈가에 눈물이 맺혔다.

"전 잘 모르겠어요. 그 점에 대해선 제가 딱히 드릴 말씀이 없을 것 같아요."

"다른 사람들처럼 사는 것에 전혀 관심이 없는 애였어. 나돌아다니면서 술을 마신다든가, 너희들이 보통 하고 다니는 짓들과는 거리가 먼 아이였단 말이야. 하지만 너는 그 애가 그렇게 되기를 바라는 거 아니니? 내 말이 틀렸어? 다른 사람들처럼 말이야."

"아뇨. 그건 아니에요."

이다는 거의 들리지 않을 정도로 작게 대답했다. 산도르 엄마의 시선이 아프게 느껴졌다.

"아니라고?"

정적이 흘렀다. 이다는 산도르 엄마의 눈에 눈물이 고이는 것을 보았다.

"너에겐 그냥 장난에 불과할지 몰라. 넌 그 애랑 그냥 즐기고 있는 거야, 그렇지?"

그녀는 대답을 기다리지 않았다.

"너희는 아직 어려서 너희가 무슨 짓을 하고 있는지 몰라. 신중히 생각해보지도 않고 저돌적으로 밀어붙이는······."

이다는 천천히 고개를 내저었다. 이건 사실이 아니야. 이 모든 말들은 다 사실이 아니야. 그녀는 부엌에서 도망쳐 나왔다. 그녀는 실의에 빠져 한동안 욕조에 하염없이 앉아 있었다. 그리고 욕실에서 나왔을 때는 얼굴에 두껍게 화장을 하고는 더 이상 산도르에게 시선을 주지 않으려 했다.

"뭐야?"

산도르가 묻자 그녀는 고개를 내저었다.

"이제 갈까?"

그들은 버스 정류장에서 다른 일행을 만났다. 모두들 뭔가 마실 것을 가져왔다. 산도르는 아버지의 술 진열장에서 코냑을 한 병 가져왔다. 먼지가 잔뜩 묻은 걸로 봐서 부모님도 별로 아쉬워하지 않을 것 같은 생각이 들었다. 그는 그녀에게 자기가 어떤 인간인지 보여주기로 작정하고, 술을 들이마시고도 얼굴 한 번 찡그리지 않았다. 그는 소위 말하는 약골은 절대 아닌 것이다. 그녀도 적지 않은 양의 술을 한 번에 들이켰다. 그러자 다른 아이들이 휘파람을 불며 환호했다. 대단한 여친이네!

그들은 뒷자리에 앉아서 있는 힘껏 고함을 질러댔다. 산도르도 질세라 "맥주 좀 더 가져와"라고 호기를 부려댔다. 그냥 그렇게 한번 객기를 부려본 걸까? 아니면 비난 어린 이다의 눈을 의식해서? 그것도 아니면 단순히 그녀를 놀라게 해주려고?

시내에서 파티가 열려, 곳곳에서 밴드들이 대거 몰려와 연주를 하고 있었다. 노라가 속한 밴드도 물론 포함되어 있었다. 그

315

들은 공연 전에 가져온 술들을 마셔버리려고 근처 공원으로 몰려갔다. 날씨가 매우 쌀쌀해서 이다는 연신 떨고 있었다. 자비어가 그녀를 팔로 감싸 안아주었다. 그녀는 산도르의 시선을 찾았지만 그는 취기가 올랐는지 다른 곳을 쳐다보느라 그녀에게 눈길을 주지 않았다. 그녀는 그에게서 몇 광년이나 떨어져 앉은채, 애꿎은 알코올만 입에 쏟아 부었다. 산도르에게는 숲 속을 함께 산책했던 기억이 멀리 사라진 듯 보였다.

공연장에 들어서자마자, 그는 이다를 사람들 속에서 놓쳐버렸고 다른 아이들마저 놓쳤다. 그는 참담한 기분으로 수많은 사람들 사이에서 그녀를 찾아 구석구석을 다 둘러보고 다녔다. 발래가 나중에 다시 한 번 찾아보자면서 간신히 그를 달랬다.

콘서트가 시작되자 산도르는 잠시 모든 것을 잊기로 했다. 무대 위에서 날뛰고 있는 대담하고 자신감 넘치는 노라가 말 그대로 하나의 계시처럼 느껴졌다. 그는 그런 식으로 누나를 바라본적이 없었다. 말하자면 그녀에게 어떤 재능이 있는지 한 번도 진지하게 생각해본 적이 없었다. 그녀는 산도르도 아는 내용의 노래를 불렀다. 다른 누군가에 의해 통제되거나 혹은 꼭두각시처럼 조종당하는 기분에 대해서, 명예욕에 대해서, 분노와 좌절감에 대해서……. 순간 산도르는 분명하게 깨달았다. 노라는 자신의 삶을 만들어가고 있는 중이라는 것을. 그러자 자신이 너무 왜소하게 느껴졌다. 과연 그의 길은 어디를 향하고 있는가?

콘서트가 끝나고 우연히 이다와 마주쳤다. 이다가 몽롱한 눈으로 갈지자로 걷는 걸 보자 가슴 한쪽이 아려왔다. 바박이 그녀의 어깨 위에 팔을 올려놓고 있었다. 그를 보자 그녀는 별로 달갑지 않은 표정을 지었다.

"빌어먹을, 너희들 갑자기 어디로 사라졌던 거야?"

순간 그녀가 값싸 보인다는 생각이 들었다. 그는 가급적이면 그렇게 생각하지 않으려 했지만, 노라를 보고 난 후론 이다가 그저 평범한 수준의 아이로 여겨졌다. 흐리멍덩한 눈동자, 날카로운 목소리, 짧은 민소매 윗도리……. 그녀가 그에게 마시던 캔맥주를 내밀었다. 그는 고개를 흔들었다.

"마셔! 도대체 왜 그래?"

그녀가 술주정하듯 말했다.

"마시기 싫어. 난 이미 충분히 마셨어."

바박이 빈정거리며 한마디 던졌다.

"쟤는 원래 저래. 아직 어려서 많이 못 마셔."

곧 바박이 이다를 끌고 무대 위로 올라가려고 했다. 그녀는 올라가지 않으려 안간힘을 쓰면서 저항했지만 역부족이었다. 바박이 어색하게 끌어당길 때 이다가 그 자리에 우두커니 서 있는 것을 산도르는 먼발치에서 지켜보았다. 이윽고 그녀가 눈을 감더니, 음악에 맞춰 리듬을 타기 시작했다. 처음엔 단지 상체만 앞뒤로 움직이더니 나중엔 리듬에 맞춰 온몸을 흔들며 춤추었다. 산도르는 그 순간 그녀에 대한 모든 반감이 사라지는 듯한 황홀감을 느꼈다. 그녀에게서 눈을 뗄 수가 없었다. 마음 같아선 당장이라도 달려가 "이다, 그만 하고 우리 여길 빠져나가자. 아무도 훼방할 수 없는 곳으로 가잔 말이야"라고 말하고 싶었다.

춤이 끝나자 그녀는 눈을 뜨고 산도르 쪽을 쳐다보았다. 그들이 서로를 바라보는 눈길은 수많은 사람들을 뚫고 나올 만큼 강렬했다. 그 눈길은 서로 생각이 일치한다는 것을 말하고 있었다. 그때 갑자기 마법이 풀렸다. 그녀가 바박에게 인위적이고 또렷한 미소를 흘리는가 싶더니 그가 그녀의 엉덩이에 손을 갖다 대는 것이었다.

다른 아이들도 그녀와 같이 춤을 추고 싶어 안달이었다. 이다는 이제 밤의 여왕으로 추대되어 그들에게 은혜를 베풀고 있었다. 한참 후에 이다는 산도르에게 다가와서 손을 내밀었다.

"같이 춤추지 않을래?"

그는 고개를 가로저었다. 순간 그녀의 표정이 굳어졌다.

"아참, 내가 깜박 잊을 뻔했네. 넌 나같이 막 놀아나는 계집애하고는 함부로 춤추지 않는 고결한 인간이라는 걸 말이야. 역겹다, 정말. 염병할!"

"그만 해."

그녀는 흥분해서 그를 노려보았다.

"넌…… 그러니까 품위 있고 교양 있는 여자애하고만 춤을 추고 싶은 거겠지. 이름이 뭐더라, 아, 크리스티나라고 했나? 크리스티나는 누군가와 잠잔 적이 단 한 번도 없을 거야, 그치? 그리고 당연히 술에 취한 적도 없을 테고 말이야. 넌 그렇게 믿고 싶은 거겠지? 빌어먹을······."

그는 대답하지 않았다. 단지 그는 흔들림 없는 눈빛으로 조용히 그녀를 바라보기만 했다. 가슴은 찢어질 듯 아팠지만 말이다.

바박이 다가오더니 그녀를 잡아끌었다.

"어서 가자."

"네가 무슨 생각을 하고 있는지 다 알 수 있어, 산도르!"

이다는 인상을 찌푸렸다.

"빌어먹을, 값싸고 저질스런 년! 왜 내가 저런 창녀를 여기까지 데려왔을까? 하고 생각하고 있겠지."

"입 닥치지 못해!" 산도르가 소리를 질렀다. "그 개똥 같은 소리 집어치우란 말이야!"

"사실은 개똥보다도 못하다는 말을 하고 싶은 거겠지!"

그는 너무 놀란 나머지 몸이 굳는 듯했다. 그는 더 이상 사태 파악을 할 수가 없었다. 지금 그녀의 말은 무슨 뜻인가? 그녀에게 무엇을 한 것인가? 뭔가 해서는 안 되는 말을 한 것인가?

"신경 쓸 것 없어."

바박이 그녀의 어깨에 손을 올리면서 말했다.

"산도르가 너와 춤추기 싫어한다고 해서 기분 나빠 할 이유가 없다는 거야. 산도르는 동성애자거든. 너, 아직 그거 몰랐어?"

이다는 아연실색하는 눈치였다.

"아니······."

"까놓고 얘기해서, 그 사실을 모르는 아이들은 없을걸. 우리

반의 공식적인 철부지 호모거든. 내 말 맞지, 산도르?"

산도르가 자리에서 일어섰다. 그러자 발래도 따라 일어났다.

"가자."

산도르가 말했다. 그들은 무대로 다시 돌아갔다. 그새 그곳엔 다른 팀들이 몰려와 있었다.

"우리의 호모께서 꽁무니를 빼는구먼."

🐢 *Sandor*

그녀는 무슨 일이 어떻게 진행되고 있는지 잘 알고 있었다. 어쩌면 그녀가 바라는 바일지도 모른다. 그녀는 되도록 많은 것을, 그리고 모든 관계들을 엉망으로 만들어버리고 싶었다. 인정하고 싶진 않지만 그들 간에 '아무런 공통점이 없다'고 산도르의 엄마가 했던 말이 틀린 말은 아니었다.

바박을 따라 이곳까지 온 것이 후회스러웠다. 주위의 모든 것들이 점점 흐릿해졌다. 이다는 화장실을 다녀온 뒤에도 계속해서 술을 계속 마셔댔다. 그러다 옆에 앉아 은근히 깐죽거리며 비아냥대는 여자아이와 시비가 붙기도 했다. "이 얼빠진 예테보리 촌년아!" 이다는 누군가에게 끌려가면서 한마디 내질렀다.

바박과 함께 도착한 곳은 어두운 구석 한 귀퉁이였다. 그의 팔이 마치 연체동물의 촉수처럼 감겨왔고, 그 촉수는 엉덩이에서 가슴으로 옮겨졌다. 그녀는 아무런 반응을 보이지 않았다. 급기야 그의 혀가 입 속으로 밀고 들어왔다. 순간 역겨운 기분이 들었지만 그냥 내버려두었다. 그녀가 할 수 있는 것은 단지 모든 게 잘못됐다는 생각뿐이었다. 그렇다고 이렇게까지 된 마당에 다른 방도를 찾고 싶지도 않았다.

그때 누군가가 그녀의 팔을 잡아챘다. 어렴풋하게나마 누구의 눈인지 알아볼 수 있었다. 지금껏 보지 못한 눈빛, 그 안에는 분노나 원망보다는 고통 같은 것이 서려 있었다.

"먼저 갈게."

미안해, 제발 나도 데려가줘. 내가 바보였어, 나 자신이 정말 증오스러워. 산도르야, 제발 나를 데려가줘…… 마음은 그렇게 애원하고 있었지만 그녀는 그렇게 하지 않았다.

바박이 또 한 번 산도르의 염장을 질러놓았다.

"무슨 짓이야, 이 호모 자식아!"

그 순간 다른 아이들이 잔뜩 호기심 어린 눈으로 마치 포도송이처럼 그들 주위로 몰려들었다. 싸움이 난 건가?

"내 말 안 들려, 이 호모 자식아?"

산도르는 무표정하게 그를 쳐다보았다. 그때 바박이 갑자기 그를 거세게 밀쳐냈다. 산도르가 균형을 잃고 휘청댈 정도로 위력적이었다. 산도르의 눈에서 불꽃이 섬광처럼 튀었다.

"더 이상 참을 수 없어."

산도르가 위협적인 목소리로 소리쳤다. 이다는 정신이 번쩍 들었다. 다른 아이들도 놀라서 주춤거렸다. 무슨 일이 벌어질 것인가? 산도르는 주먹을 굳게 말아 쥐고는 버티고 서 있었다.

"좋아, 맷집엔 자신이 있다 이거지. 무리해서라도 여자친구 앞에서 한번 영웅 역할을 해보시겠다는 거야? 미안하지만 저 애는 호모는 안 좋아하거든. 아직도 모르겠어?"

이다는 산도르에게서 눈을 떼지 않고 있었다. 그녀가 보는 앞에서 산도르는 성난 짐승으로 변했다.

"입 닥쳐, 이 양아치 새끼야!"

그는 바박을 향해 몸을 날리더니 주먹으로 그의 얼굴 한가운데를 가격했다. 강한 펀치였다. 바박이 바닥으로 나뒹굴었다. 입가에서 피가 흘러내렸다.

다른 아이들은 그 사태를 지켜보았다. 벌떡 일어나긴 했지만, 바박은 한동안 어리벙벙한 자세로 서 있었다. 지금 무슨 일이 일어났는지 감이 잡히지 않는 표정이었다. 욱신거리는 입 주위를 손으로 쓱 문질러보더니 피가 묻어나는 것을 보고 이내 얼굴을 일그러뜨렸다. 그러고는 산도르에게로 몸을 돌렸다. 산도르는 여전히 그 자리에 버티고 있었다. 긴장된 표정이었다. 바박은 번개같이 달려들어 산도르의 옷깃을 감아쥐고는 벽 쪽으로 몰아붙였다. 산도르의 머리가 시멘트벽에 세게 부딪혔다.

"죽여버릴 거야, 두고 봐라…… 오늘이 네 제삿날이다, 이 빌어먹을 호모 새끼야!"

그는 팔꿈치로 산도르의 목을 졸랐다. 이다는 그가 숨을 쉬지 못해 얼굴이 사색이 되어가는 것을 보았다. 소리치고 싶었지만 소리가 제대로 나오질 않았다. 다른 아이들은 왜 이런 상황에서 아무도 나서지 않는 걸까?

"그만둬!"

흐느끼는 목소리로 그녀가 소리쳤다. 그 찰나에 마침내 누군가가 나섰다. 저녁 내내 산도르와 붙어 있던 발래였다.

"너 미쳤어, 바박? 빨리 놓아줘!"

바박이 놀라 주춤하면서 산도르의 재킷을 놓았다. 산도르는 기침을 하며 바닥에 앉아 몸을 추스르려고 했다. 등 뒤에서 누군가의 손이 느껴졌다. 위를 쳐다보니 무표정한 이다의 눈과 마주쳤다. 그의 머릿속에선 모든 것이 혼란스러웠다.

바박은 아무 말 없이 피칠갑이 된 얼굴로 발래를 쏘아보았다. 발래의 숨소리가 거칠어졌다. 그가 바박을 향해 소리쳤다.

"아무것도 모르면서 왜 설쳐대는 거야!"

바박은 어떻게 반응해야 할지 몰랐다. 그저 아무 죄가 없다는 듯이 두 팔을 앞으로 쭉 뻗어 보였다.

"왜 그래? 뭐 잘못 먹었어? 도대체 무슨 얘길 하는 거야?"

"뭐겠어? 쥐뿔도 모르면서 여기저기 동성애자라고 떠벌리고 다니는 그 천박한 입버릇을 말하는 거야. 내 말은, 산도르는 호모가 아니라는 거야."

바박은 다른 아이들에게 지원을 바라는 눈치로, 산도르를 가리키면서 빈정거렸다.

"나 원 참, 저 녀석이 글쎄 동성애자가 아니랜다!"

하지만 아무런 지원이 없었다. 바박은 쓴웃음을 지으며 발래

323

에게 다가가더니 어깨를 툭 쳤다.

"정신 차려라, 발래⋯⋯."

그러자 발래는 그에게서 한 발짝 뒤로 물러나면서 말했다.

"넌 아주 꽉 막혔어. 뭘 몰라도 한참 모르는 것 같아. 사실은 내가⋯⋯."

바박은 무슨 영문인지 모르겠다는 표정을 지었다.

"뭘 말하는 거야, 대체?"

발래는 그를 노려보았다. 긴장감이 절정에 다다른 듯 보였다.

"내가 동성애자야."

바박의 얼굴이 굳어졌다. 발래는 계속해서 말을 내뱉었다.

"넌 그것도 모를 정도로 꽉 막혔던 거야. 하지만 사실이야. 내가 그 빌어먹을 동성애자야. 더 이상 침묵하고 싶지 않은, 우라질 놈의 호모란 말이야. 알아들어? 난 지금까진 이 사실을 입 밖에 낼 용기가 없었어. 하지만 산도르를 네 그 얼어 죽을 호모 타령으로부터 구해주고 싶었어. 그러니까 그 문제라면 이젠 나하고 해결하면 될 거야."

발래는 산도르 쪽으로 돌아서더니 고개를 끄덕였다. 산도르는 자리를 뜨기 전에 이다에게 어쩌면 마지막이 될 눈길을 던졌다. 그녀는 온몸을 떨면서 애원하는 눈초리로 그를 바라보았다. 하지만 전혀 연민의 감정이 느껴지지 않았다. 산도르는 그녀를 보는 것만으로도 역겹게 느껴졌다.

방으로 돌아와 문을 잠근 뒤 침대에 몸을 던지고서야 비로소 눈물이 쏟아지기 시작했다. 그녀는 아침 6시 1분 스톡홀름으로 가는 첫 기차가 출발하는 시간까지 온 밤을 뜬눈으로 지새웠다. 역까지 걸어갈 생각이었다. 담배를 구걸하는 낯선 인간들과 치근대며 말을 걸어오는 얼간이들을 귀신은 왜 안 잡아가는지. 거리를 따라 마침내 기차역에 도착했다. 가는 내내 눈물 한 방울 흘리지 않았다.

집에 들어오니 10시 가까이 되었다. 이다는 더러운 옷을 입은 채 그대로 이불 밑으로 기어들어갔다. 비참함과 허탈감이 엄습해왔다. 이젠 목 놓아 울어도 좋다는 감정의 배려일 것이다.

그때 노크 소리가 들렸다. 이다는 엄마가 적어도 12시 전까지는 깨지 않았으면 하고 바랐다.

"이다야, 내 사랑아?"

"그냥 돌아가요!"

이다는 엄마와 얘기할 기분이 아니었다. 지금으로선 엄마가 어떤 위안이나 도움도 줄 수 없으리라 생각했다. 이미 엎질러진 물을 엄마라고 어쩌겠는가. 문고리가 여러 번 아래위로 움직였다.

"이다야!"

목소리와 노크 소리가 점점 더 커졌다.

"이다야, 제발 문 좀 열어봐!"

그녀는 작은 소리로 흐느껴 울려고 애썼다. 하지만 엄마가 울음소리를 들었다는 것을 알고 있었다. 그리고 굳게 닫힌 문 밖에서 발만 동동 구를 수밖에 없는 입장이 엄마에겐 큰 고문처럼 여겨질 것이란 점도 알았다. 하지만 엄마로부터 도움 받을 수 있는 건 아무것도 없지 않은가? 삶이 조금 힘겹다고 자기를 홀로 남겨두고 떠나려 했던 나약하고 비겁한 엄마가 아닌가 말이다.

"이다야, 문 좀 열어! 지금 네가 감당하기 어려운 상황이라는 걸 엄마도 이해할 수 있어."

어떻게 엄마가 그걸 이해할 수 있단 말인가?

"삶이 지옥같이 여겨질 때도 많을 거야. 나도 그걸 잘 안단다. 나도 다 겪어봤거든. 그러니까 우리 같이 얘기 좀 해보자. 우습게 들릴지도 모르지만, 네가 생각하는 것처럼 이 엄마가 그렇게 바보는 아니야."

하지만 이다는 개만도 못하게 행동한 것에 대해 누구와도 얘기하고 싶은 마음이 없었다. 잠시 침묵이 흘렀다. 흐느낌은 어느 정도 가라앉았지만, 여전히 몸이 떨려왔다. 엄마가 포기하고 간 걸까? 아니, 이번만큼은 아니었다.

"너도 전에 나를 위로해준 적이 있잖아. 그러니 내게도 그럴 기회를 줘야 하는 거 아냐? 나 좀 들어가게 해줘. 아무 말도 안 해도 좋아. 내가 맹세할게, 아무것도 강요하지 않기로 말이야."

부드럽고 따뜻한 목소리였다.

"제발, 내 귀여운 딸내미."

이다는 이불을 걷어내고 문을 열었다. 엄마가 뛰어들어와 그녀를 꼭 껴안았다. 이다는 품에 안겨 목 놓아 울기 시작했다.

"그래, 울어." 엄마가 속삭이듯 말했다. "그 심정 다 알아. 실컷 울어."

그들은 30분가량 침대 위에 그렇게 앉아 있었다. 이다는 어린 아이처럼 엄마의 무릎에 앉아, 그 순간 아무것도 두려울 것이 없다는 생각이 들었다. 엄마는 이제 다시는 그녀를 혼자 내버려두지 않을 것이다. 이제 두 사람은 하나가 된 것이다.

엄마가 이다를 품에 안고 흔들어주었다.

"이제부터 우린 서로를 위하며 살아야 해. 엄마한테 약속해, 이다야. 너와 나, 우리 둘은 영원히 함께 의지하며 살 거라고."


## 🕊️ Sandor

그는 발래의 방바닥에서 눈을 떴다. 잠시 후 모든 것이 생생하게 기억났다.

발래는 침대 모서리 위로 머리를 쏙 내밀고는 "어이!" 하고 인사했다. 아침마다 그런 식으로 인사하는 것이 세상의 가장 자연스런 이치나 되는 것처럼 말이다. 산도르는 곧바로 다시 눈을 감았다. 몸도 썩 좋지 않았을 뿐만 아니라 기분도 울적했다. 어젯밤의 일들을 머리에 떠올리고 싶지 않았다. 하지만 발래는 자비를 베풀지 않았다.

"어젯밤 일 말이야."

그는 오히려 즐거운 듯 말을 꺼냈다.

"앞으로 내 삶에 어떤 영향을 미치게 될지 잘 모르겠어."

"흐음."

"솔직히 말해서, 전혀 눈치 못 챘어?"

산도르는 숲길의 산책을 생각하고 있었다. 그녀의 머리카락이 촉촉한 공기 속으로 잔물결을 일으키고 있었다. 늪지대를 지날 때 그녀의 부츠 안으로 물이 들어가자 그녀가 얼굴을 찡그렸다. 그러고 나서 바위 위에 앉아 있던 그녀의 표정이 떠올랐다. '난 이제 더 이상 그 누구에게도 신경 쓸 필요가 없게 된 거야.'

"뭐라고?"

"아무것도 예상 못 했냐고?"

발래가 재촉하듯 물었다.

"짐작할 수도 있었겠지."

산도르는 파티 때의 일에 대해 늘어놓았던 그녀의 메일 내용을 떠올렸다.

"그 애가 어떤 여자인지 미리 파악했어야 하는 건데."

발래는 불쾌한 듯 쳐다보았다.

"내 말은 그게 아니라, 그러니까, 내가……."

그의 얼굴색이 변하고 있었다.

"……동성애자라는 것 말이야. 사실 그런 걸 드러내놓고 말하는 게 쉽지 않잖아."

산도르는 무심히 그를 쳐다보았다. 새 친구를 얻게 된 건가?

"아, 그거? 전혀 몰랐어."

발래는 다시 등을 돌려 눕더니 천장을 쳐다보며 말했다.

"그랬구나, 너도 몰랐구나. 그런 줄도 모르고 난 네가 처음부터 모든 걸 다 알고 있다고 생각했지."

"어떻게? 뭘 보고 그런 생각을 했어?"

"미안한 얘기지만 사실은 나도 네가 그쪽인 줄 알았거든. 물론 이젠 아니지만…… 넌 내가 왜 그토록 네 일을 사사건건 방해하면서 남성우월주의자처럼 행세했는지 아냐? 그래야만 아무도 내 성적 정체성에 대해 의심하지 않을 거라고 생각했기 때문이야."

그는 한숨을 내쉬었다.

"지금 생각해보면 정말 바보 같은 짓을 한 거지."

산도르는 천천히 집으로 어슬렁거리며 갔다. 문을 열기 전에 심호흡을 한 번 했다. 그는 어제와 오늘 이틀에 걸쳐 부모님께 전화 한 번 하지 않았다. 분명 태산같이 걱정을 하고 있으리라. 경찰에 신고는 하지 않았어야 하는데. 하지만 엄마는 현관에서 그를 기다리지도, 후다닥 달려 나오지도 않았다. 뭔가 이상했다.

부엌 쪽에서 목소리가 들려왔다.

"그 애도 불쌍하고, 부모들도 참 안됐고. 비극이 따로 없죠."

대체 무슨 일이지?

"항상 잘해야 한다는 압박감과 부담감을 더는 견딜 수 없었던 게지."

아버지의 탄식이 들려왔다.

"그러니 제때에 그만둘 수 있었던 당신은 참 잘한 거야."

"그만둘 수 있었다니요?"

"내 말은 더 깊이 발을 들여놓기 전에 그만둔 게 현명한 판단이었다는 거야. 그렇지 않았다면 당신이 직업인으로서 그 생활을 감당할 수 있었을 것 같아?"

잠시 침묵이 흐른 후 곧 큰 외침이 들렸다.

"내가 그만둔 건 순전히 당신이 그걸 원했기 때문이에요! 내 의지가 아니었다고요."

"진정해요, 보그라르카. 제발……."

"당신이 바라는 일이 항상 1순위였지요. 나, 나, 당신은 항상 그 나만 찾아댔죠. '난 당신이 춤을 그만두고 나와 함께 스웨덴으로 갔으면 해. 난 아이들도 많이 갖고 싶고, 그래서 당신이 아이들에게만 전념하길…….'"

"보그라르카, 제발 진정해요."

엄마는 아버지의 어투를 그대로 본떠 말하고 있었다.

"내가 갖고 있는 꿈들을 이곳 헝가리에서 실현시키기엔 너무 힘이 들어. 아니, 가능성이 전혀 없어. 난 전문적인 직업 교육을 받고 싶어. 제대로 된 일을 하고 싶단 말이야."

"아니야, 그렇게는……."

"그럼 난 뭐예요? 내가 원했던 삶은 어떻게 되는 거예요? 내 꿈 말이에요. 그것에 대해서 당신은 전혀 배려하지 않았어요!"

"당신 지금 무슨 소릴 하는 거야? 당신이 아이들을 속이는 건 이해할 수 있어. 하지만 나한테까지 그래선 안 되지."

"속이다니요?"

"그건 당신이 더 잘 알잖아."

아버지의 목소리는 차분하고 침착했다.

"당신은……" 깊은 한숨소리. "당신에게 재능이 부족하다는 공공연한 말들이 내게도 들려왔어. 그래서 당신은 극단에 더 남아 있을 수 없었고, 그 참에 스웨덴으로 이사를 오게 되었으니 시기적으로도 얼마나 잘 맞아……."

재능이 없었다고?

"게다가 그 당시 당신은 부족한 재능을 상쇄하기 위해 부단한 노력을 해야 한다는 심한 압박감에도 시달리고 있었어…… 그러니 이곳으로 온 것이 나쁘지 않은 선택이었다는 거지."

"당신 지금 말 다 했어요?"

아버지가 부드럽게 대꾸했다.

"그래서 결국 그곳에서 이렇다 할 일자리를 잡지 못했던 거고."

산도르는 순간 호흡이 멎는 듯했다. 그는 방금 들은 이 모든 얘기를 가슴에 묻어두기로 했다. 엄마가 재능이 없었다니? 그렇다면 그 모든 얘기들은 다 뭐란 말인가? 왕년에 이름을 날린 스타였다는 얘기, 엄마의 재능을 꼭 빼닮았으니 계속해서 엄마의 뒤를 밟아나가야 한다고 귀에 딱지가 앉도록 들어왔던 얘기들 말이다.

그는 약 1분쯤 그러고 서 있었다. 부엌에서는 더 이상 아무 소리도 들려오지 않았다. 그때 갑자기 문이 열리면서 엄마가 복도

로 뛰쳐나왔다. 산도르는 놀라서 뒤로 물러났다. 엄마는 그 자리
에 서서 퉁퉁 부어오른 눈으로 그를 쳐다보았다.

"여기서 다 듣고 있었구나."

엄마는 잔뜩 위축되고 의기소침해 있는 듯했다. 그런 모습이
그의 마음을 아프게 했다.

"파울리나 선생님이 전화를 했더구나. 강습시간표와 가을에
진행될 각종 행사들을 알려주려고……."

엄마는 떨리는 손을 그의 어깨 위에 올려놓았다.

"그리고 산도르야, 세상에, 크리스티나는 너희 그룹으로 돌아
올 수 없게 되었단다. 더 이상 춤을 춰선 안 되는 상태인가 봐."


*Ida*

오늘 그녀의 물건이 들어 있는 소포가 도착했다. 혹시나 해서
편지를 찾아보았지만 헛수고였다. 짧은 인사조차 없었다. 그녀
는 그 악몽 같았던 주말의 기억이 고스란히 담긴 이 꾸러미를 도
저히 풀 엄두가 나지 않아, 풀다 만 소포를 옷장 깊숙이 처박아
넣었다. 하지만 그런 식으로 쉽게 잊힐 문제는 아니었다. 더군다
나 지금은 극심한 외로움을 느끼고 있는 최악의 상황이 아닌가.

테레제와 수잔나와는 더 이상 만나지 않는 데다, 새로운 친구
를 찾을 여력도 없었다. 그나마 학교에선 쉬는 시간에 누군가와
어울릴 기회라도 있지만 주말이 되면 대부분의 시간을 집에서
혼자 보내야 하는 것이다. 밤에는 더 이상 밖으로 나가지 않았기

에 자연스레 파티도 멀리하게 되었다. 그곳에서 일어날 수 있는 모든 상황에 대해 두려움이 앞서게 된 것이다.

하지만 한 가지 다행스런 것은 뒤에서 험담하고 헐뜯는 아이들이 전에 비해 줄었다는 것이다. 예테보리에서 있었던 일들에 대해 엄마한테 터놓고 얘기하기까지 꼬박 일주일이 걸렸다. 그녀는 아무것도 숨기지 않고 있는 그대로를, 아니 오히려 사실보다 좀 더 악화시켜 이야기했다. 엄마는 잠자코 듣고만 있었다. 그러고는 이다를 안고 머리를 연신 쓰다듬어주었다. 하지만 시선은 TV에서 떼지 않고 있었다. 이다는 뭔가 위로가 될 만한 말을 듣길 바랐지만 엄마가 곁에 있어주는 것만 해도 어딘가. 그것만으로도 엄마를 원망할 수 없는 충분한 이유가 되는 것이다.

어느 날 그녀는 학교 앞에 루카스의 차가 시동을 건 채 서 있는 것을 보았다. 가슴이 콩닥콩닥 뛰었다. 조수석에 누군가 타고 있는 듯했다. 좀 더 가까이 가서 보니 테레제였다. 하지만 그리 놀랄 만한 일은 아니었다. 이미 오래전부터 그런 낌새를 채고 있었기 때문이다. 저건 진정한 사랑일까, 아니면 복수일까?

차 곁을 그냥 지나쳐 가려는데 갑자기 조수석 쪽 문이 열리면서 테레제가 굴러떨어지듯 튕겨나왔다. 그녀의 얼굴은 울어서 퉁퉁 부었고 몸은 떨고 있었다.

"정신 나간 계집애! 꼴도 보기 싫어! 창녀!"

이다가 루카스에게 들었던 바로 그 단어였다. 이내 문이 쾅 닫히더니 날카로운 마찰음과 함께 차는 사라졌다. 테레제는 두 손으로 얼굴을 가린 채 보도 위에 그대로 서 있었다. 이다는 못 본 체하고 그냥 지나칠까 하다가 마음을 바꿨다.

"괜찮니?"

테레제가 고개를 들고 쳐다보았다.

"정말 미안하게 됐어."

그녀가 기어들어가는 목소리로 말했다.

"무슨 일이야?"

테레제는 시선을 다른 쪽으로 돌리면서 말했다.

"빌어먹을, 내가 그 자식에게 완전히 속은 거야. 내가 전혀…… 난 어릴 적부터 항상 네가 가진 거라면 뭐든지 나도 손에 넣어야 직성이 풀리곤 했어. 문제는 루카스가 나를 좋아하지 않는다는……."

테레제가 코를 훌쩍이며 말했다. 이다는 마음 같아선 이쯤에서 그냥 자리를 뜨고 싶었다. 자신을 헌신짝 버리듯이 내팽개쳤던 옛 친구의 아첨 섞인 변명을 들어줄 마음이 없었기 때문이다. 하지만 그 순간 자신이 반야에게 했던 행동들이 떠올랐다. 일전에 엘리베이터 안에서 그녀에게 얼마나 힘겹게 사과했던가.

테레제는 의기소침한 얼굴로 그녀를 쳐다보았다.

"그 애는 아직도 너밖에 모르더라."

그녀는 이다의 시선을 붙잡으려고 애쓰고 있었다. 그때 수업 시작을 알리는 벨이 울렸다. 테레제는 집게손가락으로 눈 아래를 가볍게 훔친 뒤 립스틱을 꺼내 들고는 이다를 쳐다보았다.

"그러니까 우리…… 아니, 내가 지금 너한테 사과하는 건 알고 있는 거지?"

이다는 무표정하게 그녀를 쳐다보았다.

"예전과 같은 관계로 돌아갈 수는 없겠지?"

이다는 억지로 웃음을 참았다. 테레제가 자기가 한 말을 이해하지 못한 듯했기 때문이다.

"예전과 같은 관계라니?"

"예전과 같은 친구 관계로 말이야."

이다는 홀로 소파에 앉아 지새야 했던 외로운 밤들을 떠올렸다. 전화조차 할 곳이 없었던 그 처참했던 기억을 떠올렸다.

"그건 말도 안 돼."

"왜 말이 안 돼?"

"어쨌든 그렇게는 할 수 없어."

이다는 교실 쪽으로 걸음을 옮겼다. 테레제가 뒤에서 보고 있다는 것을 알고 있었다. 묘하게도 기분이 그리 나쁘지는 않았다.

🐝 Sandor

바박이 학교에 빠지는 날이 점점 더 잦아지면서, 선생님들도 골머리를 앓다가 결국엔 그를 포기했다. 급기야 바박의 발길이 끊겼다. 학교에도, 축구연습장에도 얼굴을 내보이지 않았다. 발래로부터 바박이 최근 껄렁한 아이들과 어울려 마약이나 하고 다닌다는 말을 들었을 때 산도르는 별다른 느낌이 들지 않았다.

그가 마약이 아니라 그 이상을 하든 말든 산도르에게 중요한 것은 그와 더 이상 부딪힐 일이 없어졌다는 것이다. 요즘 들어 산도르는 자신이 왜 아직도 축구 연습을 해야 하는지 의문을 제기할 때가 많아졌다. 단조롭고 지루한 삶을 피하기 위해서라기보다는 시간이 지남에 따라 집단생활의 패턴이 일상으로 자리 잡았기 때문일 것이다. 입을 열기 전에 한 번 더 신중히 생각하곤 했던 것도 이미 오래전 얘기다. 이제 산도르는 그들과 거의 구별이 가지 않을 정도로 이 생활에 적응되었다. 그런데도 어딘지 모르게 괴리감이 느껴지는 까닭은 무엇일까? 내면의 목소리가 그 답을 말해주곤 한다. 산도르는 태생적으로 그들과 완전히 같아질 수 없는 유전자를 갖고 있는 것이다.

발래는 최근에 청소년 동성애자 모임에 가입했다.

요즘도 가끔 산도르는 이다를 떠올릴 때가 있다. 의식적으로는 금지하고 있지만 무의식은 오히려 그 슬픈 추억을 기억하라고 부추기는 것이다. 그때 그 광경을 머릿속에서 지울 수는 없다. 이다를 품에 안고 농밀한 키스를 나누던 그 장면 말이다. 혹시나 해서 메일박스를 확인해보았다. 이 무슨 바보 같은 짓인가.

발레 그룹에서 더 이상 크리스티나를 볼 수 없게 된 이후로 자신이 결코 그녀를 좋아한 게 아니었구나 하는 생각도 들었다. 그녀는 그에게 하나의 꿈, 그 이상도 이하도 아니었다는 생각이 문득 들었다. 무엇보다도 그녀를 아직 잘 모르고 있다는 것이 결정적인 계기가 된 것 같았다. 만일 그녀와의 만남을 계속 유지하기 위해 병원에 더 자주 찾아가서 위로의 말이나 용기를 북돋워주는 행동을 했다면 어땠을까? 하지만 그게 무슨 소용이 있기나 했을까? 그가 그녀에게 해줄 수 있는 일이 무엇이며, 또 그녀가 그에게 해줄 수 있는 일은 무엇일까?

어느 날 축구연습장으로 가는 길에, 그는 갑자기 멈춰 섰다가 집으로 다시 돌아왔다. 그리고 발레복을 가방에 챙겨 담고는 버스 정류장으로 뛰어가 버스를 기다렸다.

*Ida*

이다가 마구간으로 들어설 무렵, 반야는 내다 버릴 박스를 정리하고 있었다. 그들은 서로를 뜨악하게 쳐다보았다. 이다는 반야가 자기와 같은 마구간을 사용하는지 전혀 알지 못했다. 반야는 강습 날짜도 다르고, 과정도 상급 과정이었기 때문이다.

"안녕!"

이다가 앞뒤 가리지 않고 인사를 건넸다. 반야도 놀라운 표정을 지으며 엉겁결에 답례를 했다.

하지만 입가에 도는 저 웃음의 의미는 뭘까? 어쨌든 노골적인 적대감은 아니었다. 엘리베이터 사건 이후 그들은 서로 한마디도 하지 않고 지내왔다. 거의 한 달 가까이 그렇게 지낸 것이다.

"너도 여기서 승마 강습을 받는가 보네."

반야가 고개를 끄덕였다.

"얼마 전에 저 검은색 말을 관리하는 일을 넘겨받았어."

반야는 그렇게 말하면서 말의 목덜미를 톡톡 두드렸다.

이다는 강습에 도무지 집중할 수가 없었다. 그녀가 자기에게 더 이상 나쁜 감정이 없다는 것을 확인했기 때문일까. 마구간으로 다시 돌아왔을 때 반야는 이미 가고 없었다.

하지만 며칠 후 계단에서 다시 마주쳤을 때, 그들은 마치 약속이라도 한 듯 둘 다 승마복 차림에 안전모를 팔에 끼고 있었다. 이다는 순간 터져 나오는 웃음을 참을 수 없었다. 반야도 마찬가지였다. 그들은 함께 버스를 타고 승마장으로 갔다.

하지만 그동안 있었던 불미스런 일들에 대해선 함구한 채 오로지 말에 관한 이야기만 나누었다. 그리고 강습이 끝난 후 반야가 그녀를 기다려주어서, 그들은 함께 돌아왔다. 이다는 얼마 전부터 엄마가 갑자기 여러 가지를 한꺼번에 배우고 싶어 한다는 말을 반야에게 해주었다. 외국어와 컴퓨터는 물론이고 마돈나가 즐기는 요가까지 엄마의 계획에 들어 있었다.

"못 말리겠다니까."

이다는 싫지 않은 표정을 지으며 말했다.

"엄마가 좀 괜찮아지셨나 보네."

이다는 놀란 눈으로 반야를 쳐다보았다. 반야는 어디까지 알고 있는 걸까? 이다의 반응을 보자 반야는 얼굴이 빨개지더니, 곧 거기에 대해 해명하려 했다.

"사실 얼마 전 집 입구에서 네 남자친구를 만난 적이 있었거든. 너를 만나러 온 모양이었어."

이다는 충격을 받은 듯 반야를 바라보았다.

"너와 메일을 주고받았다던 그 애 말이야."

산도르? 그녀는 순간 현기증이 났다.

"그 애 정말 호감 가던데…… 그 애는 너와 내가 친구 사이라고 여기는 것 같았어."

"그때 무슨 말을 했는데?"

이다의 목소리가 떨리기 시작했다. 반야도 그걸 느꼈다.

"너에 대해서." 반야가 살짝 웃었다. "그런 상황이 물론 너한텐 우습게 여겨질 거야. 그때만 해도 우린 서로 으르렁거리는 사이였는데……."

이다가 고개를 끄덕였다.

"그때 너네 엄마의 상태가 좋지 않다는 걸 어렴풋이나마 알게 되었어. 그 애가 네 걱정을 얼마나 하던지……."

이다는 정신을 가다듬었다.

"엄마는 그새 많이 좋아지셨어."

이다는 산도르에 대해선 말하고 싶지 않았다.

"그렇기 때문에 네가 무척 힘든 시간을 보내고 있다고……."

이다의 얼굴이 후끈 달아오르기 시작했다. 반야는 입에다 손을 갖다 대고 말했다.

"아, 이런, 미안해. 만일 내가……."

이다는 고개를 가로저었다.

"아니야, 괜찮아. 한땐 정말 최악이었지만."

반야는 창밖을 내다보면서 생각에 잠겼다. 이다는 그녀를 바라보다가, 그녀의 말총머리가 더 이상 혐오스럽지 않다는 생각이 들었다. 그러다 갑자기 반야가 이다 쪽을 돌아보았다.

"그때 그 애를 만난 뒤로 널 다른 눈으로 보게 되었어. 너도 나와 그리 다를 바 없겠다 싶더라고."

이다는 잔잔한 감동을 느꼈다.

"하지만 파티에서 그런 일이 있고 난 뒤엔……."

그런 일이라니. 이다는 정차 버튼을 누르고 싶었다. 운전사에게 가서 당장 차를 세워달라고 하고 싶었다. 그나마 다행스럽게도 반야는 이다의 그런 생각을 간파하지 못한 듯했다.

"그때 일은 나를 견딜 수 없는 지경으로 몰아넣었지. 거의 한계점이었을 거야."

"나도 알아." 이다가 황급히 말을 받았다. "그건 용서받을 수 없는 일이었어."

"하지만 넌 나중에라도 나한테 사과했잖아. 에릭은……."

이다는 피가 솟구치는 듯했다. 말 그대로 고문이었다.

"그 애가 모든 걸 말해주었어. 너도 피해자라는 것, 또 엄마와 관련된 부분도 말이야. 네 친구들이 엄마의 일을 미끼 삼아 그런 일을 강요하다시피 했다는 것도 들었어. 정말 비열하기 짝이 없는 짓이지."

"아무도 그런 일을 강요할 수는 없어."

왜 사실을 있는 그대로 말하지 않는 걸까? 사람이라면 누구나 자신의 행동에 책임을 져야 하는 게 아닌가. 이제 두 정류장만 가면 된다. 그러면 철옹성 같은 집으로 숨어들어가 이불을 뒤집어쓰고 맘껏 울 수 있을 것이다.

"물론 그럴 수도 있지. 협박 때문만이 아니었을 수도 있겠지. 그래도⋯⋯."

반야가 묘한 뉘앙스를 남기면서 한마디 덧붙였다.

이 말의 의미가 대체 뭘까? 잠시 후 반야가 옅은 미소를 지어 보였다. 이다는 곧 그것이 용서의 의미임을 알아차렸다. 고맙다는 말을 하기 위해 입을 열었지만 한마디도 나오지 않았다. 이다는 얘기를 나누고 싶었다. 하지만 그녀는 숫기 없고 용기 없는 자신에게 부끄러움을 느끼며 부츠의 앞코만 내려다보았다. 다시 조심스레 시선을 들어보니, 문득 지금은 아무 말도 필요 없을지도 모른다는 생각이 들었다. 반야 또한 이해의 메시지를 무언의 눈빛으로 보내고 있지 않은가.

엄마에게는 일주일에 네 번 연습이 있다고만 말해놓고, 집에서 나갈 때는 축구 장비 밑에다 발레 소품들을 숨긴 채 나갔다. 그리고 부엌 창문으로 내다보이는 가시거리를 벗어나자마자 방향을 틀어 버스정류장으로 향했다.

아무 말도 하지 않기로 파울리나 선생님에게는 미리 약속을 받아둔 상태였다. 그가 연습장에 들어설 때면 그녀의 얼굴이 환해졌다. 처음엔 그녀도 전혀 예상하지 못한 일이라 말문이 막혔다. 그때 그는 강습시간보다 한 시간 일찍 스튜디오에 와서는, 긴 겨울잠에서 깨어난 짐승처럼 미친 듯이 춤을 추며 망각과 도취의 경계를 넘나들고 있었다. 그러다 그녀가 들어서는 것을 보자 춤을 멈추었다. 그녀는 말없이 그에게 다가가 힘껏 껴안았다. 그 이상 아무 말도 필요 없었다. 그렇게 다시 강습이 시작된 것이다.

발래는 산도르가 축구를 그만두었다는 말을 들었을 때, 오히려 마음의 짐을 벗은 기분이었다. 산도르에게 춤을 그만두라고 부추겼던 점이 늘 마음에 걸려왔던 터였다. 그리고 얼마 지나지 않아 그도 축구를 그만두었다. 지금은 그림 연습을 하며 만화를 그리고 있다고 한다. 물론 아직은 서툰 수준이다. 하지만 산도르는 발래의 기를 죽이지 않기 위해 거짓으로라도 늘 칭찬하곤 했다.

틈틈이 그들은 서로의 집을 들르며 만났고, 그럴 때면 차를 마시며 이런저런 얘기를 나누었다. 영화관에도 몇 번 같이 갔다. 산도르는 처음엔 어색했지만 시간이 지나면서 자기 얘기를 스스럼없이 하거나 적당히 허풍을 떨며 빈둥거리는 것에 익숙해졌다.

어느 날 저녁 산도르는 이다에 관한 얘기를 꺼냈다. 만남에서 헤어지기까지 전부를 얘기했다. 얘기를 마쳤을 때, 발래가 아직 그녀를 사랑하느냐고 물었다. 산도르는 당황해서 그를 쳐다보았다.

"미쳤어? 그 애가 한 행동을 보고도 그런 소릴 하냐?"

"그래, 하지만 바박만 아니었어도 넌 그 애를 아직 사랑하고 있지 않을까?"

"이다를? 우린 낮과 밤이었어. 모든 게 너무 달랐어."

발래가 아무 표정 없이 그를 바라보았다.

"그래서? 그런 건 아무 문제도 되지 않아."

"과연 그럴까? 그 애도…… 그래, 그 애도 어쩔 수 없는 여자였어. 우린 서로 공통점이라곤 눈곱만큼도 찾아볼 수 없었어."

"메일을 통해 주로 무슨 얘기를 주고받았는데?"

"할 수 있는 얘기 전부."

"그것 봐."

산도르는 잠시 생각에 젖는 듯하더니 발래에게 이다를 어떻게 생각하느냐고 물었다. 발래는 그녀가 괜찮아 보이는 여자라고 대답했다. 무엇보다 파워가 넘쳐서 좋아 보인다는 것이었다. 산도르는 화제를 바꾸려 했다. 더 이상 그녀를 떠올리고 싶지 않았다. 그럴수록 아픔만 더 커질 것이기 때문이다. 발래는 산도르가 그녀에게 먼저 편지를 써야 한다고 주장했다. 하지만 그로서는 도저히 그렇게 할 수 없었다. 일종의 굴복처럼 여겨졌기 때문이다.

어느 날 수업을 마치고 집으로 들어서다가 그는 편지를 손에 들고 눈을 꼭 감은 채 부엌에 앉아 있는 엄마를 발견했다. 엄마는 그가 들어오는 소리도 듣지 못했다.

"무슨 편지예요?"

"뭐가?"

엄마가 순간 편지를 떨어뜨렸다. 또 한 번의 현장 포착이다. 그는 겉봉을 뒤집어 보았다.

"저한테 온 편지네요."

엄마는 당황하는 기색이 역력했다.

"그래. 하지만 너무도 궁금해서 그만……."

"왜 남의 편지를 읽고 그러세요?"

엄마는 아무 대답도 없었다. 그는 돌아서서 편지를 열어보았다. 예테보리에 있는 한 발레학교에서 온 입학 허가서였다. 그는 기쁨의 환호성을 지르지는 않았다. 예상치 못했던 소식은 아니기 때문이다. 그는 편지를 다시 봉투에 집어넣었다.

"합격한 거야?"

엄마가 등 뒤에서 차분한 목소리로 물었다.

"뭐가요?"

"제발, 산도르야……."

그는 다시 돌아섰다. 엄마가 부드러운 표정으로 그를 쳐다보았다.

"물론 네가 지원했다는 걸 이미 알고 있었다."

산도르는 어안이 벙벙할 따름이었다. 몇 주 전부터 모든 일을 엄마 몰래 해오지 않았던가.

"뭐라고요?"

"엄마 모르게 하려고 했다는 걸 이해 못 하는 건 아니지만…… 모든 걸 알고 있었단다."

"파울리나 선생님이 얘기했어요?"

"아니, 선생님은 전혀 관련이 없어."

"그럼 왜 진작에 말씀하지 않으셨죠?"

"관여하고 싶지 않았어. 내가 모른 체하고 뒤로 물러나 있는 게 오히려 더 낫겠다고 생각했기 때문이야."

이상하게도 산도르는 엄마가 원망스럽지 않았다. 몇 달에 걸친 비밀작전이 수포로 돌아가게 된 마당에 언짢은 내색을 하는 게 당연하지 않은가. 하지만 그는 오히려 알면서도 아무 말도 하지 않아준 엄마가 고맙게 여겨졌다.

산도르는 전자레인지 위에 냄비를 올려놓고 찻잔을 꺼냈다.

"엄마도 차 한 잔 하실래요?"

*Ida*

그녀는 벌써 몇 번이고 산도르에게 편지를 보내려 했다. 그렇게 되기까지 반야의 조언이 큰 역할을 했다. 그 정도의 남자라면 그렇게 쉽게 포기해서는 안 된다는 게 반야의 생각이었다.

"그 애는 다른 남자들과 달라." 반야가 그 말을 했을 때 이다는 목이 다 메어왔다. 매일 밤 편지를 고쳐 써보곤 했지만 차마 보낼 수는 없었다. 그러다 보니 시간이 갈수록 더욱더 어려워졌다.

이다는 자신을 위해 산도르가 해준 일들을 떠올려보았다. 가깝게는 간접적이나마 반야와 친구가 될 수 있었던 것도 그의 덕분이었다. 이제 그들은 거의 매일같이 승마 강습장에서 만나 서로의 안부를 묻는 가까운 사이가 되지 않았는가. 반야의 친구들 중엔 말을 탈 줄 아는 아이들이 없었다. 이다가 그동안 강하고 다

345

부질 것이라고 생각해왔던 반야는, 사실 자기는 나약하고 굼뜬 성격이라고 고백했다. 반야의 말에 따르면 그녀의 친구들은 대부분 음악이나 글쓰기 등 다방면에 걸쳐서 놀랄 만한 재능을 가졌고, 그에 비해 자기는 그나마 학교 생활에서 조금 인정받을 뿐 그 외엔 별다른 자질이 없다는 것이었다.

그들이 함께 시내로 나가는 횟수가 잦아지면서, 눈길을 주는 남자아이들도 많아졌다. 그러면서 몇몇 아이들과 친해지고, 파티에 초대받는 일도 생겨났다. 자연스럽게 다른 아이들과 어울려서 야한 농담도 건네며 희희덕대는 시간이 점차 늘어났다. 하지만 루카스 이후로 단 한 번도 잠자리를 같이한 적은 없었다. 더 이상 섹스에 대한 관심이 없어졌기 때문이다. 반야도 에릭과는 잠자리를 같이하지 않았다. 그가 절실히 원했지만 말이다. 반야는 에릭과 이다의 사건이 일어났을 때 그렇게 결심했고, 자기로서는 그런 불미스런 일이 미리 생긴 것이 도리어 다행이라고 말했다. 그 후로도 여러 번 에릭이 빌며 애원했지만 반야가 그를 다시 받아주지 않았으므로 에릭은 지금은 다른 여자아이와 사귀고 있다. 어쨌든 이다에게는 그 문제와 관련해서 여전히 죄의식이 남아 있었다.

그리고 김나지움으로부터 불합격 통보가 날아왔다. 어느 정도는 예상한 결과였다. 하지만 아직 기회가 남아 있었다. 상담교사의 말에 따르면 여름방학 동안에 특별수업을 신청할 수 있으며, 그 수업을 이수한 후엔 원하는 전공 분야에 따라 재시험을 치를 기회가 주어진다는 것이었다.

반야는 이다의 멘토를 자청하고 나섰다. 그녀는 이다의 일거수일투족을 지켜보면서 열성을 다해 코치를 해주었다.

"넌 결코 머리가 나쁘지 않다는 걸 스스로 인식할 필요가 있어! 넌 영리하고 뛰어난 데가 있어! 그런 생각을 자신에게 자꾸 주입시켜야 해. 아무나 그럴 수 있는 건 아니라고 말이야."

어느 날 이다는 자기 삶에서 산도르가 차지하고 있던 자리를 반야가 넘겨받게 되었다는 생각이 문득 들면서, 자기가 여전히 그를 그리워하고 있음을 알았다.

졸업파티 때 그녀는 테레제와 수잔나 쪽으로 다가갔다. 테레제는 아르바이트를 시작했고 수잔나는 호텔에서 직업교육을 받을 수 있는 자리를 얻었다고 했다.

테레제가 교정을 바라보았다.

"이 지긋지긋한 곳을 떠나게 되다니 얼마나 기쁜지 몰라."

"오늘밤 요산의 집 파티에 너도 올 거니?"

수잔나가 기대하는 눈초리로 물었다. 이다는 고개를 내저었다.

"난 너희들에게 작별인사나 할까 하고 온 거야. 너희들의 앞날에 좋은 일만 있기를 바란다."

이다는 웃었다. 수잔나와 테레제는 당황스런 눈초리로 그녀를 쳐다보았다.

"하지만 우리가 이렇게 헤어지는 건 아니잖아?"

그들은 지난 몇 달 동안 통 만나질 않았다. 그동안 완전히 다른 세계에서 살아온 것이다.

"아니, 앞으로 만나기 힘들어질 거야."

그들은 뭍으로 잡혀 올라온 물고기처럼 놀란 눈으로 멍청하게 쳐다보았다.

"아니면," 그녀는 정정했다. "길에서 한 번쯤은 우연히 마주칠지도 모르지."

---

안녕, 산도르! 이 편지를 쓰기 위해 그동안 내가 얼마나 많은 편지를 고쳐 쓰고, 또 찢어버렸는지 넌 모를 거야. 이제 와서 너에게 용서를 구하는 게 염치없는 짓인 줄 알지만, 그래도 사과하고 싶어.

너와 보냈던 주말이 까마득한 옛날처럼 느껴지는 건 왜일까? 그 넌덜머리나는 주말 말이야. 모든 걸 술 탓으로 돌릴 마음은 없어. 많은 사람들이 보통은 그렇게 하지. 물론 나도 전엔 그랬고. 하지만 그건 어디까지나 궁색한 구실에 지나지 않을 거야. 나에겐 오히려 다른 이유들이 있었어. 산도르야, 너도 눈치 채고 있었는지는 모르겠지만 그때 난 모든 것이 불확실하고 암담한 때였어. 내 삶을 어디서 어떻게 시작해야 할지 막막하기만 했지. 게다가 엄마 문제까지 겹치면서 최악의 상황에 빠져 있었고, 그래서 너와 보내게 될 주말이 그만큼 더 기다려졌고, 또 기대도 많이 했던 거야. 처음엔 너무나 좋았어. 하지만, 빌어먹을! 그 후론 왠지 네 말들 중에서 나를 불안하게 만드는 경우가 많아졌지. 나중엔 대체 뭘 믿어야 할지 전혀 감이 잡히지 않는 지경에 이르렀어. 게다가 우리가 함께 파티에 가기 위해 시내로 나가던 날, 너네 어머니가 나한테 심한 말을 하셨어. 네가 춤을 그만두게된 것도 나 때문이고, 나를 만나면서부터 네 인생이 망가지기 시작했다고 하셨지. 그보다 더 큰 모멸감은 없었을 거야. 난 그때부터 어떻게 행동해야 할지 갈피를 잡을 수 없었어. 결국 그날 그토록 볼썽사납게 행동하게 된 것도 따지고 보면 그래서였어. 우리 두 사람의 미래가 그토록 암담하고 아무 희망이 없다면 차라리 모든 걸 엉망으로만들어버리고 싶었어. 일이 어떻게 진행될지 전혀 예감하지 못한 채말이야.

이 편지에 답장을 해주지 않아도 좋아. 네가 나를 증오할 수밖에 없는 그 기분을 이해할 수 있으니까.

지금 내 삶은 많은 부분이 바뀌었어. 모든 게 전과는 달라졌어.

엄마는 벌써 두 달 남짓 같은 직장에 다니고 계셔. 그리고 나는 여름 내내 책과 씨름한 끝에 드디어 김나지움 입학을 위한 재시험에합격했어. 벼락공부도 할 만하던데? 내 체질에 딱 맞더라. 역시 네말이 틀리지 않았어. 내가 아주 바보는 아니라는 걸 이번 기회에 확인했거든. 그리고 요즘 난 정말로 말을 타고 초원 위를 질주하곤 해.앞으로도 잘살기를 기원할게. 그리고 가끔은 내 생각을 해주었으면해. 이다가.

Sandor

그는 메일을 두 번 반복해서 읽었다. 새로운 학교와 새 친구, 금요일 밤이면 찾아가는 예테보리의 카페, 강도 높은 훈련 등등 그동안 이 모든 것들이 이다에 대한 기억을 잊게 해주었다. 하지만 지금 이 짧디짧은 순간에 그녀가 되살아나고 있는 것이다.

저주받아 마땅할 엄마. 마음 같아선 산도르는 부엌으로 쳐들어가, 이다에게 했던 행동들에 대해 따져 묻고 싶은 마음이 굴뚝같았다. 하지만 그는 참았다. 이제 와서 그게 무슨 소용이 있겠는가? 이제 겨우 엄마도 어렵사리 삶의 활력을 다시 찾은 마당에 찬물을 끼얹고 싶지 않았다. 엄마는 발레 스튜디오에서 어린아이들과 실랑이를 벌이던 일을 그만두었다. 그 대신에 엄마 스스로도 즐기면서 가르칠 수 있는 오후 강습을 맡고 있다. 엄마는 이제 더 이상 그를 복도에서 기다리지 않는다. 그에게 최대한 자율과 자유를 배려해주려는 것이다. 그러니 이제 와서 지나간 얘기를 들추어 긁어 부스럼을 만들 필요는 없었다.

그는 콘서트에도 가고 자기 안의 새로운 감성을 불러일으키는 음악도 들으면서 더없이 만족스런 생활을 하고 있다. 같은 반 여자친구인 필리파와도 개인적으로 만나 여러 번 데이트를 했다. 아직 죽도록 사랑하는 관계까지는 아니지만 모든 것이 새롭고 가슴 설레는 만남이다. 이제 와서 다시 이다와 만난다고 뭐가 달라지겠는가? 게다가 한 가지 분명한 것은, 그는 충족되지 않는 기대감과 숱한 오해들로 점철되었던 지난날의 삶으로 결코 되돌아가고 싶지 않다는 것이다.

그는 편지를 한 번 더 읽어보고, 그녀의 말에는 마음이 동할 만한 구석이 없다는 결론을 내렸다. 그리고 편지를 재빨리 삭제한 후 컴퓨터를 껐다.

🕊 *Ida*

신문에서 그의 이름을 발견한 사람은 그녀의 엄마였다.

"산도르 파카스. 이거 그 애 이름 아니니?"

부엌에서 막 나오던 참이었다. 이다는 가슴이 먹먹해졌다. 산도르에게 메일을 보내고 답장을 받지 못한 지 벌써 3개월째로 접어들고 있었다.

"뭐라고요?"

엄마가 신문을 보여주었다.

"산도르 파카스. 그 애가 유럽 발레 선수권대회를 위한 스웨덴 예선에 출전하기로 했대."

이다는 엄마의 어깨 너머로 기사 내용을 넘겨다보았다. 그의 이름이 수많은 다른 사람들의 명단 사이에 끼어 있었다. 예테보리 출신의 산도르 파카스.

"그 애가 맞지?"

엄마가 다시금 물어왔다.

"그래, 맞을 거야, 동명이인이 아니라면."

"같은 이름을 가진 두 명의 춤꾼이라? 그럴 가능성은 적을 것

351

같은데."

이다는 다른 쪽으로 돌아앉았다. 혼자 있고 싶어졌기 때문이다. 하지만 엄마는 집요하게 물고 늘어졌다.

"여기, 스톡홀름에서 열린대. 입장권이라도 사지 않을래?"

"분명 오래전에 매진됐을 거야."

이다가 엄마 쪽으로 등을 돌리며 말을 받았다.

"이다, 이 소심쟁이야."

이다는 고개를 돌려 엄마를 차갑게 노려보았다.

"무슨 뜻으로 한 소리야? 그렇게 간단한 문제가 아니야. 그 애는 이제 더 이상 나랑 어떤 관계도 원하지 않는다는 걸 분명히 알려주었단 말이야."

"누가 너보고 거기에 가서 '나 여기 있어' 하고 소리치랬어? 그냥 구경하러 가자는 거야."

"그래도……."

"그 애가 춤추는 거 본 적 있니?"

꿀🐝 *Sandor*

그는 스웨덴 서부 출신으로는 유일한 참가자였다. 그의 엄마는 아들에 대한 자부심으로 잔뜩 치장을 하고 앉아 있었다. 하지만 그를 위해서뿐만 아니라 스스로를 위해서도 나서지 않고 얌전히 자리를 지키려고 애쓰고 있었다. 그렇지 않으면 엄마 대신에 아버지를 모시고 가겠다고 산도르가 잔뜩 겁을 주었기 때문

352

이다. 산도르가 어려운 관문을 통과했다는 말을 들었을 때 아버지는 그저 멋쩍게 웃어준 게 고작이었다. 만일 산도르가 일반교양과목에서 좋은 점수를 받았다면 그는 매우 만족스러워했을 것이다. 아버지에게 그 이상의 융통성은 없는 것이다.

비행기가 착륙했을 때 제일 먼저 산도르는 이다의 체취를 떠올렸다. 스톡홀름과 이다는 적어도 산도르에게는 기억의 한 쌍처럼 움직이고 있었다. 오기 전에 충분히 예상할 수 있었던 느낌이지만, 그럼에도 여간 마음 쓰이는 것이 아니었다. 처음 한 시간 동안은 그녀와 가까이 있다는 느낌만으로도 견딜 수 없이 고통스러웠다. 그만큼 경기에 집중하기 위해 더 많은 에너지를 쏟아 부어야 했다.

산도르는 무대 막 사이로 객석을 들여다보았다. 객석이 서서히 사람들로 채워지기 시작했다. 자기가 그 안에서 이다의 얼굴을 찾고 있다는 생각이 들었다. 그러자 스스로에게 참을 수 없이 화가 났다. 그는 자리에서 일어나 다른 참가자들 쪽으로 갔다.

다른 참가자들은 대부분 그보다 두 살에서 네 살 정도 나이가 많았다. 하지만 크게 신경 쓸 부분은 아니었다. 그는 이제 자신이 진정으로 원하는 것을 잘 알고 있었다. 오늘 좋은 결과를 얻지 못하더라도 두 번 다시 춤을 포기하는 일은 없을 것이다.

무대 뒤의 긴장감은 피부로 느껴질 정도였다. 여자아이들은 발레 슈즈를 신은 채 부지런히 총총걸음을 걷고 있었다. 그 중 유난히 마르고 긴 다리를 가진 한 아이가 눈에 띄었다. 그는 크리스

353

티나를 떠올렸다. 우아한 자태에서 풍기는 그녀만의 독특한 분위기는 얼마나 매력적이었던가. 지금 여기에는 그녀의 복제품들만 넘쳐나고 있었다. 모두가 판에 박힌 듯 공중을 향해 다리를 휘감아대고, 목을 쭉 편 상태로 상체를 구부리는 동작을 반복하고 있었다.

산도르는 셔츠와 트리콧 차림에 맨발로 춤을 출 것이다. 대부분의 다른 참가자들은 이미 널리 알려진 발레음악을 선택했지만 그는 현대음악에 맞추어 안무를 짰다. 지금까지는 탁월한 선택이라고 확신하며 침착하게 준비해왔다. 하지만 출전을 10분쯤 앞두자 머릿속이 갑자기 동요를 일으키기 시작했다. 고전음악으로 연습하지 않은 게 잘못된 판단일 수도 있지 않을까? 남들은 다들 긴장을 하고 있는 듯한데, 왜 나만 아무렇지도 않은 걸까…….

*Ida*

고맙게도 반야가 같이 와주었다. 그녀는 호기심 어린 눈초리로 여기저기 둘러보면서 온갖 것과 모든 사람들에 대해 일일이 코멘트를 했다. 두 사람 모두 발레공연장은 이번이 처음이었다. 반야의 제안을 받아들여 이다는 꽃을 준비했다. 사실 대회가 시작되기 전에 건네주려 했지만, 시간이 여의치 않았다. 할 수 없이 나중에 누군가를 통해 꽃을 전달할 수밖에 없을 것이다. 하지만 아직도 이다는 확신이 서지 않았다. 여기에 왔다는 사실이 산도르에게 알려지는 것을 자기가 진정으로 원하고 있는지를 말이다.

그들은 좋은 자리에 앉았다. 방송카메라가 홀 전체를 비추기 시작했다. 이다는 긴장감이 고조되는 것을 느꼈다. 왠지 다른 사람들이 자기를 이곳 분위기와는 어울리지 않는, 춤과는 전혀 거리가 먼 사람이라고 쳐다보고 있는 것 같았다. 관객의 대부분은 아마도 참가자의 형제자매나 부모, 아니면 친구들일 것이다. 그렇다면 그녀는 대체 어떤 명분으로 이곳에 온 것인가? 막연히 옛날부터 아는 사이? 헤어진 여자친구? 애인? 틀림없이 산도르는 그녀를 알아보지 못할 것이다. 서로 보지 않은 지도 오래인 데다, 그동안 그의 삶 또한 많은 변화를 겪었을 것이기 때문이다. 그녀의 시선은 몇 줄 앞쪽의 화사하게 말아올린 헤어스타일에 머물러 있었다. 긴가민가하던 참에 그 부인이 뒤쪽으로 고개를 돌렸다. 이다는 소스라치게 놀랐다.

"왜 그래?" 반야가 물었다.

"우리 앞쪽에 산도르 엄마가 앉아 있어."

산도르 엄마는 잔뜩 긴장된 표정으로 객석을 한 바퀴 둘러보았다. 그러다가 곧 그녀와 시선이 마주쳤다. 피할 수 없는 상황이었다. 하지만 그들은 인사치레의 끄덕임이나 미소도 보이지 않은 채 한동안 서로를 쳐다보았다. 산도르 엄마의 눈에 자신이 지금 어떤 모습으로 비칠지 이다는 도저히 가늠할 수 없었다. 경멸일까, 아니면 단순히 놀라움에 그칠까?

이내 실내가 어두워졌고 산도르 엄마는 다시 무대 쪽으로 고개를 돌렸다. 이다의 가슴은 100미터 달리기를 앞둔 주자처럼 쿵닥쿵닥 뛰기 시작했다.

"완전 공포영화 같아."

반야가 속삭이듯 말했다. 이윽고 사회자가 무대 위로 올라와 관객들에게 환영인사를 했고, 이어서 심사위원들이 소개되었다. 일류 극단에서 활동 중인 솔로 댄서, 왕실발레단의 앙상블 무용수, 발레학교 교장, 그리고 유명한 안무가 등 이다는 한 번도 들어보지 못한 이름들이었다.

경연이 시작되면서부터 이다는 입을 다물지 못했다. 망사스커트를 입고 무대 위에서 춤을 추는 여자아이들은 다른 세상에서 튀어나온 듯했다. 이다는 환희와 감탄 사이를 오갔고, 반야와 서로 흐뭇한 눈길을 교환하며 그곳 분위기에 빨려들었다. 사람의 몸을 통해 모든 것을 표현해낼 수 있다는 게 놀라울 뿐이었다.

드디어 산도르 파카스의 차례가 되었다. 이다는 그의 이름이 호명되는 것만으로도 온몸이 움츠러들었다. 마치 그가 이 대회에 출전한 사실을 전혀 예상하지 못한 것처럼 말이다. 순간 현기증이 났다. 마음 같아선 밖으로 뛰쳐나가고 싶었다.

부디 그가 그녀를 알아보지 못해야 할 텐데. 감정의 동요로 박자를 놓치게 될 수도 있지 않을까?

"속이 별로 좋지 않아!"

이다가 속삭이듯 말했다. 그러자 반야가 땀범벅이 된 이다의 손을 꼭 잡아주었다. 이다도 나가고 싶은 충동을 억지로 이겨냈다.

그의 얼굴이 보이기 전에 음악이 먼저 흘러나왔다. 전혀 들어보지 못한 리듬과 멜로디의 베이스 톤이었다. 이윽고 그가 무대 위로 등장했다. 그 순간 그녀는 그를 알아볼 수가 없었다. 그새 훌쩍 커버린 느낌이었고, 건장한 성년 티가 물씬 풍겼다. 더 이상 철부지 사춘기 소년의 모습이 아니었다. 그가 얼마나 멋지고 매력적인 남자였는지 이제야 비로소 제대로 인식할 수 있게 된 것이다. 그의 몸은 완벽에 가까웠고, 움직임에도 카리스마가 넘쳤다. 그렇다면 지금까지 그녀는 그가 남자답지 못하고 어딘지 모르게 어설퍼 보인다는 점에 대해 남몰래 창피함을 느꼈던 걸까? 마법에 홀린 듯 그녀는 그의 일거수일투족을 놓치지 않았다.

음악이 멈추자 모든 조바심과 초조함이 사라져버렸다. 그녀는 앞사람의 등에 몸을 숨긴 채 큰 소리로 환호하며 휘파람을 불었다. 산도르는 당당한 자세로 인사를 한 뒤 객석을 향해 만족한다는 듯 웃음을 지어 보였다.

"야, 정말 섹시한데."

반야가 이다의 뺨에서 뭔가를 닦아내면서 속삭였다. 그제야 비로소 이다는 자기 눈물을 확인할 수 있었다.

*Sandor*

산도르는 관객들이 보는 앞에서 점수를 기다리는 자신이 바보스럽게 여겨졌다. TV 카메라는 눈가의 작은 경련까지도 무자비하게 담아내고 있었다. 사회자의 말이 계속해서 이어졌다.

357

"……다양한 재능을 가진 분들이 오늘 이 무대 위에서……."

산도르는 다른 참가자들을 힐끗 쳐다보았다. 금방이라도 멈출 것 같은 그들의 거친 숨소리, 긴장한 듯 내뱉는 헛기침 소리가 들려왔다.

"심사위원들께서 드디어 점수 합산을 마치고……."

객석에서 웅성거리는 소리가 퍼지기 시작했다. 엄마는 불안스런 눈빛으로 미동도 하지 않고 자리에 앉아 있었다.

"심사위원장님을 무대 위로 모시겠습니다."

그는 완벽하진 못했다. 처음엔 너무 긴장했던 탓에 자신의 동작에 100퍼센트 집중할 수 없었다. 물론 시간이 지나면서는 차츰 음악에 몰두할 수 있었다. 그래서 관객들의 반응은 좋았지만, 자신만은 속일 수 없는 것이다.

"자 그럼, 초조하게 결과를 기다리고 있을 참가자들을 위해, 과연 누가……."

3등부터 발표할 예정이란다. 산도르는 고문과도 같은 기다림의 시간에서 조금이라도 일찍 벗어나기 위해서라도, 맨 먼저 자신의 이름이 호명되기를 바라고 있었다.

"……나탈리에 란딘!"

그 여자아이의 미소 속엔 기쁨과 실망이 교차되고 있었다. 그녀에게 축하의 인사와 꽃다발이 건네졌다.

이제 2등을 발표할 차례다. 그는 눈을 감고 자신의 이름이 호명되기를 바라는 동시에, 또한 바라지 않았다.

"오늘의 두 번째 수상자는 ㅅ……."

산도르일까?

"세바스티안 폰 제스!"

그는 자기 옆에 서 있던 남자가 앞으로 나가는 모습을 맥 빠진 얼굴로 쳐다보았다. 그러자 잠시 후엔 모든 두려움이 사라져버렸다. 지금은 오히려 집에서 기다리고 있는 사람들을 놀라서 기절하게 만들면 얼마나 짜릿할까 하는 생각으로 바뀌었다. 그 애가 그렇게 잘할 줄은 아무도 예측할 수 없었어. 그렇다. 오래전에 선악의 피안으로 사라졌던 바박이 다시 나타난다 해도 이번 일만은 인정할 수밖에 없을 것이다.

하지만 누구보다도 아주 특별한 단 한 사람에게만 이 사실을 알리고 싶어지는 건 왜일까? 하필이면 답장조차 보내지 않았던 그녀가 머릿속을 채워오는 이유는 뭘까?

*Ida*

그는 자신만의 세계에 몰입해 있었다. 이다는 그가 무슨 생각을 하고 있는지 궁금했다. 대상을 받아서 전 유럽 결승전을 치르기 위해 베니스로 가는 생각을 하는 걸까? 세계적인 스타로서의 성공이나 출세를 꿈꾸고 있는 걸까? 그의 삶은 그녀의 삶과 분명 다를 것이다. 어쨌든 그녀도 김나지움에 당당히 합격했다는 큰 자부심을 가지고 있다. 아울러 '미'라는 시험점수를 받고 기뻐하고 있지 않은가. 좋아하는 친구가 있고, 여가시간에 자기가 하고 싶은 것을 마음껏 할 수 있는 지금 이 상태로도 충분하지 않은가. 그러는 동안 산도르는 그의 세계를 만들어갈 것이다.

"자, 드디어 오늘의 최종 우승자를 발표하겠습니다."

그녀는 깊게 심호흡을 했다.

"베니스에서 열리게 되는 유럽 발레 선수권대회에 스웨덴 대표로 나가게 될 선수를 소개하는 것을 무한한 기쁨으로 생각합니다……."

사회자는 잠시 뜸을 들였다. 산도르는 넋이 나간 듯한 얼굴로 자리에 서 있었다. 장내는 쥐죽은 듯 조용해졌다.

"산도르 파카스!"

우레와 같은 박수갈채가 쏟아졌다. 이다는 순간 자신이 어디에 있는지조차 분간하기 어려울 정도였다. 그녀는 팔을 내지르면서 크게 소리를 질렀다. 그녀를 제외하곤 그만큼 행복해하는 사람은 단 한 사람뿐이었다. 산도르 엄마는 정신 나간 사람처럼 환호성을 질렀다. 그러나 정작 산도르 자신은 혼미한 표정을 지으며 객석만 바라보고 있을 뿐이었다. 이다는 그가 자신을 보았을 거라고 믿었다. 그의 시선이 관객들을 쭉 한 번 훑어보다가 그녀 쪽에 잠시 머물렀을 땐 가슴이 망치질하는 듯했다. 사회자가 대상 수상자의 이름을 다시 한 번 거명했을 때에야 비로소 산도르는 정신을 가다듬을 수 있었다. 그는 앞으로 걸어나가 환한 웃음을 지으면서 상을 받았다. 아직도 실감이 나지 않았다.

Sandor

그는 아직 충격으로부터 회복되지 못한 상태였다. 그는 대기실에 앉아서 샴페인을 한 모금 마셨다. 엄마는 마치 관용이라도 베푼다는 듯 웃고 있었다. 이 순간만큼은 그에게 모든 것이 허용되리라. 이제는 다른 참가자들과 심사위원들, 그리고 축하객들까지 모두 빠져나가고, 엄마만 그의 옆을 지키고 있었다. 엄마의 얼굴은 눈물로 온통 화장이 번져 있었다.

"오, 산도르야, 우리도 이제 짐을 챙겨서 나가야 하지 않겠니! 어서 가자. 가서 샤워도 하고 말이야!"

산도르는 그렇게 서두르고 싶은 마음이 없었다.

"왜 그렇게 조급하세요?"

엄마는 그 와중에도 연신 문 쪽을 쳐다보았다.

"식사 시간에 늦을까 봐 그러는 거야. 예약을 해놓았거든."

"전 그렇게 서둘러 나가고 싶지는 않아요."

"그래도 가야 해!"

엄마는 그가 머리를 숙일 때 흘러내린 타월을 던져주고는 찰싹찰싹 손뼉을 쳐가며 소리쳤다.

"자자, 어서 가자!"

그때 노크 소리가 들렸다. 그의 엄마는 동작을 멈추고 언짢은 표정으로 문 쪽을 쳐다보았다. 대체 무슨 일이기에 이렇게 과민 반응을 보이는 걸까? 누군가가 들이닥쳐서 상이라도 뺏어 갈까 봐 두려운 것일까?

"들어오세요!"

천천히 문이 열렸다. 처음엔 시든 꽃다발만 그의 눈에 들어왔다. 뒤늦게 도착한 축하객일 것이다. 하지만 다음 순간 빨간 꽃다발 너머로 그녀의 얼굴이 보였다. 순간 가슴이 뭉클해지며 온몸이 후끈 달아올랐다. 두 다리도 후들거리기 시작했다. 그로서는 사태 파악이 되질 않았다. 저녁 내내 지켜보았던 걸까? 자기가 등장할 때 객석에 앉아 있었던 걸까?

"안녕!"

그녀가 짧게 인사했다. 그러곤 끝이었다. 마치 자기가 그 앞에서 있는 것이 세상에서 가장 일상적인 일인 것처럼, 마치 몇 시간만에 다시 만난 사이인 것처럼 말이다. 그가 보는 앞에서 바박과 온갖 추태를 보인 적이 없는 사람인 것처럼 말이다.

그녀의 머리는 전보다 짧아졌다. 그리고 얼굴은 창백해 보였다. 검은색 계통으로 눈화장을 했고 립스틱은 바르지 않았으며, 목에는 노란색 스카프를 두르고 있었다. 쳐다보는 게 너무나 고통스러울 만큼 아름다웠다.

"난 그냥……"

그녀는 어색한 웃음을 지어 보였다.

"……축하해!"

이다는 그 자리에 선 채 꽃다발을 내밀었다.

"이리 가까이 와."

그녀는 그가 있는 쪽으로 몇 걸음 더 다가갔지만 마치 방패처럼 꽃을 들고 있었다. 그는 그녀의 손에서 꽃다발을 받아들고 말했다.

"고마워."

그녀의 팔이 힘없이 아래로 늘어뜨려지고 눈동자는 불안스레 움직이면서 문 쪽을 힐끔힐끔 쳐다보았다.

"친구가 밖에서 기다리고 있어. 너도 반야를 기억하지? 전에 우리 집 입구에서 만났던……."

그녀는 눈을 내리깔고 그를 쳐다보았다.

"난 너무 두려웠어……."

그녀는 손을 어디에 둬야 할지 몰랐다.

"그러니까……."

산도르가 엄마에게 시선을 돌렸다. 엄마는 틀림없이 객석에서 이다를 보았을 것이다. 그렇기 때문에 지금 이렇게 신경이 곤두서 있는 것이 아니겠는가.

"엄마, 잠깐만 나가 계실래요?"

"하지만 시간이 없어!"

엄마는 뭐가 두려운 걸까? 이다가 그를 또다시 불행의 늪으로 몰아넣을까 봐 두려운 것일까? 그는 말없이 웃음을 지었다.

"잠깐만 자리를 비켜주세요."

엄마는 내키지 않은 듯 자리를 떴다. 이다는 고맙다는 듯 그를 쳐다보면서, 그의 얼굴에서 기쁨의 기미를 찾으려 애썼다. 하지만 그는 아무런 감정의 변화도 보이지 않았다. 더없이 기쁘긴 했지만 그걸 드러낼 만한 상황은 아니었기 때문이다. 여전히 그 당시의 기억들이 그를 괴롭히고 있기도 했다.

"혹시 나 보지 못했어?"

그녀가 조심스럽게 물었다.

"무대 위에서? 아니, 거기에선……."

그녀는 실망한 듯 발끝만 내려다보았다.

"난 너한테 이 말만은 하고 싶어. 넌 정말 대단했고, 난 정말 벅찬 감동을 받았어. 넌 춤 속에 네 모든 감정과 깊은 존재감을 담아냈지. 다른 사람들은 흉내도 낼 수 없을 정도로……."

그녀는 도중에 말을 멈췄다. 너무 말을 많이 했다는 생각이 든 걸까? 그녀의 말을 들으며 그는 마음 한구석이 짠해지는 것을 느꼈다. 그가 바라던 바가 이루어진 것 같았다.

"고마워."

그 이상의 말은 나오지 않았다. 그녀의 시선이 다시 문 쪽을 향하기 시작했다.

"이제 그만 가주는 게 좋겠지?"

가주는 게 좋겠지, 라니. 그녀는 주저하고 있는 것이다. 미련이 남은 건가. 그녀는 뭘 원하고 있는 걸까? 그녀는 그를 한 번 쳐다보더니 천천히 문 쪽으로 걸어갔다. 이제 몇 초 후면 그녀는 그의 삶에서 사라져버릴 것이다.

너무도 급작스러웠다. 그녀와 그 모두에게. 그녀는 뒤돌아보았다. 아무 말도 하지 않은 채.

*Ida*

그녀가 이곳으로 그를 찾아온 것도, 개인적으로 꽃을 전해주려고 대기실을 물어 찾아온 것도, 결코 그녀가 의도한 바가 아니었다. 평생을 두고 후회하지 않으려면 이렇게라도 해야 한다고 부추긴 것은 반야였다. 반야는 그녀에게 최선의 방법을 제시했지만 결과는 처참했다.

그는 냉담한 표정으로 그녀를 쳐다보았다.

"어떻게 그렇게 쉽게 태도를 바꿀 생각을 했는지 궁금한데?"

그는 꽃을 테이블 위로 내려놓았다.

"내가 이렇게 큰 무대에 오르게 된 것 때문에? 사람들이 나한테 박수갈채를 퍼부으니까? 아니면 내가 대상을 받게 돼서?"

아픔이 느껴졌다.

"왜 그렇게 삐딱하게 생각하지?"

그는 동작을 멈추고 매섭게 쏘아보았다.

"보통 사람들이라면 다 그런 거 아냐?"

"난 그런 사람이 아니야!"

그도 멈추지 않았다.

"내가 왜 이렇게 사람을 불신하게 되었는지는 너 자신에게 물어보는 게……"

그는 잠시 호흡을 가다듬었다.

"……실의에 빠지고 절망감을 맛본다는 게 어떤 건지 넌 잘 모를 거야."

그녀는 흥분된 눈으로 반쯤 열린 문을 쳐다보았다. 문까지는 기껏해야 세 걸음이다. 그는 그녀를 쳐다보았다, 오랫동안.

"그 일이 있은 후 난 끝없는 나락으로 추락해버렸고, 그 뒤론 아무도 믿지 않게 되었지. 모든 여자아이들이 너처럼 속을 알 수 없고 음험할 거라고 생각하게 되었어."

그녀의 눈에서 눈물이 솟았다.

"음험하다고? 그때 난 너무 술이 취해서 분별력을 잃은 상황이었어. 그 때문에 내가 나중에 얼마나 비참한 심경에 빠졌는지 알기나 해? 그 뒤로 난 나 자신을 바꾸기 위해 온갖 노력을 다 해왔어. 스스로 만족할 수 있을 정도까지 말이야."

"아, 그래?"

일종의 반어법인가?

"사실이야. 왜 내 말을 안 믿는 거야? 넌 항상 그런 식으로 내 말을 무시해왔어, 알아?"

"대체 뭘 믿어야 할지 모르겠어."

그의 노여움이 한풀 꺾이면서 이젠 오히려 슬픈 표정으로 변했다.

"내 메일 받았어?"

"응."

그녀는 숨을 깊이 들이마셨다.

"거기에 모든 것이 다 담겨 있는데! 대체 왜 답장을 안 한 거야? 나름대론 모든 것을 해명하기 위해 노력했는데…… 넌 정말 그렇게 가혹한 인간이었어?"

침묵이 흘렀다. 그는 뭔가 고심하는 듯했다.

"하지만 너무 늦었어. 난 이미 너를 잊기로 결심했거든. 게다가……"

그가 잠시 머뭇거렸다.

"얼마 전부터 사귀기 시작한 사람이 있어."

그녀는 눈앞이 캄캄해졌다. 산도르에게 다른 여자가? 그것도 진지한 만남으로? 속이 거북해졌다.

"이름은 필리파라고 하는데, 같은 반 친구야."

그녀는 더 이상 듣고 싶지 않았다. 그들은 마지막으로 서로를 쳐다보았다. 그의 눈빛이 그녀의 이성을 흔들어놓았다. 저 야릇한 눈빛! 그녀는 거기에서 풀려나고 싶었다.

"난…… 미안해, 이제 가봐야겠어. 먼저 갈게……."

그는 고개만 끄덕일 뿐이었다.

"안녕."

"안녕."


### Sandor

그는 그녀가 문으로 사라지는 모습을 바라보았다. 몇 초 후에 엄마가 염려스런 얼굴로 다가왔다.

"그 애 얼굴이 그리 밝아 보이지 않던데."

그는 바닥에 떨어진 타월을 주워 들고는 샤워실로 갔다. 문을 잠그고, 셔츠를 벗고는 거울을 쳐다보았다 그리고 동시에 그녀를 보았다. 그녀의 슬픈 눈, 그녀의 가녀린 손. 연분홍색 아랫입술에 포개진 가지런한 치아. 그는 그녀의 영상을 쫓아버리기 위해 눈을 감았다. 하지만 그럴수록 그녀의 모습이 더욱 선명하게 다가왔다. 그녀의 아름다운 미소, 뭔가 얘기할 때의 그 열정, 그리고 활화산 같은 울뚝밸 기질. 이다.

사랑하는 이다.


🐝 Ida

"넌 아무것도 이해할 수 없을 거야!"

이다가 울부짖었다. 하지만 반야는 완강했다.

"너 스스로도 얼마나 힘든 세월을 보냈는지 충분히 인식시켜 주었는데도 널 용서할 수 없는 형편없는 작자라면 두말 할 필요가 없는 거야. 고민할 일말의 가치도 없는 인간인 거지."

"그 애를 절대 놓쳐서는 안 된다고 훈계한 사람은 바로 너야!"

"미안해, 그건 내가 잘못했어."

이다는 반야의 어깨 너머로 거리 쪽을 내려다보았다. 아직 희망을 포기하지 않은 듯 보였다.

"잊어버리라니까."

반야는 계속해서 매몰차게 조언했다.

"이럴 땐 정말 어떻게 해야 좋을지 모르겠어."

"당분간은 승마 연습에만 몰두하자."

이다는 아무 말도 하지 않았다. 그렇게 50미터쯤 걸어갔을 때 그녀는 무슨 소리가 들리는 것 같아 멈추어 섰다.

"무슨 소리였지?"

반야는 한숨을 내쉬었다.

"자동차 소리 아닌가? 아니면 잘못 들었나? 어서 가자."

조금 후에 이다는 다시 한 번 무슨 소리를 들었다. 누군가를 부르는 소리가 자동차 소음에 묻히고 있었다. 누군가가 그녀의 이름을 부르는 것이다. 이다는 뒤돌아서서 행인들 사이를 주시했다. 아무도 보이지 않았다. 아니다, 누군가 보였다. 누군가가 이쪽으로 달려오고 있었다. 추운 날씨에도 지나치게 얇은 옷차림을 한, 산도르와 흡사해 보이는 젊은 남자였다.

"이다!"

그가 소리쳤다.

그녀는 기쁨에 찬 얼굴로 반야를 쳐다보았다.

"저길 봐! 보여?"

"그 애의 여자친구를 생각해."

반야가 부드럽게 말을 건네면서 잽싸게 이다를 끌어안았다.

"난 지금 집으로 갈 거야."

그는 숨이 턱에까지 찬 상태로 그녀가 있는 곳에 도착했다. 뭔가 말하고 싶었지만 입이 떨어지지 않았다. 이다는 말없이 기다렸다.

"내가 잊은 게 있어."

"뭔데?"

"말할 게 있었는데 깜박 잊었어."

"그래?"

그는 벌거벗은 상체에 재킷을 걸쳐 입고, 들고 온 신발도 재빨리 신었다. 하지만 얼굴만은 무방비 상태였다.

"……내가 너무 겁쟁이였던 것 같아. 예테보리에서의 주말에 말이야. 너와 단둘이 있고 싶다고, 또 추한 행동은 당장에 그만두라고 내가 말했어야 옳았어."

고통스러워하는 얼굴이다. 이다는 마음 같아선 그에게 달려들어 키스라도 퍼붓고 싶었다. 그가 지금 자기 앞에 서 있다는 것만으로 행복에 겨웠다. 하지만 그때 반야의 경고가 떠올랐다. "그 애의 여자친구를 생각해."

"난 내 행동에 너무 화가 나. 너를 데리고 그곳에서 무작정 빠져나온 다음, 너한테 어떤 속상한 일이 있었는지 어떻게든 알아냈어야 했어. 그렇게 했다면 이 지경까지 되진 않았을 거야."

"우린 둘 다 지독한 멍청이였어."

이다가 그의 말에 맞장구를 쳤다.

"하지만 내가 좀 더 심한 바보였지."

그녀의 입김이 하얀 구름처럼 그들 사이를 떠다니고 있었다. 그는 고개를 끄덕였다. 그의 눈은 여전히 슬퍼 보였다.

"조금 전에 너한테 쌀쌀맞게 대한 거 용서해줘. 하지만 네가 갑자기 대기실에 나타나서 엄청 충격을 받았거든."

그가 시선을 떨어뜨렸다.

"사실, 난 너무나도 기뻤어."

그녀는 그에게 사랑이 아닌 순수한 우정으로 웃어주려고 애썼다. 하지만 쉽지 않았다. 침묵이 흘렀다. 그는 지금 어떤 생각을 하고 있는 걸까? 그냥 미안하다는 것뿐일까? 아니면?

그는 웃고 있었다.

"난 완전히 제정신이 아닌가 봐."

"왜?"

다시 갈색 눈동자. 맙소사, 그저 그와 친구 사이로 지낸다면 어떨까?

그녀는 그의 앞에 바짝 다가서서 웃었다. 그는 그녀의 머릿속에서 무슨 일이 일어나고 있는지 몰랐고, 사실 생각하고 싶지도 않았다. 어쩌면 그것은 그리 중요하지 않을지도 모른다. 내일 그는 다시 집으로 돌아갈 테고, 그러면 그들은 다시는 못 보게 될지도 모른다. 그는 숨을 깊이 들이쉬었다. 그가 손을 그녀의 목덜미에 올려놓자 그녀가 흠칫 놀라는 표정을 지었다. 하지만 그녀는 물러서지 않았다. 오히려 그 반대였다. 마치 처음으로 키스하는 것처럼 신선하고 강렬했다.

그들은 서로를 바라보았다. 이다는 격한 숨을 몰아쉬며, 정신이 혼미해져 연신 눈을 깜빡거렸다.

"네 여자친구는?"

"필리파? 두 달 사귀었을 뿐이야."

그는 허리를 숙여서 그녀의 귀에다 속삭였다.

"그리고 난 내내 너만 생각했어."

"그건 못 믿겠는데."

"말해봐. 정말 모르겠어?"

"전혀 모르겠는데."

그녀는 밝게 웃으며 그를 바라보았다. 그가 그녀를 끌어안았다. 그의 입술이 그녀의 이마를 훔쳤다. 그녀의 살결은 더없이 부드러웠다.

"너도…… 가끔 내 생각 했니?"

그가 중얼거렸다.

그녀가 고개를 뒤로 젖혔다. 그리고 끄덕였다. 산도르는 이다에게 다시 키스했다.